Nés
à
Minuit

C.C. Hunter

Nés à Minuit

Tome 5

Crépuscule

Traduit de l'anglais (États-Unis)
par Marianne Roumy

Michel Lafon Poche

DÉJÀ PARUS

Nés à minuit, tome 1 : *Attirances*
Nés à minuit, tome 2 : *Soupçons*
Nés à minuit, tome 3 : *Illusions*
Nés à minuit, tome 4 : *Frémissements*

Titre original
Shadow Falls, Chosen at Nightfall

Première publication en langue originale
par St. Martin's Press, 2013.

Publié en accord avec St. Martin's Press, LLC.

118, avenue Achille-Peretti
CS70024 – 92521 Neuilly-sur-Seine Cedex
www.lire-en-serie.com

À Val Sturman

La première fois que je vous ai rencontré,
ma vie s'est illuminée.
Vous avez traversé la vie en dansant, sourire aux lèvres,
avec un engouement pour la narration et un mot gentil
pour quiconque s'arrêtait assez longtemps pour vous écouter.
Je suis honorée et bénie d'avoir fait partie de vos amis.
Vous allez nous manquer.

Chapitre 1

Kylie Galen leva les yeux de la pizza au pepperoni sur la belle assiette en porcelaine, et tâcha d'ignorer l'esprit qui agitait l'épée ensanglantée juste derrière son grand-père et sa grand-tante. Sa toute nouvelle famille était… très bien, mais un tantinet coincée. Et des gens coincés n'apprécieraient sûrement pas qu'un fantôme inopportun vienne badigeonner de sang les murs de la salle à manger.

L'esprit – une femme aux cheveux bruns flottants, trente ans à peine – s'arrêta en plein mouvement et regarda Kylie dans les yeux.

– *Ou tu tues, ou tu te fais tuer, c'est plutôt simple.* Les paroles résonnaient dans la tête de Kylie. Elles communiquaient par télépathie, et vu le sujet de la discussion, c'était sûrement mieux ainsi.

– *Ce n'est pas simple,* lui rétorqua-t-elle. *Et j'essaie de manger, alors tu voudrais bien partir, s'il te plaît ?*

– *Ça ne se fait pas,* répliqua le fantôme. *Tu es censée aider les esprits. Tu dois respecter les règles.*

Kylie tritura la serviette posée sur ses genoux. Très bien. Existait-il une clause dans le règlement stipulant que ceux qui communiquaient avec les fantômes devaient se montrer polis envers des esprits odieux ?

Non, il n'y avait pas de fichu règlement, et encore moins de règles. Elle improvisait tout, en réalité : parler aux esprits, être une surnaturelle, être la petite amie de quelqu'un.

L'ex-petite copine, oui !

Ces derniers temps, elle avait l'impression de tout improviser dans sa fichue vie, et d'y mettre un joyeux bazar. Comme sa décision de quitter Shadow Falls, la colo que l'on venait de transformer en pensionnat pour ados surnaturels. Cela avait semblé la meilleure chose à faire, à l'époque.

À l'époque.

Elle se trouvait chez les caméléons depuis moins de deux semaines, et elle n'en était plus si sûre.

Certes, elle avait eu une bonne raison de venir. En savoir plus sur son héritage surnaturel. Faire connaissance avec Malcolm Summers, son grand-père, et Francyne, sa grand-tante.

Plusieurs mois après avoir appris qu'elle n'était pas humaine, elle avait enfin découvert qu'elle était un caméléon ; une espèce rare qui avait dû se cacher pour échapper à l'URF, l'Unité de Recherche de Fallen, une cellule organisée du gouvernement surnaturel. Cette dernière avait testé certains d'entre eux comme des rats de labo, pour trouver une explication à leurs dons. La grand-mère de Kylie en était morte. Et voilà que la même branche de l'URF voulait faire subir des expériences à la jeune fille. Hors de question !

Toutefois, si celle-ci avait un motif pour quitter Shadow Falls, cela n'avait rien à voir avec l'URF, ni avec les découvertes qu'elle pourrait faire sur son héritage. C'était pour fuir Lucas, le loup-garou dont elle était tombée amoureuse.

Celui qui avait promis son âme à une autre, et qui espérait que Kylie ne s'en formaliserait pas.

Comment avait-il pu lui faire cela ? Comment avait-il pu l'embrasser avec une telle passion à peine un mois plus tôt, chaque fois qu'il se rendait chez son père, et fréquenter cette fille ? Comment Kylie pouvait-elle rester à Shadow Falls et continuer à le voir ?

Le problème, c'était qu'elle avait beau fuir Lucas, son chagrin l'avait suivie. Et à présent, elle ne souffrait pas uniquement à cause d'un certain loup-garou, mais parce que Shadow Falls lui manquait terriblement. D'accord, pas vraiment les lieux, mais les gens, oui. Des amis qui étaient devenus aussi proches que sa famille : Holiday, la fée directrice du camp, une grande sœur pour elle. Burnett, l'autre directeur, vampire sévère, à la fois un ami et une figure paternelle. Della et Miranda, ses colocs, qui s'étaient senties abandonnées lorsque Kylie était partie. Et Derek, qui lui avait juré tout son amour, tout en sachant qu'elle aimait Lucas.

Comme ils lui manquaient ! Elle ne se trouvait qu'à quelques kilomètres de Shadow Falls, planquée dans un endroit reclus, « le pays des collines », comme disaient les Texans, et pourtant, cela ressemblait au bout du monde.

Bien sûr, elle appelait Holiday tous les jours. Au début, son grand-père lui avait refusé ce droit, mais sa tante avait réussi à lui faire entendre raison. Il avait accepté, la mort dans l'âme, mais à condition qu'elle n'utilise qu'un certain téléphone et que les conversations restent très brèves, pour que l'on ne puisse pas retracer les appels. Et en aucun cas, Kylie ne devait préciser où elle se trouvait.

En raison de l'affiliation du camp à l'URF, son grand-père ne faisait confiance à personne à Shadow Falls. Et sa méfiance ne servait qu'à accentuer le sentiment d'isolement de Kylie vis-à-vis de tous ceux qu'elle aimait. Même vis-à-vis de sa mère, qui appela pour lui apprendre qu'elle allait s'envoler pour l'Angleterre avec John, son nouveau copain, dont Kylie n'était vraiment pas fan. Naturellement, son grand-père lui permettait de la rappeler chaque fois qu'elle téléphonait. De fait, elles s'étaient parlé seulement deux fois. Pas plus.

La gorge de Kylie se serra et des larmes lui montèrent aux yeux, mais elle se retint. Elle devait être forte. Se remuer, et se comporter en adulte.

– Ça te plaît ? demanda sa grand-tante.

– Oui, super, répondit Kylie en regardant les deux adultes couper leur pizza comme si c'était un steak. Elle savait qu'ils ne l'avaient choisie que pour elle. Comme elle n'avait pratiquement rien avalé ces derniers jours, ils avaient commandé ses plats préférés. Se sentant obligée, tant de manger que de respecter leurs bonnes manières, elle se força à en couper un bout qu'elle glissa dans sa bouche.

N'étant pas vampire pour l'instant, elle devait pouvoir apprécier la nourriture. Mais non. Rien n'était bon. Rien n'était juste.

Ni manger de la pizza avec une fourchette, sur une jolie assiette en porcelaine assez vieille et rare pour être exposée dans un musée. Ni s'asseoir à cette table de salle à manger luxueuse, toujours à la même place. Et encore moins parler à l'esprit qui se rapprochait de son grand-père et brandissait une épée au-dessus de sa tête.

Kylie le regarda fixement.

– *Soit tu me dis exactement ce que tu veux, soit tu t'en vas. Mais ne me demande pas de tuer.*

Une goutte de sang tomba sur le front de son grand-père. Mais il ne pouvait ni la voir ni la sentir, contrairement à Kylie. L'esprit faisait son petit numéro, juste pour attirer son attention. Et ça marchait.

– *Arrête ! Va-t'en,* dit Kylie, en adressant un regard de menace au fantôme.

– *Tu es de mauvaise humeur ?* répondit le fantôme.

Oui. Un chagrin d'amour, ça aspire tout le bonheur de votre vie. Mais le plus nul, c'était que tout le monde lui manquait.

Pourtant, le temps de son séjour là-bas n'avait pas été vain. Elle avait découvert beaucoup de choses sur elle-même et sur les caméléons, ces treize derniers jours. Ils ne s'étaient vraiment révélés qu'au cours des cent dernières années. S'ils se considéraient comme une espèce à part entière, ils étaient en réalité un mélange de tous les surnaturels, des individus qui cumulaient l'ADN et les pouvoirs de chaque espèce.

Apprendre à les maîtriser était sacrément difficile. La plupart d'entre eux ne réussissaient même pas cet exploit avant d'atteindre leurs vingt-cinq ans. Mais les jeunes n'étaient pas nombreux à tenter le coup. Les caméléons étaient rares. Aux dires de son grand-père, une centaine de refuges devaient exister dans le monde entier. On dénombrait moins de dix mille caméléons. Et un couple sur dix à peine avait réussi à avoir un enfant.

Kylie se demanda si elle serait mère, un jour. Mais merde alors, elle avait seize ans, elle était trop jeune pour s'inquiéter de ça.

– Comment se sont passés les cours aujourd'hui ? demanda son grand-père.

Elle l'observa. Soixante-dix ans environ, les cheveux

toujours blond vénitien, grisonnants par endroits. Ses yeux d'un bleu clair et vif ressemblaient aux siens et à ceux de son père.

Une autre goutte de sang atterrit sur la joue du vieillard. Kylie fusilla du regard l'esprit railleur, qui fendit l'air d'un coup d'épée à quelques centimètres seulement au-dessus de sa tête.

– *J'ai dit stop !*

Kylie plissa les yeux.

– Donc, ça s'est mal passé ? reprit son grand-père, qui essayait manifestement de lire dans ses pensées.

– Non, eh bien… je… j'ai réussi à changer de configuration, je suis passée de loup-garou à fée !

Tous les surnaturels avaient des configurations que les autres pouvaient voir. Les caméléons en avaient une à part, qu'ils cachaient. Ils pouvaient se métamorphoser en n'importe quelle espèce, et grâce à cette transformation, accéder aux pouvoirs propres à celle-ci.

Mais cela n'était pas facile à contrôler. Les cours ici ne portaient pas tant sur l'anglais, les maths et la science, ils visaient plutôt à apprendre à maîtriser ses dons et à cacher sa véritable configuration au monde.

– C'est fantastique ! Alors pourquoi cette tête de six pieds de long ?

– C'est juste que…

Je suis malheureuse ici. Je veux retourner à Shadow Falls. Ces mots traînaient sur le bout de sa langue, sans qu'elle arrive à les prononcer. Pas tant qu'elle ne serait pas sûre d'avoir vraiment donné leur chance aux caméléons. Et surtout, elle ne savait pas si elle survivrait à ses retrouvailles avec Lucas.

– Je ne faisais pas la tête. Je…

– Kylie a de la compagnie, expliqua Francyne.

Sa tante ne savait pas communiquer avec les esprits. Elle affirmait qu'elle ne les voyait pas, ni ne les entendait, mais qu'elle pouvait facilement détecter leur présence.

Le fantôme leva l'épée vers le plafond et déclara :

– *Tu vas avoir plus de compagnie encore.*

Kylie ignorait ce que cela signifiait, alors elle se concentra sur son grand-père qui avait l'air perdu. Le vieil homme regarda sa belle-sœur.

– De la compagnie ? Oh. Est-ce mon épouse ou mon fils, Daniel ? demanda-t-il, tendu, les yeux grand ouverts.

Kylie aurait bien voulu que Daniel, son père mort avant sa naissance, vienne lui rendre visite. Elle n'aurait pas été contre un peu d'affection, et celui-ci savait très bien lui en prodiguer. Toutefois, il avait épuisé tout son temps alloué sur Terre.

– Non. Ce ne sont pas eux. C'est… quelqu'un d'autre, répondit-elle.

Une personne qui ne lui avait pas encore expliqué ce qu'elle voulait ou désirait. Sauf pour lui annoncer qu'elle avait besoin d'elle pour tuer quelqu'un. Mais pour qui l'esprit la prenait-il ? Une tueuse à gages ?

Le fantôme se pencha près de l'oreille de son grand-père.

– *Quel dommage que tu ne puisses pas me voir. Tu es plutôt mignon !* Puis l'apparition entreprit de lécher le sang sur sa joue. Lentement. Tout en regardant Kylie. Celle-ci en lâcha sa fourchette.

– Arrête de lécher mon grand-père ! Immédiatement !

L'esprit rentra sa langue dans sa bouche et la regarda fixement.

– *Arrête de lutter contre ton destin. Accepte ce que tu dois faire. Laisse-moi te montrer comment tu dois le tuer.*

– Tuer qui ? lâcha Kylie, puis elle tressaillit quand elle comprit qu'elle avait parlé à voix haute.

– Lécher ? Tuer ? Quoi ? fit son grand-père.

– Rien, insista Kylie, je parlais…

– Elle parlait à l'esprit, je crois, dit sa tante, les sourcils froncés d'inquiétude.

– De tuer quelqu'un ? demanda son grand-père, en regardant Kylie droit dans les yeux.

Comme elle ne répondait pas, Malcolm, nerveux, passa la pièce en revue. La peur sur son visage rappelait tant à Kylie celle des autres surnaturels à Shadow Falls.

Elle était venue ici en pensant qu'elle se sentirait chez elle, et pourtant, même en vivant dans un enclos de vingt-cinq hectares au cœur des collines texanes, en compagnie de vingt-cinq autres caméléons, elle n'était toujours pas à sa place. Et pas uniquement parce qu'elle savait communiquer avec les fantômes, mais parce qu'elle était beaucoup plus en avance que les quatre autres ados d'ici. Ceux-ci n'en étaient d'ailleurs pas ravis.

Les anciens du groupe – parmi lesquels son grand-père, sa grand-tante et quatre autres – avaient deviné que Kylie était bien plus douée, car elle était en plus une protectrice, une surnaturelle à la force exceptionnelle. Si cela avait l'air très cool, Kylie contestait cette définition pour de nombreuses raisons.

En tête de liste, il y avait le fait qu'elle ne pouvait se servir de ces pouvoirs que pour protéger les autres, et jamais elle-même. Ce qui n'avait aucun sens. Si elle était chargée de défendre les autres, ne fallait-il pas qu'elle-même reste un minimum en vie ? Qui donc avait inventé cette règle ?

Elle soupira tristement. Était-elle destinée à rester en marge ?

Son grand-père se pencha et posa sa fourchette et son couteau en argent à côté de la porcelaine hors de prix.

– Kylie, je déteste me mêler de tes histoires d'esprit, mais pourquoi un fantôme te demanderait-il de tuer quelqu'un ?

La jeune fille se mordit la lèvre et réfléchit à une explication qui ne les ferait pas paniquer. Surtout quand elle-même l'était. Elle ouvrit la bouche pour dire quelque chose, mais fut sauvée par le hurlement d'une très forte sirène. Le lustre au-dessus de la table trembla.

Son grand-père se rembrunit encore, sortit un téléphone de sa chemise blanche parfaitement repassée, tapa sur un bouton et le porta à son oreille.

– Oui ? Qui ? lança-t-il d'un ton sec et il braqua son regard sur Kylie. J'arrive tout de suite !

Il raccrocha, se leva de sa chaise d'un coup et se tourna vers sa belle-sœur.

– Kylie et toi, disparaissez. Cachez-vous dans la grange, je n'en ai pas pour longtemps.

Par « disparaître », Kylie savait qu'il entendait « se volatiliser », ce qu'un caméléon savait faire. Disparaître. Comme par enchantement.

– Que se passe-t-il ? demanda-t-elle en se souvenant que le fantôme l'avait prévenue qu'elle aurait de la compagnie.

– Nous avons des intrus.

Son ton grave et neutre devint plus tragique et sérieux.

– Des intrus ?

Les yeux du vieil homme se plissèrent.

– Oui, l'URF ! Maintenant, disparaissez !

Sa tante fit le tour de la table et attrapa l'adolescente par la main. Puis la femme se volatilisa, et en une fraction de seconde, Kylie vit que ses propres jambes avaient disparu.

Chapitre 2

Trois minutes plus tard, la tante de Kylie l'avait conduite dans l'écurie.

En respirant l'odeur terreuse des bottes de foin, Kylie ajouta à sa liste une autre capacité : les caméléons avaient le don de faire disparaître les autres, puisqu'elle n'avait pas fait le vœu de devenir invisible et qu'apparemment le simple contact de sa tante avait suffi.

– Est-ce que nous sommes tous là ?

La voix de sa tante brisa le silence étrange, tendu. Kylie passa en revue la grange vide. Elle ne voyait personne. Bien sûr, elle ne pouvait pas se voir non plus. Elle entendit à peine le vague bruit de pieds qui traînaient.

– Comptons, résonna de nouveau la voix de sa tante. Un, commença-t-elle.

– Deux, fit une autre voix.

Le décompte se poursuivit jusqu'à vingt-quatre, mais il y eut plusieurs pauses et on sauta plusieurs chiffres. Kylie reconnut la plupart des voix. Surtout celles des quatre ados caméléons, plus celle de Suzie, la fillette de six ans, ainsi que de ses parents, les enseignants du groupe. Les absents étaient manifestement son grand-père et les quatre anciens.

– Et j'ai Kylie, dit sa tante. Kylie, ton numéro est le vingt-cinq. Retiens-le bien, chaque fois que nous devrons disparaître, tu nous le donneras, comme ça nous saurons que tu es là.

Elle hocha la tête, puis se rappelant qu'ils ne pouvaient pas la voir, elle répondit :

– D'accord.

Mille pensées traversèrent son esprit, sur ce qui s'était passé, sur le fait d'être le numéro vingt-cinq, d'être invisible, et surtout sur ce que l'URF désirait. Les agents étaient-ils venus la chercher ? Puis ses pensées s'arrêtèrent sur un seul sujet : son grand-père. Elle s'inquiétait de sa sécurité et de ce que l'URF pourrait lui infliger, à lui et aux anciens. Allait-il bien ? Devait-elle partir à sa recherche au cas où il aurait besoin de protection ? Elle eut l'impression que son sang se mettait à pétiller, comme toujours quand elle craignait que quelqu'un soit en danger.

– Nous devrions peut-être aller retrouver les autres, proposa-t-elle.

– Non, dit sa tante, d'une voix qui ne laissait pas le moindre doute sur qui dirigeait le groupe. Nous attendons ici. C'était ça, le plan, et on ne s'écarte jamais d'un plan.

Kylie perçut quelque chose dans sa voix. Nervosité, inquiétude. Son sang se réchauffa dans ses veines.

– Les membres de l'URF sont déjà venus ici ? Ils savent que nous pouvons disparaître ? demanda-t-elle.

– Seulement si tu le leur as dit, la rembarra Brandon.

Brandon, l'ado qui ne l'aimait pas. Oh ! si, au début, elle lui plaisait beaucoup, mais quand Kylie l'avait prévenu sans prendre de gants qu'il perdait son temps avec elle, cela l'avait manifestement vexé. Depuis, il la snobait. Et chaque fois que la jeune fille réussissait quelque chose que les professeurs leur enseignaient, comme modifier leur configuration, il semblait prendre sa réussite pour une insulte personnelle. Ce n'était pas une compétition. Kylie voulait simplement apprendre tout ce qu'elle pouvait, puis... retourner à Shadow Falls.

Rentrer chez moi. Cette idée s'attarda quelque part en elle, tout près de son cœur.

– Je ne leur ai rien dit, rétorqua Kylie.

– Ce n'est pas le moment de se chamailler, lança sa tante.

– C'est à cause d'elle, tout ça ! cracha Brandon. Avant, les agent de l'URF n'étaient jamais venus. Et qui sait ce qu'ils nous feront si jamais ils nous trouvent !

– Tais-toi, ordonna Francyne.

Mais dans le silence qui suivit, Kylie entendit ce que les autres ne disaient pas. Ils étaient d'accord avec Brandon. À cause d'elle, l'URF avait découvert leur enclos.

La culpabilité l'envahit. Elle n'avait jamais envisagé que sa venue ici puisse mettre les autres en danger. Et pourtant c'était le cas. Son sang ne fit qu'un tour. Imaginer son grand-père blessé, et par sa faute, fit battre son cœur encore plus vite. Kylie tâcha de dégager sa main.

– Non, dit sa tante. Si tu me lâches, tu deviendras visible.

– Je dois m'assurer qu'ils vont bien. Et... je peux redevenir invisible toute seule.

– C'est impossible, lança Brandon d'un ton sec. Tu ne peux pas y arriver tant que tu n'as pas vingt ans. Tout le monde le sait.

Kylie leva les yeux au ciel. Elle en avait assez de sa jalousie mesquine. Des bruits de pas résonnèrent. On fit l'appel.

Elle reconnut la voix de son grand-père, ainsi que celle des autres anciens.

– Ils vont venir fouiller ici, déclara Malcolm. Les adultes, veillez à tenir bien fort la main de votre enfant. Rendez-vous à l'extrémité sud de la propriété.

Le bruit de gens qui sortaient résonna à travers ce qui, même pour Kylie, ressemblait à une grange vide. Elle sentit l'étreinte de sa tante sur son poignet, qui lui montrait la direction à prendre, mais son grand-père reprit la parole.

– Francyne et Kylie, vous deux, rejoignez la lisière des bois par-derrière.

Kylie se demanda pourquoi on leur réservait un traitement particulier.

– Pourquoi ? demanda-t-elle après avoir entendu s'éloigner les bruits de pas. Elle trouvait toujours étrange de parler alors que personne ne pouvait la voir.

– En état d'urgence, on ne pose pas de question.

La voix de sa tante résonnait dans la grange vide. Tenant toujours le poignet de Kylie, la femme se mit en route et, à pas prudents, l'entraîna vers la sortie. Kylie suivait sa tante mais n'arrivait pas à garder le silence.

– Que se passe-t-il ? Pourquoi on ne suit pas les autres ? demanda-t-elle quand elle passa la porte de la grange.

La lumière de l'après-midi l'éblouit.

– Il semblerait que ce soit toi qu'ils cherchent, expliqua son grand-père.

Sa voix était toute proche, mais sa silhouette restait invisible.

– Mais je suis une protectrice, insista Kylie, si quelqu'un a besoin d'aide, il faut que je reste dans le coin !

– Je te sens, bon sang ! Où es-tu ? fit une voix familière

derrière Kylie, qui n'appartenait ni à son grand-père ni à sa tante.

Le souffle coupé, elle regarda derrière son épaule. À une quinzaine de mètres, dans l'herbe haute, se tenait quelqu'un qui comptait beaucoup pour elle.

– Derek ! cria-t-elle.

Puis elle se souvint que personne, à part un autre caméléon invisible, ne pouvait l'entendre.

– Nous devrions y aller !

Sa tante la tira légèrement par le bras, mais Kylie ne bougea pas. Elle se raidit et s'imprégna de l'image de Derek, avide de tout ce qui avait un lien avec sa vie à Shadow Falls.

Ses cheveux châtain clair s'agitaient au vent sur son front, lui donnant un air insouciant, mais ses yeux verts mouchetés d'or étaient inquiets. Que faisait-il ici ?

– Où es-tu, Kylie ? demanda-t-il, et la brise emporta ses paroles.

– Va à la crique ! exigea son grand-père. Tu n'aurais pas dû leur dire où tu étais !

Son accusation et son ton la mirent sur la défensive. Si elle ne pouvait pas voir son grand-père, elle imaginait sans mal son expression, sévère et intransigeante.

Elle se tourna vers l'endroit d'où venait la voix.

– Je n'ai rien dit, et non, je ne partirai pas. Tu as menti. Ce n'est pas l'URF.

Un sentiment de trahison l'envahit.

– Je répétais les propos de ceux qui gardent la porte. Quand bien même, ce n'est pas un mensonge. Tous les deux travaillent pour l'URF.

Les deux ? Qui d'autre était là ? Elle entendit des pas venir de la maison. Sa première pensée fut que ce pourrait être Lucas. Son cœur se serra à l'idée de le voir. La douleur de sa déloyauté pesait lourd sur son cœur et avait toujours un goût amer. Pourtant, à mesure que les pas se rapprochaient, elle ne pouvait pas plus se détourner que cesser de respirer.

Elle regarda derrière elle et vit Burnett James, l'un des directeurs du camp. La déception l'envahit, mais elle refusait de croire que l'absence de Lucas en était la cause. Elle ne voulait pas qu'il vienne. Ne voulait pas le voir, ni maintenant ni jamais. Alors même que cette pensée traversait son esprit à toute allure, elle sentit son cœur battre la chamade à cause de son mensonge.

Mais une partie de l'amertume qu'elle ressentait était aussi liée à Burnett. Elle ne lui avait pas dit au revoir parce qu'il aurait essayé de l'empêcher de s'en aller. À présent, elle aurait voulu le serrer dans ses bras. S'excuser d'avoir négligé la politesse d'un simple au revoir. Sa tante reprit la parole et lui tira légèrement la main :

– Kylie. Ton grand-père sait ce qu'il y a de mieux pour toi. Écoute-le. Il faut y aller.

Kylie inspira et essaya de ne pas laisser ses émotions la submerger. Mais il était trop tard. Sa tête tournait alors que trop de sentiments tourbillonnaient en elle. Solitude, regret et colère qu'on lui ait menti.

– Il sait ce qu'il y a de mieux pour lui, mais pas forcément pour moi.

– Tu dois lui faire confiance, insista sa tante, en resserrant son étreinte sur son poignet. Viens, s'il te plaît. Nous voulons seulement te protéger.

– Je n'ai pas besoin d'être protégée de Burnett ou Derek, répondit-elle calmement, la douleur perceptible dans sa voix. Et apparemment mon grand-père devrait me faire confiance lui aussi. Je n'ai dit à personne où j'étais. Je vous ai donné ma parole et je l'ai respectée.

– Ce n'est pas important, dit son grand-père.

Kylie n'était pas d'accord, mais avant qu'elle puisse formuler ce qu'elle ressentait, il poursuivit :

– Ce qui compte, c'est qu'ils vont essayer de te forcer à rentrer. Si nous partons maintenant, nous éviterons une confrontation.

– Par ici, cria Derek à Burnett. Je la sens. Sérieusement, elle n'est pas loin.

Kylie se concentra sur l'endroit où elle pensait que se tenait son grand-père.

– Personne ne me forcera à faire ce que je ne veux pas. Ni eux… ni toi, ajouta-t-elle. Mon but a toujours été de rentrer à Shadow Falls, je te l'ai dit dès le début.

– Et je n'étais pas du tout d'accord, je *te* l'ai dit aussi, riposta son grand-père en haussant légèrement le ton.

Kylie, attirée par le bruit de pas, regarda de nouveau par-dessus son épaule. Elle observa Burnett se rapprocher. Fier, fort, un peu trop impétueux. À bien des égards, il lui faisait penser à son grand-père. Elle prit une grande inspiration, puis répliqua :

– Je suis venue ici de mon plein gré, et quand je déciderai de partir, je le ferai.

– Tu es bien trop têtue.

– Et je crains de tenir mon entêtement de mon grand-père, rétorqua Kylie d'un ton sec.

Puis elle reposa les yeux sur Derek et Burnett.

– Viens avec moi, Kylie, l'implora sa tante.

Et elle agrippa bien fort la main de la jeune fille.

– Non, répéta Kylie en regardant Burnett s'avancer.

Il s'arrêta à côté de Derek, à cinq mètres seulement de

la jeune fille. Elle mourait d'envie de courir vers lui et de se jeter dans ses bras.

– La pizza dans la maison principale était encore chaude, déclara Burnett. Tu es sûr qu'elle est encore là ?

– Certain, répondit Derek. Et quelque chose l'énerve.

Ni vue, ni entendue, mais tout de même perçue, pensa Kylie. Sa tante lui tapota la main, comme si ce léger contact allait la persuader. Mais rien ne pouvait convaincre Kylie.

– Je t'en prie, laisse-moi partir, lui dit-elle, mais la vieille dame refusait de lâcher prise.

– Est-elle en danger ? grommela Burnett.

Derek ferma les yeux comme s'il essayait de toucher intérieurement ses émotions.

– Je ne crois pas, répondit Derek. Elle est frustrée et je sens... de la solitude. Et elle ressent... une sorte de... déchirement entre deux loyautés.

Kylie eut les larmes aux yeux. On pouvait faire confiance au demi-Fae pour décrypter ses émotions sans jamais se tromper. Elle savait que son grand-père et sa grand-tante se préoccupaient d'elle, qu'ils ne voulaient que son bien, mais comment pouvait-elle ne pas se rendre visible à Burnett et Derek ? Pourquoi pensait-elle que cela reviendrait à se montrer déloyale envers son grand-père ? Elle avait essayé de jouer selon leurs règles du jeu, vraiment. Mais trop, c'était trop.

Burnett jeta un coup d'œil autour de lui, et Kylie put jurer qu'il la regardait.

– Il y en a d'autres ici ?

– Je n'en suis pas sûr, répondit Derek, je peux juste sentir Kylie, parce que...

Il ne finit pas sa phrase, mais elle connaissait la réponse. S'il sentait si bien sa présence, c'était parce qu'il l'aimait.

Burnett se tint un peu plus droit.

– M. Summers, il faut que je vous parle. Immédiatement !

– Comment sais-tu qu'il est ici ? demanda Derek.

– Si Kylie est là, alors lui aussi.

– Montrez-vous.

Kylie entendit son grand-père s'avancer à côté d'elle.

– Ta place est ici, parmi nous, mon enfant. Laisse-les partir, déclara-t-il.

Son épaule invisible effleura la sienne. Elle avait beau être furieuse contre lui, son contact et sa voix de ténor lui rappelaient son père. On ne pouvait pas nier les liens qui les unissaient tous les deux.

– Je ne peux pas, répondit-elle.

– Laisse-les partir et nous en parlerons de façon rationnelle plus tard, proposa son grand-père, et elle comprit au son de sa voix qu'il essayait de tempérer son humeur.

– Je suis rationnelle, dit-elle.

L'étreinte de sa tante se resserra sur sa main, et Kylie dut prendre sur elle pour ne pas la retirer d'un coup sec.

– Non, tu ne l'es pas, corrigea-t-il.

D'un seul coup, l'humeur de Kylie s'emballa. Peut-être ne lui avait-il pas menti, quand il avait affirmé que c'était l'URF. Mais, sans l'ombre d'un doute, il avait prévu de la faire partir pour qu'elle ne puisse pas savoir qui était là. Depuis quand croyait-il avoir le droit de décider de qui elle pouvait voir et ne pas voir ?

La réponse survint à la minute où la question lui traversait l'esprit dans un murmure. *Depuis que je suis arrivée ici.* Que sa connexion au monde extérieur soit aussi limitée depuis son arrivée ne lui avait pas échappé. Pas de téléphone, pas d'ordinateur. Et ce n'était pas que pour elle : le mode de vie caméléon encourageait l'isolement.

– Non ! Lâche-moi, intima-t-elle à sa tante.

Elle parla lentement, mais sur un ton, qui l'espérait-elle, leur montrerait bien qu'elle ne plaisantait pas.

– Fais ce qu'elle te demande, dit son grand-père d'un ton vaincu.

En un battement de cil, il apparut sous ses yeux. Ce n'était pas tout à fait comme un fantôme qui se matérialisait. Davantage comme si l'air s'entrouvrait et le ramenait dans le monde.

Sa tante lâcha le poignet de Kylie et cette dernière sentit un léger picotement, puis elle baissa les yeux et constata que ses pieds et ses jambes redevenaient visibles.

– Waouh ! s'écria Derek.

Elle leva le visage : il l'observait. Elle réprima l'envie irrésistible de se jeter dans ses bras.

Jetant un coup d'œil à Burnett, elle décela une légère surprise dans ses yeux. Son regard croisa brièvement le sien, puis elle porta son attention sur son grand-père, qui se tenait à son côté, protecteur.

– Que faites-vous ici ? demanda-t-il, d'un ton lugubre et menaçant.

– La vie de Kylie est en danger et si je peux vous trouver, alors celui qui la recherche aussi.

– Ce n'est pas lui que je redoute le plus, rétorqua Malcolm, sans laisser le moindre doute sur le fait qu'il considérait l'URF ainsi que Burnett comme la plus grande menace.

– Vous laissez le passé vous aveugler et vous empêcher de voir la vérité, déclara Burnett. Oui, l'URF aimerait tester Kylie et certains d'entre nous ont décidé que cela ne se produirait pas, mais c'est Mario et sa bande, qui ont déjà tué, qui sont après elle.

– Je protégerai les miens, affirma le vieil homme en redressant ses larges épaules.

– Comment ? En devenant invisible ? Savez-vous que Mario a déjà pris Kylie en otage et qu'elle a découvert qu'il est un caméléon tout comme vous, et donc qu'il connaît votre truc ? Cela vous rend d'autant plus vulnérables.

– Je sais tout ça, répondit le grand-père de Kylie, sur la défensive.

– Alors cela devrait suffire à vous effrayer. Mario n'a pas passé ces cinquante dernières années à se cacher pendant que vos amis et vous-même n'avez cessé d'aller d'un endroit à un autre. Il a tué des innocents. Il a usé de vos pouvoirs pour assassiner les autres. Il a tué son petit-fils de ses propres mains devant Kylie, parce que ce garçon la défendait. Si Mario est prêt à sacrifier sa descendance, il n'hésitera pas à tuer ceux de son espèce.

– Attends, intervint Kylie, qui essayait de suivre, comment sais-tu que Mario est de retour ?

– On l'a repéré.

– Qui l'a repéré ? demanda Malcolm, d'un ton dans lequel l'irrespect perçait. L'URF ? Parce que vous allez les croire ?

– Je comprends vos réserves, observa Burnett, dont les paroles sortaient de ses lèvres serrées par la colère. Mais vous devez comprendre…

Le visage du vieil homme devint rouge de fureur.

– Vous osez me demander de comprendre ? Ce que je comprends, c'est que vous et les gens de votre espèce avez tué mon épouse. À cause de vous, je n'ai jamais connu mon fils. Ce que je comprends… c'est qu'à présent vous désirez faire la même chose à ma petite-fille ! riposta-t-il en martelant sa poitrine de son poing.

Kylie s'aperçut que Burnett tâchait de se contenir, mais il ne parvenait pas à dissimuler la vive colère qui envahissait ses yeux. Il fallait qu'elle intervienne, mais comment ? Malheureusement, elle n'eut pas le temps de trouver un plan. Son grand-père avança d'un pas vers le vampire.

– Stop !

Kylie tâcha de s'interposer entre les deux hommes. Mais trop tard. Aucun ne s'arrêta. Son grand-père balança le poing, et Burnett reçut le coup en pleine mâchoire. S'il était loin d'être aussi vigoureux que ce dernier, le vieillard ne manquait pas de forces et le vampire tomba. Le bruit d'une fureur absolue surgit d'un des combattants, de Burnett, supposa Kylie. En moins d'une seconde, son grand-père se rua sur lui et la bagarre se poursuivit. Derek arriva à toute allure, mais deux caméléons mâles apparurent brusquement et chacun lui prit un bras.

Comment les choses avaient-elles pu dégénérer à ce point, et si vite ?

Chapitre 3

– Arrêtez !

Kylie se sentit aussitôt passer en mode « protectrice », la sensation familière de pétillement traversa son corps, mais rien à faire, elle ne savait pas où appliquer cette force. *Déchirée entre deux loyautés.* Les paroles de Derek résonnaient dans sa tête. Les caméléons étaient de son espèce. Son grand-père, de son sang. Pourtant Burnett et Derek étaient… sa famille, eux aussi.

Soudain surgit une autre silhouette qui arracha son grand-père de Burnett avec une extrême brutalité. Malcolm parvint à rester debout, mais décocha un coup de poing au nouveau venu.

Se sentant obligée d'agir avant même de réfléchir à ce qu'elle faisait, Kylie attrapa l'intrus dans la bagarre et le projeta loin de son grand-père. Impuissant, il se retrouva à près de trois mètres en l'air, et en retombant ses yeux bleus croisèrent ceux de la jeune fille.

Lucas.

Alors comme ça, il était venu.

Le souvenir du garçon qui embrassait sa fiancée surgit

dans sa tête et résonna douloureusement dans son cœur. L'espace d'une seconde, elle regretta de ne pas l'avoir jeté deux fois plus fort.

Elle se détourna, et parvint non sans mal à reprendre son souffle, quand ses yeux se posèrent sur Derek, qui luttait encore contre les deux caméléons qui le tenaient.

– Lâchez-le, dit-elle, bouillonnant de rage, aux deux hommes.

Ils faisaient partie du groupe de son grand-père, mais elle s'en moquait. Elle ne les laisserait pas faire de mal à Derek.

Ses mots étaient à peine sortis de sa bouche que d'un seul coup, les types qui tenaient le demi-Fae tombèrent comme des mouches. Celui-ci regarda leur corps d'un air renfrogné, et se redressa, avec une sorte de fierté.

Voir les corps inanimés par terre fit naître une vague de panique chez Kylie. Qu'avait donc fait Derek ? Elle avait voulu qu'ils le relâchent, mais pas qu'il... Elle se rappela le don du garçon de faire perdre conscience aux gens sans leur faire de mal. Du moins espérait-elle qu'il ne les avait pas blessés.

Se tournant sur sa droite, elle refusa de regarder Lucas. Elle l'entendit se relever et sentit qu'il la fixait, qu'il l'implorait du regard de lui jeter un bref coup d'œil. Il pouvait la supplier de tout ce qu'il voulait : il n'aurait jamais rien.

Pourtant, moins de deux semaines auparavant, elle lui aurait donné son cœur. De qui se fichait-elle ? Elle le lui avait *donné* ! Voilà pourquoi c'était si difficile.

Elle soupira et revint vers son grand-père, qui semblait prêt à attaquer Burnett de nouveau, lequel se relevait péniblement, la lèvre fendue. Son expression et son langage corporel véhiculaient de la férocité, mais la main qu'il tendait montrait qu'il voulait faire la paix. Heureusement que quelqu'un avait du bon sens, parce qu'avec son cœur brisé qui repassait la douloureuse chanson dans sa tête encore et encore, Kylie se voyait mal maîtriser la situation.

Malcolm fit un pas en avant.

– Je ne veux pas me battre contre vous, dit Burnett. Arrêtez immédiatement avant qu'il n'y ait un blessé.

Kylie comprit qu'elle devait agir.

– Il a raison, dit-elle, arrête, s'il te plaît !

Elle posa une main sur le bras de son grand-père. Une douce chaleur envahit sa poitrine, passa dans son bras, puis dans ses doigts. Elle se propagea dans le bras de Malcolm qui, peu à peu, se détendit. Il inclina la tête et inspira longuement pour se reprendre. Puis il se précipita vers les hommes que Derek avait endormis.

– Ils vont bien, remarqua Derek, redoutant que l'homme ne vienne l'attaquer. Mais l'agressivité dont Malcolm avait fait preuve un peu plus tôt avait disparu.

Kylie se rappela le calme qu'elle lui avait transmis. S'était-elle instinctivement transformée en fée ? Forcément, non ?

Lucas se rapprocha d'un pas. Sans le fixer directement, elle remarqua ses mouvements du coin de l'œil. Elle tâcha d'emprunter un peu de la sérénité qu'elle venait de transmettre à son grand-père. Mais cela ne fonctionnait pas. La douleur de la trahison de Lucas surgit dans son cœur, écrasant toute objectivité et lui nouant la gorge.

Son grand-père prit la parole :

– Tout le monde s'en va, à part Kylie et M. James.

– Pour que vous puissiez de nouveau l'attaquer ? demanda Lucas d'un ton dur et furieux.

Et pourtant, elle aurait pu jurer reconnaître le remords dans sa voix. Elle imaginait bien son expression, ses yeux remplis d'ombres et de regret, mais elle refusait de le regarder.

– Faites ce qu'il dit, ordonna Burnett.

Kylie comprit que comme elle, il reconnaissait que son grand-père avait entendu raison.

Tout le monde s'en alla peu à peu. Kylie sentit de nouveau Lucas se déplacer, mais ses pas hésitèrent quand il se posta derrière elle. Son odeur emplissait l'air qu'elle respirait et la question qu'il chuchotait effleura ses oreilles.

– Tu me détestes au point de refuser de me regarder ?

Si seulement je pouvais le détester, pensa Kylie.

Puis il poursuivit dans un murmure :

– Elle n'a jamais compté pour moi. Il n'y a que toi.

Le bruit de ses pas qui s'en allaient ressemblait aux dernières mesures d'une chanson triste.

Ses paroles planaient encore dans l'air. Elles envahirent Kylie de plusieurs vagues d'émotion. Elle savait que Lucas disait la vérité ; elle était encore fée, elle ressentait ses sentiments, ils s'infiltraient dans sa peau, se glissaient dans son cœur et enflaient jusqu'à la douleur. Mais savoir qu'il disait la vérité ne changeait rien du tout.

Qu'il ait eu l'intention ou pas de la blesser, il l'avait fait. Comment aurait-il pu ignorer qu'elle serait dévastée d'apprendre qu'il était promis à une autre ? Ne pouvait-il deviner qu'elle serait blessée de découvrir que tout le temps où qu'ils s'étaient fréquentés, il voyait cette fille tout en feignant de se soucier d'elle ?

Elle sursauta quand un léger contact effleura ses omoplates. Un frôlement lent et doux, pas dans le but de séduire ni d'attirer l'attention. Uniquement d'apaiser. Le calme chaud du toucher ne laissait aucun doute sur l'identité de la personne. Derek.

La douleur s'atténua dans sa poitrine, et d'un battement de cils, elle fit disparaître les larmes qui lui piquaient les yeux. Tâchant de reprendre le contrôle de ses émotions imprévisibles, elle resta immobile, les yeux fermés, se concentrant sur le soleil sur sa peau et la brise sur ses joues.

– Kylie ?

La voix de Burnett lui fit ouvrir les yeux d'un coup.

Son grand-père et lui se tenaient juste devant elle. L'inquiétude se lisait sur leurs visages.

– Tu vas bien ? demanda son grand-père.

– Super.

Elle ébaucha un sourire, aussi peu crédible que la réponse qu'elle venait de donner.

– Alors viens, dit le vieil homme, il faut que l'on parle. À la maison et devant une tasse de thé.

Burnett lui adressa un coup d'œil rapide : il n'était pas dupe et voyait qu'elle n'allait pas bien du tout. Elle, de son côté, discerna autre chose dans son regard. Ou avait-elle lu ses émotions ? De la peur. Comme s'il craignait qu'elle n'aime pas ce qu'il allait révéler. D'ailleurs, ce qu'elle avait entendu ces derniers temps ne lui plaisait pas du tout. Puis elle se rendit compte qu'elle n'avait pensé qu'à elle. Égoïstement, elle s'était concentrée uniquement sur sa propre douleur. Si Burnett avait fait le déplacement, ce n'était peut-être pas seulement à cause d'elle.

Elle s'arrêta brusquement et attrapa le vampire par le coude.

– Tout le monde va bien ? Que… que s'est-il passé ?

Cinq minutes plus tard, Kylie, assise à la table de la salle à manger, attendait que sa tante leur serve du thé glacé avant de commencer la conversation. Elle priait simplement pour que cela n'aggrave pas ce qui s'était produit devant la grange. La tension entre Burnett et son grand-père remontait tout doucement. Celle de Kylie, en revanche, avait déjà atteint son paroxysme. Quelqu'un avait intérêt à prendre la parole, sinon elle allait craquer. Et par quelqu'un, elle pensait à Burnett.

Il avait repoussé la réponse à sa question jusqu'à ce qu'ils aient un endroit où parler. Ce qui la mettait en état d'alerte maximale : elle avait raison. Il n'y avait pas que Mario, il s'était passé autre chose. Quelqu'un allait mal.

Sur la route de la maison, elle était devenue folle en imaginant le pire. À présent, assise devant une pizza froide au centre de la table, elle réprima une sensation de nausée alors que diverses versions du pire transperçaient son cœur. Elle savait que Derek et Lucas allaient bien. Elle n'aurait pas dû se soucier de Lucas, mais pourtant elle s'en faisait.

Holiday allait forcément bien, sinon Burnett n'aurait pas été dans son état normal. Il l'aimait trop pour ne pas laisser paraître une émotion s'il lui était arrivé quelque chose. Ce qui laissait…

Elle songea immédiatement à ses deux plus proches amies – avec lesquelles son grand-père avait insisté pour qu'elle ne parle pas pendant un moment. Mais parce qu'il avait finalement accepté qu'elle discute avec Holiday, elle avait essayé de s'y faire. Mais… s'il leur était arrivé quelque chose… Oh non ! Sans même qu'elle connaisse la réponse, des larmes lui piquèrent les yeux.

Elle pensa tout d'abord à Della. La vampire bornée était en mission pour l'URF. Quelque chose s'était-il mal passé ? Della allait-elle bien ?

Kylie se revit lui dire que cela ne lui plaisait pas qu'elle travaille pour l'URF, mais quand Della était carrément venue lui demander si elle voulait qu'elle refuse d'aider l'organisation, elle ne lui avait pas répondu par la négative.

Elle savait à quel point son amie désirait travailler pour l'agence.

Mais s'il lui était arrivé quelque chose, Kylie aurait regretté sa réponse à tout jamais.

L'inquiétude réduisit sa patience en un fil tout mince.

– Est-ce Della ? lâcha-t-elle enfin alors que l'on posait un verre de thé devant elle et que sa tante sortait de la pièce. Il lui est arrivé quelque chose ?

Burnett la regarda.

– Non. Della va bien… pour ce que j'en sais. Elle est toujours en mission.

– Alors qui… que s'est-il passé ?

Burnett prit le verre froid dans ses mains en coupe, mais ne le sirota pas. Si ce n'était pas du sang, il ne buvait presque rien, à part le café noir qu'elle l'avait vu consommer certains matins.

– Après avoir été informés que Mario avait été vu à Fallen, nous avons assisté à un incident. Nous ne sommes pas sûrs que cela soit lié.

– Il y a eu un blessé ?

Ces mots la piquèrent à vif quand ils franchirent ses lèvres, mais quelque part, elle savait avec certitude que quelqu'un ne s'en était pas tiré indemne.

Il fit tourner le verre deux fois dans ses mains avant de répondre :

– Helen s'est fait attaquer.

Kylie en eut le souffle coupé. Helen était la demi-fée la plus timide et la plus docile de Shadow Falls. Qui donc voudrait lui faire du mal ? La réponse résonna comme un écho non désiré. Mario.

– Est-ce qu'elle… va bien ?

L'adjectif *vivante* traînait sur ses lèvres, mais elle redoutait de le prononcer car cela lui aurait fait trop de mal.

– Oui, répondit-il, ça va aller. Et nous ne savons même pas si tout cela est lié ou pas.

– Ce n'était donc pas ce Mario qui cherchait Kylie, observa son grand-père.

Elle le regarda, puis enfonça une porte ouverte :

– Burnett ne serait pas là s'il ne le craignait pas.

À contrecœur, celui-ci opina en jetant un coup d'œil à Kylie.

– Nous le craignons. Mais en réalité, aucune preuve ne le confirme. Elle a été attaquée par-derrière. Elle ne se souvient de rien.

– Comment va-t-elle ? demanda Kylie en priant pour que Helen ne garde pas de cicatrice – ni physique ni émotionnelle.

– Elle est plus forte que nous ne le pensions. Ses blessures étaient graves, mais sans mettre sa vie en danger. Comme tu peux l'imaginer, Jonathon reste à son chevet nuit et jour. Ses parents sont à l'hôpital, et il y a eu des moments gênants… Apparemment, Helen ne leur avait pas parlé de son nouvel amour.

Kylie imagina le grand vampire efflanqué et piercé tenir la main d'Helen sous le regard de ses parents.

– J'imagine aussi qu'il est hyperénervé et qu'il veut se venger.

Un semblant de sourire effleura les lèvres de Burnett. Mais il ne dura pas.

– Je vois que tu connais très bien Jonathon. Nous avons posté des gardes à l'hôpital, au cas où l'agresseur reviendrait.

– Je peux y aller ? demanda Kylie.

– Non, répondirent Burnett et son grand-père en même temps.

Le premier poursuivit :

– Si Mario est derrière tout ça, c'est peut-être un stratagème pour t'attirer à l'hôpital.

L'idée qu'elle et elle seule soit la raison de l'agression d'Helen lui fit mal au cœur. Puis la colère parvint à se frayer un chemin dans le peu de place qui restait. Elle en avait marre des gens que Mario faisait souffrir à cause d'elle. Mais comment pouvait-elle y mettre un terme ? C'était la question à un million de dollars à laquelle il fallait répondre, décida Kylie, et le plus vite possible.

Burnett se redressa sur sa chaise.

– Après l'attaque d'Helen, j'ai commencé à m'inquiéter pour la sécurité de Kylie, reprit-il en regardant Malcolm. Je me suis dit que si je pouvais vous trouver, alors lui aussi, j'en suis sûr. Je crois que Kylie serait plus en sécurité si elle retournait au camp.

– Et moi je ne suis pas d'accord, répliqua son grand-père.

– Vous n'êtes pas d'accord ?

Burnett bouillonnait de rage.

– Mario a été clair : il veut que Kylie rejoigne son groupe de caméléons escrocs, sinon il la tuera. Il se sent menacé par son pouvoir de protectrice.

– Je sais tout cela, insista Malcolm. Vous n'êtes pas le seul à qui Kylie se confie. Mais si cette attaque sur l'autre fille visait à éloigner Kylie, alors cela signifie qu'il ne sait pas où elle se trouve.

– Mais pour combien de temps ? demanda Burnett. Mario n'est pas du genre à laisser tomber !

– Peut-être, mais s'il est déjà parvenu à entrer au camp

pour attaquer cette fille, pourquoi voudriez-vous me faire croire qu'il ne recommencera pas pour atteindre Kylie ?

– Mais…

Kylie prit la parole, mais le regard glacial que lui adressa Burnett lui intima de le laisser faire. Elle ferma la bouche d'un coup, même si cela l'agaçait.

– Je comprends vos inquiétudes, dit Burnett, toutefois l'agression n'a pas eu lieu dans l'enceinte du camp.

Il fit de nouveau tourner le verre de thé entre ses mains et baissa les yeux sur le liquide ambré, comme s'il réfléchissait avant de le boire. Puis il leva les yeux.

– Il y a un autre facteur à prendre en compte : nous sommes plus nombreux pour combattre cet escroc et ses adeptes. Et si je sais que cette idée vous met probablement en rage, j'ai également l'aide de l'URF. Avec le bureau à Fallen, près du camp, je peux disposer d'une centaine de personnes entraînées en quelques minutes.

Malcolm se rembrunit.

– Vous avez raison, cela me fait enrager.

Il marqua une pause et Kylie le vit serrer les dents avant de reprendre la parole.

– Je dois vous dire que la seule raison pour laquelle je suis assis à cette table avec vous, c'est parce que ma petite-fille a un respect profond pour vous. En l'absence de son vrai père et vu sa configuration familiale, vous avez à bien des égards représenté une figure paternelle pour elle.

Burnett passa le doigt sur la condensation que le thé formait, comme si entendre tout le bien que Kylie pensait de lui le mettait mal à l'aise.

– J'espère de tout mon cœur que vous méritez son respect.

Le vieil homme inspira profondément.

– Cela dit, la logique dont vous faites preuve là me déconcerte. Vous prétendez éloigner ma petite-fille de l'URF, et pourtant vous n'hésiteriez pas à leur faire appel pour la protéger. Comment est-ce possible ?

– Je ferai tout pour ne pas qu'ils la testent, simplement parce que je ne suis pas sûr que les tests soient à cent pour cent sans risque. Je crois que leur empressement à trouver des réponses les empêche d'en mesurer les conséquences. Mais je vous en prie, n'allez pas imaginer que je les crois capables de reproduire ce qu'ils ont fait à d'autres par le passé. L'URF n'est pas parfaite, M. Summers, aucune organisation ne l'est ou ne le sera jamais, mais ce n'est plus la même agence qu'à l'époque.

Le silence envahit la pièce. La tension fut palpable.

– Laissez-moi ramener Kylie à Shadow Falls, où je crois qu'elle est la plus en sécurité, poursuivit Burnett. J'aurai des gardes qui attendront Mario et qui le surveilleront quand il passera à l'acte. Nous serons prêts. Nous l'attraperons et mettrons un terme à tout cela, une bonne fois pour toutes.

– Et nous pouvons faire la même chose, ajouta son grand-père, le ton encore pincé.

La grimace de Burnett s'accentua.

– Regardez-moi dans les yeux et dites-moi honnêtement que vous croyez que vous et les vôtres, vous êtes capables de gérer cela.

Malcolm entrelaça ses doigts – bien fort – et posa ses mains jointes sur la table. Puis il les fixa, comme s'il soupesait les paroles de Burnett.

Quand il leva les yeux, il croisa ceux de Kylie, puis il regarda Burnett d'un air renfrogné.

– Je ne suis pas du tout d'accord avec votre plan ; ni avec votre impression que nous sommes prétendument incapables de protéger l'un des nôtres. Encore que je puisse me raccrocher aux préjugés du passé. Des préjugés qui, j'en suis certain, feront partie de moi jusqu'à mon dernier souffle.

Il s'éclaircit la gorge et laissa échapper un soupir.

– Toutefois, si ma petite-fille m'a appris quelque chose depuis qu'elle est ici, c'est qu'elle est elle-même. Donc si j'espère qu'elle écoutera mon conseil à ce sujet, je suis conscient que la décision lui appartiendra. J'ai perdu bien trop de membres de ma famille dans cette vie, et je tiens bien trop à elle pour la faire fuir en essayant de la garder auprès de moi.

Les larmes piquèrent de nouveau les yeux de Kylie. Elle posa ses mains sur celles de son grand-père. Il les serra dans les siennes et la regarda.

– Reste ici, Kylie. Reste et continue à apprendre qui tu es et où est ta place.

Son contact la réchauffa.

Et une partie d'elle voulut capituler. Mais à quel prix ?

Chapitre 4

Avant que Kylie ne parle, elle constata à l'expression de son grand-père, qu'il connaissait déjà sa décision. Elle vit le mal qu'elle lui faisait et ressentit sa douleur.

– Tu ne me perdras pas. L'endroit où je vis ne changera rien. Je serai toujours ta petite-fille. Mais je crois que Burnett a marqué des points : je dois repartir là-bas.

C'était, pensait-elle, le seul choix qu'elle puisse faire.

Shadow Falls, c'était chez elle, mais cela n'expliquait qu'une partie de sa décision. Tout au fond d'elle, elle savait que Burnett ne se trompait pas. Si son grand-père et son enclos de caméléons étaient très doués, ils avaient passé la majorité de leur vie à éviter la confrontation, à ne pas s'y préparer. Ils ne faisaient pas le poids face à Mario et à son clan assassin.

Le problème était que Kylie n'était pas sûre non plus que Shadow Falls puisse faire face à Mario. Et si oui, combien encore seraient blessés comme Helen, ou pire, tués ? Ce n'était pas comme si cela n'était jamais arrivé.

Alors qu'elle avançait en calant ses pas sur ceux de Burnett jusqu'à la porte d'entrée, ils gardèrent le silence.

La nuit les enveloppait. Une partie du ciel occidental, teinté de rose, indiquait le départ du soleil. Quand ils parvinrent à la porte, il la regarda.

– J'appellerai ton grand-père pour fixer l'heure à laquelle je viendrai te chercher demain.

Kylie acquiesça. Elle avait insisté pour avoir le temps de dire au revoir à son grand-père. Mais à présent, son cœur ne voulait pas voir Burnett partir. Ils n'avaient pas vraiment eu l'occasion de discuter. Ce dernier quart d'heure, son grand-père l'avait passé à demander à Burnett comment il les avait trouvés. Celui-ci leur expliqua que c'était grâce à l'agence immobilière. Quand son grand-père avait vendu sa maison, Burnett avait pu trouver qui s'était occupé de la vente, et grâce aux archives, il avait découvert une autre maison qui avait appartenu au vieux monsieur.

– Promets-moi qu'Helen va vraiment bien.

– Comme je te l'ai dit, elle va guérir.

– Et la mission de Della ? Tout se passe bien ? Elle n'est pas en danger ?

– Ma dernière communication avec elle a confirmé que tout allait bien.

Kylie hocha la tête.

– Et Holiday ?

– Elle est inquiète. Mais elle s'est toujours fait du souci pour vous, les jeunes. Elle est comme ça, voilà tout.

– Mais entre vous, ça… va ?

Il sourit.

– Oui, très bien.

Les sourires de Burnett étaient tellement rares qu'elle devina qu'effectivement, ça devait aller très bien entre eux.

– Et Miranda ? demanda Kylie.

– Elle se sent seule. Depuis le départ de ses deux colocs,

elle ne sait plus trop où elle en est. Comme beaucoup d'autres, elle sera ravie d'apprendre que tu rentres.

– Bien sûr. Sans aucune configuration changeante à vérifier, on doit plutôt s'ennuyer, c'est clair !

Burnett haussa les épaules.

– Je crois que tu n'en reviendrais pas si tu savais combien de personnes ont demandé de tes nouvelles. Tu es loin d'être la paria que tu imagines, Kylie !

– Tout le monde me manque aussi, avoua-t-elle. Je peux te serrer dans mes bras pour te dire au revoir ?

Il arqua un sourcil désapprobateur et Kylie comprit immédiatement pourquoi. Burnett n'était pas du genre à passer complètement l'éponge.

– Je ne pensais pas mériter un câlin, lança-t-il, lui rappelant qu'elle ne lui avait même pas dit au revoir quand elle avait quitté le camp.

– J'ai eu tort, admit-elle, reconnaissant qu'elle n'avait que ce qu'elle méritait. Je savais que tu m'en voudrais. Mais cela n'aurait fait qu'empirer les choses.

– Oui, je t'en ai voulu. J'aurais insisté en te disant que tu avais tort, dit-il. Et j'aurais bien fait.

– Pas forcément. J'ai appris certaines choses ici. De plus, j'ai pu profiter de mon grand-père et de ma grand-tante. Le temps que j'y ai passé n'a pas été qu'une grosse erreur.

– Je comprends ton besoin d'en apprendre plus sur toi-même et je suis d'accord, il y a un moment pour se réconcilier avec la famille, mais pas quand ta vie est en danger.

Kylie le regarda :

– Donc notre bien-être est plus important que la famille ? Holiday, c'est ta famille, non ?

Elle savait qu'elle avait marqué un point. Il n'essaya même pas de baratiner.

– J'en conviens.

– Waouh, c'est rare de ta part ! dit-elle en souriant.

– Alors, profites-en ! rétorqua Burnett. Mais ce n'est pas juste : tu connaissais ma seule faiblesse et tu t'en es servi contre moi !

– Être amoureux, ce n'est pas une faiblesse, observa Kylie.

Puis son inquiétude chassa la légèreté du moment.

– Es-tu vraiment sûr que Mario a fait cela à Helen ?

– Suffisamment pour être ici, dit-il. Et suffisamment pour ordonner à des gardes de surveiller cet endroit ce soir. Mario a décelé ton pouvoir, Kylie. Tu constitues une menace pour son existence.

Pourtant, elle se sentait impuissante face à lui. Elle regarda derrière la porte d'entrée et vit les deux silhouettes de Lucas et Derek. Ils se tenaient à cinq mètres l'un de l'autre, comme s'ils n'étaient même pas ensemble. Ou comme s'ils étaient… postés pour… Allaient-ils lui servir de gardes ? L'idée que Lucas puisse veiller sur elle alors qu'il l'avait tellement fait souffrir fit naître une nouvelle vague de douleur dans sa poitrine.

– Pas Lucas, murmura-t-elle.

– Pas Lucas quoi ? demanda Burnett.

Kylie se trouva un peu puérile de le ressentir, et plus encore de le formuler, mais elle ne voulait pas le savoir si près d'elle. Elle s'en préoccuperait dès le lendemain, quand elle rentrerait à Shadow Falls, mais pas ce soir.

– Je ne veux pas que Lucas veille sur moi.

Burnett ouvrit la bouche pour dire quelque chose, mais se ravisa. Puis, fronçant les sourcils, il hocha la tête. Kylie ignora son air désapprobateur et alla le serrer dans ses bras.

L'étreinte de Burnett, bien que froide à cause de sa température corporelle de vampire, la réchauffa. Savoir que le lendemain elle rentrerait chez elle lui permit d'y mettre plus facilement un terme. Pourtant, l'idée de se retrouver en présence de Lucas rendait doux-amer son retour à Shadow Falls.

Kylie se remit en route vers la maison, mais à mesure qu'elle se rapprochait, elle redoutait la conversation qui se tiendrait sûrement à l'intérieur. Comme elle avait besoin de quelques minutes pour trouver les mots qui aideraient son grand-père et sa tante à comprendre, elle passa devant la maison sans s'arrêter et se dirigea vers le belvédère. Le ciel étincelait d'un rose vif et le soleil couchant éclairait la scène d'une teinte dorée. Alors qu'elle avançait entre les chênes verts, son regard s'arrêta sur la tillandsie qui se balançait tout doucement dans la brise.

Elle se demanda si son grand-père se sentirait obligé de partir, maintenant que Burnett avait prouvé qu'il était facile de les retrouver. Elle espérait que non. Aussi mécontente fût-elle cette semaine, la beauté des lieux ne lui avait pas échappé. Les échos de la nature annonçaient la tombée de la nuit – un oiseau, quelques criquets.

Puis le crépuscule sembla retenir son souffle et la tranquillité de l'instant vola en éclats quand une brindille se brisa. Le cœur de Kylie manqua un battement lorsque son regard se posa vers la rangée d'arbres. Pourquoi ce petit bruit lui semblait-il importun, elle l'ignorait. Il s'agissait probablement d'une créature innocente qui rentrait chez elle avant la nuit.

Pourtant, ce bruit n'avait rien d'innocent.

Une ombre se faufila soudain entre les arbres. Sans

pouvoir expliquer pourquoi, au lieu de s'enfuir, Kylie se sentit obligée d'aller vers elle.

En se ruant vers la lisière, elle crut, l'espace d'une seconde, reconnaître la silhouette féminine qui entrait et sortait des ténèbres à toute allure. Kylie s'arrêta brusquement.

Comment était-ce possible ? Comment pouvait-elle être là ? Que faisait-elle ? Elle l'avait suivie. Elle avait forcément suivi Lucas. Sinon, que ferait là sa fiancée ?

Sans trop savoir si elle voulait affronter cette fille, Kylie tourna les talons. Elle n'avait parcouru que quelques mètres quand elle entendit un bruit de pas dans la terre douce, calé sur les siens.

– Que veux-tu ? lâcha Kylie d'un ton sec, sans regarder la personne qui avançait à côté d'elle.

– Parler, répondit celle-ci, mais la voix n'était pas la même. Ce n'était pas le ton léger et fleuri qu'elle avait entendu promettre son âme à celui qu'elle aimait. Ce n'était pas Monique.

Kylie s'arrêta et regarda Jenny, un caméléon de dix-sept ans. Elle était brune et mesurait la même taille. Kylie l'avait-elle prise pour… ?

– C'était toi ?

– C'était moi quoi ? fit Jenny.

Kylie regarda de nouveau les traits de la jeune fille : un nez droit, un menton carré et des yeux vert clair tirant sur le gris. Son visage lui était familier ; ou alors, elle ressemblait à quelqu'un qu'elle connaissait.

– Tu… tu étais dans les bois ?

– Oui. Je venais de chez nous.

Kylie eut un bref regard pour la personne qu'elle avait prise pour Monique.

– As-tu vu quelqu'un d'autre ?

– Non pourquoi ? Il y avait quelqu'un ?

Kylie regarda de nouveau le bois.

– Peut-être pas, admit-elle. Mais elle n'était pas totalement convaincue. En loup-garou qu'elle était, Monique pouvait se montrer très discrète si elle le désirait. Ou s'enfuir très rapidement. Kylie se remit en route, pensant plus vite qu'elle ne marchait.

– Alors… tu veux bien ? demanda Jenny.

Perdue dans ses pensées, Kylie leva les yeux.

– Je veux bien quoi ?

– Que l'on discute, expliqua Jenny, et elle serra ses mains, comme si elle redoutait quelque chose.

– Je… Je dois parler à mon grand-père et à ma tante tout de suite. Mais tu n'as qu'à passer un peu plus tard ?

Elle remarqua l'expression inquiète de Jenny et trouva bizarre que celle-ci veuille lui parler. Jenny ne s'était pas montrée désagréable avec elle depuis qu'elle était là, mais elle n'avait pas non plus été très aimable.

– Quelque chose ne va pas ?

– La rumeur dit que tu t'en vas ? C'est vrai ?

Kylie acquiesça d'un signe de tête. Jenny se mordit la lèvre inférieure, nerveuse.

– Quand ?

– Demain, répondit Kylie.

Des voix venaient de la maison de son grand-père. Kylie regarda vers la porte.

– Je… je dois y aller.

Jenny partit comme une flèche. Kylie se retourna et vit quatre anciens debout sur le porche, comme sur le départ.

Elle regarda derrière elle et essaya de se convaincre qu'elle avait vu Jenny et pas Monique. Mais elle n'en était pas persuadée….

Quand elle se dirigea vers la maison, elle croisa les anciens. Ils lui dirent tous bonjour d'un signe de tête, mais elle sentit la tension émanant d'eux. Elle était sûre qu'ils étaient venus voir son grand-père pour parler d'elle. Si elle était soulagée que ce dernier ait fait la paix avec Burnett, ce n'était pas forcément le cas pour les autres. Et cela, comprit Kylie, pourrait causer des problèmes. Non seulement à elle, mais aussi à Malcolm.

Elle hésita à frapper quand elle entra dans la maison. Elle y avait séjourné treize jours et ni son grand-père ni sa grand-tante ne lui avaient donné l'impression qu'elle gênait, mais elle n'avait simplement pas le sentiment d'être chez elle. Peut-être parce que, au fond, elle savait que sa place n'était pas là, mais à Shadow Falls. Elle revit Burnett déclarer que venir ici était une erreur. Et même si cela lui semblait inexact, elle n'était pas prête à formuler les choses ainsi.

Elle entendit des voix provenant de la salle à manger, mais quand elle y entra, elles se turent. Trop vite. De toute évidence, on ne voulait pas parler devant elle. Elle s'arrêta sur le seuil. Sa tante et son grand-père, assis à table, la regardaient. Si seulement elle savait quoi dire ! Pourtant, une partie d'elle avait conscience que quoi qu'elle dise, cela leur ferait de la peine. Peut-être Burnett avait-il raison. Elle avait commis une erreur en venant. Ne serait-ce que pour le chagrin qu'elle avait causé à son grand-père et à sa tante.

– Je suis désolée si j'ai créé des problèmes. Je suis désolée que…

– Ne t'inquiète pas, mon enfant ; assieds-toi, la rassura sa tante. Veux-tu que je réchauffe ta pizza ?

– Non, je n'ai pas faim, dit Kylie en s'asseyant et en regardant son grand-père. Les anciens sont-ils énervés à cause de ce qui s'est passé ? Sont-ils en colère contre moi ? Et vous, m'en voulez-vous ?

Son grand-père soupira.

– Ils sont énervés, oui, mais sans raison particulière. Ils n'aiment pas le changement et, ces jours-ci, il y en a eu beaucoup.

Surtout à cause de moi, pensa Kylie en se mordant la lèvre.

– Quelqu'un m'a dit un jour que c'était quand rien ne change qu'il fallait commencer à se faire du souci.

– Je parie que cette personne n'était pas un caméléon, lança son grand-père.

– Non, répondit Kylie.

– À tort ou à raison, nous avons tendance à apprécier nos zones de confort, lui répondit-il, en hochant la tête.

– Je peux faire quelque chose pour aider ? demanda-t-elle.

Les rides entre les yeux du vieil homme s'accentuèrent.

– Reste avec nous et continue à apprendre le sens de ton héritage, dit-il. Tu n'as fait que gratter la surface de tout ce qu'il y a à découvrir.

– Malcolm, intervint Francyne, ne la mets pas dans l'embarras !

– Je crains qu'elle ne s'y mette toute seule quand elle repartira, observa-t-il.

– Je ferai tout mon possible pour arranger les choses, mais je ne peux pas rester, déclara Kylie, qui sentit sa gorge se serrer.

– Je suis désolé, dit-il, en levant la main. Ta tante a raison, je te mets la pression et je ne devrais pas. Mais sache que tu vas me manquer.

– Toi aussi, répondit Kylie. Vous allez rester ici ?

Il haussa les épaules.

– Si les autres anciens obtiennent ce qu'ils veulent, alors nous partirons.

– Parce qu'ils ne font pas confiance à Burnett ? demanda Kylie.

– Je suis sûre que c'est en partie pour cela.

– Comment ferai-je pour vous contacter ?

– Hayden Yates travaille encore à Shadow Falls.

Hayden était le caméléon que son grand-père avait embauché pour garder un œil sur Kylie. Pour une raison quelconque, quand elle était partie, elle avait simplement supposé qu'il s'en irait lui aussi.

– Il enseigne toujours là-bas ?

Son grand-père opina.

– Il les a convaincus que tu avais manœuvré pour qu'il t'emmène loin du camp. Ils ne savent toujours pas ce qu'il est, et c'est très bien comme cela.

Kylie hocha la tête, mais ne put s'empêcher d'être méfiante. On ne bernait pas Burnett aussi facilement.

– En fait, Hayden pense le plus grand bien de la façon dont les choses sont gérées à l'école.

– Tu vois, dit Kylie, il y a pire endroit !

Cette nuit-là, ne sachant pas à quelle heure Burnett passerait la prendre, elle fit ses bagages. Puis elle s'étendit sur son lit, dans les draps les plus doux et la couette la plus moelleuse qu'elle eût jamais eus, et passa en revue les photos de son père. On aurait pu croire que rester avec son grand-père atténuerait le manque paternel, mais non, cela avait eu exactement l'effet contraire. Voir cet homme – une version plus âgée de son père – n'avait fait que renforcer son manque.

Après avoir passé trop de temps à regretter que les choses

ne soient pas différentes, Kylie resta allongée à fixer le plafond. Elle craignait que quitter son grand-père ne lui fasse de la peine. Elle s'inquiétait pour Della, et pour Miranda qui se sentait abandonnée par elles deux. Elle se faisait du souci pour sa mère qui était partie en Angleterre et qui couchait sûrement avec ce type qui lui donnait la chair de poule.

Oh ! bon sang, il fallait qu'elle chasse très vite cette image de sa tête, sinon elle allait vomir le peu de pizza qu'elle avait avalé.

Elle se préoccupait aussi de la façon dont elle allait gérer Lucas.

– *Et moi, alors, tu ne t'inquiètes pas pour moi ?*

Le froid frappa Kylie si fort que son souffle se coupa quand l'oxygène glacial envahit ses poumons. Elle remonta la couette jusqu'à son menton.

– Je devrais m'inquiéter pour toi ? demanda Kylie, et elle jeta un coup d'œil au fantôme.

Ses cheveux détachés pendaient pratiquement jusqu'à sa taille et l'apparition portait le même peignoir blanc couvert de sang.

Et elle paraissait… morte. Plus morte qu'auparavant.

Kylie ne comprenait pas. Si un fantôme avait le choix entre avoir l'air mort ou presque vivant, pourquoi ne choisissaient-ils pas toujours la dernière option ?

– *Non, ne te fais pas de souci pour moi. Je suis déjà morte. Tu vois ?*

Elle serra sa jupe contre elle et révéla une douzaine de fentes ensanglantées dans le tissu blanc. On aurait dit que quelqu'un lui avait administré des coups de couteau.

– C'est horrible ! lança Kylie qui détourna les yeux un instant. Qui t'a fait ça ?

Le fantôme ne répondit pas et continua à examiner les trous dans sa robe.

– *En réalité, ce n'est pas aussi horrible. Et pour être honnête, la personne pour laquelle tu devrais te faire du souci, c'est toi. Parce que si tu ne m'écoutes pas enfin, tu mourras. Exactement comme moi.*

– Écouter quoi ? T'écouter déblatérer sur le fait que je dois tuer quelqu'un, c'est ça ? demanda Kylie en fronçant les sourcils.

– *Oui.* Elle continua à fixer les trous dans sa robe. *Et ne va pas t'imaginer que ce soit horrible. Ôter une vie, il y a pire au monde.*

– D'accord, je suis curieuse. Combien de personnes as-tu tuées ?

La revenante leva les yeux, comme si elle réfléchissait à la question. Et cela eut l'air de lui prendre beaucoup de temps. Comme si elle devait calculer.

– Tu l'as vraiment fait, hein ? Tu n'as pas tué qu'une seule personne ?

– *J'en suis à une vingtaine, mais je sais que j'en ai loupé quelques-unes. Qui n'avaient pas l'air de compter beaucoup.*

– Qu'étais-tu ? Une tueuse à gages ?

– *Non, enfin si, plus ou moins. Je n'ai pas tiré profit de mon boulot. Je me suis juste occupée des problèmes d'un autre. Et très peu de moi.*

Le sang apparut brusquement sur ses mains. Elle les regarda. Il gouttait du bout de ses doigts. Il en tomba un peu sur sa robe déjà ensanglantée, et sur le tapis beige. L'odeur envahit la pièce et donna des haut-le-cœur à Kylie. Elle remarqua qu'elle devait se réjouir de ne pas trouver cette odeur alléchante pour l'instant.

– Essaierais-tu de m'emmener en enfer avec toi ? C'est

bien ça ? J'ai entendu parler de mauvais esprits qui vont en enfer et qui font ce genre de chose. Mais je refuse d'y aller et je refuse de t'aider à commettre un meurtre, alors laisse tomber. Pigé ?

Kylie ferma les yeux et, comme le lui avait montré Holiday, elle tâcha d'avoir des pensées positives qui empêchent les fantômes de prendre le contrôle.

Le froid disparut, mais l'esprit chuchota dans sa tête.

– *Je ne veux pas que tu ailles en enfer. Je veux que tu y envoies quelqu'un d'autre.*

– Va-t'en, va-t'en, va-t'en, murmura Kylie. Je ne tuerai personne pour toi. Jamais de la vie. Pas moi.

Kylie respira un bon coup. Mais le craquement à sa fenêtre la fit sursauter violemment et elle poussa un petit cri perçant.

Son regard se posa sur la vitre, mais elle ne vit rien.

Une fois la panique initiale passée, elle pensa au geai bleu – celui qu'elle avait sauvé de la mort. La créature l'avait-elle suivie jusque-là ?

Elle se leva, se dirigea vers la fenêtre et, avec en tête des images de fantômes en route pour l'enfer, tira prudemment les rideaux de dentelle blanche. Un visage déformé collé à la vitre surgit de nulle part.

Kylie hurla.

Chapitre 5

– Kylie ? Tout va bien ?

La voix de son grand-père résonna derrière la porte de la chambre au moment même où la jeune fille parvenait à distinguer le visage à la fenêtre. *Jenny.* La jeune caméléon si nerveuse qui lui avait parlé un peu plus tôt et que Kylie avait prise pour Monique. Que faisait-elle collée à la vitre ? Que voulait-elle à une heure si tardive ?

Jenny désigna du regard la porte de la chambre en secouant la tête. La panique gagna son visage. Elle ouvrit grands les yeux, l'implorant de ne pas dire à Malcolm qu'elle était là.

– Oui, je vais bien, j'ai dû rêver, mentit-elle, en espérant que son grand-père ne soit pas en mode vampire, sinon il l'aurait percée à jour… En jetant un coup d'œil à la fenêtre, elle vit apparaître le soulagement dans les yeux verts de la fille.

– Dors bien, alors, dit la voix derrière la porte.

– D'accord, répondit Kylie.

Elle attendit que les pas s'éloignent, puis alla ouvrir la fenêtre.

Jenny porta un doigt à ses lèvres et lui fit signe de sortir.

Auparavant, Kylie passa la tête par la porte et jeta un coup d'œil autour d'elle. Elle ne savait pas trop ce qu'elle cherchait, mais ne voulait plus de surprises. La présence de Jenny l'inquiétait assez comme cela.

Juste au moment où elle allait sortir à quatre pattes, Jenny l'arrêta et se pencha vers l'intérieur.

– Ce sont tes bagages ?

Kylie regarda sa valise posée sur une chaise.

– Oui.

– Prends-les, murmura-t-elle.

– Pourquoi ?

– Il faut que je te fasse sortir d'ici.

– Non. Je m'en vais demain.

– Pas du tout. En tout cas, tu ne pars pas où tu penses aller.

– Qu'est-ce que tu racontes ? demanda Kylie.

Elle eut envie de refermer la fenêtre au nez de Jenny, car d'instinct elle comprit que la nouvelle ne serait pas bonne.

Dix minutes plus tard, alors qu'elle traversait sans se presser le fond de la propriété, sa vieille valise marron à la main, Kylie ne parvenait toujours pas à croire ce que Jenny lui avait révélé.

– Je ne peux pas croire que mon grand-père fasse ce genre de chose.

– Je te l'ai dit, ce n'est sûrement pas lui. Mais les autres anciens. Pour être honnête, c'est ton grand-père le plus tolérant de tous.

Kylie s'arrêta.

– Mais il n'accepterait pas cela ! Il ne les laisserait pas me kidnapper et me garder contre mon gré !

– Écoute, je ne sais même pas s'il est au courant. Si ça se trouve, ils agissent derrière son dos. Mais toi et moi, nous avons vu les autres anciens lui parler.

La colère et le doute envahirent si vite Kylie que les larmes lui montèrent aux yeux.

– Mais m'en aller comme cela… je trouve cela si injuste… je devrais retourner lui parler.

– Non ! Si tu y retournes, il y a des risques qu'ils nous retrouvent. Je connais l'emploi du temps des gardes et si nous ne nous dépêchons pas, ils te prendront.

Kylie inspira. L'odeur de la forêt envahit ses poumons et elle essaya de rationaliser. La nuit semblait ramper entre les arbres et l'air était épais.

– Pourquoi ? Pourquoi feraient-ils une chose pareille ?

– C'est clair, non ? Tu es une protectrice et tu appartiens aux caméléons !

– Je n'appartiens à personne !

– Je ne voulais pas dire ça… je sais que tu n'appartiens à personne. Mais eux, c'est ce qu'ils pensent. Ils ont tort, ils ont tort sur des tas de sujets. Pourquoi je fais ça, selon toi ?

Kylie regarda Jenny, et la question vibra dans sa tête.

– En effet, *pourquoi* fais-tu ça, tiens ? Et ne me dis pas que c'est simplement parce que tu crois qu'ils ont tort ou parce que tu m'aimes bien, non, parce qu'on ne peut pas dire que tu m'aies souvent adressé la parole. Mon instinct me dit qu'il y a autre chose, et en général, il ne se trompe jamais !

Elle détourna les yeux, mais Kylie eut le temps d'y déceler de la culpabilité.

– C'est une sorte de piège ? demanda Kylie en regardant autour d'elle.

– Non, ce n'est pas un piège, répondit Jenny.

Kylie reconnut la conviction dans le ton de la jeune fille,

mais elle n'était pas en mode vampire et ne pouvait pas juger si elle mentait.

Elle regarda Jenny plus attentivement.

– Soit tu t'expliques immédiatement, soit je tourne les talons et je rentre.

– Expliquer quoi ? demanda Jenny, frustrée.

– Pourquoi tu voudrais m'aider alors que tu ne m'apprécies même pas !

Jenny maugréa :

– Écoute, je ne t'aimais pas parce que tu plaisais à Brandon. Je suis censée être sa fiancée, et si cela me rend furieuse qu'ils pensent pouvoir me dire de qui je dois tomber amoureuse, cela m'a tout de même énervée quand il est devenu fou de toi.

– Sa fiancée ? Tu veux dire que les anciens essaient d'arranger des mariages ?

– Ils essayent de tout faire. Ils sont tous fous ! Enfin pas ton grand-père, pas complètement, mais... (Jenny frotta sa main sur son jean, comme si avouer ce qu'elle ressentait la rendait nerveuse.) Ils nous protègent de tout. Ils prétendent que c'est parce qu'ils ne veulent pas que les gens nous voient tant que nous n'avons pas la capacité de dissimuler nos configurations. Mais regarde-toi ! Tu as vécu dans le monde normal ; tu ne t'es pas fait tuer et tu n'es pas non plus devenue esclave !

– Esclave ?

– Oui, ils se servent de la peur pour nous faire obéir. Pour nous convaincre de rester ici et de ne pas aller dans le monde.

Kylie secoua la tête.

– Je n'ai rien entendu de tel.

Mais elle se rendit brusquement compte qu'elle s'était

vraiment sentie isolée depuis son arrivée. Elle avait été tellement submergée qu'elle ne s'en était pas aperçue.

– Ils font très attention à ce qu'ils disent devant toi. Mais tu dois me croire. Ils veulent qu'on reste ici. Pour nous protéger, selon eux, mais… parfois, je pense que ce qu'on devrait redouter le plus, c'est de se laisser étouffer par ce mode de vie. Et s'ils découvrent qu'on n'est pas d'accord avec eux, il y a un sacré prix à payer.

– Ce qui me ramène à ma première question, dit Kylie. Si tu as si peur, pourquoi fais-tu ça ?

Elle détourna de nouveau les yeux.

– Pourquoi refuses-tu de me le dire ? insista Kylie.

Jenny soupira.

– C'est pour Hayden.

– Hayden Yates ?

– Nous parlons parfois. Mes parents ne le savent pas, les anciens non plus. Et tu ne dois le répéter à personne.

Kylie fit le calcul dans sa tête, compara l'âge probable de Hayden et celui de Jenny.

– Il est trop vieux pour toi.

Les yeux verts de Jenny s'écarquillèrent. Elle secoua la tête.

– Ce n'est pas mon copain ! C'est mon frère aîné !

Kylie tâcha d'enregistrer cette nouvelle information.

– Alors pourquoi tes parents refuseraient-ils de lui parler ?

– Parce qu'il est parti. Lorsqu'un caméléon s'en va, il est censé couper les ponts avec sa famille pour ne pas nous exposer.

– Mais mon grand-père l'a contacté, fit remarquer Kylie.

– Comme je te l'ai dit, des deux maux, ton grand-père est le moindre ici. Il me laisse même lui parler de temps en temps. Mais nous n'avons pas le temps de bavarder. Je suis sérieuse, si nous ne partons pas tout de suite, les gardes vont nous rattraper.

Un bruit de pas ponctua l'avertissement de Jenny.

– Zut ! dit-elle, cours ! Continue vers le sud, tu devrais parvenir en lisière de la propriété. Tu devrais même y arriver avant les gardes, si tu te dépêches !

– Mais…

– File ! J'ai promis à mon frère que je te ferais sortir d'ici !

L'urgence dans le ton de Jenny l'avait fait détaler comme une flèche, mais à peine avait-elle parcouru cent mètres que sa poitrine se serra sous le mauvais pressentiment d'abandonner Jenny. Elle sentit le changement subtil dans son corps à l'idée que quelqu'un puisse être en danger. Elle n'abandonnerait pas cette fille, non, pas tant qu'elle n'était pas sûre que ceux qui se dirigeaient vers elle ne représentaient pas une menace. Elle rebroussa chemin et repartit dans l'autre sens.

– Mince alors ! fit une voix rauque dans l'obscurité de la forêt, une voix qui lui était familière. Lâche-moi !

– Laissez-la tranquille ! hurla Jenny. Elle rentre chez elle.

Les pieds de Kylie martelèrent encore plus durement le sol lorsqu'elle se rua en lisière des arbres. Elle ne s'était pas encore arrêtée qu'elle reconnut sa voix. Elle vit Derek avec une Jenny très énervée, accrochée à son dos, les mains sur ses yeux et les jambes enroulées autour de sa taille.

Derek écarta d'un coup sec ces mains de ses yeux, mais Jenny maintint son étreinte autour de sa gorge.

– Où est Kylie ? grogna-t-il. Et il virevolta sur lui-même pour faire tomber son attaquante.

Kylie faillit sourire en voyant Jenny perchée sur Derek.

Son sourire disparut quand elle constata qu'il ne bougeait plus et fermait les yeux pour se concentrer. Elle comprit qu'il allait faire ce truc qui laisserait Jenny sans connaissance.

– Arrête ! Je suis là ! brailla Kylie.

– Tu le connais ? demanda Jenny, les jambes enserrant toujours Derek.

– Oui, je le connais, lâche-le, suggéra Kylie, qui n'était pas sûre que Derek comprenne que la jeune fille n'était pas une menace.

Jenny relâcha son étreinte, puis recula rapidement d'un pas, comme si l'instant de panique passé avait fait place à de la peur. Derek se retourna, regarda l'adolescente d'un air renfrogné, ce que Jenny lui rendait bien. Au bout d'une seconde seulement, sa colère s'apaisa. Tous deux s'affrontèrent du regard, se jaugèrent.

– Alors partez… tous les deux, dit Jenny en agitant les bras et en détournant rapidement les yeux de Derek. Allez-y, avant que les gardes ne vous trouvent.

– Que se passe-t-il ? demanda Derek à Kylie.

Elle vit ses yeux se poser sur la valise qu'elle tenait à la main.

– Elle prétend que les anciens veulent m'empêcher de partir.

Kylie sentit alors le pincement de la trahison. Son grand-père était-il mêlé à cela ?

– Mais Burnett a dit…

– Vous n'avez pas le temps de parler de ça ! lança Jenny d'un ton sec.

Derek regarda Kylie comme s'il attendait qu'elle prenne la décision.

– On devrait y aller, déclara-t-elle, triste à l'idée de ne pas savoir si son grand-père l'avait trahie ou non.

Elle jeta un dernier regard à Jenny.

– Merci, dit-elle.

Jenny lui adressa un sourire timide et hocha la tête juste avant leur départ.

Kylie cala son pas sur celui du garçon, sachant qu'il ne pourrait pas la suivre. La valise qu'elle tenait fermement à la main était légère, mais rebondissait de manière gênante.

– J'aurais pu la faire tomber ! Tu sais que je ne voulais pas faire de mal à cette fille !

– Je sais.

Elle réprima un sourire. C'était quoi, le problème d'ego des mecs ?

Le bruit de leurs pas remplit l'obscurité. Mais, soudain, l'ambiance fut différente. Si Kylie ne parvenait pas à l'expliquer, sa peau devint ultrasensible et son cœur battit un peu plus vite. Peur. Danger.

Et au coup d'œil rapide que Derek lui lança, Kylie comprit qu'elle n'était pas la seule à le ressentir. Ils hâtèrent brusquement le pas et parvinrent à une centaine de mètres du portail en moins de cinq minutes. Kylie aurait pu y arriver en deux fois moins de temps, mais pas le demi-Fae. Ils pourraient facilement sauter par-dessus. Elle allait parler de son plan au garçon quand elle se souvint : ce n'était pas parce qu'ils ne pouvaient pas voir les gardes que ceux-là n'étaient pas là.

Elle attrapa son ami par le bras, et l'entraîna derrière un arbre.

– Attends, murmura-t-elle.

– La voie est libre, dit-il en jetant un regard circulaire.

– Pas sûr, répondit-elle, ce sont des caméléons.

Le regard du jeune homme se posa brusquement sur la clôture, et son front se plissa de perplexité. Elle vit à la seconde précise qu'il comprenait ce qu'elle voulait dire.

– Comment pourrions-nous le savoir… s'ils sont invisibles ? demanda-t-il.

Kylie se souvint que si elle ne pouvait voir personne quand elle était invisible, elle pouvait entendre.

– Laisse-moi vérifier quelque chose, dit-elle.

Elle ferma les yeux et se concentra pour disparaître. L'espace d'un instant, elle craignit que cela ne marche pas. Mais l'espèce de chatouillement bizarre commença dans ses pieds et monta jusqu'à ses genoux.

Les yeux de Derek s'écarquillèrent quand elle disparut. Kylie se concentra pour écouter. Son regard passa entre les arbres, essayant de distinguer quelque chose dans le noir. À côté d'elle, elle entendait Derek respirer. Elle lui jeta un coup d'œil et le vit, le regard toujours fixe, comme s'il trouvait son numéro de disparition un peu exagéré. Puis elle l'entendit. Le bruit de pas.

Mince.

Quelqu'un approchait. Sans doute les gardes. Paniquée, elle chercha la bonne chose à faire. Ils pouvaient l'entendre, invisible ou pas. Mais au moins ils ne pouvaient pas la voir. Et Derek, alors ?

Elle décida de réapparaître. Le garçon la regarda, légèrement stupéfait. Elle se pencha et lui murmura à l'oreille.

– Ils sont tout près !

Elle lui prit la main et entrelaça ses doigts aux siens. En temps normal, Kylie ne craignait pas d'affronter les gardes. Les caméléons n'étaient pas des combattants, mais à la peur qui lui piquait la peau, elle comprit qu'elle ne pouvait pas prendre de risques. Pas maintenant, pas quand ils étaient si près de s'échapper.

Elle se pencha tout près de son oreille et murmura :

– Je vais te rendre invisible avec moi. Tu ne dois pas faire le moindre bruit car s'ils ne peuvent pas nous voir, ils pourront nous entendre. Tu comprends ?

– Attends ? Tu vas me… ?

Elle l'interrompit en portant un doigt à ses lèvres. Puis, sans vraiment savoir si elle réussirait, elle ferma les yeux très fort et ne pensa plus qu'à disparaître avec Derek.

Lentement, ses jambes s'évanouirent, puis elle vit la main du demi-Fae étinceler. Elle entendit son léger halètement quand il s'en rendit compte à son tour. Il lui vint à l'esprit que toute cette histoire d'invisibilité pourrait ne pas fonctionner pour les non-caméléons. Et si cela lui faisait du mal ? Elle faillit lâcher sa main, mais écouta son instinct qui lui disait que tout irait bien.

Bon sang, elle espérait vraiment ne pas se tromper !

Tous deux disparaissaient lentement. Elle se cramponna à son poignet et sentit qu'il effleurait sa main de son pouce. Quand elle leva les yeux sur lui, elle vit qu'il regardait sa bouche. Il se pencha très légèrement. Oh mince ! Heureusement, avant que ses lèvres ne se collent aux siennes, il avait disparu. Et elle aussi. Quand elle sentit son souffle sur ses lèvres, elle recula juste un peu.

– Est-ce que tu m'entends ?

Elle murmurait, pensant toujours au baiser qu'ils avaient failli échanger. Pourquoi lui avait-il semblé tellement coupable ? Elle n'avait plus besoin d'être loyale envers Lucas à présent. Mais elle devait respecter ce qui lui paraissait juste, et ce quasi-baiser ne l'était pas. Peut-être pas complètement mauvais, mais pas juste non plus.

– Ça va ? demanda-t-elle.

Elle entendit sa réponse presque silencieuse.

– Oui, c'est tellement cool.

Étrange, comme on pouvait interpréter des situations différemment. La première fois que cela lui était arrivé, elle avait flippé comme une folle. Bien sûr, elle était toute seule et ne se doutait même pas que c'était possible.

– Ne t'éloigne pas de moi, sinon tu redeviendras visible, murmura-t-elle.

En tout cas, elle pensait que cela fonctionnait ainsi. Oh ! super ! Et si ce n'était pas aussi simple ?

– Me cramponner à toi, c'est tellement facile, murmura-t-il, et il effleura de nouveau son poignet du pouce. Je n'ai jamais voulu que tu partes...

– Ce n'est pas le moment...

– Je sais.

Un semblant de culpabilité résonna dans le ton de sa voix.

Kylie tâcha d'apaiser son esprit qui tournait à cent à l'heure, entre le quasi-baiser et la crainte qu'il ne souffre de cette transformation. Heureusement, il avait l'air d'aller bien. À présent, elle priait pour qu'il soit aussi simple de le faire réapparaître. Comme elle espérait ne pas avoir commis d'erreur !

– Et maintenant ? demanda-t-il d'une voix à peine audible. Elle sentit son souffle sur sa joue et changea de place.

– Si j'ai bien compris ce que Jenny voulait dire, les gardes arpentent la propriété. J'entends des pas, et je suppose que ce sont eux qui approchent. On dirait qu'ils sont deux. Je pense qu'ils vont continuer leur ronde.

– On dirait un plan.

On dirait un truc dit au hasard, oui ! songea Kylie.

Ils restèrent totalement silencieux et invisibles. Les pas se rapprochaient de plus en plus. Leur souffle résonnait trop fort dans l'air nocturne. Kylie tendit l'oreille pour vérifier si l'on entendait leur respiration. Derek brisa une brindille sous son pied et le bruit envahit l'air. Kylie se raidit et pria pour que cela ne les trahisse pas.

– As-tu entendu ? fit une voix.

C'était celle de l'un des caméléons. Kylie ne le connaissait pas assez pour l'appeler par son nom. Mais cela ne lui servirait à rien pour l'instant. S'ils les découvraient, ils appelleraient probablement les anciens. Et ce qu'ils feraient alors la dépassait.

– Qui est là ? cria une autre voix, et les bruits de pas se rapprochèrent. Ils étaient deux, c'était évident.

– Parlez maintenant, si vous êtes des nôtres, fit la deuxième voix, et elle se rapprocha tellement de Kylie que celle-ci put jurer sentir la chaleur de son corps invisible, ce qui la glaça de peur.

D'autant plus que le corps se matérialisa à un centimètre d'elle. L'étreinte de Derek se resserra sur ses doigts, lui indiquant qu'il ressentait sa terreur.

Le garde caméléon roux jeta un coup d'œil autour de lui et cria.

– Il y a quelqu'un ?

Chapitre 6

D'autres bruits de pas se firent entendre.

– Ce n'est que moi ! cria une voix féminine, à plusieurs mètres derrière Kylie et Derek invisibles et silencieux.

Kylie reconnut la voix de Jenny avant que celle-ci ne surgisse des ténèbres. Elle les avait suivis, à l'évidence, pour s'assurer qu'ils avaient réussi. Elle culpabilisa légèrement d'avoir douté de l'adolescente.

– Jenny Beth ? Que fais-tu dans les bois à cette heure de la nuit ? demanda l'un des gardes.

Derek serra la main de Kylie, qui supposa que c'était parce qu'il s'inquiétait pour Jenny. Cette dernière avança de quelques centimètres.

– Je n'arrivais pas à dormir, je suis sortie faire une petite promenade, et… ensuite… j'ai vu quelqu'un.

– Qui ?

– Je ne sais pas, je ne le connaissais pas. Cheveux blond roux, un peu plus d'un mètre quatre-vingts. Corpulence moyenne. Jeune. Et quand le clair de lune l'a éclairé, on aurait dit qu'il avait les yeux clairs.

Kylie se mordit la lèvre. Jenny décrivait-elle Derek ? Lequel se posa silencieusement la même question.

L'autre caméléon se matérialisa à côté de son partenaire.

– On dirait l'un de ces gardes que ces sales types de l'URF nous ont collés ! Celui qui nous a mis K.O. ! J'adorerais me frotter de nouveau à lui !

La tension traversa la main de Derek et envahit le bras de Kylie. Le besoin de le protéger s'agita dans sa poitrine.

L'un des gardes regarda vers Jenny.

– Pourquoi es-tu restée ici avec un étranger qui s'enfuyait ? demanda l'homme.

– Je n'ai rien fait de tel. En fait, c'est pour ça que je suis arrivée par là. Il se trouvait entre ma maison et moi quand je l'ai remarqué. Il se dirigeait vers la partie nord de la propriété. Je me rendais chez M. Summers pour le signaler.

– Je savais que cela finirait mal, lança le garde d'un ton sec. (Il sortit un portable de sa poche et composa un numéro. L'autre se rapprocha de Jenny.) Je te raccompagne à la maison.

– Je crois que je peux me débrouiller toute seule.

– Pas avec des étrangers incontrôlables qui se baladent.

Kylie vit Jenny regarder dans sa direction et celle de Derek, comme si elle savait où ils se trouvaient. Elle eut l'air d'envoyer un message silencieux, qui disait qu'une fois les gardes éloignés, ils devraient courir. Un message que Kylie n'avait pas besoin de recevoir deux fois.

L'homme qui était au téléphone racontait qu'il avait trouvé Jenny.

– Elle prétend qu'il se dirigeait vers le nord… Nous le ferons…

Il raccrocha, puis regarda l'autre garde.

– Raccompagne-la à la maison, et rejoins-moi dans la

partie nord. Nous avons l'ordre de sonner l'alarme si nous ne trouvons pas ce gars rapidement.

– Deux fois en vingt-quatre heures, je trouve que c'est un sacré record, observa l'autre avec dégoût.

– Ouais, voilà ce qui se passe quand nous commençons à amener des étrangers. Protectrice ou non, je savais que l'arrivée de cette fille ici ficherait le bazar. Et dire qu'ils veulent la garder !

Le cœur de Kylie se serra. Elle avait cru Jenny, mais entendre ça le rendait plus réel. Et faisait encore plus mal.

Le contact de Derek se réchauffa et Kylie comprit qu'il essayait de la consoler.

L'un des types se rapprocha de l'endroit où elle savait que se tenait le demi-Fae. Celui-ci changea de place, paniqué à l'idée que quelqu'un envahisse son espace, même invisible. Le garde jeta un coup œil autour de lui, comme s'il se doutait qu'il n'était pas seul.

– Et si l'un de nous allait vérifier si elle est encore dans sa résidence ?

– Ouais, on devrait y aller, lâcha l'autre d'un ton cinglant.

Dès qu'ils découvriraient sa disparition, ce serait d'autant plus difficile de s'échapper, réalisa Kylie.

Les gardes et Jenny s'en allèrent. Kylie attendit qu'ils ne puissent plus les entendre pour parler. Elle avait des mots sur le bout de la langue, quand elle entendit d'autres pas se rapprocher. L'un des gardes était-il redevenu invisible ? Ou était-ce quelqu'un d'autre ?

Kylie serra la main de Derek, dans l'espoir de lui faire prendre conscience de l'arrivée du nouveau venu. L'étreinte du jeune homme se crispa comme s'il comprenait.

Les bruits de pas s'arrêtèrent à quelques centimètres

d'eux. Elle essaya de contrôler sa respiration, priant pour que l'air qui glissait dans leurs poumons ne les trahisse pas.

Plusieurs longues minutes s'écoulèrent. Enfin, celui qui traînait dans le coin laissa échapper un souffle profond rempli d'émotion et s'en alla. Kylie fut fortement tentée de crier le nom de son grand-père. Car la cadence de ces pas, ainsi que ce long soupir, lui disait quelque chose. Mais elle ne pouvait en être sûre. Peut-être prenait-elle simplement ses désirs pour la réalité. Le désir qu'il ait découvert sa disparition et que, mort d'inquiétude, il vienne la chercher.

Le désir qu'il n'ait pas su ce que les autres caméléons avaient en tête.

Mais cela pouvait aussi leur attirer des tonnes de problèmes. Alors elle attendit sans bouger. Dès que les bruits de pas disparurent, Kylie lança :

– Il faut partir, et vite ! Quand je te lâcherai, tu réapparaîtras, enfin… j'espère.

– Tu *espères* ? fit Derek, avec une once de peur dans la voix. Oh mince ! C'est la première fois que tu le fais ?

– Euh… oui, avoua-t-elle.

– Alors, espérons que ça marchera.

Il lui lâcha la main. Kylie ferma les yeux et s'adjura de redevenir visible. Une seconde ou deux passèrent, et elle les ouvrit. Comme elle ne voyait pas Derek, son cœur battit la chamade et la peur tourbillonna dans sa poitrine.

– Derek ? murmura-t-elle.

Des larmes emplirent ses yeux. Oh ! non, avait-elle fait quelque chose d'horrible ?

– Je suis derrière toi, dit-il.

Kylie se retourna d'un coup et soupira de soulagement en le voyant.

– Tu es prête ? demanda-t-il.

Et il sourit comme s'il avait lu et apprécié qu'elle panique à l'idée de le perdre. Cela voulait bien dire qu'elle tenait à lui.

– Prête, dit-elle. Dépêchons-nous !

Ils coururent, côte à côte. Elle se retint d'atteindre un rythme qu'il ne pouvait pas tenir.

Quand ils parvinrent devant la clôture de un mètre cinquante, Kylie lui prit la main, prête à l'aider s'il en avait besoin. Il n'eut pas l'air froissé pour autant Il sourit même et colla sa paume contre la sienne. Le sourire et la satisfaction qui envahirent son regard rappelèrent à la jeune fille qu'il avait essayé de l'embrasser, et cela ne fit qu'aggraver son angoisse.

Était-ce simplement trop tôt après son chagrin d'amour avec Lucas ? Ou trop tard pour Derek ?

Se rendant compte que ce n'était pas le moment de penser à ça, elle accéléra. Serrant leurs mains avec force, ils franchirent la clôture d'un bond.

Ils atterrirent dans un bruit sourd. Derek l'attrapa par la taille. Sa respiration soulevait son torse sous le T-shirt sombre, en rythme avec la sienne. Leurs regards se croisèrent une seconde, une seconde tout droit sortie d'un film d'amour. Du genre avec de la musique douce en fond sonore qui se terminait par un baiser torride. Elle recula d'un pas.

– On doit y aller.

La déception se lut sur le visage du demi-Fae, puis disparut tout aussi vite. Elle savait qu'il avait lu ses émotions et ressenti son trouble. Il n'insisterait pas, du moins pas trop. Mais essayer de lui voler un baiser avait été très téméraire de sa part.

Peut-être était-ce un nouveau Derek ? Peut-être devait-elle faire un peu plus attention ?

Le garçon arracha d'un coup sec la valise de sa main et ils se remirent à courir. Fuyant ses nouveaux problèmes, mais fonçant dans les précédents.

Ils avaient parcouru un bon kilomètre et demi avant que Kylie n'abandonne et ne s'arrête. Elle jeta un coup d'œil autour d'elle. Ils étaient tout près d'une route, et si elle avait perdu ses repères, elle était sûre et certaine qu'ils se trouvaient à moins de huit kilomètres de Shadow Falls.

Au loin, un oiseau appelait son oiselle. De doux bruits d'insectes vibraient dans l'air nocturne. Les odeurs verdoyantes de la flore tourbillonnaient autour d'eux. Le danger imminent était écarté. Ils avaient parcouru du chemin – les gardes ne viendraient pas jusqu'ici. Mais une infime sensation au creux de son ventre lui rappelait de ne pas en être aussi sûre.

– Je devrais appeler Burnett, dit Derek.

– Oui, je pense.

Elle songea alors à l'explication qu'elle donnerait au vampire sévère. La frustration monta en elle. Burnett serait furieux, et il en déduirait que son grand-père lui avait menti tout du long. Kylie reconnaîtrait que ça semblait probable, même si elle n'arrivait pas à y croire. Elle lui conserverait sa confiance, tant qu'elle ne lui aurait pas parlé, tant qu'il ne la regarderait pas dans les yeux, tant qu'il ne le nierait pas. Elle ne le connaissait pas depuis très longtemps, mais cependant assez bien pour se dire que s'il l'avait trahie, il assumerait. Il avouerait tout, prétendrait même qu'il avait ses raisons, mais ne mentirait pas.

Une fois de plus, elle se demanda si c'était lui qui avait

été là un moment plus tôt, avant qu'ils ne s'enfuient en courant. Il lui manquait déjà, et cela l'émut.

– Hé… tu vas bien ? demanda Derek en posant la main sur son avant-bras.

– Ça va aller, répondit-elle, se forçant à y croire.

– Alors… tu ne veux pas que j'appelle Burnett ?

Derek laissa tomber la valise et sortit le téléphone de sa poche, mais hésita à composer le numéro, attendant son autorisation.

– Appelle-le, dit-elle.

C'était la seule chose à faire. Elle devait juste gérer le mécontentement de Burnett à l'égard de son grand-père.

Il appuya sur un bouton et fronça les sourcils.

– Plus de batterie. (Il appuya sur d'autres touches.) Je suis sûr de l'avoir rechargé pourtant, zut !

Il sursauta et lâcha soudain son téléphone.

– C'est quoi, ce bazar ? Ce truc m'a carrément envoyé une décharge ! s'inquiéta-t-il.

Kylie regarda les étincelles jaillir du téléphone, puis un bourdonnement sortit de l'appareil, suivi d'un nuage de fumée.

– Je ne savais pas que ce genre de choses pouvait arriver ! dit Derek.

– Habituellement, ça n'arrive pas, non.

– C'est un nouveau portable, en plus, se plaignit-il. Ma mère va avoir une attaque !

Se souvenant que certains esprits pouvaient agir sur les téléphones, Kylie déploya ses antennes de détectrice de fantômes. Aucune sensation de froid ne vint effleurer sa chair. Elle regarda autour d'elle, chercha… Elle ne savait pas ce qu'elle espérait trouver, mais quelque chose lui dit que l'incident n'était pas un hasard. Lorsque son regard balaya les alentours, la nuit ne révéla rien. L'obscurité engloutit le paysage, la rue pavée semblait abandonnée. Les réverbères étaient éteints.

Elle sentait quelque chose dans les parages, mais quoi ? Ça n'avait pas l'air d'être un fantôme.

– On ferait mieux de courir.

Il lui toucha le bras.

– Qu'est-ce que c'est ?

– Je ne sais pas, mais ça ne me plaît pas.

– Alors on est deux, dit Derek.

– *Trois*, fit une voix à côté de Kylie.

Kylie se retourna. L'esprit de la meurtrière se tenait à côté d'elle.

– C'est toi qui as fait ça, pas vrai ?

– Pourquoi je bousillerais mon propre téléphone ? demanda Derek.

– Pas toi, dit Kylie, mais elle ne détourna pas les yeux de l'esprit.

– *Non ! Ça fait des années que j'ai arrêté de faire sauter des téléphones. J'ai trouvé de bien meilleures façons de manifester ma présence.*

Kylie se tourna vers Derek.

– Partons d'ici.

Il prit la valise et ils se mirent à courir.

– *Non, par ici !*

L'esprit fila dans une autre direction.

Kylie s'immobilisa, attrapa le bras de Derek et l'arrêta dans un sursaut. Le fantôme se retourna vers Kylie.

– *Par ici, va au cimetière. Tu auras de l'aide. Pour une raison idiote, tous les morts là-bas t'aiment bien.*

– Pourquoi devrais-je te faire confiance ? demanda Kylie et, du coin de l'œil, elle vit Derek froncer les sourcils.

Pas de doute, la voir tenir une conversation avec un fantôme le déconcertait. S'il avait essayé lui aussi, il aurait pu voir que c'était déroutant.

– *Parce que tu veux rester en vie.*

Kylie, le souffle coupé, regarda Derek.

– Par ici, lui dit-elle, en priant pour que son instinct ne la trompe pas et pour qu'elle puisse faire confiance à cet esprit. En priant pour que ce ne soit pas un piège pour la faire venir au cimetière avant de l'emmener en enfer.

Ils coururent vite. Mais Kylie sentit que quelque chose les suivait. Et que cette chose était prête à attaquer.

Elle vit les portes du cimetière. Son cœur battait plus vite, et si elle s'épuisait, Derek ne pourrait sûrement pas aller plus loin.

– Attends !

Derek s'arrêta et tendit la main vers elle.

– Pourquoi… pourquoi allons-nous au cimetière ? dit-il en reprenant sa respiration.

– J'ai des amis là-bas, expliqua-t-elle.

– Des amis morts, rétorqua-t-il, mécontent.

– Ne faisons pas les difficiles pour l'instant.

Il jeta un coup d'œil sur les portes rouillées.

– Nous devrions aller à Shadow Falls, nous sommes tout près.

– On n'y arrivera pas, dit Kylie.

Une certitude s'ancrait en elle : la créature qui les suivait ne s'amusait pas ; c'était Mario. Comme elle espérait se tromper !

Elle attrapa Derek par le bras et se remit à courir. Malheureusement, ils n'atteignirent pas le portail à temps, la menace devint visible. Mario, l'escroc super-puissant qui voulait la mort de Kylie, ne se tenait qu'à quelques mètres d'eux. Le même qui avait blessé Helen, tué Ellie, assassiné son propre petit-fils et qui se moquait bien de prendre la vie de quiconque se mettant sur son chemin.

Les yeux noirs de l'homme étincelaient de haine. Sa peau semblait vieille et tannée. Il portait une robe noire, comme s'il se prenait pour un prince.

Les souvenir de cet homme foudroyant son petit-fils déclenchèrent la fureur de Kylie – et sa nature protectrice – en une fraction de seconde. Elle attrapa Derek par le bras et le poussa derrière elle.

Chapitre 7

– Comme on se retrouve ! lança Mario.

Une brise chaude et obscure agitait le bas de sa robe. Le ciel semblait s'assombrir. Même la lune et les étoiles avaient l'air de reculer en sa présence.

– Et c'est bien regrettable, rétorqua Kylie.

L'air nocturne avait le goût de sa vilenie. Elle sentit le sang pétiller dans ses veines et la sensation de danger semblait puiser l'oxygène directement dans l'air.

Derek bougea derrière elle, et Kylie passa la main dans son dos pour l'immobiliser.

Protège-le. Protège-le. Les mots se répétaient comme une litanie dans son âme.

Mario gloussa comme s'il pouvait lire dans ses pensées.

– Ne t'inquiète pas, mon enfant, je me moque bien de ton petit joujou. Il n'a rien à craindre de ma part.

Le vieil homme sourit. Ses dents – minces et légèrement jaunies par l'âge – dépassèrent de sa lèvre. La terreur de l'instant fit naître un frisson le long de la colonne vertébrale de Kylie.

– Tu peux calmer ton côté protecteur, ricana Mario, comme

s'il sentait son côté défensif s'animer. Cela ne te servira à rien. Pour ton information, la seule à qui j'en veux, c'est toi. Je ne veux aucun mal au gringalet.

Derek se libéra d'un coup sec et fonça vers le vieil escroc terrifiant. Kylie avança pour intervenir. Mario devint invisible et Derek s'écrasa par terre.

Mario réapparut à quelques mètres.

– Comme c'est mignon ! se moqua-t-il. Le petit homme veut te protéger !

Derek n'hésita pas à l'attaquer de nouveau. Mais encore une fois, Mario se volatilisa et réapparut quelques mètres plus loin.

– Arrête, ordonna Kylie à Derek.

Il l'ignora et foudroya Mario du regard.

– Je ne suis pas du genre à disparaître, moi, espèce de salaud ! Bats-toi comme un homme !

La méchanceté du rire de Mario titilla les nerfs de Kylie.

– Tu veux que je me batte pour que ta copine puisse te protéger ! Je ne suis pas idiot, gamin !

Cela avait beau lui déplaire, Mario avait raison : s'il ne blessait pas Derek, elle ne pourrait faire appel à ses pouvoirs pour le combattre. La peur s'installa en elle.

– Va-t'en, insista Kylie.

Elle vit les esprits se rassembler près des portes, marmonnant d'inquiétude pour elle.

– Pas sans toi, rétorqua Mario, mais sa confiance semblait légèrement érodée quand il posa les yeux sur la porte du cimetière. Pouvait-il sentir les esprits, lui aussi ? Il se rapprocha d'elle d'un pas… ou s'éloignait-il simplement de la porte du cimetière ?

Elle recula. Du coin de l'œil, elle vit Derek essayer d'attraper une grosse pierre à ses pieds. Elle savait que son plan consistait à mettre Mario suffisamment en colère pour qu'il représente une menace pour lui, afin qu'elle puisse déployer son instinct de protection. Mais Kylie ne savait pas si elle en était capable. L'indécision l'envahit : l'arrêter ou pas ? Que ce plan lui plaise ou non, ce serait peut-être le seul et l'unique.

Mario, concentrée sur elle, ne vit pas la pierre arriver. Elle le frappa à la tempe dans un bruit sourd. Mais elle savait que les conséquences seraient terribles. Et elle avait intérêt à se préparer à les affronter.

La tension était palpable ; les yeux de l'escroc se plissèrent, tandis que le sang jaillissait de son front. Mario émit une sorte de grondement furieux en regardant Derek.

Kylie sentit la force gagner peu à peu ses muscles, mais cela ne suffisait pas à faire émerger son véritable pouvoir.

– Viens me chercher, espèce de lâche ! le nargua Derek.

Mario essuya le sang de son front, et la fureur disparut de ses yeux.

– Tu ne m'intéresses pas.

– Et moi, salaud de vampire ?

Lucas, comme surgi de nulle part, jaillit de derrière les arbres et terrassa le vieillard.

Kylie n'eut pas le temps de penser au chaos émotionnel en elle. Derek saisit l'opportunité et fonça sur Mario. Kylie intervint, sa force tournait désormais à plein régime, mais elle n'était rien face à celle de Mario. L'escroc propulsa d'abord Lucas, puis Derek loin de lui. Leurs corps furent projetés en l'air comme des poupées de chiffon. Ce spectacle lui coupa le souffle. Elle fila en l'air comme une flèche et les rattrapa. Après une fraction de seconde seulement, elle les déposa tous deux par terre avant de se ruer sur l'ennemi.

Prouvant de nouveau ce dont il était capable, il se releva d'un bond avant qu'elle ne l'attrape et s'écarta de son chemin.

Elle s'arrêta net, face à lui ; il l'observait comme un simple divertissement.

Il jouait avec elle. Et elle ne savait pas comment retourner la situation à son avantage.

Elle serra les poings si fort qu'elle en eut mal aux mains, elle devait l'accepter. Il avait beau être âgé, son pouvoir contribuait manifestement à son agilité et à sa rapidité.

La regardant fixement, il partit d'un rire railleur, puis, avide d'en voir davantage, il tendit la main vers Lucas.

– Jusqu'où iras-tu pour les sauver ?

Kylie vit une boule de feu jaillir des doigts de Mario. Comme une flèche, elle s'interposa devant Lucas. Elle attrapa le cercle de flammes et le retourna sur Mario, qui l'évita de justesse, mais en balança deux autres. Elle en attrapa une, et l'autre passa devant elle à toute allure. Elle regarda derrière son épaule et vit l'autre boule de feu terrasser Lucas. Le goût de la fureur, amer et salé, se déversa sur sa langue. En dépit de la confusion des sentiments qu'elle éprouvait pour Lucas, son cœur l'implorait de s'assurer que ses blessures n'étaient pas graves. Mais le besoin d'arrêter Mario la poussa à l'affronter encore. Un grand sourire envahit les yeux gris marqués par l'âge de ce dernier.

– Vas-tu mourir pour le sauver ? Lequel sauveras-tu en premier ?

Il la scruta, amusé, visiblement sans effroi, et tellement occupé à la tourmenter qu'il ne vit pas Derek revenir à l'attaque. Et Kylie non plus, sinon elle l'en aurait empêché. À l'instant où Derek percuta Mario de plein fouet, celui-ci l'attrapa et serra ses doigts noueux autour de son cou. Kylie fit un bond en avant. Sa fureur, son besoin de vengeance étaient très forts. Enserrant d'une main la gorge de Mario, elle se servit de l'autre pour détacher du cou de Derek les mains du vieillard.

À la minute où elle sentit Derek se libérer, elle resserra ses deux mains autour de la gorge de l'escroc.

– *Lâche-le,* fit une voix dans son oreille, au moment même où le froid spectral dansait le long de sa colonne vertébrale. *Arrête* !

Kylie ignora l'esprit. Ce n'était pas le moment.

Elle entendit Derek haleter. À présent, c'était Mario qui ne pouvait plus respirer. Elle sentit ses tendons rouler sous son étreinte. Son objectif était simple, l'arrêter. L'arrêter à tout jamais. Elle n'avait qu'une chose à faire, serrer un peu plus fort. Elle allait lui écraser la trachée en forçant encore un tout petit peu. Elle l'enverrait en enfer, chez lui.

Elle pensa alors à Ellie, à qui Mario avait ôté la vie beaucoup trop jeune. Elle pensa au petit-fils de cet homme, parti conscient de ce que l'un des siens était à l'origine de sa mort.

Mario méritait de mourir.

Une pensée lui traversa l'esprit. Tuer n'était pas facile. Même si c'était légitime.

– *Laisse-le partir !* hurla l'esprit. *Tu es aveugle. Ce n'est qu'une illusion.*

Elle voyait très bien, merci ! Elle resserra son étreinte sur le cou du vieillard, tâchant d'achever ce qu'il fallait achever. Le bruit rauque de la respiration de Derek retentit derrière elle. Le bras de Mario se balançait, essayant de trouver quelque chose à quoi se raccrocher. Essayant de trouver de la vie.

Elle entendit Derek lâcher étourdiment son nom d'une voix rauque, mais l'ignora. Ignora tout, sauf qu'elle allait ôter une vie.

Soudain, une espèce de répulsion l'envahit – comme si quelque chose n'allait pas du tout. Elle aperçut Mario qui souriait, plusieurs mètres en retrait. Elle suffoqua, et son regard se posa sur le visage de celui qu'elle allait tuer.

Lucas.

Le rire de Mario résonna autour d'elle. La panique traversa Kylie comme une douleur brute. Elle relâcha son étreinte autour du cou de Lucas. Il s'écroula comme une masse, mais Kylie ne quitta pas Mario des yeux.

Lucas bougea à ses pieds. Des larmes emplirent ses yeux quand elle se rendit compte qu'elle avait été à deux doigts d'ôter la vie à quelqu'un qu'elle aimait.

– Je devrais te tuer sur-le-champ, lança Mario. Mais c'est tellement drôle de te voir souffrir. Il vit, mais pour combien de temps ? fit-il.

Son ton exprimait l'excitation de lui avoir fait du mal. Sa méchanceté semblait envahir l'atmosphère. Kylie ne savait pas du tout comment Mario avait inversé les rôles. Tout ce qui comptait, c'était de l'empêcher de continuer. Et si elle ne trouvait pas une idée rapidement, il la détruirait. Et elle ne serait pas la seule.

Son sang se déchaîna. L'air qu'elle respirait avait un goût amer, celui des émotions qui faisaient rage en elle, tels des virus. Puis la peur, comme un liquide qui tentait de la noyer, envahit sa poitrine.

Son pouls s'emporta quand elle s'aperçut, horrifiée, que c'était une bataille qu'elle ne pourrait pas remporter. L'espace d'une seconde, elle accepta la défaite et pleura. Pleura non pas sur elle, mais pour Derek et Lucas. Ils étaient venus ici pour la sauver et allaient en mourir. Puis d'autres suivraient. Mario ne s'arrêterait jamais.

Une voix sembla surgir avec le vent.

– *Tu n'es pas seule. Demande, et tu recevras.*

Les anges de la mort étaient-ils là ? Elle se concentra sur Mario, mais pria pour qu'on l'aide. Des prières sans foi, sembla murmurer son cœur. Le doute l'envahit et résonna dans son âme. Si les anges de la mort comptaient l'aider, n'auraient-ils pas été déjà là ? Pourquoi se sentait-elle aussi seule ? Aussi impuissante ? Ne lui auraient-ils pas proposé de l'aide avant qu'elle ne soit près de tuer l'un des siens ?

D'un seul coup, elle se rappela les morts au portail du cimetière, et une phrase de Holiday traversa son esprit en flottant, comme une pensée à laquelle elle devait se raccrocher. *Parfois, je pense que tous les morts sont mes anges de la mort.*

Kylie aspira un souffle d'espoir. *Aidez-moi.* La supplication résonna dans sa tête. *Soyez mes anges de la mort.*

Un craquement bruyant, à vous donner des frissons, retentit dans le noir. Le portail s'ouvrit peu à peu ; le grincement du métal rouillé que l'on forçait résonna à ses oreilles. Puis les morts surgirent en trombe, par centaines. Hommes, femmes, jeunes, vieux, ils arrivèrent tous en courant, les mains tendues. Les yeux hantés. Mais leur expression n'implorait pas d'aide, elle en offrait.

Le contact glacial de leur présence lui brûla la peau. L'air dans ses poumons semblait trop froid pour la laisser respirer. Mais même dans sa douleur, elle constata qu'elle n'était pas seule. Et cela lui donna le seul espoir auquel elle pouvait se raccrocher.

Le visage de Mario, froid et ridé, grimaça d'une douleur intense. Il balança la tête en arrière et grogna. De la vapeur sortit de sa bouche et dansa au-dessus de ses lèvres. Reprenant son souffle, il recula à toute allure d'une bonne dizaine de mètres.

Comme si la distance lui offrait du répit, son regard se posa sur elle. Kylie plissa les yeux et lut sa configuration. Il était assurément caméléon. Bizarrement, avec sa vision légèrement floue, il dégageait quelque chose de différent. De familier, mais quoi au juste ? Cette pensée lui parut importante, mais comme un nuage menaçant qui promettait de revenir, elle disparut.

– Tu as peut-être gagné cette fois, mais mon heure approche, cracha-t-il. Tu viendras me voir, Kylie Galen, tu viendras me voir pour mourir, pour souffrir entre mes mains, pour mon plaisir, parce que le prix sera trop élevé ! Ta faiblesse te perdra !

Sa faiblesse ? Laquelle ? se demanda Kylie, mais son esprit bouillonnait à la fois de douleur et d'espoir, et la question restait sans réponse.

Alors, elle se concentra sur l'espoir. Celui d'avoir épargné Lucas et Derek. Et quelque part au fond de son âme, elle désirait qu'on la ménage, elle aussi.

Les esprits, qui continuaient à grouiller autour d'elle, se ruèrent de nouveau sur Mario. Délibérément. Leur intention – la protéger – se lisait sur leurs visages inquiets, cendrés. Holiday avait raison. Tous les esprits étaient, en un sens, des anges de la mort. Un rapide coup d'œil sur le portail du cimetière, et Kylie vit d'autres fantômes en sortir en titubant.

Certains avançaient d'une démarche lente et incertaine, comme si l'on venait de les réveiller d'un profond sommeil.

– Merci, parvint à articuler Kylie, même si ses dents claquaient et si la présence froide de trop de morts rendait difficile le fait d'être vivante.

Alors que les esprits se rassemblaient autour de l'escroc, Mario se remit à hurler et le bruit de sa frustration et de son immense douleur fut la dernière chose qu'elle entendit, avant que l'élancement glacial dans son corps ne devienne insupportable. Sa vision se voila, la glace recouvrit ses lèvres, et elle se sentit attirée dans l'obscure spirale du néant.

Chapitre 8

– Nous attendons Burnett.

– On se barre d'ici immédiatement, oui !

Kylie prit peu à peu conscience des voix. Qui ? Attendre Burnett pour quoi ? Les questions roulaient çà et là dans son esprit confus. Où se trouvait-elle ? Qui la tenait si… ?

Elle entendit un bruit sourd et rythmique. Un battement de cœur ? Mais pas le sien. La chaleur, l'ardeur de quelqu'un collé tout contre elle, paradisiaque. Elle avait si froid. Mais pourquoi ? Si elle se concentrait, elle pourrait le savoir. Mais une partie d'elle ne voulait pas se concentrer, une partie d'elle voulait rester ainsi. Inconsciente, bien au chaud, et en sécurité dans les bras de celui qui la tenait bien serrée.

Qui la tenait tendrement.

Qui la tenait comme s'il la chérissait.

– Nous ne pouvons pas partir, fit l'une des voix.

La voix au loin. Pas celle qui la tenait.

– Il pourrait revenir. Nous devrions partir tant que l'on peut.

Elle entendait les mots vibrer tout au fond de la poitrine de celui qui parlait.

– Je ne crois pas. Tu as dit que Burnett était en route. Nous ne partons pas.

– Parce que tu as peur…

– Je n'ai pas peur, bon sang ! Je suis raisonnable. Kylie est venue ici pour une raison précise. Les esprits, je parie que ce sont eux qui ont envoyé promener ce salaud.

Kylie reconnut la voix de Derek.

Tout lui revint à toute allure. La trahison de son grand-père, l'aide de Jenny, Derek qui la retrouve, Mario qui débarque, la bagarre, et Lucas… La sensation familière des bras qui l'enveloppaient lui indiquait qui la tenait, quelle chaleur elle absorbait désormais. Se raidissant, elle se décolla du torse de Lucas.

– Pose-moi.

Ses yeux bleu foncé, percevant sans aucun doute le danger, se posèrent sur son visage.

– Tu arrives à tenir debout toute seule ?

– Oui, dit-elle, et quand elle avisa le bleu autour de son cou, son cœur se serra. Bonté divine, elle avait failli le tuer ! Les larmes lui montèrent aux yeux, mais elle les chassa d'un battement de cils. Ce n'était pas le moment de s'écrouler. Plus tard, elle laisserait libre cours à ses pensées. Plus tard, elle se lâcherait et s'apitoierait sur son sort, longuement. Elle le méritait bien. Mais pas maintenant. Pas maintenant, se répéta-t-elle, essayant de combattre la surcharge émotionnelle.

– Tu as mal quelque part ? demanda Lucas.

– Elle t'a demandé de la reposer, insista Derek, le ton pincé, luttant sans aucun doute contre ses sentiments.

– J'ai entendu, grommela Lucas.

Son aversion pour Lucas fit briller ses yeux de Derek d'un orange plus clair.

– Je m'assure qu'elle va bien.

– Je vais bien, mentit-elle, ses émotions se bousculant.

Trahison.

Peur.

Son regard se posa sur le cou de Lucas.

Culpabilité.

– S'il te plaît, repose-moi, insista-t-elle.

Il s'exécuta. Ses genoux étaient faibles, mais elle veilla bien à ce qu'ils ne se dérobent pas sous elle, et parvint à rester debout.

Lucas tendit la main pour la rattraper au cas où ses jambes ne la soutiendraient pas. Elle ne voulait pas de son aide. Que faisait-il là ? N'avait-elle pas demandé à Burnett de ne pas le poster en faction ce soir ? Puis elle se souvint avoir vu Monique. Était-ce bien elle ?

Elle devait se reprendre. Pour l'heure, l'important était de rentrer sains et saufs à Shadow Falls. Comme la fiesta d'auto-affliction qu'elle avait mentalement planifiée, elle passerait du temps à pleurer sur Lucas et ses problèmes plus tard.

– Tu te sens prête à y aller ? demanda Lucas.

– Nous ne partirons pas tant que Burnett ne sera pas là, le rembarra de nouveau Derek.

Kylie regarda Derek, puis le portail à présent fermé. Les esprits montaient la garde, jetant un coup d'œil à travers les barres de métal rouillées.

– Derek a raison, nous restons ici jusqu'à l'arrivée de Burnett.

Un éclair passa devant Kylie à toute vitesse, puis un autre.

Burnett, accompagné de trois autres membres de l'URF

et de plusieurs campeurs, dont Perry, les entoura brusquement.

– Je suis là, lança Burnett.

Ses yeux brillants semblaient dire qu'il était prêt à se battre. Il regarda autour de lui comme pour vérifier s'il y avait un danger, avant de se concentrer sur eux.

– Et quelqu'un a intérêt à me dire ce qui se passe ici.

Comme personne ne parlait assez vite pour combler son impatience, il braqua les yeux sur Kylie.

– J'étais censé venir te chercher dans la matinée.

Il regarda brusquement Derek.

– Tu étais supposé la protéger chez son grand-père.

Il se tourna vers Lucas.

– Et toi, tu m'as affirmé que tu allais chez ton père.

– Eh bien, j'ai menti, rétorqua Lucas d'un ton sec. Je voulais m'assurer que Kylie n'avait pas besoin de moi. Et *elle avait* besoin de moi.

– Que s'est-il passé ? demanda de nouveau Burnett.

Son ton indiquait qu'il perdait patience.

– Mario, répondit Kylie.

Les yeux de Burnett s'illuminèrent.

– Tu es sûre que c'était lui ? demanda-t-il.

– Sûre et certaine, répondit Kylie.

Elle frissonna au souvenir de la méchanceté émanant de cet homme. Elle se rappela ce qu'elle avait éprouvé, qu'il avait aimé jouer avec elle comme un chat avec une souris. Mais la souris avait gagné, cette fois. Grâce aux morts, Mario n'avait tué personne. Mais la prochaine fois ? Elle entendit sa menace résonner dans sa tête. *Tu viendras me voir, Kylie Galen, tu viendras me voir en souhaitant mourir, souffrir entre mes mains pour mon plaisir, parce que le prix en sera très élevé !*

Il parlait avec conviction, comme s'il avait déjà mis un plan en place. La peur s'insinua en elle.

Burnett vérifia à nouveau les alentours d'un regard perçant.

– Il est parti à présent, dit Derek.

– Je vois ça, oui.

Mais était-il réellement parti ? En tant que caméléon, il pouvait se transformer. Si ça se trouvait, il était encore là. Kylie faillit dire quelque chose dans ce sens, mais se rappela les autres membres de l'URF. Et son manque de confiance en eux la fit se taire. Moins ils en savaient sur elle et les caméléons dans leur ensemble, mieux cela valait.

– Mais que faisais-tu ici ? demanda Burnett, visiblement de plus en plus frustré à mesure qu'il réfléchissait. Les ordres étaient les suivants : m'attendre jusqu'à demain. Pourquoi est-ce que je donne des ordres si personne n'y obéit ?

– Nous ne pouvions pas. Ils n'allaient pas la laisser partir, expliqua Derek, et il regarda Kylie, comme s'il savait que la vérité était difficile à entendre pour elle. Et il avait raison. La douleur s'accentua dans sa poitrine.

– Ils ? fit Burnett. Qui ne voulait pas la laisser partir ?

Son regard fit de brusques allers et retours entre Derek et Kylie.

– Les caméléons, répondit Derek.

Burnett fixa Kylie et sa poitrine se serra, car elle savait qu'il allait rejeter toute la faute sur son grand-père.

– Mon grand-père n'était pas au courant, dit-elle, mais elle n'en était absolument pas certaine. Et Burnett savait reconnaître un pieux mensonge.

Son expression s'adoucit une fraction de seconde, comme s'il comprenait sa douleur.

– Tu aurais dû m'appeler, lança-t-il à Derek.

– Il a essayé, répondit Kylie, peu disposée à ce que cela retombe sur Derek. On a dû se dépêcher pour essayer de battre les gardes de vitesse et ensuite… ensuite… quand il a voulu téléphoner, Mario… a fait frire le portable de Derek.

Brusquement, un faisceau de phares illumina l'obscurité. Une voiture se gara dans un crissement de pneus. Celle de Holiday.

Elle descendit de sa Honda en trombe, ses cheveux roux détachés comme si elle venait de se lever. Et quand ses yeux larmoyants se posèrent sur Kylie, elle marmonna : « Dieu merci », portant sa main à ses lèvres.

Une telle émotion chez Holiday affaiblit la détermination de Kylie de remettre son effondrement à plus tard. Elle courut vers elle et tomba dans ses bras.

Quand elle blottit sa figure contre l'épaule de la directrice, elle entendit Burnett la réprimander.

– Je croyais t'avoir demandé d'attendre au camp !

Kylie sentit Holiday se tendre, puis elle leva la tête.

– Et je croyais que tu savais que je ne recevais d'ordre de personne.

– Y a-t-il quelqu'un qui m'écoute, par ici ? demanda Burnett.

Sa frustration rendait son ton presque comique.

– À l'évidence non, répondit un agent en gloussant.

Burnett grommela, mais Kylie vit du soulagement dans ses yeux. Elle savait qu'il estimait que la protection de tout le monde à Shadow Falls relevait de sa responsabilité personnelle. Et elle l'aimait pour cela aussi.

– Que s'est-il passé ? demanda Holiday en resserrant son étreinte rassurante sur les épaules de Kylie.

– Nous en discuterons plus tard, proposa Burnett. Nous devons rentrer à Shadow Falls maintenant.

Kylie savait que cette conversation viserait à accuser son grand-père. Même si cette pensée lui faisait du mal, se retrouver dans les bras réconfortants et chaleureux de Holiday, et même l'entendre se chamailler avec Burnett donnait une légitimité à ce moment. Elle avait l'impression d'être presque rentrée chez elle.

Et ça, c'était vraiment génial.

Repasser les portes de Shadow Falls réchauffa le cœur de Kylie. Elle y était à sa place. Même le debriefing de Burnett, dans une heure, ne chasserait pas entièrement le sentiment d'être de retour à la maison.

– Je suis désolé, mais je dois faire ça tout de suite, avait répété Burnett plusieurs fois.

Il avait déjà tout rabâché avec Derek et Lucas pendant que Kylie était dans le bureau avec Holiday. Ils n'avaient pas parlé de ce qui s'était passé ce soir, parce qu'elle savait que Burnett tenait à être présent, alors ils discutèrent de ce qu'elle avait appris quand elle séjournait chez son grand-père.

Lorsque Burnett entra, l'atmosphère devint plus sérieuse.

– Je sais que tu n'as pas dormi de la nuit, mais d'après les statistiques, plus on attend, plus on risque d'oublier quelque chose.

Kylie, assise sur le canapé à côté d'Holiday, hocha la tête.

– Je sais.

Elle se mordit la lèvre, essaya de se concentrer et de le renseigner sur tout ce qui s'était passé. Elle évoqua Mario et sa menace. Puis elle recommença depuis le début et lui parla de Jenny qui était venue à sa fenêtre.

Ce qu'elle ne lui précisa pas, c'était que Jenny était la

sœur de Hayden Yates. Elle ne savait même pas si Burnett avait découvert que ce dernier était un caméléon. Puis elle raconta une fois de plus que Derek avait surgi dans les bois. Elle lui reparla délibérément de la personne invisible qu'elle y avait sentie avant qu'ils ne partent. Et elle lui rappela qu'elle croyait que celle-ci était son grand-père et qu'il avait été là pour la protéger.

– Mais tu ne lui as pas parlé ? fit Burnett. Donc tu n'es pas sûre que c'était lui, ni même si sa présence là-bas ne signifiait pas qu'il n'était pas derrière tout cela.

Kylie se rembrunit.

– Je le connais. Je le vois mal faire ce genre de chose. Même Jenny a déclaré qu'il était différent des autres anciens. Et je ne veux pas que tu te mettes à le considérer comme un ennemi.

La mâchoire de Burnett se serra.

– Il t'aime, Kylie. Je l'ai senti quand on a parlé. Mais il n'a jamais caché qu'il ne me faisait pas confiance ni à moi ni à Shadow Falls. Il pourrait très bien justifier ses actions en disant que ta vie était en danger. Il pourrait croire qu'il a les meilleures intentions, mais il a tort. Et si je sais que c'est difficile pour toi d'accepter cela, nous ne pouvons plus lui faire confiance.

La remarque de Burnett lui serra la gorge. Elle comprenait son point de vue, mais elle n'arrivait pas à se débarrasser de ce que son cœur lui disait. En gros, son grand-père n'avait rien à voir avec les tentatives pour la garder contre son gré.

– Pourquoi passes-tu autant de temps à te préoccuper de lui alors que le véritable ennemi, c'est Mario ?

– Je sais, répondit Burnett. Mais c'est à cause de quelqu'un de la bande de ton grand-père, que Mario a failli t'avoir.

– Sa bande n'avait rien à voir avec l'apparition de Mario.

– J'en conviens, mais elle était totalement liée au fait que tu te retrouvais dans une situation fâcheuse.

– J'ai fait seule le choix de m'enfuir.

Elle tordit les mains sur ses genoux.

– Tu ne crois pas que l'on devrait s'arrêter pour ce soir ? intervint Holiday. Nous reprendrons demain matin.

Burnett la regarda en fronçant les sourcils, puis alla s'agenouiller devant Kylie. Il posa une main sur ses mains jointes. Son contact était froid, mais tendre et affectueux. Le nœud dans la gorge de Kylie doubla. Quand il la regarda, elle vit dans ses yeux qu'il luttait pour ne pas laisser sa mauvaise humeur l'emporter. Il avait des exigences, il voulait mener le jeu. Pourtant, Kylie sentait aussi qu'il se démenait pour faire ce que Holiday avait essayé d'instiller en lui : transiger, pas imposer.

En regardant sa main sur ses doigts joints, elle comprit que Burnett l'aimait bien – que son intention n'était pas de lui faire du mal, mais de l'aider. Pourtant, n'était-ce pas précisément ce que ressentait son grand-père ?

– Kylie, je sais que c'est dur pour toi, reprit-il. Mais j'ai besoin que tu me promettes que tu ne vas pas t'enfuir en douce pour voir ton grand-père.

Il serra son poignet.

– S'il te plaît, je ne serai pas en paix tant que tu ne me l'auras pas promis.

– Je ne le ferai pas.

Elle ne pouvait pas lui refuser cela, pas quand il l'implorait pratiquement de lui obéir. Sa loyauté était véritablement tiraillée.

Burnett et Holiday accompagnèrent Kylie dans son bungalow. Les étoiles étincelaient dans le ciel, comme si elles savaient que le soleil allait bientôt les éteindre et qu'elles voulaient diffuser encore un peu de lumière.

Elle était épuisée, mais se voyait mal s'écrouler sur son lit et s'endormir tout de suite. Elle retournait tellement de choses dans sa tête que mettre son cerveau sur pause lui paraissait impossible. De plus, elle avait un rendez-vous : sa soirée très perso d'auto-affliction. Elle sentait toujours le nœud dans sa gorge, et son cœur était meurtri. Dans le passé, Kylie avait appris que seule une bonne crise de larmes pouvait apaiser ce genre de douleur.

Manifestement, les effets apaisants du contact de Holiday disparaissaient. Ou peut-être était-ce trop pour que la magie d'une fée les efface totalement. Il fallait juste assumer certaines choses. Du style partir de chez son grand-père sans lui dire au revoir ; du style, elle avait failli tuer Lucas. Du style, elle se demandait si c'était vraiment Monique, la fiancée de Lucas, qu'elle avait vue ce soir. Du style, sa mère qui lui manquait et qui était à l'autre bout du monde en train de coucher avec un naze.

Du style, un psychopathe voulait la zigouiller.

Sa menace résonnait comme les paroles d'une chanson idiote que l'on ne pouvait pas oublier. *Tu viendras me voir, Kylie Galen, tu viendras me voir pour mourir, pour souffrir entre mes mains, pour mon plaisir, parce que le prix en sera trop élevé. Ta faiblesse te perdra !*

Et dans « assumer ce genre de chose » il y avait aussi « verser des larmes ». Qui pourrait lui en vouloir ? Bien sûr, elle devait passer un peu de temps à essayer de comprendre ce qu'il entendait par *sa faiblesse.*

– Et si on allait se balader aux cascades demain ? proposa Holiday d'un seul coup. Puis, devinant le chagrin de Kylie, elle lui serra affectueusement le bras.

– J'estimerai quand ce sera le bon moment demain matin, à la première heure, ajouta Burnett, pour leur faire comprendre qu'il les accompagnerait.

Le silence tomba sur eux comme une douce pluie. Le ciel s'était légèrement empourpré, comme si le matin arrivait dans une heure. Burnett s'éclaircit la gorge.

– Tu sais que nous allons de nouveau te faire escorter, n'est-ce pas ?

– Je m'en doutais, répondit Kylie.

– Avant que je ne mette en place le planning de surveillance, il y a… y a-t-il quelqu'un par qui tu ne voudrais pas être protégé ?

– Une seule personne, répliqua Kylie, et tu sais qui.

Burnett se contenta de hocher la tête.

Leurs pas crissaient sur le gravier.

– Comment va Helen ? demanda-t-elle.

– Bien mieux, répondit Holiday.

– Elle se souvient de quelque chose ? C'était Mario ?

– Non, répondit Holiday.

– Nous menons encore l'enquête, expliqua Burnett, une légère frustration dans la voix. Mais nous savons que Mario a été repéré à Fallen ce matin-là. Et avec son apparition ce soir, tout porte à croire qu'il est bien derrière tout cela.

Ils étaient presque arrivés au virage dans le chemin. Au loin, Kylie parvint à distinguer le bungalow. Pas une seule lumière ne tremblotait à l'intérieur. Kylie demanda à Burnett.

– Della est-elle déjà rentrée ?

– Non, pas encore, et sa façon de prononcer ces trois mots déclencha des alarmes partout en elle.

Elle le prit par le bras.

– Que s'est-il passé ?

Burnett leva la main.

– Elle va bien. Elle a eu quelques problèmes, mais tout va bien à présent. Elle ne devrait plus tarder.

– Quel genre de problèmes ? demanda Kylie.

L'inquiétude que Della lui inspirait lui fit mettre ses propres problèmes entre parenthèses.

Burnett hésita avant de lui répondre et cela éveilla encore plus sa méfiance.

– Que s'est-il passé ? insista-t-elle.

– Elle a eu une altercation avec les membres d'un gang. Mais…

– Es-tu sûr que ce n'était pas Mario ?

– Sûr et certain.

– A-t-elle été blessée ? Je savais que c'était une mauvaise idée de la faire travailler pour l'URF.

– Elle a juste des bosses et des bleus.

– Comment ça, des bosses et des bleus ?

– Rien de grave, c'est son ego qui a le plus souffert dans tout ça.

– Elle va vraiment bien, je te le promets, lui assura Holiday. Je lui ai parlé.

Kylie inspira, sachant qu'elle dramatisait sûrement, mais son barrage émotionnel était à deux doigts de rompre. Elle se remit en route, se hâta vers le bungalow, désirant se trouver seule avant son déluge de larmes.

Holiday la rattrapa et glissa sa main dans celle de son amie.

– Veux-tu que j'entre avec toi, comme ça nous pourrons parler un peu ?

– Non, répondit Kylie qui se sentait bête. Il me faut juste un peu de temps pour digérer tout cela.

Elle étreignit Holiday, absorbant encore un peu de son

contact apaisant. Kylie s'apprêtait à ouvrir la porte lorsque Burnett s'éclaircit la gorge. Elle leva les yeux.

Il tendit les bras.

– Et moi alors ?

Kylie lut la surprise dans les yeux de Holiday, puis ce fut plus fort qu'elle, mais elle se fendit d'un grand sourire.

– Fais attention, les gens pourraient bien croire que tu es devenu gentil avec nous !

– J'en doute, dit-il, et il l'étreignit rapidement. Le menton collé dans ses cheveux, il murmura : « Je l'attraperai, ce salaud, je te le promets. »

– Merci, dit-elle, et elle se retira.

L'odeur du bungalow envahit ses sens. Elle ne savait pas au juste de quoi était constituée cette odeur, mais ses effets étaient apaisants. Puis elle comprit que c'était le parfum des gens qu'elle aimait. Miranda. Della. Et il y avait cette odeur boisée qu'elle reconnaissait. Une odeur qui appartenait à… *non* !

C'était juste l'odeur de son chez-elle, pensa-t-elle.

La porte de la chambre à coucher de Della était ouverte – comme une enseigne lumineuse qui indiquait qu'elle n'était pas là. La vamp, une personne très discrète, gardait toujours sa porte fermée.

Le regard de Kylie se posa sur la porte de Miranda.

– *Il me faut du temps pour reprendre mes esprits,* se dit-elle.

Si elle devait craquer, elle voulait le faire toute seule. Elle se dirigea vers sa chambre ; à peine avait-elle ouvert la porte qu'elle entendit le léger craquement du sol en bois. Elle n'était pas seule. Dans un coin de la chambre, elle vit une silhouette.

Décidément, personne ne voulait qu'elle soit seule ce soir.

Chapitre 9

Kylie virevolta sur ses Reebok, laissant probablement des marques sur le plancher, et sortit de la pièce.

– Ne pars pas, dit Lucas, s'il te plaît ! Il faudra bien que tu me parles tôt ou tard !

Tard, ce serait très bien. Puis, de colère, elle serra les poings. Ce n'était pas juste. Elle se détourna, elle ne voulait pas l'affronter.

– Pourquoi ? Pourquoi devrais-je te parler ? Je ne te dois rien. Pas la moindre explication, pas la moindre excuse. Ce n'est pas moi qui…

Sa gorge se serra et elle se tut. Elle l'entendit bouger derrière elle.

– Je sais, j'ai tout fait foirer. Je le reconnais. Je… j'aurais dû t'en parler. Non, c'était mal, je n'aurais jamais dû laisser les choses aller si loin. J'aurais dû envoyer promener mon père dès le début. C'est moi, le fautif, mais… je n'ai rien fait… d'autre. Je n'ai pas couché avec elle. Je l'ai embrassée deux fois. Tu nous as vus une fois. Et l'autre, on m'a mis au pied du mur. C'était uniquement pour convaincre mon père que j'irais jusqu'au bout de ce mariage, mais je n'ai jamais, pas une seule minute, eu l'intention de l'épouser.

Le nœud se resserra dans sa gorge. Ses yeux la piquaient, son cœur aussi. Elle secoua la tête et parvint à dire un seul mot.

– Non.

Elle ne savait même pas à quoi elle disait non. Puis elle se retourna vers lui.

Ce qu'elle disait n'avait aucune importance, car il ne l'écoutait pas. Il restait planté sur place à la dévisager, dans son propre monde de peine et de douleur.

– Tu m'aimes, dit-il, je le sais.

C'était à ce moment-là qu'elle aurait dû lui répondre « non », mais elle ne parvint pas à prononcer un mot. Oh, il se trouvait sur le bout de sa langue, mais il y était collé à la colle forte. Elle aurait menti, certes, mais la vérité faisait beaucoup trop mal.

– Je sais aussi que tu me punis. Et ça marche, puisque je souffre énormément. Mais je le mérite.

Il passa la main dans sa nuque.

Kylie réprima un océan de larmes qui menaçait. Même dans le noir, elle parvenait à distinguer les bleus autour de son cou. Des bleus qu'elle lui avait elle-même infligés. Elle serra les mains en se disant qu'elle avait été à deux doigts de lui comprimer la trachée.

– Je ne voulais pas t'étrangler, lança-t-elle, c'était un piège… de Mario. Je ne sais pas comment il a fait, mais…

– Je le sais, tu ne voulais pas me punir… de cette façon, dit-il en tâtant ses bleus. Ce n'est rien, comparé à tout ce que je ressens profondément. Je veux dire, que tu refuses de me parler, que tu ne veuilles pas que je t'approche. Tu ne peux pas savoir combien cela fait mal d'être là, tout près de toi… Si près… Peux-tu même imaginer comme c'est dur d'être là tout en sachant que tu ne veux pas que je te touche ?

Il avança d'un pas, comme s'il la testait.

S'il ne se trouvait qu'à quelques centimètres, son odeur la suivait partout. Elle se revit inhaler son parfum en entrant. Elle aurait pu se douter que l'odeur familière qui l'avait accueillie ici était son essence à lui. Il était son chez-elle. Ou l'avait été.

À présent, elle se sentait sans-abri.

Il avait dû rassembler un peu plus de courage, parce qu'il fit un autre pas.

Elle recula d'un centimètre. Et ce petit centimètre était tellement éloquent !

– Tu vois, dit-il, d'un air douloureux. Mais je sais que je compte encore pour toi, parce que… tu m'as sauvé la vie. Tu aurais pu t'écarter et laisser Mario me tuer. Tu ne l'as pas fait. Tu as intercepté les boules de feu qui m'étaient destinées.

L'émotion de Kylie était à son comble, et elle aurait donné n'importe quoi pour ne pas avoir à ressentir cela. Combien de bouleversements encore pourrait-elle supporter ? Y avait-il une limite ? Elle avait assurément atteint les siennes.

– Oui, je t'ai sauvé la vie, mais ne m'oblige pas à le regretter. Elle désigna la porte d'un signe de la main.

– Pars, je ne veux pas de toi ici.

Et c'était la vérité, elle ne voulait pas de Lucas, celui qui l'avait trahie. Elle voulait le garçon en qui elle avait confiance, celui qui était prêt à aller au bout du monde pour la protéger, pensait-elle. Et pourtant, c'était le même.

Il avança encore. Elle vit sa pomme d'Adam monter et descendre.

– Je t'ai blessée, dit-il, je le sais, et je suis prêt à accepter tout ce que tu me balanceras à la figure. Je le mérite. C'est ce que je suis venu te dire : je reconnais que ce que j'ai fait était nul. Et quand tu ne seras plus en colère, je serai encore là. Je me moque bien du temps qu'il faudra.

Elle détourna les yeux, elle le revit debout devant sa famille et ses amis, dans son smoking chic, et il était si beau, déjà un homme ! Mais elle le revit aussi prendre les mains de Monique, et elle entendit les promesses qu'ils échangeaient. Du genre de celles que l'on ne brisait pas.

Une nouvelle vague de douleur la submergea. Elle reposa les yeux sur lui.

– Tu lui as donné ton âme.

Il secoua la tête, et répondit d'un voix tremblante :

– Non, tu te trompes. Je ne lui ai pas donné mon âme. J'ai menti. Je n'aurais pas pu la lui donner. Parce que je l'ai déjà donnée. Tu l'as prise quand j'avais sept ans. Et si jamais il m'en restait un peu, tu l'as prise le jour de ton arrivée à Shadow Falls. Dans la culture loup-garou, on croit qu'il n'y a qu'une seule âme sœur. Et tu es la mienne, Kylie Galen. Je le savais déjà à l'époque, et cela n'a pas changé depuis.

Ses yeux étaient humides. Elle inspira, espérant maîtriser sa faiblesse, ses larmes. Mais elle en sentit une glisser sur sa joue.

Elle l'essuya. Son souffle trembla, quand elle aspira l'oxygène dont elle avait besoin. Pourquoi cela faisait-il aussi mal de respirer ?

Tu m'appartiens, Kylie Galen. Ses paroles résonnèrent dans son cœur. Elle ne pouvait pas nier qu'une partie d'elle voulait aller vers lui, lui faire répéter cela encore et encore, jusqu'à ce que la douleur qui bouillonnait dans sa poitrine disparaisse. Jusqu'à ce qu'elle puisse le regarder sans se souvenir combien cela avait été dur de le voir échanger des promesses avec une autre. Mais elle ne pouvait pas aller vers lui, parce qu'elle savait que la douleur ne disparaîtrait pas.

Pas maintenant.

Peut-être jamais.

Elle ne pouvait pas le savoir.

Il marqua une pause et elle vit la même douleur que celle qu'elle ressentait dans sa poitrine se refléter dans les yeux du garçon. Cela s'amplifia de savoir qu'elle lui avait fait du mal. Mais n'était-ce pas sa faute ? Pourquoi devait-elle culpabiliser s'il souffrait à présent ?

– Je suis désolé de t'avoir fait tout cela, dit-il. Et tu as beau être en colère contre moi, tu dois comprendre que je suis encore plus furieux contre moi-même. C'est moi qui t'ai fait cela, nous ai fait cela. J'ai blessé la personne qui compte le plus dans ma vie. Si quelqu'un d'autre t'avait fait autant de mal, je lui aurais arraché le cœur.

Il restait là à la dévisager. Le silence dans la pièce était trop fort. Ou était-ce la douleur dans son cœur qui lui perçait les tympans ?

– Je vais y aller, annonça-t-il. J'ai dit ce que je voulais dire, et sache que je te donnerai tout le temps nécessaire pour me pardonner. Mais ne pas me pardonner, ce n'est pas une option. Parce que je t'aime.

Elle ne l'avait jamais entendu aussi vaincu. Aussi perdu. Elle le laissa passer et il sortit. Elle se dirigea vers son lit. S'assit. Ôta ses chaussures d'un coup de pied.

– Minou, minou… fit-elle, cherchant quelque chose à quoi se raccrocher. Mais Socks resta caché. Il n'aimait vraiment pas les loups-garous. Pour l'heure, une partie d'elle était d'accord avec lui.

Elle remonta les jambes, serra ses genoux si fort contre sa poitrine que cela lui fit mal.

Puis elle attendit.

Attendit que les larmes coulent à flot.

Attendit qu'une partie de la pression qui montait dans son cœur disparaisse. Mais les larmes ne coulèrent pas. La pression demeura.

Elle ferma les yeux et se mordit la lèvre. Pourquoi n'arrivait-elle pas à pleurer ? Était-elle juste trop crevée émotionnellement ?

Elle était sacrément perdue.

Comment Lucas pouvait-il brusquement se rendre compte qu'il s'était trompé sur toute la ligne, sans l'avoir vu auparavant ? Comment avait-il pu promettre son âme à une autre, s'il aimait Kylie ?

Mais pourquoi mentirait-il ? Pourquoi viendrait-il lui dire toutes ces choses si elles n'étaient pas sincères ?

Elle resta assise dans la pièce enténébrée pendant plusieurs longues minutes. Elle se sentait seule. Isolée.

Une pensée folle et quelque peu puérile lui traversa l'esprit : *je veux ma maman*. Mais sa maman n'était pas là. Ni à Shadow Falls. Ni même dans le pays. Sa maman était en Angleterre avec un type que Kylie détestait.

Mais elle pouvait toujours l'appeler. Et puis flûte, elle pourrait même faire avorter les projets de coucherie de John. Cela rendait son appel encore plus tentant. Elle voulait que John sache que sa mère n'était pas seule au monde.

Elle fouilla dans sa poche, puis râla. Elle avait laissé son portable chez son grand-père.

– Zut !, marmonna-t-elle.

Soudain, elle pensa à Jenny, à ce qu'elle lui avait confié concernant Hayden, et à certaines accusations qu'elle avait portées contre les anciens. Les jeunes caméléons étaient-ils vraiment contraints à vivre dans un monde d'isolement ? Cela semblait si nul…

Elle devait parler à Hayden Yates pour avoir des réponses. Peut-être lui assurerait-il même que son grand-père n'était pas derrière tout cela. Elle se releva d'un coup, sortit puis ralentit dès qu'elle parvint à la porte. Génial ! Elle était censée être escortée !

Burnett allait exploser s'il savait qu'elle se baladait toute seule dans la nuit. Tant pis ! Et parfois il suffisait de briser les règles. Elle sortit, referma tout doucement la porte pour ne pas réveiller Miranda. En descendant les marches du perron, elle prit le chemin qui menait au bungalow de Hayden. Il dormait sûrement, mais elle s'en moquait.

Elle n'avait parcouru que quelques mètres quand elle vit quelqu'un surgir des arbres. L'expression qui lui vint à l'esprit était celle que Nana disait souvent quand elle se retrouvait en mauvaise posture : elle était mal barrée.

– Je… je suis désolée, marmonna Kylie.

– N'essaie même pas de me convaincre de me calmer ! grommela Burnett. Pas un seul mot !

– J'ai juste…

– Ça en fait trois et j'ai dit pas un mot ! aboya-t-il.

Et il balaya l'air de la main pour se faire bien comprendre.

Kylie se mordit la lèvre, et comme par hasard, ce fut à ce moment-là que les larmes se mirent à couler. De grosses larmes bien rondes et rapides. Elle renifla et s'essuya les joues du dos de la main. Son souffle se coinça dans sa poitrine. Pff, cela n'aurait-il pas pu se produire quand elle était seule ?

– Ces larmes ne me touchent pas, jeune femme !

Il la montra du doigt. Si elle ne pouvait pas entendre le cœur de Burnett battre au rythme d'un mensonge, elle le reconnut dans sa voix. Ses larmes le touchaient. Pas suffisamment pour l'empêcher d'être en colère, mais assez pour que sa voix se serre d'émotion.

Et savoir qu'elle l'avait déçu remit une couche de douleur dans sa poitrine. Exactement ce qu'il lui fallait… Encore souffrir.

Elle voulut cesser de pleurer mais les larmes continuaient à couler. Il ne disait rien. Se contentait de faire les cent pas devant elle.

D'aller et venir.

D'aller et venir.

En la fixant d'un air mécontent et déçu. Elle allait rebrousser chemin quand il se mit à grogner. Juste un grognement. Pas de mots, mais suffisamment d'inflexions pour lui faire savoir qu'il ne voulait pas qu'elle bouge. À l'évidence, sa punition était de rester ici et de reconnaître qu'elle l'avait déçu.

Elle se demanda si c'était cela que Lucas avait ressenti.

– J'ai juste…

– Ai-je dit que tu pouvais parler ? demanda-t-il.

Il fit trois autres tours à toute vitesse comme s'il se défoulait, puis la regarda de nouveau

– Où allais-tu ?

Comme elle le fixait sans rien dire, il lâcha :

– Réponds-moi.

– Tu as dit que je ne pouvais pas parler.

Elle s'essuya de nouveau les joues

– Où allais-tu, Kylie ?

Bon sang, elle ne savait pas quoi dire. Elle ne pouvait pas lui avouer la vérité. Elle avait promis à son grand-père de ne jamais dénoncer Hayden Yates.

Ouaip, elle était mal barrée. Hypermal barrée, même.

– Allais-tu voir Lucas ? demanda-t-il.

Elle allait hocher la tête, mais elle sentit son cœur battre la chamade, rien que parce qu'elle envisageait de mentir.

– Donc ce n'était pas Lucas, fulmina-t-il en devinant qu'elle était tentée de mentir.

Il se rapprocha d'un pas et ses yeux foncés la scrutèrent. De trop près. En gros plan. Elle vit la déception dans son regard et le nœud se reforma dans sa gorge.

Elle essaya de penser à ce qu'elle allait dire, quelque chose d'utile qui ne trahisse rien. Et qui ne soit pas un mensonge.

– J'ai juste…

– Ne dis rien, si c'est pour me baratiner.

OK, son cœur ne laisserait même pas sortir un pieux mensonge.

– Je veux la vérité, exigea-t-il. Allais-tu retrouver ton grand-père ?

– Non, répondit Kylie honnêtement, et elle se sentit immensément soulagée.

Il la regarda de plus près, ses yeux se plissèrent.

– Bien, je vais te poser une question directe, et je veux que tu me répondes par « oui » ou par « non ». N'essaie pas de travestir la vérité, parce que je le devinerais. (Il marqua une pause pour l'effet, et peut-être juste pour rassembler ses pensées.) Allais-tu voir Hayden Yates ?

Mille pensées défilèrent dans la tête de Kylie. Que savait Burnett au juste ? Quand son grand-père lui avait confié que Burnett croyait le mensonge de Hayden – que Kylie avait simplement, par la ruse, amené l'enseignant à croire qu'elle avait l'autorisation de partir – elle ne s'était pas dit que Hayden avait dupé Burnett.

Il savait quelque chose.

– OK, ton silence répond parfaitement à ma question. Viens.

Il lui fit signe de se mettre en route.

– Pour aller où ? demanda-t-elle, redoutant sa réponse.

– Tu voulais voir Hayden, alors allons-y, et ensuite vous aurez intérêt à m'expliquer ce qui se passe, vous deux, sinon vous allez passer un sale quart d'heure ! Une sale demi-heure, même !

Chapitre 10

Kylie avait entendu l'expression « marcher sur la ligne verte », lorsque les condamnés empruntaient le couloir de la mort avant d'être exécutés, et la marche jusqu'au bungalow de Hayden était sa ligne verte à elle. Burnett ne parla pas. Elle l'entendait à peine respirer. Et pourtant, il avançait à côté d'elle, dur comme le roc, et sa posture trahissait son impatience. Sa loyauté envers son grand-père et Burnett lui déchirait le cœur, comme dans une partie de lutte à la corde.

– Pouvons-nous d'abord parler à Holiday ? demanda Kylie, qui savait que cette dernière saurait le calmer et lui faire comprendre.

– Non ! fit-il d'un ton cassant. Je veux la vérité et je l'aurai !

« Mais à quel prix ? » songea Kylie. Hayden se rendrait-il compte que Kylie ne l'avait pas dénoncé ? Elle l'espérait. Mais son grand-père comprendrait-il pourquoi elle brisait la promesse qu'elle lui avait faite ?

Elle ne le pensait pas.

Comme l'homme qui avançait avec brutalité à côté d'elle, son grand-père n'était pas indulgent.

Une fois qu'ils furent arrivés au virage près du bungalow de Hayden, Kylie chercha désespérément une échappatoire.

– Il doit dormir… On pourrait peut-être…

– Il ne dort pas, répondit Burnett avec sévérité. Il n'arrête pas de se retourner dans son lit, de s'inquiéter pour des tas de choses. S'attendait-il à te voir ce matin ? Es-tu déjà en retard ?

– Non, marmonna-t-elle.

Ils gravirent les marches du bungalow, quand, d'un seul coup, Kylie comprit quelque chose. Secouée par la colère, elle attrapa Burnett par le coude.

– C'est bon, tu peux tout entendre !

– Et quel est ton intérêt dans tout ça, tout à coup ? demanda-t-il, en constatant son nouvel état d'esprit. Et oui, la colère donnait un léger répit à sa culpabilité.

– Tout à l'heure, quand tu m'as déposée à mon bungalow, tu savais que Lucas était là ; n'est-ce pas ? Tu savais qu'il attendait pour me parler ?

La culpabilité se lut sur le visage de Burnett.

– Il m'a supplié de lui laisser dix minutes.

– Et tu les lui as données. Tu pensais que c'était à toi de faire ce choix, l'accusa Kylie.

Burnett fronça les sourcils, mais la culpabilité ne disparut pas complètement.

– Si mes souvenirs sont bons, tu as bien mis ton grain de sel dans notre histoire d'amour, à Holiday et moi.

– Aucun de vous deux ne s'est enfui pour se fiancer à quelqu'un d'autre !

Il ne tressaillit pas, mais, à son expression, elle vit que son argument avait fait mouche.

– Tout le monde devrait pouvoir s'expliquer, lança-t-il, mais son ton manquait complètement de conviction.

– Il n'y a aucune explication pour ce qu'il a fait, rétorqua-t-elle.

Burnett inspira et pinça l'arête de son nez.

– OK, je reconnais que j'ai peut-être eu tort de lui laisser ce privilège. Et je renoncerai à ce genre d'actions dans le futur. Et à présent, peut-être que Hayden et toi pouvez faire amende honorable en m'expliquant ce que vous me cachez tous les deux.

Il regarda Kylie en arquant un sourcil, leva le poing et tapa sur la porte de Hayden si fort que les gonds tremblèrent.

Une fois qu'il eut passé ses humeurs sur la porte, Burnett reposa les yeux sur elle. Elle vit son esprit bouillonner, chercher des réponses. C'était la première fois qu'elle avait le sentiment que Burnett ne savait pas la moitié de ce qu'elle craignait qu'il sache.

– Sois prévenue, dit Burnett, que si j'apprends qu'il se passe quelque chose de romantique entre vous, il va m'entendre… Kylie ouvrit la bouche en grand.

– Romantique ? Oh arrête, il est vieux ! Aussi vieux que toi !

Le front de Burnett se plissa. Et il se rembrunit encore plus.

– C'est bien ça, le problème ! Mais je ne suis pas si âgé que cela !

Hayden ouvrit la porte et son regard alla de Burnett à Kylie à toute allure.

Burnett grommela. Puis entra sans y avoir été invité, pour bien montrer qui était le patron ici. Ce qui ne fit pas plaisir à Hayden.

Kylie déglutit, elle ne savait pas quelle tournure allait prendre cette visite. Burnett serait furieux, et dès que son grand-père apprendrait qu'il s'en prenait à Hayden, il serait furieux lui aussi.

– OK, qu'une chose soit claire, commença Burnett. Personne ne quitte cette pièce tant que je n'ai pas de réponses. Et je me moque bien de faire usage de la force pour les obtenir, affirma-t-il en regardant Hayden droit dans les yeux. Et comme je ne frappe pas les filles, je vous suggère de vous expliquer.

Hayden se redressa.

– Expliquer quoi ? demanda-t-il, sans montrer le moindre signe d'intimidation.

Kylie dut l'admirer pour cela aussi. Elle aimait Burnett et savait qu'il n'était pas injuste ni déloyal, mais elle tremblait un peu en l'écoutant. Cet homme avait fait de l'intimidation un art. Dans lequel il excellait, en plus.

– Quel est le lien entre vous deux ? demanda Burnett.

– Le lien ? fit Hayden.

– Il y a quelque temps, Kylie vous tenait pour responsable de la mort de ces filles, et d'un seul coup, vous voilà son allié. Vous avez menti quand vous m'avez affirmé qu'elle avait demandé à ce qu'on la laisse sortir au cimetière.

– Je l'ai bien laissée sortir.

– Ensuite, vous avez menti en prétendant qu'elle était venue vous voir. Je connais Kylie, elle n'aurait pas sollicité votre aide sans raison.

– Je suis son enseignant, répondit Hayden. Je pensais qu'aider une élève dans des situations difficiles, ici, c'était un plus.

– Et je vous croyais suffisamment intelligent pour savoir quand tout avouer. La seule raison pour laquelle je ne vous ai pas encore fichu à la porte, c'est parce que je veux d'abord des réponses. Alors, parlez !

Kylie, de crainte que cela ne dégénère, se posta entre les deux hommes.

– J'aimerais parler avec Hayden en tête à tête. Juste un instant.

L'expression de Burnett se durcit.

– S'il te plaît, insista Kylie, je... je crois que cela nous aidera à aller au fond des choses.

La mâchoire de Burnett se serra au point qu'elle semblait prête à craquer.

– Et quand tu reviendras, j'aurai des réponses pour toi.

Son front se plissa.

– Je serai juste devant la porte.

– Mais tu pourras quand même entendre...

– C'est ça et rien d'autre ! exigea-t-il.

Elle réalisa brusquement que cela suffisait – car Hayden et elle pourraient devenir invisibles et les oreilles intruses du vampire n'entendraient pas leur conversation. Elle hocha la tête et observa Burnett s'en aller en colère. Dès que la porte se ferma, elle colla un doigt sur ses lèvres, puis attrapa la main de Hayden et l'emmena dans le royaume invisible.

– Tu arrives déjà à faire ça ?

– Oui, dit Kylie et elle lui tint la main pour qu'il sache où elle était.

– C'est génial, Kylie, sais-tu que tu es très en avance ? Quand as-tu... ?

– Désolée, mais nous n'avons pas le temps de parler de cela pour l'instant. Qu'allez-vous dire à Burnett ? Je crois que nous devrions tout avouer.

– Il insistera pour que je m'en aille, répondit Hayden. Et tu perdras ma protection.

– D'abord, je n'ai besoin d'aucune protection ici. Mais je ne veux pas que vous partiez. Je veux avoir quelqu'un vers qui me tourner si j'ai des questions. Ensuite, je ne suis pas sûre que Burnett vous vire… mais si nous ne lui disons pas, il vous enverra sûrement balader. Notre meilleure chance pour que vous restiez, c'est de lui dire la vérité.

– Je comprends ton point de vue, dit Hayden, mais…

– Je ne lui ai rien dit, vous savez. Il ne sait même pas que vous êtes un caméléon. Il a juste…

– Je sais, dit Hayden. Il se méfiait déjà de moi avant ton départ.

– C'est ma faute. Je…

– Le bruit de la porte d'entrée qui claquait fit taire Kylie. Burnett revint en trombe dans la pièce, les yeux étincelants de fureur.

– Cet homme est incroyable ! s'écria Hayden.

– Bon sang ! Kylie, où es-tu ?

– Je vais lui parler, dit Kylie à Hayden. Vous, restez invisible.

Elle relâcha sa main et réapparut.

Elle vit immédiatement l'air renfrogné de Burnett.

– Où est-il ? lança-t-il d'un ton sec.

– Il est là. Nous parlons encore. En privé, comme je l'ai demandé.

– Tu peux rendre les autres invisibles ?

Elle opina.

Mais je n'ai pas eu besoin de rendre Hayden invisible – étant donné que c'est un caméléon – mais, ça, Burnett ne le sait pas.

– C'est ridicule ! Je veux des réponses !

– Et tu les auras si tu me laisses agir cette fois, exigea-t-elle.

Je te demande de me faire confiance comme tu l'as réclamé si souvent de moi dans le passé.

Il grommela et leva les yeux vers le plafond, comme s'il implorait la patience. Kylie disparut à nouveau.

– Je suis là, fit Hayden. Alors, que veux-tu que je lui dise au juste ?

– Tout, répondit Kylie. Que c'est mon grand-père qui vous a envoyé ici et que vous êtes un caméléon – et que vous voulez rester. Elle marqua une pause. Et cela ne ferait pas de mal d'ajouter que cet endroit vous impressionne. Si nous pouvons l'amener à vous considérer comme son allié, alors peut-être…

– Peut-être quoi ? demanda Hayden.

– Je ne sais pas si c'est possible, mais je me disais que beaucoup des plus jeunes caméléons comme Jenny pourraient tirer profit de Shadow Falls.

– J'ai moi-même eu cette pensée, avoua Hayden, mais les anciens ne…

– OK ! C'est l'heure ! lança Burnett d'un ton sec et il fit les cent pas dans la pièce. Ramenez-vous immédiatement !

– Encore une minute, insista Kylie. Nous avons presque terminé.

– Il ne peut pas t'entendre, dit Hayden.

– Oh si.

Elle marqua une pause, les questions pour Hayden traversaient son esprit à toute allure, mais Burnett était sur le point de craquer. Et un Burnett craquant, voilà qui deviendrait vite ingérable.

– Êtes-vous prêt ? demanda Kylie. J'ai beaucoup d'autres choses à vous dire, mais pour l'instant… je crois que nous devrons nous contenter de cela. Attendez ! lança-t-elle d'un ton sec.

– Oui ?

– Croyez-vous que mon grand-père avait adhéré au plan qui consistait à me kidnapper, et à m'éloigner de Shadow Falls ?

– Non, je ne crois pas. Il se faisait beaucoup de souci pour toi, il a même appelé six fois avant que tu n'arrives.

Le soulagement l'envahit.

– Voulez-vous bien lui dire que je suis désolée de… ne pas lui avoir dit au revoir ?

– Je le ferai.

– Kylie ! gronda Burnett.

Respirant un bon coup, elle se força à redevenir visible. Hayden apparut à son côté.

Burnett n'eut pas l'air impressionné. Il attrapa Hayden par le devant de sa chemise.

– Disparais encore une fois, et je veillerai à ce que ce soit pour toujours !

– Du calme, fit-elle en se rapprochant de Burnett. Hayden n'est pas l'ennemi. C'est grâce à lui que nous avons pu retrouver Holiday quand Warren l'avait capturée. En réalité, c'est encore grâce à lui que j'ai pu m'échapper ce soir.

Kylie vit Hayden la regarder, comme étonné qu'elle connaisse cette pièce du puzzle.

Burnett le relâcha et scruta ensuite son front.

– Vous êtes un caméléon ?

Celui-ci se raidit.

– On dirait que c'est une insulte pour vous !

Les épaules de Burnett se tendirent.

– On dirait plutôt que vous m'avez menti tout du long.

Hayden lissa sa chemise toute froissée.

– Je suis venu ici pour m'assurer que Kylie n'était pas

vendue à l'URF par quelqu'un qui avait un réel problème d'autorité.

Burnett se renfrogna.

– C'est moi, l'autorité ici. Et j'ai fait des recherches sur vous. Tout porte à croire que vous êtes mi-vampire, mi-fée. Vous êtes même enregistré comme tel.

– Oui, répondit Hayden.

– Mais c'est faux ?

Hayden ne cilla pas.

– C'est ainsi que j'ai décidé de vivre ma vie.

Burnett secoua la tête, comme s'il essayait de comprendre.

– Mais selon mes recherches, le grand-père de Kylie est catalogué « humain » par l'URF. Et les rares caméléons que j'ai vus devant leur enclos arboraient la configuration humaine. Je pensais que c'était ce que vous laissiez tous croire au monde. Justement, pourquoi n'avez-vous pas choisi de vivre dans cet enclos avec les autres ? Seriez-vous un rebelle ?

Hayden se tendit.

– Êtes-vous un rebelle parce que vous ne vivez pas au sein d'une communauté de vampires ? On devrait vivre sa vie comme on le décide, n'est-ce pas ? Je préfère simplement vivre tout seul, et j'ai décidé de vivre ma vie en tant que surnaturel et non en tant qu'humain.

– Alors, vous avez simplement choisi une espèce et truqué sa configuration ?

– Je n'ai rien fait de mal pour que vous me jugiez, répliqua Hayden.

Burnett avait toujours l'air confus.

– Combien il en existe comme vous ? À vivre sous une forme de surnaturel différente ?

– Pas assez pour se sentir à l'aise au point de se faire connaître, répondit Hayden. Pas quand l'histoire a prouvé que cela pouvait se passer.

Kylie vit Burnett essayer d'intégrer ce qu'il entendait et de le classer.

– Donc, quand vous avez vu que je ne représentais pas de menace pour Kylie, pourquoi ne vous êtes-vous pas fait connaître ?

– Vous m'auriez envoyé balader, ou pire, m'auriez fait arrêter.

Burnett avait beau exceller dans l'art de bousculer les gens, il devait reconnaître que verbalement Hayden se défendait bien. Et cela l'agaçait.

– Vous travaillez pour le grand-père de Kylie ? demanda Burnett.

– Travailler pour lui ? Non. Si je l'aidais ? Oui. Comme vous le savez d'après les recherches que vous avez effectuées sur moi plus d'une fois, j'ai enseigné dans le secondaire pendant trois ans à Houston.

– L'aidez-vous toujours ?

La question de Burnett resta en suspens, comme si la réponse allait être décisive.

– Tout dépend de ce que vous entendez par « aider ». Est-ce que j'essaie d'aller contre vous pour faire du mal à Kylie ? Non. Mais est-ce que je garde encore un œil vigilant sur elle et est-ce que je réponds aux angoisses de son grand-père ? Oui.

– Le même grand-père inquiet qui avait l'intention de la kidnapper ?

– Il n'avait rien à voir avec ça, intervint Kylie avant que Hayden ne puisse répondre. Et je ne veux pas que tu renvoies Hayden non plus. S'il te plaît, Burnett, fais-le pour moi.

Burnett la regarda.

– Je ne sais pas si je peux travailler avec quelqu'un qui est déchiré.

Kylie roula des yeux.

– Tu veux dire, entre l'URF et toi ?

Les yeux de Burnett se plissèrent

– Ma loyauté a toujours été de vous protéger.

– Mais tu continues à travailler avec eux ? Parce que comme tu dis, tu vois le bien que fait l'URF. Pour Hayden, c'est pareil. Il veut me protéger, mais il comprend que mon grand-père est bien intentionné. Pourquoi ne peux-tu pas accepter cela ?

Burnett se renfrogna, mais Kylie constata que ses propos l'avaient touché.

– Je vais y réfléchir et en discuter avec Holiday.

Hayden opina. Son expression indiquait qu'il ne les supplierait pas pour rester. Kylie ne lui en voulait pas, mais elle n'était pas bouffie d'orgueil au point de s'en abstenir. Sa vie serait simplement plus facile si Hayden restait là, et cela faciliterait son lien avec son grand-père. Elle avait vraiment, vraiment besoin de lui.

– Mes règles, toutefois, tiennent toujours, poursuivit Burnett. Quoi que je décide quant à l'avenir de M. Yates à Shadow Falls, reprit-il en se concentrant sur Kylie, tu ne dois pas t'enfuir pour voir ton grand-père. Tu auras encore des escortes, et si je dois personnellement surveiller ton bungalow toutes les nuits pour t'empêcher d'enfreindre le règlement, je le ferai.

Kylie opina. Elle reconnaissait qu'il lui faudrait regagner sa confiance.

Il reporta son attention sur Hayden.

– Et si je décidais de vous garder à Shadow Falls, je vous demanderais de respecter mes règles et de m'aider à maîtriser Kylie. Et de m'apprendre comment m'y prendre avec un escroc de votre espèce.

– Si vous décidez que je peux rester, je réfléchirai à votre proposition, dit Hayden, la tension dans sa voix montrant que l'attitude de Burnett le laissait manifestement de glace. Mais je peux vous dire une chose, je refuse que l'on me manque de respect.

– Manquer de respect ? gronda Burnett.

Puis tout partit en vrille.

Burnett et Hayden s'injurièrent à qui mieux mieux. Pour Hayden, Burnett était un « connard », et pour Burnett, Hayden était un « enfoiré présomptueux et un menteur ».

Elle n'était pas sûre à cent pour cent qu'ils n'en viennent pas aux mains. S'ils se cassaient le nez, alors soit. Elle ne pensait pas qu'ils iraient jusqu'à se tuer. Mais bon, elle pouvait se tromper.

Mais elle était bien trop lasse pour essayer de les arrêter.

Ses genoux tremblèrent et ses yeux s'alourdirent. Elle dut s'asseoir pour ne pas tomber. Ignorant les deux hommes qui se disputaient, elle traversa la pièce et s'affala lourdement sur le canapé de Hayden.

Sentant un froid glacial la submerger, elle remonta ses genoux contre elle. Elle était tellement fatiguée qu'il lui fallut une minute pour se rendre compte que le froid n'était pas qu'une réaction naturelle due à sa grande fatigue. Il lui fallut aussi une seconde pour s'apercevoir que les hommes avaient cessé de se battre et la regardaient fixement.

Kylie les ignora pour s'occuper de l'esprit.

– Pas maintenant, marmonna-t-elle, et elle regarda

fixement la table basse devant elle, ne souhaitant pas affronter le fantôme et ses discours de meurtre insensés. Et ne désirant pas non plus affronter Burnett et Hayden.

– Alors quoi, maintenant ? demanda Burnett.

– Rien, dit Kylie.

Et le fantôme se posta devant elle. Sa robe rose clair trempée de sang pendillait lourdement. Beaucoup de sang. Du moins, cela y ressemblait.

Tue ou sois tuée.

Les paroles de l'esprit serpentèrent dans la tête de Kylie.

Elle se pencha en arrière et fixa les yeux morts et froids.

– Pour l'heure, je vais faire avec le *sois tuée.* Je suis beaucoup trop fatiguée.

– Es-tu prête à retourner dans ton bungalow ?

Burnett regardait autour de lui, il sentait une présence. En réalité, il n'arrivait pas vraiment à percevoir le fantôme, mais comme il avait pu distinguer Hannah, la sœur de Holiday, Kylie ne savait pas trop.

– Peux-tu la voir ? demanda-t-elle.

– Voir qui ? demanda Hayden.

– La revenante, répondit Burnett à Hayden.

– Zut ! articula Hayden silencieusement, et son regard inquiet resta rivé sur Kylie. Tu ne vas pas t'évanouir, hein ?

– Je ne crois pas, répondit-elle.

– Bon, on y va, fit Burnett.

– Oui, acquiesça Kylie.

Alors qu'elle allait se lever, elle vit le téléphone de Hayden sur la table basse.

– Je vous l'emprunte, lui dit-elle ; j'ai laissé le mien chez mon grand-père et je voudrais joindre ma mère.

Hayden fronça les sourcils.

– N'appelle pas ma copine, par contre ! Comme la dernière fois où tu as emprunté mon téléphone.

Elle se dirigea vers lui, ignorant l'esprit qu'elle sentait près de la porte, et l'étreignit. Peut-être n'aurait-elle pas dû, parce qu'il se raidit. *C'est quoi, le problème des mecs avec les câlins* ? se demanda-t-elle.

– Merci, dit-elle, en sortant.

– De rien, répondit-il.

Elle jeta un coup d'œil à Burnett. Il avait l'air énervé, comme si elle venait de pactiser avec l'ennemi.

– Tu sais, votre problème à tous les deux, c'est que vous vous ressemblez beaucoup trop.

Ils se raclèrent la gorge. Kylie roula des yeux avant de se mettre en route. Et son fantôme, qui tenait une épée ensanglantée dans une main, et… une tête dans l'autre, se planta devant elle. La tête, qui venait d'être coupée et qui dégoulinait encore de sang, pendillait et rebondissait contre sa hanche quand il avançait.

Kylie s'arrêta brusquement. L'esprit se retourna, et sourit. Puis soulevant la tête par une poignée de cheveux, comme un trophée, il l'agita en disant :

– *Je te l'ai dit, tuer, c'est du gâteau* !

Les yeux tressautèrent comme s'ils étaient en liberté dans leur cavité, et du sang gicla du cou. Kylie laissa échapper un cri de terreur et se précipita aux côtés de Burnett.

– Je suis trop fatiguée, je n'en peux plus, marmonna-t-elle. Fais-la partir, je t'en prie, fais-la partir !

Chapitre 11

Cinq minutes après le départ du fantôme, Kylie gravit les marches de son perron et se retourna pour dire au revoir à Burnett.

Il la dévisagea avec compassion. Il ne s'était pas excusé de s'être montré aussi dur envers elle, et il ne le ferait sûrement pas. Pas de doute, il devait penser qu'elle le méritait. Et en un sens, il avait raison, estimait-elle.

Il ouvrit la porte.

– Promets-moi que tu vas te coucher, et que tu n'essayeras pas de repartir ?

– Je le promets.

– Et essaie de me faire confiance.

– Je te fais confiance.

– Non, c'est faux, dit-il sombrement. Si c'était le cas, je ne serais pas en train d'apprendre des choses sur Hayden.

– Quelqu'un m'a fait jurer de ne pas en parler, avoua-t-elle. Si tu avais promis quelque chose à quelqu'un, n'essaierais-tu pas d'honorer cette promesse ?

Il soupira, lui offrant probablement la meilleure compréhension possible.

– Mais tu dois faire attention aux serments que tu fais.

Il regarda autour de lui, un peu méfiant. Est-elle partie ?

Kylie regarda à gauche, puis à droite.

– Je ne la vois plus.

Mais au fond d'elle, elle craignait que l'esprit ne revienne. Demain, elle s'entretiendrait avec Holiday sur la façon de se débarrasser du fantôme à tout jamais. Holiday avait raison. Kylie ne devait en aucun cas aider quelqu'un d'aussi méchant.

– Sais-tu ce qu'elle veut ? Ou à qui la tête appartenait ? demanda Burnett.

– Aucune idée, cela a pu se produire il y a des années, pour ce que j'en sais. Mais ce qu'elle veut, oui, je le sais plus ou moins.

– Et c'est ? demanda-t-il.

– Elle veut que je tue quelqu'un pour elle.

Kylie était trop fatiguée pour mettre du sarcasme dans sa voix.

Burnett se renfrogna.

– Qui ?

– Ça, elle ne l'a pas encore expliqué.

– Finalement, ce n'est pas grand-chose, si ? dit-il, ironique.

Visiblement, il était aussi fatigué qu'elle.

Kylie haussa les épaules. Elle allait faire un pas en arrière, mais cette fois, ce fut Burnett qui la surprit, quand il avança pour la serrer dans ses bras. L'étreinte fut courte, mais affectueuse, et elle s'aperçut qu'elle en avait vraiment besoin.

– Tu veux que je reste un peu ? demanda-t-il, l'air mal à l'aise après cette démonstration d'affection.

– Non, répondit gentiment Kylie, lui ôtant une épine du pied.

– Veux-tu que j'aille chercher Holiday ?

– Non, ça va, je veux juste me coucher.

Elle leva les yeux vers le ciel : c'était presque le matin. Elle avait vraiment besoin de sommeil. Et elle était épuisée physiquement, mais le retour à pied avait remis son cerveau en marche. En touchant le téléphone de Hayden dans sa poche, elle se souvint qu'elle voulait aussi appeler sa mère. Burnett n'arrivait pas à partir. Il la dévisageait avec une inquiétude toute paternelle.

Elle revit son grand-père lui affirmer que Burnett avait endossé le rôle d'un père et, en un sens, elle supposait que oui.

– Ça va aller, l'assura-t-elle, sans en être tout à fait sûre.

– Promets-moi que tu ne quitteras pas le bungalow, répéta-t-il.

– Promis, fit-elle en souriant, puis elle ferma la porte.

Une fois qu'elle entendit ses pas s'éloigner, Kylie s'adossa au chambranle et ne bougea plus. Puis quelque chose sous la porte attira son attention. Son cœur se serra quand elle vit de la vapeur s'élever en volutes, lui indiquant qu'elle avait de la compagnie.

Oh non, a-t-elle encore apporté d'autres petits objets à montrer, style leçon de choses ? Quels morceaux de corps a-t-elle traîné avec elle, cette fois ?

Bon sang, Kylie n'avait vraiment pas besoin de cette compagnie.

Elle avait besoin d'un ami. Elle avait besoin d'une de ses meilleures amies. Elle regarda derrière son épaule ; la porte de Miranda. Aucune vapeur ne s'en échappait. Elle ouvrit la porte. Il était tôt, mais quelque chose lui dit que Miranda n'y verrait aucun inconvénient.

Elle poussa un soupir de soulagement quand elle vit la sorcière qui dormait dans son pyjama recouvert de smileys, et qui faisait des mamours à un immense ours en peluche comme si c'était son amoureux. Kylie contempla ses cheveux blonds aux mèches roses, vertes et noires, étalées sur l'oreiller.

Elle s'approcha tout doucement, mais fit craquer le plancher.

Miranda sursauta.

– Je croyais que l'on devait attendre pour coucher ensemble, marmonna-t-elle.

Le sourire de Kylie s'élargit.

– Je crois que ce serait plus sage. Je ne suis pas sûre que notre belle histoire puisse supporter ce genre de chose en ce moment.

Miranda se retourna d'un coup, sans lâcher l'ours en peluche. Ses yeux endormis étaient désormais grands ouverts.

– De plus, ajouta Kylie, je pense que l'ours et toi, vous l'avez peut-être déjà fait, non ?

Miranda poussa un cri perçant, balança la peluche sur son amie et sortit du lit à toute allure.

– J'ai cru que c'était Perry !

En gloussant, la jeune fille serra Kylie de toutes ses forces dans ses bras.

– Waouh, tu es rentrée ! Je suis teeeeellement contente que tu sois de retour !

Elle la relâcha, recula d'un pas, et la regarda comme si elle craignait à moitié qu'elle ne soit pas réelle.

– Tu es *bien* rentrée, hein ? Ce n'est pas un rêve ?

– Ce n'est pas un rêve, acquiesça Kylie, même si elle aurait aimé que toute cette nuit en fût un.

Le sourire de la sorcière s'évanouit et elle tapa du pied.

– Imagines-tu comme j'ai été malheureuse ? D'abord, tu me laisses tomber, et ensuite Della se barre pour jouer les superhéroïnes ! Je devrais être furieuse contre toi ! Pas contente de te voir !

– Non, ne sois pas en colère. Réjouis-toi que je sois de retour !

Kylie attrapa l'ours et le rejeta sur le lit.

Miranda la regarda, incrédule.

– Est-ce que tu vas rester ? Tu ne vas plus t'enfuir ?

– Je ne vais plus m'enfuir.

– Promis, juré ? demanda Miranda en tendant l'auriculaire.

Qu'est-ce qu'ils avaient tous, à vouloir des promesses ? Kylie regarda le petit doigt de son amie, une arme de sorcière.

– Je ne sais pas si c'est sans danger de faire ce genre de promesse alors que…

– Ça ne risque rien, c'est un serment entre sorcières. Et comme tu l'es en partie… c'est la promesse la plus sacrée que tu pourras faire.

– Très bien, promis.

Kylie tendit le petit doigt pour valider sa parole. Et cela avait beau être un geste idiot, à la minute où leurs petits doigts se joignirent, une vague d'émotion envahit sa poitrine. Peut-être que ce genre de promesses entre sorcières était beaucoup plus qu'un geste puéril. Ou peut-être était-elle simplement trop heureuse d'être rentrée chez elle.

– Tu m'as tellement manqué ! dit Kylie en serrant affectueusement Miranda dans ses bras.

– Toi aussi !

Miranda rebondit sur son lit.

– Maintenant, assieds-toi et raconte-moi tout ce qui s'est

passé. Elle plissa les yeux et vérifia la configuration de Kylie. Tu as retrouvé cette configuration étrange.

– Je crois que c'est celle d'un caméléon.

Si Kylie avait été un tout petit peu parano, comme la majorité des autres caméléons, elle aurait dû essayer de cacher cette configuration. Mais il était un peu trop tard pour cela, non ? Trop tard pour commencer à feindre d'être quelque chose qu'elle n'était pas ? Tout le monde ici l'avait vue. Et, d'ailleurs, pouvait-elle faire semblant ?

Bien sûr, elle avait pu modifier sa configuration quelquefois, mais comment faisait-on pour la conserver ? Selon ce qu'elle avait appris, la plupart des caméléons n'en étaient pas capables tant qu'ils n'avaient pas eu vingt-cinq ans.

Et bon sang, elle ne laisserait personne l'enfermer tant que sa configuration n'avait pas cessé de mal se comporter. Elle repensa à Jenny et aux autres ados chez son grand-père. Soudain, Kylie eut le sentiment qu'aider les jeunes caméléons faisait partie de ce qu'elle avait l'intention de faire. Mais comme Hayden l'avait affirmé, convaincre les anciens semblait impossible.

– Mais tu peux te transformer en presque tout, n'est-ce pas ?

La question de Miranda la tira de ses pensées.

– Plus ou moins, répondit-elle. Mais cela reste difficile.

– Quelles choses insensées peux-tu faire à présent ? demanda Miranda.

Ses yeux verts étincelaient d'excitation.

Kylie haussa les épaules et s'affala sur le lit à côté d'elle.

– Rien de nouveau, je maîtrise juste un peu plus ce que je sais faire. Oh si, attends, il y a quelque chose. Je peux rendre d'autres personnes invisibles.

– Sérieux ? Rends-moi invisible, alors ? Tout de suite, vas-y, vas-y !

– Non, pas maintenant, je suis épuisée. De plus, je ne sais pas trop… ça fait toujours peur, ce genre de truc.

Elle se rappela avoir eu la trouille de sa vie quand elle avait cru avoir perdu Derek dans le monde invisible, ce soir.

Puis, n'ayant plus envie de parler d'elle, elle attrapa l'ours et le serra bien fort.

– Alors comme ça, il y a quelque chose entre cet ours et toi, hein ? Ça avait l'ait super sérieux quand je suis entrée dans ta chambre.

Miranda sourit.

– Perry me l'a donné pour me tenir compagnie en son absence. Mais il n'embrasse pas aussi bien que lui !

Kylie sourit. C'était cela qui lui avait manqué. Avoir quelqu'un à qui parler, avec qui rigoler.

– C'est mignon.

– Oui, dit Miranda, puis elle demanda : Arrives-tu à t'embraser quand tu veux, maintenant ?

Elle remonta ses genoux contre sa poitrine.

– Non, répondit Kylie. Non, seulement quand je soigne des gens.

Ou les fais revenir de parmi les morts, songea-t-elle.

Quand elle se rendit compte de tous les pouvoirs fous qui semblaient aller et venir, elle fut effrayée. Elle espérait sincèrement qu'Hayden et Burnett puissent régler leurs différends. Ce serait vraiment bien que Hayden soit là pour l'aider si les choses repartaient en vrille.

– Dommage, tout cet embrasement, c'était trop cool ! C'est vrai, j'y arrive moi aussi, mais ce n'est pas pareil. Je ne sais pas pourquoi, mais c'est différent.

Kylie secoua la tête.

– Ce n'était pas si cool que ça, crois-moi.

– Si, ça l'était. Miranda fit la grimace. Tout le monde est tombé d'accord, tu ressemblais à un ange. Ils se demandaient même si peut-être tu n'en avais pas un en toi.

– Je ne suis pas un ange.

Demande à Burnett.

– Tout le monde en parle encore, reprit Miranda.

Super. Mais même l'idée d'être le sujet de conversation général et d'attirer les regards gênés des autres élèves ne lui faisait plus aussi peur qu'avant. C'est vrai, elle était ravie d'être de retour, même si, pour cela, il faudrait encore qu'on la prenne pour un monstre.

Elle mit tout cela de côté et revint vers Miranda.

– Alors, qu'ai-je loupé depuis mon départ ?

– Tout. Ça a été de la folie. Oh... Une lueur sombre apparut dans ses yeux. Es-tu au courant pour Helen ?

– Oui. Holiday m'a dit qu'elle allait bien.

Miranda fit une autre grimace.

– Sais-tu qui ils soupçonnent ? Ce sale type de Mario a été vu...

– Je sais.

Miranda se rembrunit.

– Je crois que c'était lui, moi aussi. J'avais recommencé à sentir une présence étrange. Comme si quelqu'un traînait dans le coin. C'était flippant. Et j'étais toute seule, moi aussi.

– Je comprends ce que tu veux dire.

Un frisson horrible parcourut la colonne vertébrale de Kylie, quand elle se remémora sa confrontation avec Mario un peu plus tôt. Puis elle regarda Miranda.

– Et je suis désolée. C'est ma faute, s'il est là.

– Ce n'est pas ta faute, il est mauvais.

– Oui.

C'était un fait. Kylie savait qu'elle devait dire à Miranda ce qui c'était passé ce soir, mais elle n'avait pas l'énergie de s'y atteler aussitôt.

– Tu ne le sens pas en ce moment, si ?

Miranda attendait avec appréhension la réponse.

– Non.

– Tant mieux.

Kylie chassa le sentiment d'insécurité qui ne la quittait pas. Elle voulait vraiment croire qu'elle ne courait aucun risque à Shadow Falls, mais de qui se moquait-on au juste ?

– Tu vas bien ? demanda Miranda en la jaugeant.

– Bien, et à l'école, quoi de neuf ?

– Nous avons un nouveau prof d'histoire. Pour remplacer l'autre naze, Collin Warren. Un mec cool, un loup-garou, la vingtaine. C'était un génie quand il était petit, mais on ne le dirait pas. Si tu voyais Fredericka, elle est folle de lui !

Kylie opina, mais préférait qu'on ne la surprenne pas en train de commérer à son propos. Elles avaient plus ou moins fait la paix.

– Et quels autres trucs fous sont arrivés ?

Miranda arqua son sourcil droit.

– Nikki, voilà ce qui est arrivé ! Et si elle continue, je vais lui faire apparaître de gros boutons un peu partout !

Elle leva la main, agita le petit doigt d'un air renfrogné.

Il lui fallut un moment pour se rappeler que Nikki était la nouvelle métamorphe qui avait un faible pour Perry. Kylie fronça les sourcils, en pensant à l'Heure pour faire connaissance qu'elle avait passée avec la jeune fille. Celle-ci craquait en effet pour Perry.

– Mince ! Comment ça se passe ?

– Ça a intérêt à ne pas se passer du tout, oui ! Je suis

tellement furieuse contre Perry. C'est vrai, il jure qu'il ne la touchera pas, mais je crois qu'il jubile parce qu'une fille est raide dingue de lui. Et je vois très bien que cela lui fait plaisir que je sois jalouse. Il l'évoque dans des conversations futiles. Comme si ça lui plaisait de voir que ça m'énerve.

Kylie se mordit la lèvre et se demanda si Lucas n'avait pas été légèrement ravi que Monique craque pour lui. Lucas disait-il vraiment la vérité quand il affirmait qu'ils n'avaient fait que partager quelques baisers ? Était-ce bien Monique que Kylie avait entrevue ?

Les questions lui venaient si vite qu'elle avait envie de s'enfouir la tête sous l'eau.

Miranda se laissa retomber sur le lit avec un peu d'exagération, et Kylie comprit que ses pensées l'avaient ramenée à ses problèmes alors qu'elle devait plutôt se concentrer sur Miranda.

– Tu lui fais confiance ? demanda-t-elle. Si oui, arrête de faire une fixation.

Miranda pinça les lèvres, comme si elle réfléchissait.

– C'est ce que tu as fait avec Lucas ?

– C'est différent, rétorqua Kylie.

Miranda s'appuya sur un coude.

– Tu vas bien ? Bon sang, je sais combien tu as dû souffrir.

– Ça ira. Il le faut.

Elle regarda fixement le plafond et tâcha de chasser son chagrin. Ce n'était pas comme si elle n'avait pas des tonnes d'autres problèmes qui la préoccupaient. Comme le fantôme qui trimballait plusieurs têtes coupées et qui devait sûrement l'attendre dans sa chambre. Un frisson parcourut sa colonne vertébrale quand elle y repensa.

Miranda se rallongea sur le lit.

– Tu sais qu'après ton départ, il est venu nous voir, Della et moi ?

Kylie se tourna vers elle.

– Ah bon ?

– Oui, je crois qu'il espérait qu'on te parle de lui. Qu'on arrive à te convaincre de lui pardonner.

Kylie attrapa l'ours en peluche et le serra bien fort.

– Je suis désolée qu'il vous ait embêtées avec ça.

– Pas du tout, répondit Miranda. Je ne sais pas si tu veux le savoir, mais… il souffrait vraiment. Je ne dis pas que tu devrais lui pardonner, mais il nous a juré que la seule raison pour laquelle il allait se fiancer, c'était pour intégrer ce stupide Conseil des loups-garous !

– Je ne crois pas que la raison soit importante, dit Kylie. Mais qu'il l'ait fait, oui. Et derrière mon dos. Je ne l'aurais de toute façon pas accepté s'il me l'avait dit, mais…

Sa gorge se serra. Elle serra l'ours de Miranda plus fort.

– Je sais. Miranda marqua une pause. Della lui a pratiquement dit la même chose, elle lui a fait vivre un enfer. Le genre d'enfer que seule Della peut faire vivre ! Lui a sorti qu'il n'était qu'un gros naze et qu'il devait aller se faire castrer. Miranda laissa échapper un profond soupir. Lorsqu'elle s'est défoulée sur lui, au début, j'ai cru que j'aurais à gérer une bagarre vamp contre loup-garou. C'est vrai, je pensais qu'il allait péter un câble. Les loups-garous ne se laissent pas souvent faire par les vampires, pas dans ce sens, en tout cas. Mais il n'a même pas réagi. Il n'a pas bronché et a tout encaissé. Plus tard, même Della a reconnu qu'elle était admirative qu'il ait encaissé sa punition comme un homme.

Le cœur de Kylie se serra un peu plus.

– Je ne veux pas en parler.

Le silence envahit la pièce. Miranda finit par prendre la parole.

– Alors parlons d'autre chose. Quelque chose de bien. Savais-tu qu'Holiday et Burnett avaient l'intention de se marier ici, au camp ?

– Non, je l'ignorais. Cette nouvelle rassura Kylie. Quand est-ce prévu ?

– Ils n'ont pas encore fixé de date. J'ai le sentiment qu'elle attendait ton retour. Mais cela risque d'être très bientôt. Je suis allée voir Holiday l'autre soir, et il y avait des affaires de Burnett partout chez elle. Je pense qu'il habite là maintenant. Ils sont tellement faits l'un pour l'autre ! Je parierais qu'ils font l'amour au moins trois fois par nuit.

Kylie fit la grimace.

– On peut le faire si souvent ?

– Je ne sais pas, dit Miranda, mais je l'espère.

Elles rirent bêtement. Une chaleur envahit la poitrine de Kylie.

– Burnett et Holiday méritent d'être heureux.

– Nous tous, non ? fit remarquer Miranda. Je vais dire une dernière chose, et ensuite je me tais. Je sais que tu es très en colère contre Lucas et je ne te le reproche pas, mais… tu ne devrais pas complètement le laisser tomber. Tu ne voudrais pas que j'abandonne Perry, hein ?

Kylie secoua la tête et fronça les sourcils

– Il y a deux semaines, tu me disais que je devais lui flanquer un bon coup de pied au derrière et retourner voir Derek.

– C'était avant que je constate que Lucas souffrait réellement, je pense qu'il t'aime.

– Je n'ai vraiment pas envie d'en parler. Je ne veux pas y penser. Je veux simplement… appeler ma mère, et ensuite aller me coucher. Me détesteras-tu si je vais me coucher maintenant ?

– Tu ne vas pas à l'école aujourd'hui ? demanda Miranda.

Kylie réfléchit.

– Non, je crois que je vais sécher les cours. Je ne me suis pas encore couchée.

– Alors, au lit ! dit Miranda en la regardant. Pourquoi ai-je le sentiment que tu ne me dis pas tout ce qui s'est passé ?

Kylie fronça les sourcils.

– Parce que c'est le cas, mais je suis trop fatiguée pour développer. Je te donnerai tous les détails les plus horribles plus tard.

Miranda opina.

– Horribles comment ?

– Vraiment horribles.

– OK. Miranda fronça les sourcils. Mais je pourrais bien passer te voir, juste pour te regarder. Tu m'as vraiment manqué.

Kylie sourit.

– Toi aussi tu m'as manqué.

– Tu peux emprunter Nounours si tu veux, ajouta Miranda en souriant.

– Je crois que oui. Merci, dit Kylie en serrant affectueusement la main de son amie.

Elle se leva, sortit avec l'énorme animal en peluche dans ses bras. Elle pourrait toujours s'en servir pour cacher son visage afin de ne pas voir de tête coupée.

Chapitre 12

Heureusement, le fantôme avait dû se lasser d'attendre, parce que Kylie trouva sa chambre bien accueillante, grâce à Socks, son chat noir et blanc qui se reposait paisiblement sur son oreiller.

Quand elle le rejoignit sur le lit, l'animal fila, lui cédant la place, puis avec sa patte blanche il donna des petits coups à l'ours en peluche.

– Bon, j'imagine que c'est mieux de te câliner, toi.

Elle posa l'ours par terre. Le chat grimpa sur la poitrine de sa maîtresse, qui lui accorda cette attention tant désirée. Au bout de plusieurs minutes, Kylie s'assit, et reposa le félin à son côté.

– Désolée, mon pote, faut que j'appelle maman, mais ne t'inquiète pas, je serai brève. Elle est bien trop occupée avec John pour me consacrer du temps, à présent.

À la minute où ces paroles sortaient de sa bouche, elle comprit son problème : elle était jalouse de John. Elle avait l'impression que sa relation avec sa mère venait de trouver des bases solides, lorsque John était arrivé et la lui avait piquée. Kylie avait-elle tort de vouloir être celle qui comptait le plus pour elle, juste un instant ?

Probablement, répondit-elle à sa propre question. D'autant plus qu'elle vivait loin de chez elle. Sa mère avait tout à fait le droit de vivre sa vie.

La jalousie n'était pas le seul grief qu'elle avait contre ce type. C'était simple, elle ne l'aimait pas. Burnett avait fait des recherches sur lui et rien de louche n'en était ressorti. Il avait été extrêmement choqué d'apprendre que Hayden n'avait rien à voir avec ce que ses recherches avaient révélé. Kylie ne devrait peut-être pas accorder trop de crédit à ses enquêtes.

Mais bon, elle devait arrêter de dépeindre John comme le méchant, et accepter qu'il fasse partie de la vie de sa mère. D'autant plus qu'il semblait la rendre heureuse. Celle-ci le méritait bien, non ?

Déterminée à se la jouer sympa, elle composa son numéro.

Il sonna une fois. Puis deux. En temps normal, elle décrochait rapidement. Kylie craignait d'interrompre quelque interlude romantique ; elle fronça les sourcils et regarda l'heure ; ça devait être le déjeuner en Angleterre, ils n'étaient sûrement pas en train de… faire des choses… ou comme dirait Della, de faire crac-crac.

Elle chassa cette pensée le plus vite possible et laissa son esprit vagabonder vers Della. Burnett avait raconté que la petite vamp avait eu une sorte d'altercation avec un gang. Voir Miranda avait été superapaisant, mais les avoir toutes les deux à ses côtés, voilà précisément le remède qu'il lui fallait.

Une autre sonnerie au bout de la ligne. Elle s'attendait à ce qu'elle bascule sur messagerie à tout moment. Sa maman allait-elle bien ? Elle en voulut de nouveau à John. S'il lui arrivait quelque chose au cours de ce voyage…

– Allô ?

Sa mère avait l'air distant, pour ne pas dire froid.

– Tout va bien ? demanda Kylie en serrant plus fort le portable de Hayden.

– Kylie ? Avec quel téléphone m'appelles-tu ?

Quand elle comprit que c'était pour cela que sa mère avait mis du temps à répondre et de manière si froide, Kylie s'écroula sur l'oreiller.

– Où est ton portable, jeune fille ?

– Oh… je…

Elle devait trouver un mensonge, et vite, et qu'il soit convaincant. Sa mère ne pouvait peut-être pas entendre son cœur battre la chamade, mais elle avait une sorte de détecteur de mensonges maternel naturel, qui l'avait mise dans le pétrin bien des fois.

– J'ai égaré mon téléphone hier soir, alors j'ai emprunté celui d'un ami.

Pas vraiment un mensonge.

– Eh bien, cela explique pourquoi tu ne m'as pas rappelée hier soir, rétorqua sa mère sur le ton de la réprimande. Oh mon Dieu, tu ne te rends pas compte du prix que cela va nous coûter de remplacer ton téléphone ?

– Je… je crois que je pourrais le retrouver. Et je suis désolée. Kylie caressa Socks quand il vint frotter sa tête contre son menton. Quelque chose ne va pas ? Pourquoi m'appelais-tu ?

– Non… juste… ton père était inquiet.

Beau-père, voulut rectifier Kylie, mais elle n'en fit rien.

– Il a dit qu'il t'avait appelée trois fois tard hier soir, et que tu n'avais pas répondu. Et ensuite il *m'a* appelée trois fois alors que John et moi étions... enfin, quand j'étais au lit.

Beurk ! Le dégoût de Kylie passa en mode « surcharge maximale », et intima à son cerveau de bloquer toute image mentale inappropriée.

– Je suis désolée, lança-t-elle, puis elle se mordit la lèvre.

Elle s'était dit qu'elle devait arrêter d'espérer que sa mère et son beau-père revivent ensemble, mais parfois, c'était difficile. Toutefois, pour ce qui comptait le plus – là où elle chérissait les souvenirs de ce que sa famille était alors – une étincelle d'espoir subsistait.

– Trois fois, c'est ridicule, reprit sa mère, d'autant plus qu'il savait quelle heure il était !

– Je sais, dit Kylie, mais elle songea : *Fiche-lui la paix, maman ! Il se faisait du souci pour moi !*

– Bon, il est temps que ton père apprenne que je ne suis pas un pote qu'il peut appeler jour et nuit !

– Je suis sûre qu'il comprendra avec le temps. Je vais lui téléphoner pour voir ce qu'il veut.

– Fais-le, oui, acquiesça sa mère, puis elle marqua une pause. Attends. Si tu ne savais pas que je t'avais appelée, alors qu'y a-t-il ? Tout va bien ?

– Oui, je voulais juste prendre de tes nouvelles. Tu es... tellement loin.

– Je sais. Tu me manques. Non pas que je ne passe pas un super séjour. L'Angleterre, c'est charmant ! Kylie, quand John et moi y retournerons la prochaine fois, tu pourras nous accompagner ?

La prochaine fois ? Prévoyaient-ils déjà un autre voyage ?

– Oui, marmonna Kylie, et elle se rappela qu'elle était censée être en mode « sympa. »

– Tu sais quoi, ma belle ? reprit sa maman.

La peur envahit brusquement sa poitrine. Mon Dieu, je vous en prie, faites qu'elle ne m'annonce pas qu'ils se sont mariés !

– Quoi ? fit Kylie.

À sa voix, on aurait dit qu'elle avait avalé une grenouille.

– John m'a demandé si…

– Non, la rembarra-t-elle d'un ton sec.

– Non quoi ?

– Tu ne le connais pas assez bien.

Le silence s'installa un peu trop longtemps.

– Que m'a-t-il demandé, d'après toi ?

Kylie eut envie de rentrer sous terre.

– Je ne sais pas, dit-elle et elle comprit qu'elle était trop fatiguée pour tenir une conversation logique – surtout si elle devait faire semblant d'aimer quelqu'un qu'elle n'aimait pas.

– Il veut que je vienne travailler pour sa société, expliqua-t-elle. Il est prêt à me payer pratiquement le double de ce que je gagne ici.

OK. Que sa mère travaille pour cet homme n'était pas aussi horrible que de l'épouser, mais Kylie n'appréciait pas cela non plus.

– Je croyais que tu aimais ton job.

– Oui, mais… le double du salaire, et des voyages gratuits, ça ne se refuse pas.

– Mais… tu… – *couches avec lui* – sors avec lui ! Ça ne s'apparente pas à du harcèlement sexuel ? Il existe des lois contre cela, non ?

– Pas si nous sommes tous les deux consentants. John et moi avons conscience que notre collaboration pourrait être difficile. Mais il a souligné que je ne serais pas directement sous ses ordres. Donc ce ne serait pas comme si l'on travaillait vraiment ensemble.

Kylie l'entendit dans la voix de sa mère : sa décision était prise. Elle allait accepter le job.

– Oui, mais je ne suis pas sûre que ce soit judicieux de collaborer avec quelqu'un avec qui tu… sors.

– Je pense que John et moi sommes assez matures pour gérer cela.

Oui, mature comme la dernière fois où tu l'as amené ici, quand il a filé une beigne à papa et initié une mêlée générale au réfectoire. Kylie se mordit la lèvre pour ne pas ajouter autre chose de blessant.

– J'imagine que je ne le connais pas assez bien, conclut-elle.

– Et j'ai bien l'intention d'y remédier la prochaine fois que tu rentreras. Je me suis dit que l'on pourrait partir ensemble un week-end.

Pitié, non !

– Je ne crois pas… pour être honnête, j'aime bien savoir que ces week-ends ne sont que pour toi et moi.

– Mais tu dois faire sa connaissance, Kylie, c'est un type super ! Je suis sûre qu'il te plairait si tu apprenais à le connaître.

– Oui, très bien, mais pas de précipitation, d'accord ? Chaque chose en son temps.

Sa mère se tut.

– Ça va, ma belle ? Je viens de réaliser l'heure qu'il est chez toi ! Que fais-tu debout à cinq heures et demie du matin ?

– J'avais du travail à rattraper, mentit de nouveau Kylie. Et je ferais mieux de m'y mettre.

– Encore des problèmes de garçons ? demanda sa mère.

Et de fantôme qui se balade avec une tête coupée.

– Non, rien que je ne puisse gérer.

– Que s'est-il passé, mon cœur ?

– Rien, ça va. En fait, je préfère ne pas en parler. Plus tard, peut-être.

Sa mère poussa un long soupir.

– Je suis là… quand tu seras prête…

– Je sais, et je t'aime, maman.

– Moi aussi, ma belle.

Et en repassant encore et encore les paroles de sa mère dans sa tête, Kylie s'endormit enfin.

– Où allons-nous ? demanda Kylie à Derek alors qu'elle se sentait sombrer dans cet état brumeux et paisible du rêve. Rectificatif : de l'effraction de rêve. Puis la sensation de calme s'envola. Voilà un moment qu'elle ne s'y était pas adonnée, mais elle comprit immédiatement que ce n'était pas son rêve. Elle n'était pas allée voir Derek. C'est lui qui était venu la voir. Et à présent, il l'emmenait quelque part, marchait devant elle, mais la main dans son dos serrait bien fort la sienne et la conduisait le long d'un chemin boisé.

Elle essaya de se réveiller. Quelle heure était-il ? Depuis combien de temps dormait-elle ? Elle devait arrêter cela.

Mais Derek regarda alors derrière son épaule et lui sourit. Elle se retrouva dans un monde sans danger. Elle leva les yeux. Le soleil faisait danser de doux rayons de lumière matinaux entre les arbres.

– Nous allons à notre rocher. Tu aimes bien y aller, non ?

Sa main serra légèrement la sienne. Sa paume était chaude contre la sienne. Rassurante. Bizarre comme le simple fait de tenir la main de quelqu'un pouvait ressembler à une étreinte. Mais bon, elle parlait de Derek. Il possédait tous ces pouvoirs de fée qui rendaient son contact plus…

Significatif.

Elle se souvint vaguement qu'il avait tenté de l'embrasser, quand elle s'était échappée de chez son grand-père, et qu'elle s'était dit que ce ne serait pas facile de le tenir à distance. Mais était-ce vraiment ce qu'elle souhaitait ?

La réponse semblait se trouver quelque part entre son cœur et son esprit, et elle n'arrivait pas à tirer de conclusion. « Mais ce n'était qu'un rêve » se dit-elle en guise d'excuse. Plus tard, elle comprendrait tout. Elle se le promettait.

– Tu adorais aller au rocher, avant, reprit Derek.

– Oui, mais…

Elle portait un jean coupé en short et un T-shirt. Mais elle était pieds nus. C'était agréable. Un doux lit d'herbe humide et de terre sous ses pieds. Un rêve, forcément. Si cela avait été réel, elle aurait ressenti les petits cailloux et les épines. Ce n'était pas réel. Pas vraiment. Mais elle devait faire attention. Elle agita les orteils et essaya de nouveau de se réveiller suffisamment pour trouver ce qui allait et ce qui n'allait pas.

Derek se retourna, lui tenant toujours la main et lui fit de nouveau face :

– Viens avec moi, Kylie, accorde-moi ça, s'il te plaît.

Elle entendait déjà le filet d'eau du ruisseau qui coulait dans la terre, qui éclaboussait les pierres lissées par le temps. L'odeur de l'herbe, des bois, et les grands arbres parfumaient l'air qu'elle respirait.

Une brise agita les cheveux de Derek.

– Donne-moi un peu de temps pour être avec toi.

Elle le regarda fixement à travers ses cheveux qui dansaient devant ses yeux. Vit la supplication dans son regard.

Le mot *non* reposait sur le bout de sa langue, mais elle vit ensuite les bleus dans son cou. Des bleus qui semblaient tout aussi graves que ceux de Lucas. Mais elle n'était pas responsable de ceux de Derek. Mario, oui. Mais tout cela était sa faute à elle. Il s'était jeté sur Mario pour la protéger.

Derek était prêt à mourir pour elle.

Il l'aimait.

– S'il te plaît, dit-il, et le son de sa voix résonna dans son cœur comme une chanson triste.

Aller avec lui ne lui parut pas complètement juste, mais refuser non plus.

– Juste pour parler, le prévint-elle.

– Bien.

Il se fendit d'un grand sourire et les mouchetures or dans ses yeux étincelèrent. Elle se rappelait aussi ce regard. Un regard sexy, insouciant, qui montrait qu'il avait quelque chose derrière la tête. Il se retourna et elle continua à le suivre. Ils arrivèrent près du ruisseau. Il désigna le rocher d'un signe de la main.

– La voiture de Madame est avancée ! dit-il d'une voix très formelle, et il lui fit la révérence, comme dans une pièce de théâtre pour amateurs.

Il était tellement mignon qu'elle ne put s'empêcher de sourire.

– Ce que tu es bête !

– Oui, mais s'il faut en passer par là pour te faire sourire, je ferai l'idiot toute la journée. Tu as eu une nuit difficile, tu mérites de t'amuser un peu.

– Oui, n'est-ce pas ? dit-elle, puis elle sauta sur le rocher. Sur sa « voiture ».

Il bondit dessus juste après elle ; son épaule effleura la sienne. Elle ne put s'empêcher de se rappeler la première fois qu'ils étaient venus ici. Cela lui avait paru tellement magique, comme un conte de fées, une image tout droit sortie d'un livre pour enfant. Bien sûr, à l'époque, cela s'était produit souvent quand elle était avec Derek, et ce n'était pas forcément là.

Kylie regarda, tout autour d'elle, les bois et le paysage. Aucune sensation de conte de fées ne dominait les lieux. Peut-être cela ne se passait-il pas dans les rêves.

Non pas que ce ne fût pas joli, ni apaisant d'être ici. Le soleil envoyait une couleur dorée entre les arbres, et leurs feuilles qui s'agitaient. L'air sentait la fraîcheur du matin. C'était agréable d'être assis à côté de Derek, de sentir son épaule effleurer délicatement la sienne. Et si elle se détendait ? Elle ne laisserait rien se passer entre eux. Ils étaient ici pour parler, se rappela-t-elle.

Elle le regarda et l'attirance lui chatouilla le cœur. Pour la première fois, elle remarqua les changements subtils de ces derniers mois. Le garçon avec qui elle était venue au rocher avait presque disparu, et un homme avait pris sa place. Les cheveux sur son front avaient légèrement foncé. Il avait un profil viril, une mâchoire carrée et des lèvres magnifiques.

Il baissa les yeux sur elle.

– Tu sais, c'était cool quand tu m'as rendu invisible.

– Oui, mais j'ai eu très peur quand je ne t'ai pas vu tout de suite après t'avoir fait revenir.

– Je sais, j'ai pu sentir tes émotions. Il hésita. Mais ça aussi c'était cool. En fait, c'était ce qu'il y avait de plus cool !

– Non, dit-elle, sérieux, ça m'a fait flipper !

– Je sais, c'est bien pour ça que c'est cool. Parce que

c'est à ce moment-là que j'en ai eu la certitude. C'est à ce moment-là que j'ai su que tu m'aimais encore.

Ses mots résonnèrent dans sa tête et rebondirent dans son cœur. Il se baissa. Son doigt effleura sa joue. Son souffle chuchota contre sa tempe. *Oh ! non,* songea Kylie. *Me revoilà hyper mal barrée !*

Elle sentit qu'il lui effleurait le menton.

Avec douceur.

Avec bienveillance.

Avec amour.

Elle se rappelait avoir pratiqué l'effraction de rêves avec Derek, mais pas comment cela s'était terminé. L'effleurement recommença. La sensation de draps que l'on frottait contre elle. Oh mince, était-elle encore avec lui ? Au lit ? Qu'avait-elle donc fait ?

Elle ouvrit les yeux d'un coup, craignant de… de… Des yeux jaunes la fixaient. Des yeux de félin. Et une patte blanche reposait sur le bout de son nez.

– Socks ?

Elle gloussa de soulagement, son cœur battant la chamade à cause du rêve.

– Salut bébé, murmura-t-elle quand le chat redonna des coups de patte sur son nez. Alors comme ça, je t'ai vraiment manqué, hein ?

– Tu as manqué à tout le monde, fit une voix à l'autre bout de la pièce.

Avant qu'elle ne puisse identifier la voix, voire savoir si elle était masculine ou féminine, elle se leva comme une flèche, les yeux écarquillés… D'accord, elle respira un bon coup. Pas de raison de paniquer. Ce n'était que Holiday.

– Je ne voulais pas te faire peur, je suis juste passée voir comment tu allais. Je m'inquiétais un peu. Tu as dormi pendant des heures. Je suis venue te voir une ou deux fois et tu n'as même pas bougé.

Kylie cilla et regarda l'heure sur sa table de nuit. Trois heures.

– Je ne voulais pas dormir aussi longtemps.

– Tu étais épuisée, observa Holiday, puis elle fronça les sourcils. Burnett m'a parlé de l'épisode « Hayden ».

Socks descendit du lit d'un bond et se mit à dessiner des huit autour des chevilles d'Holiday.

La directrice ignora le chat et continua à fixer Kylie.

– À ce propos, reprit-elle.

À son expression, Kylie comprit qu'elle allait lui passer un sacré savon. Ce n'était pas dans les habitudes de Holiday, mais quand elle s'y mettait, cela faisait deux fois plus mal.

Et, bien sûr, Kylie avait beau le mériter, elle ne savait pas si elle pourrait le supporter. Alors, elle s'affala de nouveau sur le lit, attrapa l'ours en peluche et le serra bien fort.

– Tu ne peux pas nous faire des cachotteries, Kylie.

Ça y est, le passage à savon commençait !

Chapitre 13

– Je sais que je n'aurais pas dû le cacher. La poitrine de Kylie se serra. Et je sais que j'ai beaucoup déçu Burnett et tu es sûrement en colère contre moi, toi aussi, et j'ai compris pourquoi, vraiment. Mais…

Elle respira un bon coup alors que la désapprobation ne quittait pas les yeux de Holiday.

En serrant l'ours plus fort, elle poursuivit :

– J'ai promis à mon grand-père de ne pas exposer Hayden. Je n'aurais pas tenu cette promesse si je croyais qu'il était mauvais ou qu'il essayait de me faire du mal. Sans lui, je ne t'aurais pas trouvée, la nuit où Collin Warren t'a enlevée. Et je n'aurais probablement pas pu… te sauver. Il m'a aidée à te sauver la vie.

Holiday fronça les sourcils.

– Je ne dis pas que c'est quelqu'un de mauvais, Kylie. Mais Burnett a raison de te protéger. Nous devons savoir ce qui se passe.

– Eh bien maintenant, tu sais tout. J'imagine que Burnett t'a tout dit.

– Oui, acquiesça Holiday.

Kylie se mordit la lèvre et repoussa son ours sur le côté.

– Burnett et Hayden se sont-ils reparlés ? T'a-t-il expliqué qu'ils en étaient venus aux mains l'autre soir ? Burnett a dit qu'il réfléchirait avant de décider s'il le laissait rester. *Réfléchir* ! Sur quoi Hayden a rétorqué qu'il allait *réfléchir* pour décider s'il *voulait* rester. Elle soupira et se lança. Burnett s'est comporté comme un enfoiré.

Holiday fronça les sourcils.

– Quand il s'agit de protéger ceux qu'il aime, Burnett n'hésite pas à se servir un peu de ses muscles.

– *Un peu* ? Vraiment ? Kylie roula des yeux. Tu arrives à dire ça en gardant ton sérieux ?

Un léger sourire s'ébaucha sur les lèvres de la directrice.

– D'accord, un peu beaucoup, peut-être, mais la plupart du temps il a raison.

Elle tira ses cheveux d'un côté et se mit à les tresser.

– Mais dans ce cas, il a tort. Et c'est bien cela, le problème. J'aurais bien aimé que Burnett ne fasse pas fuir Hayden. Je sais qu'il a menti pour se faire embaucher, mais ce serait tellement important… d'avoir quelqu'un ici qui comprenne ce que c'est que d'être caméléon. C'est vrai, tu es super. Tu as toujours été là pour moi, depuis le début, et Burnett aussi, mais comme tu me l'as répété à plusieurs reprises, tu ne connais rien aux caméléons.

Holiday opina.

– Je sais que ce serait bien qu'Hayden soit là, et ça aussi je l'ai dit à Burnett. Et je te le promets, il y réfléchit.

– Tu comptes le laisser décider ? demanda Kylie, qui n'aimait pas cela. Qu'est-il arrivé au boss que tu étais ?

– Maintenant que l'on est vraiment ensemble, on a décidé que Burnett aurait le dernier mot sur tout ce qui touche à la sécurité de Shadow Falls.

– Oh non ! Tu sais qu'il peut être tellement excessif, parfois ! Tu viens de le reconnaître, ajouta Kylie.

Être amoureuse de Burnett avait-il semé le trouble dans sa tête ? Kylie avait entendu dire que l'amour nous rendait bêtes, et maintenant, elle en était sûre.

– C'est vrai, il peut se montrer excessif. Et moi, trop coulante, avoua Holiday. Et pour la sécurité de nos élèves, je préférerais pécher par excès de prudence. Mais ne t'inquiète pas. Je suis sûre que Burnett trouve ça bien que Hayden soit parmi nous. Pas uniquement pour toi, mais pour nous aider à prendre nos précautions contre les... attaques futures.

Kylie remonta ses genoux et les serra. Elle savait que, par « attaques futures » Holiday pensait à Mario. Si Helen ne se rappelait absolument pas son agression, Kylie savait au fond de son cœur que c'était Mario. Une vague de tristesse l'envahit et certains événements de la nuit précédente réapparurent dans sa tête. Elle leva les yeux.

– Je ne crois pas que je supporterais que Mario fasse du mal à quelqu'un d'autre. Elle serra les poings. D'abord Helen, puis Derek a failli se faire tuer à cause de moi hier soir. Et Mario a failli *me* faire assassiner Lucas !

– Je sais.

Holiday l'interrompit, comme si elle se doutait que le simple fait de le répéter serait difficile pour elle.

– Ça a dû être dur à supporter. Mais cela ne fait que souligner ce que dit Burnett : que tu dois être prudente. Il a fait beaucoup pour le système de sécurité depuis que tu es partie et il pense vraiment qu'il est infaillible.

Cela aurait dû donner à Kylie le sentiment d'être protégée, et c'était le cas, mais...

– Je suis donc prisonnière ici, dit-elle, en songeant que

si les choses ne changeaient pas, ça deviendrait aussi dur que de vivre dans l'enclos de son grand-père.

– Non, pas du tout, insista Holiday, je savais que tu ressentirais cela, et Burnett et moi en avons déjà parlé. On ne t'interdit pas de sortir, mais tant que les choses ne se seront pas calmées, Burnett tient à rester à ton côté où que tu ailles. Je ne sais pas s'il t'en a parlé, mais Mario a été vu à Fallen. Et donc, Burnett ne veut pas te lâcher et n'en démordra pas. Crois-tu que tu pourras le supporter ? Il veut juste s'assurer que tu es en sécurité, Kylie. Il tient beaucoup à toi.

Kylie opina.

– Je sais, et moi aussi je l'aime beaucoup. Elle se souvint de sa conversation avec sa mère. Et le week-end des parents, dans quelques semaines ? Ma mère tire déjà des plans sur la comète. Elle veut que John et moi… on s'entende bien.

Kylie s'imagina contrainte de se montrer polie avec le copain de sa mère pendant tout un fichu week-end. Bon sang, la dernière fois qu'elle avait vu ce type, elle avait complètement pété les plombs, et l'avait couvert de toutes sortes d'injures sans pouvoir s'arrêter. Il avait fait ressortir la garce qui était en elle à la puissance dix mille.

Holiday se laissa tomber sur le bord du lit.

– On s'occupera de ce problème en temps voulu.

Mais Kylie vit l'inquiétude étinceler dans ses yeux.

Elle serra ses genoux plus fort.

– Pour être honnête, si tu trouvais le moyen d'annuler ce week-end, je ne t'en voudrais pas. Tu as ma parole.

Holiday soupira, compatissante.

– Bon, et cet esprit qui trimballe une tête ? Raconte !

Kylie roula des yeux.

– Tu veux dire que tes fantômes ne font pas ce genre de chose ? demanda-t-elle, sarcastique.

Holiday gloussa, même si Kylie n'avait pas eu l'intention de faire de l'humour.

– J'en ai eu un qui trimballait son bras et sa jambe pendant un moment. Il les avait perdus dans un accident et ne voulait pas les lâcher. C'était dégoûtant.

– On en a de la chance ! s'exclama Kylie, mais elle pensa ensuite aux esprits du cimetière, et s'en voulut d'être aussi cynique. La plupart étaient juste des âmes perdues qui cherchaient un peu d'aide.

Holiday mit une main sur son bras.

– Ce sont eux qui ont de la chance de nous avoir, dit-elle comme si elle avait lu dans la tête de Kylie. Mais tous ne méritent pas notre aide. Je t'en ai déjà parlé, tu peux les faire fuir. Tu as absolument le droit de dire non à certains.

– Je sais, et j'ai essayé, mais j'imagine que je m'y suis mal prise. Ou peut-être n'ai-je pas suffisamment insisté.

– À ce que Burnett m'a dit, envoyer balader cet esprit serait une bonne idée. Pourquoi te demande-t-il de tuer quelqu'un ? T'a-t-il précisé de qui il s'agissait ?

– Non. Comme tous les fantômes, il ne se noie pas dans des détails. Je ne suis même pas sûre qu'il connaisse les réponses.

– A-t-il l'air méchant ?

Kylie réfléchit une minute.

– Oui et non. Ce n'est pas un ange. Il a avoué avoir tué beaucoup de monde. La plupart du temps, quand je le vois, il a du sang sur les mains, mais on dirait qu'il culpabilise. Ou, parfois, du moins, dit Kylie en se souvenant qu'il avait transporté la tête coupée sans ménagements. Mais je ne crois pas qu'il soit là pour me faire du mal. Je lui ai même demandé s'il voulait m'emmener en enfer.

Holiday arqua un sourcil.

– Et tu crois qu'il le reconnaîtrait, si c'était vrai ?

– Non, mais il n'a pas complètement nié, comme si c'était un mensonge. Il m'a annoncé d'un air détaché qu'il voulait que j'envoie quelqu'un d'autre en enfer. Et je crois que cette histoire de tête, c'était parce que j'avais décidé de l'ignorer. Il désirait juste attirer mon attention.

– Et je parie que cela a marché, lança Holiday.

– Presque, répondit Kylie. c'est plutôt difficile de ne pas faire attention à cela.

Elle frissonna en revoyant cette image.

– Je persiste à croire qu'envoyer balader cet esprit serait une bonne idée.

– Je sais, et hier soir, je pensais même que c'était ce qu'il fallait faire, mais une chose me fait douter à présent.

– Laquelle ? demanda Holiday en remontant une jambe sur le lit.

Kylie soupira. Jusqu'à présent, cela ne l'avait pas trop inquiétée, mais maintenant, elle devait en tenir compte.

– Le fantôme prétend que si je ne tue pas cette personne, je mourrai.

Holiday plissa le front.

– Voilà qui apporte une perspective différente sur les choses. As-tu le sentiment qu'il essaie de te protéger ? Ou qu'il fait juste du mal à quelqu'un d'autre ?

Kylie y réfléchit.

– Les deux, je crois. Je ne sais pas pourquoi il voudrait me protéger. Mais bon, hier soir, quand Derek et moi quittions l'enclos, il m'a poussée à aller au cimetière. Je crois qu'il m'aidait.

Holiday fronça les sourcils.

– OK, gardons-le pour l'instant, mais je t'en supplie, sois prudente. Il y a déjà quelqu'un dans ce monde qui essaie de te faire souffrir, nul besoin qu'un être de l'au-delà te fasse en plus du mal. Tu es bien trop exceptionnelle pour que l'on veuille te blesser.

Les paroles de Holiday résonnèrent dans la tête de Kylie, et elle revit brièvement quelqu'un lui dire les mêmes choses. Quelqu'un aux yeux verts, tachetés d'or, et aux lèvres... chaudes. Brusquement, elle se souvint du rêve. Et plus particulièrement du moment où Derek l'embrassait.

– Oh mince, marmonna-t-elle. Et elle laissa tomber sa tête entre ses mains. Qu'ai-je donc fait ?

– Quoi ? fit Holiday.

Kylie leva les yeux sur elle.

– Dans les effractions de rêve, la personne qui initie le rêve contrôle tout, mais celle que l'on amène dedans peut empêcher les événements de se produire, pas vrai ?

– Oui. À condition qu'elle ait réellement envie que cela ne se passe pas.

– Merde, lâcha-t-elle.

Que voulait-elle au juste ? Ce qui était bien et ce qui était mal. Et si elle était perdue dans le rêve, alors elle avait peut-être laissé se produire des choses qui n'auraient pas dû.

– Ne devrais-je pas être en mesure de tout me rappeler ?

– Si, sauf quand... Elle fit la grimace, comme si elle pensait que Kylie ne voudrait pas entendre la suite. Sauf quand tu es très très fatiguée.

– Ce qui était mon cas. Lessivée, marmonna Kylie.

– Du calme. Une fois que tu auras mangé quelque chose et que tu te seras détendue, tu te souviendras sûrement de tout.

– Je ne sais pas si j'en ai envie, grommela-t-elle. Holiday se rembrunit.

– Veux-tu que j'en parle à Derek ?

Le front de Kylie se plissa.

– Je n'ai pas dit que c'était Derek.

Holiday la regarda d'un air de dire : « À d'autres ! ».

– Vous deux et moi, nous sommes les seuls à pouvoir initier une effraction de rêve, ici. Ça devait forcément être lui.

Kylie se mordit de nouveau la lèvre.

– D'accord, c'était lui, mais non, je ne veux pas que tu lui en parles. Je devrais pouvoir me débrouiller toute seule. Elle laissa échapper un profond soupir. Il croit que je l'aime encore.

– Et ce n'est pas le cas ? demanda Holiday.

– Non, répondit Kylie, et elle était sincère. Alors pourquoi avait-elle l'air d'essayer de s'en convaincre ? Je ne veux pas parler de Derek.

Holiday la regarda attentivement.

– Veux-tu parler de Lucas ?

– Non, répondit Kylie.

– Très bien, mais si tu as envie de parler de lui ou de quoi que ce soit, je serai là pour toi.

– Je sais. Puis, juste pour se faire passer pour une menteuse, les mots lui échappèrent : Je me suis rendu compte que je l'aimais juste avant que tout cela ne se produise. Je comptais le lui dire en le revoyant. Et justement, quand je l'ai revu, il promettait son âme à Monique.

Holiday fit la moue, comme si elle hésitait à dire ce qu'elle pensait.

– Je ne crois pas qu'il était sincère.

– Peu importe. Il n'aurait pas dû le faire.

– C'est vrai. Mais je sais qu'il ne ment pas sur ses

intentions. Et je te dis simplement, si tu l'aimes encore, que je ne pense pas que ce soit quelqu'un de mauvais.

Kylie inspira lentement.

– Un jour, j'ai demandé à ma mère si elle aimait encore mon beau-père. Elle m'a répondu qu'elle ne savait pas. Qu'une fois qu'elle ne serait plus en colère contre lui, elle verrait bien ce qu'elle ressentirait. Peut-être que c'est ce qui va se passer entre Lucas et moi. Mais pour l'instant, ça me gonfle royalement que tout le monde me répète que c'est un mec bien. J'ai l'impression que c'est moi qui ai fait quelque chose de mal.

Des larmes lui serrèrent la gorge, mais elle déglutit et se raidit.

– Je suis désolée. Holiday leva la main. Tu n'as rien fait de mal. Et je ne dirai rien de plus.

– Merci.

Son estomac laissa brusquement échapper un grondement bas, comme pour lui faire comprendre qu'il était aussi mécontent qu'elle… et vide.

– Il faut que je mange quelque chose. Je crois que mon ventre est en train de ronger ma colonne vertébrale !

– Tiens, dit Holiday en lui donnant un sac en papier posé sur la table de nuit. Je t'ai apporté cela tout à l'heure, en me disant que tu ne serais pas contre un petit en-cas.

Kylie ouvrit le sachet en plastique et vit un demi-sandwich dans lequel quelqu'un avait mordu.

– Désolée, j'ai eu un petit creux pendant que j'attendais que tu te réveilles.

Pendant que Kylie déballait le sandwich et en mangeait une bouchée, Holiday plongea la main dans le sac et en sortit un sachet de chips.

– J'ai encore faim !

Elle sourit d'un air contrit et fourra une chips dans sa bouche.

Soudain, Kylie eut l'impression qu'un énorme poids disparaissait. Pas complètement, mais suffisamment pour lui laisser un peu de répit. Elle avait encore des tonnes de problèmes à traiter. Mais son retour à Shadow Falls, ça, c'était génial. Et être en compagnie d'Holiday, voilà qui y contribuait.

Kylie plongea la main dans le sac de chips… vide. Holiday fit une drôle de tête.

– Désolée, je ne sais pas ce qui m'arrive. Mon appétit est détraqué.

– C'est sûrement l'amour, observa Kylie. Tu es rayonnante ! Chaque fois que tu prononces le nom de Burnett, tes yeux se mettent à briller.

– En réalité, l'amour a exactement l'effet contraire sur l'appétit. Il paraît que l'on peut vivre d'amour. Pas besoin de manger.

Kylie arqua un sourcil.

– Alors tu es peut-être enceinte.

Holiday lécha la graisse et les miettes de chips sur ses doigts.

– Pas possible.

– Oh arrête, Miranda m'a raconté qu'elle était venue chez toi et qu'il y avait des affaires de Burnett partout. Vous deux, vous allez vous marier. Miranda me l'a dit, ça aussi. Le fait que vous couchiez ensemble est… normal. Et si tu prétends le contraire, tu auras l'air stupide.

Holiday inclina la tête de côté, regardant Kylie d'un air à moitié sérieux.

– Je ne prétends rien du tout. Et je ne devrais pas m'expliquer, mais je… je n'ai pas dit qu'il ne dormait pas chez moi, ni que nous ne… couchions pas ensemble. J'ai dit que ce n'était pas possible. Nous sommes prudents. Nous nous protégeons. Ce qui est le meilleur conseil que je puisse donner à tous les ados du camp. Elle désigna le sachet en papier sur le lit : Il y a des biscuits dans le sac. Désolée… j'en ai mangé quelques-uns aussi !

Kylie attrapa vivement le sachet au fond duquel il restait trois Oréo. Elle en prit un pour elle, et par politesse en offrit un à Holiday qui l'accepta avec enthousiasme.

– J'adore les Oréo, lança-t-elle à Kylie estomaquée.

Puis la fée fourra le biscuit entier dans sa bouche, en une seule grosse bouchée.

– Tu sais que les préservatifs ne sont pas infaillibles ? déclara Kylie en ouvrant son biscuit et en léchant le glaçage blanc entre les gaufrettes au chocolat. D'après les statistiques, ils ne sont efficaces que dans la proportion de 85 à 90 % pour éviter une grossesse. Certains prétendent que jusqu'à 10 % cette erreur est humaine, ou dans ton cas, vampirique, et pas due au préservatif.

Kylie sentit son visage se réchauffer.

Holiday rougit avec elle. Puis, la bouche toujours pleine d'Oréo, la fée leva la main comme pour dire qu'elle avait besoin d'une minute avant de parler.

Kylie, qui, étrangement, n'était plus gênée, se sentit fière de tout ce qu'elle connaissait, et continua à parler entre deux léchouilles de glaçage.

– Et si un garçon en trimballe un trop longtemps dans son portefeuille, il peut se déchirer. Ensuite, il y a les défaillances liées au produit, on ne sait pas trop pourquoi, mais le préservatif se perce, ou il y a un tout petit trou dedans. Et tu serais étonnée si je te disais qu'il suffit de presque rien pour qu'une fille tombe enceinte.

Ayant terminé le glaçage, Kylie mangea un bout du gâteau au chocolat et continua, la bouche pleine d'Oréo.

Holiday déglutit longuement.

– Tu… en connais un rayon sur les capotes !

– Je te l'ai dit, ma mère laissait des prospectus sur mon lit deux fois par semaine. Si tu savais toutes les informations que j'ai dans la tête ! Je pourrais te parler de toutes les MST, mais ce n'est pas joli-joli. Je préfère ne pas y penser.

Holiday rit.

– Quand j'aurai un enfant, je pense que je demanderai à ta mère où trouver toutes ces brochures !

– Oh non, surtout pas ! Ça met le bazar dans la tête de celui qui les lit. Je suis sûre que c'est pour ça que je suis encore vierge.

Holiday gloussa.

– Ce qui est précisément la raison pour laquelle j'achèterai ces brochures à mes enfants ! Son sourire s'évanouit. Sérieusement, on ne devrait pas faire l'amour à la légère quand on est ado.

– Exact, dit Kylie. Elle attrapa le dernier biscuit et le coupa en deux. Mais trop d'informations, ce n'est pas non plus une bonne chose.

Elle en offrit une moitié à Holiday qui n'hésita pas à la prendre.

– Merci.

– Es-tu sûre que tu n'es pas enceinte ? insista Kylie en observant son amie fourrer la moitié du biscuit dans sa bouche comme si elle mourait de faim. Ou comme si elle mangeait pour deux.

– Sûre et certaine. Les fées, ou du moins les fées de Brandon, savent toujours quand elles sont enceintes.

Kylie se fendit d'un grand sourire.

– Attends, l'un des signes, ce n'est pas qu'elles sont affamées et avalent les repas de leurs amies en attendant qu'elles se réveillent ?

– Non. Avoir faim, c'est un symptôme, c'est vrai, mais le plus commun, ce sont les hoquets et les rots. J'ai une cousine qui a eu le hoquet pendant huit mois quand elle était enceinte, c'était triste.

Holiday contempla le sachet en papier comme si elle regrettait qu'il soit vide.

– Et si tu allais mettre tes chaussures ? Comme ça, nous irons piquer d'autres cookies à la cafétéria ? Ensuite nous passerons chercher Burnett pour aller aux cascades. Quelque chose me dit qu'un peu de calme te ferait le plus grand bien.

À cette idée, Kylie sentie une onde de chaleur la parcourir.

– Oui, super.

Peut-être qu'une fois là-bas, elle se rappellerait la fin du rêve. Bon sang, elle espérait vraiment qu'elle n'avait rien fait de stupide avec Derek.

Non pas qu'elle redoutât… être allée trop loin – jusqu'au bout, par exemple. Trop loin. Avouons-le, comme elle l'avait dit à Holiday, ces brochures l'avaient bousillée, le trop d'informations pouvait vraiment être négatif. Ou, dans ce cas particulier, positif.

Alors, elle comprit que si elle n'avait pas été si prudente en matière de sexe, elle aurait peut-être déjà couché avec Lucas. Elle était contente de ne pas l'avoir fait. La douleur titilla de nouveau sa poitrine et elle ne put s'empêcher de se demander quelle était la part de vérité dans ce qu'elle avait dit à Holiday. Quand elle ne serait plus en colère contre Lucas, pourrait-elle lui pardonner ?

Méritait-il une seconde chance ?

Chassant Lucas de sa tête, elle le remplaça par Derek, qui surgit pile au premier rang de ses pensées. Elle se rappela son baiser dans le rêve. L'avait-elle arrêté ? Ou s'était-elle laissé entraîner dedans ? Mince, mince ! Donner de l'espoir à Derek, ce n'était pas bien.

Et si elle lui en avait donné, elle devait l'étouffer dans l'œuf avant de provoquer des dégâts irréversibles. Du genre où les gens souffraient. Et le fait qu'elle tienne tellement à ne pas faire souffrir Derek aurait dû lui donner le loisir de réfléchir, mais elle ne laisserait pas son esprit vagabonder dans cette direction. Pas question !

Kylie attrapa ses chaussures, les enfila et partit avec Holiday. Se souvenant du téléphone de Hayden, elle le fourra dans sa poche. Hier soir, elle avait envisagé d'appeler son grand-père, mais comme elle ne savait pas quoi dire ni comment, elle ne l'avait pas fait. Et si elle l'appelait, Burnett considérerait-il cela comme une autre trahison ?

– Peut-on passer au bungalow de Hayden ? Je dois lui rendre son portable. J'ai laissé le mien chez mon grand-père et je voulais appeler ma mère.

– Bien sûr, dit Holiday.

Elles n'étaient pas sorties de la chambre de Kylie que Holiday laissa échapper un petit bruit nerveux. Puis un autre.

Kylie la regarda. Holiday flanqua une main sur ses lèvres et la panique envahit ses yeux verts.

– Était-ce ce que je crois ? demanda Kylie. Un hoquet ?

– Oh mince ! s'écria Holiday.

Et elle hoqueta de nouveau.

Kylie cria d'excitation.

– Je me demande à qui ressemblera le bébé. À Burnett ou à toi ?

Chapitre 14

Hayden ne se trouvait pas dans son bungalow, mais Holiday, toujours un peu paniquée par ses hoquets, accepta de passer voir dans sa salle de classe s'il y était.

– Je suis sûre que ce n'est rien, dit-elle en tapant sur sa poitrine. C'est psychosomatique. Nous avons parlé de hoquets et hop, voilà, c'est arrivé.

Kylie n'était pas convaincue, et apparemment Holiday non plus. Elle n'arrêtait pas de répéter la même chose, comme pour s'en persuader.

– Tu ne veux pas d'enfants ? demanda Kylie, qui se souvint de ce qu'elle avait appris sur les caméléons qui avaient du mal à tomber enceintes.

– Si mais… Burnett n'est pas convaincu. Il prétend que comme il n'a pas eu de père, il ne saurait pas en être un.

– Je crois qu'il ferait un super papa.

– J'en suis sûre. Il serait sûrement surprotecteur, comme la plupart des vampires, mais tout de même fabuleux.

Songeant à un autre vampire qui pourrait se montrer surprotecteur, Kylie demanda :

– Della est-elle rentrée ?

– Non, pas avant ce soir, répondit Holiday, mais elle va bien, ajouta-t-elle, devinant l'inquiétude de son amie. Burnett a encore parlé avec Steve ce matin.

Kylie opina.

– Et Helen va bien ?

– Ils l'ont laissée sortir de l'hôpital hier, en fin de journée. Ses parents voulaient qu'elle rentre chez eux pour un moment. Juste pour s'assurer qu'elle aille bien. Bien sûr, Jonathon est furax !

– Tu m'étonnes ! lança Kylie qui les revoyait, tous les deux, pratiquement collés-serrés en permanence.

Holiday et Kylie parvinrent devant la salle de classe de Hayden. Kylie vit quelque chose bouger derrière le rideau.

– Il est là.

Holiday accepta d'attendre à l'extérieur, et Kylie entra.

Hayden, seul dans la salle, était assis à son bureau, un téléphone à la main.

– Salut, dit Kylie.

Il leva les yeux et fit tomber le téléphone.

– J'allais t'appeler pour voir si tu allais bien. Et prendre des nouvelles de mon portable ; je t'en prie, ne me dis pas que tu as rappelé ma copine ?

– Non, juste ma mère.

– Et tu vas bien ?

– Oui. Elle sortit l'appareil de sa poche. Je voulais vous le déposer. Merci de me l'avoir prêté !

Il hocha la tête.

– Tu n'as pas appelé ton grand-père ?

La belle humeur de Kylie s'assombrit. Elle secoua la tête.

– Je ne sais pas quoi lui dire. Je l'appellerai dans un jour ou deux.

D'accord, elle avait tendance à remettre beaucoup de

choses au lendemain, mais elle décida de faire une petite pause.

– Lui avez-vous expliqué que Burnett savait tout ?

Ses yeux s'assombrirent quand il hocha la tête.

– J'ai dû tenter ma chance et utiliser le téléphone du bureau, car je n'avais pas le mien, dit-il.

Elle lui adressa un regard contrit.

– Mon grand-père est-il… d'accord avec cela ?

– Il n'est pas content. Je continue à croire qu'il n'a pas participé au complot qui visait à t'empêcher de partir. Et il avait l'air impatient de t'en parler.

– Je sais, je vous crois. C'est juste que… j'ai l'impression de lui avoir fait du mal en partant, et maintenant il sera en colère parce que j'ai parlé de vous à Burnett. L'idée qu'il soit énervé contre moi… c'est juste trop pour moi.

– J'ai expliqué les raisons pour lesquelles il fallait que l'on en parle à Burnett. Hayden se cala dans sa chaise. Ton grand-père t'aime beaucoup. Je sais qu'il peut se montrer entêté, mais il a perdu trop de choses dans sa vie. Son enfant, sa femme. À présent, il a peur de te perdre toi aussi.

– Je sais et pourtant… même si ma place n'était pas ici, à Shadow Falls, je ne pourrais pas vivre comme ils le souhaitent. Coupée du monde.

– Je sais, ce n'est pas facile.

La raideur soudaine dans ses épaules montra à Kylie que cela avait été très dur pour lui.

– Quel âge aviez-vous quand vous vous êtes enfui ?

Il prit un stylo.

– Comment sais-tu que je me suis enfui ?

– C'était juste une supposition, dit Kylie.

Il hésita.

– Dix-sept ans.

– Avez-vous revu vos parents depuis ?

Il secoua la tête.

– Ton grand-père me tient informé de leur santé… et il a commencé à me laisser parler à Jenny quand…

– Quand quoi ? demanda Kylie.

– Quand il s'est mis en tête qu'elle voulait s'enfuir elle aussi.

– C'était le cas ?

– Je crois que je l'ai calmée. Elle n'a plus qu'un an ou deux à passer là. Elle est presque mature.

– Mature ? demanda Kylie.

– Oui. Quand tu arrives à modifier ta configuration. La règle, c'est que si tu pars après cette maturité, alors tu n'es pas excommunié. On te regarde bizarrement, mais tu peux revenir. Mais les anciens essaient de la pousser à se marier, c'est un autre stratagème de leur part pour qu'elle continue à vivre dans l'enclos.

Kylie sentit la douleur de Hayden, et elle la ressentit pour Jenny, également.

– Ne voient-ils pas qu'ils poussent les jeunes à partir ? On dirait un de ces cultes qui forcent les gens à vivre comme en 1800 !

– Ils croient qu'ils les protègent, déclara Hayden. Et peut-être qu'à l'époque des anciens, c'était bien, mais depuis les choses ont changé et ils n'ont pas l'air de s'en rendre compte. J'ai réussi à me créer une existence et je ne vis pas dans le danger.

Kylie opina, mais elle ne put s'empêcher de se demander si la vie valait vraiment le coup d'être vécue, s'il fallait cacher sa véritable identité. Néanmoins, elle supposait que c'était la meilleure option.

– Comptez-vous rester ici ?

Elle retint son souffle d'espoir.

Il se cala dans sa chaise.

– Burnett n'est pas revenu vers moi.

– Mais s'il dit que vous pouvez rester ?

Il attrapa un stylo qu'il fit rouler dans sa main.

– S'il vous plaît, j'aimerais tant que vous restiez ! J'ai encore des questions et ce serait vraiment bien que vous soyez là. Et… je je veux essayer de changer les choses. Vous savez, aider les autres jeunes caméléons. Je n'en ai pas encore parlé à Holiday ni à Burnett, j'attends simplement le bon moment.

– Je vais y réfléchir, dit-il. Mais laisse-moi te dire que ton ami Burnett a l'air de croire que partir, c'est la meilleure option.

– Il n'est pas si mauvais, répliqua Kylie. Je sais qu'il peut être… difficile. À bien des égards, il me fait penser à mon grand-père. Et même à vous, un peu.

– Je suis loin d'être aussi têtu, déclara Hayden. Il n'a pas le droit de me traiter comme cela.

Kylie aurait pu lui rétorquer que venir ici en cachant sa véritable identité n'avait pas vraiment mis Burnett en confiance, mais à quoi bon ?

– Promettez-moi que vous allez réfléchir et rester. J'ai vraiment besoin de vous ici.

– Je vais y réfléchir, mais c'est tout ce que je peux promettre.

Avec un autre sandwich, des Oréo et Burnett à leurs basques, Kylie et Holiday se rendirent aux cascades. Burnett avançait avec elles, mais le vamp ne cessait de trébucher, surtout parce qu'il restait concentré et préoccupé par Holiday, au lieu de regarder où il allait.

Elle n'avait plus le hoquet, mais elle n'avait pas non plus cessé de paniquer. Du moins, c'était ce qu'il semblait, parce qu'elle n'avait pas perdu cette expression de « oh mince ! » sur son visage. Manifestement, Burnett avait pris le même air qu'elle.

– Tout va bien ? demanda-t-il pour la deuxième fois.

– Je te l'ai dit, ce sont juste des maux de ventre, répondit Holiday, et Kylie reconnut que sa réponse était une version de la vérité, et que de fait ses pulsations ne trahiraient pas son mensonge.

– As-tu besoin de voir un médecin ?

Ses sourcils se froncèrent et le gros méchant vampire devint un type inquiet d'apparence normale, qui se préoccupait beaucoup, beaucoup de son amie.

Rien qu'en les regardant, elle sentit une chaleur envahir sa poitrine. Avec la sensation d'avoir réussi quelque chose. Le sentiment de ne pas avoir uniquement contribué à réunir ces deux-là, mais d'avoir participé à la quête qu'elle avait achevée, et bien achevée.

– Non, pas besoin de voir de médecin, répondit Holiday. Du moins pas encore, ajouta-t-elle rapidement pour contrer un autre mensonge.

– Sûrement la trouille du mariage, ajouta Kylie dans l'espoir d'éloigner la conversation de ses problèmes de ventre avant que son amie ne puisse trouver d'autre demi-vérité à balancer.

Détournant les yeux du couple qui se tenait par la main, Kylie aurait pu jurer entendre le chuchotement de l'eau qui tombait en cascade. Elle ralentit le pas et tendit l'oreille. Oui, c'étaient bien les cascades, et pourtant elles se trouvaient encore à cinq cents mètres. Elle inspira profondément, mourant d'envie de retrouver la paix qui se cachait sûrement derrière le mur d'eau magique – un lieu où tous les maux semblaient moins douloureux. Ou, du moins, paraissaient gérables.

– La frousse du mariage ? demanda Burnett comme s'il réfléchissait à ce que venait de dire Kylie. Elle n'a aucune raison d'être nerveuse. Il parut presque blessé. Je ferai tout ce qui est en mon pouvoir pour être un bon mari.

– Les futures mariées stressent toujours, expliqua Holiday.

– À cause de quoi ? Ce n'est pas comme si tu ne connaissais pas déjà toutes mes mauvaises habitudes. Ou moi, les tiennes.

Holiday le regarda d'un drôle d'air.

– Quelles sont les miennes ?

– Tu es un goinfre, fit-il tout sourire, et il la regarda avec dévouement. Kylie avait déjà vu cette expression chez lui, mais à présent, il l'arborait avec fierté.

– Mais sérieusement, poursuivit Burnett, pour quelle raison serais-tu nerveuse ?

Kylie constata qu'ils étaient si complices que plus rien n'existait lorsqu'ils étaient ensemble. Et n'avait-elle pas ressenti la même chose à propos de Lucas ? Elle chassa cette pensée.

– Et si tu avais les jetons ? demanda Holiday, sérieuse.

Kylie se souvint que Blake, l'ex de son amie, l'avait plaquée devant l'autel après avoir couché avec sa jumelle. Pas de doute, Holiday avait sûrement la frousse.

– Je n'ai pas les jetons, j'ai les pieds froids, je suis un vampire, dit Burnett d'un ton taquin comme s'il essayait de faire disparaître la gravité d'Holiday. Et si mes souvenirs sont bons, tu t'en es plainte la nuit dernière. Il prit Holiday par la taille. T'épouser ne me fait pas peur du tout. Je ne t'abandonnerai jamais. Je serai le premier arrivé à l'église.

Le cœur de Kylie se gonfla en l'écoutant.

Elle entendit Holiday laisser échapper un soupir, attendrie.

– Quand tu dis ce genre de chose, je sais pourquoi je supporte tes pieds froids.

Holiday se hissa sur la pointe des pieds et l'embrassa. Burnett accentua le baiser.

– Hé, dit Kylie, tout sourire, y a des yeux de vierge qui vous regardent en ce moment !

– Alors tourne la tête, rétorqua Burnett en souriant. J'ai bien le droit d'embrasser ma fiancée, non ?

Kylie gloussa.

– Oui, mais tu ferais mieux de faire attention, ils vont te retirer ton permis de vampire si tu continues dans le romantisme et la mièvrerie !

– Ne t'inquiète pas, dit Burnett, les yeux plissés comme s'il était sérieux. Je reste tout de même un imbécile, et je casse des gueules quand il le faut !

Oui, comme hier soir, songea Kylie.

Son ego avait encore quelques bleus, et Hayden Yates aussi, mais elle n'en dit rien. Tout au fond d'elle-même, elle savait que Burnett avait des raisons de s'être énervé aussi fort.

Elle repensa à sa conversation avec Hayden, mais déjà le calme des cascades lui procurait une sensation de paix, et elle arriva à chasser ses inquiétudes. Elle jeta un coup d'œil sur les deux inséparables qui marchaient en se tenant la main. Ce n'étaient peut-être pas uniquement les cascades qui offraient cette sensation de bien-être, reconnut-elle.

Être de retour à Shadow Falls, parmi ses amis, c'était tellement génial !

Presque au bon moment, le bruit des cascades s'intensifia et un calme l'envahit tout entière. Kylie dut s'avouer que les chutes d'eau contribuaient de toute évidence à cette sensation magique de bien-être. Et après tout ce qui était arrivé ces dernières vingt-quatre heures, elle voulait se raccrocher à cette magie. Oublier malgré Holiday et Burnett qu'elle était amoureuse, elle aussi. Oublier que Lucas l'avait trahie. Oublier qu'elle s'était confrontée à Mario. Oublier qu'elle avait sûrement blessé son grand-père en partant sans lui dire au revoir.

Oh ! oui, elle voulait le calme qui allait avec cet endroit de grâce, ce lieu qui nourrissait un esprit de paix. Qui offrait une sensation de sérénité.

Et de courage.

Une voix résonna dans sa tête. Kylie s'arrêta net. La voix semblait vouloir dire quelque chose qu'elle ignorait.

Pourquoi aurais-je besoin de courage ?

Sans cette tranquillité, la petite intrusion dans sa tête aurait pu la précipiter dans l'angoisse. Les paroles n'accompagnaient pas le froid glacial habituel qu'elle ressentait lorsqu'un fantôme lui rendait visite. Non pas que Kylie n'eût jamais entendu cette voix auparavant – elle l'avait entendue, et à plusieurs reprises. Dans le passé, elle l'avait imputée à son subconscient, mais cette fois, c'était différent.

Le bruit paisible des chutes apaisa son inquiétude. Elle ne voulait pas paniquer à cause de cette voix intérieure. Ni même s'inquiéter de la raison pour laquelle il lui faudrait être courageuse. Elle accéléra le pas.

Cinq minutes plus tard, ils arrivèrent à l'entrée des cascades. L'ambiance sereine l'envahit. Même les feuilles sur les arbres avaient l'air de la saluer à voix basse. L'eau qui tombait en cataracte de la falaise au-dessus emplit l'air d'une douce humidité. La brise légère, qui transportait de minuscules points d'eau lumineux, imprégnait l'air d'un lointain parfum de fleurs, d'herbe et de nature.

L'air habituellement grave de Burnett fit place à une expression beaucoup plus paisible. Il s'arrêta en lisière des arbres et accepta de les attendre là, les laissant vivre leur expérience habituelle des cascades. Après s'être déchaussées et avoir remonté les jambes de leurs jeans, Holiday et Kylie traversèrent ensemble le mur d'eau qui tombait en rideau.

Au-delà, il fallut une seconde aux yeux de Kylie pour s'accoutumer. Il ne faisait pas complètement noir, seule filtrait la lumière cachée derrière les chutes. Des ombres iridescentes aux couleurs de l'arc-en-ciel jouaient sur les murs du rocher. De l'eau fraîche gouttait de ses cheveux, dans son dos, elle appréciait la fraîcheur sur sa peau.

Kylie et Holiday retrouvèrent leur place sur les pierres lisses, juste au bord de l'eau. Aucune ne parla pendant plusieurs minutes. La révérence emplissant l'espace semblait imposer une minute de silence.

Le calme ambiant chassa complètement les soucis et préoccupations de Kylie.

– As-tu mis une nouvelle quête en place ? demanda Holiday.

À l'instant où la question se frayait un chemin dans les pensées de Kylie, le besoin d'être conseillée monta en elle.

– Ai-je réellement achevé l'autre ?

La question n'était pas uniquement destinée à Holiday, mais aussi à elle-même.

– Tu sais ce que tu es et tu comprends la plupart de tes pouvoirs. N'était-ce pas cela, ta quête ?

– Si, mais je ne les maîtrise pas encore complètement. Elle marqua une pause. Et je ne connais pas tout.

Le besoin inexplicable demeurait, et la soif d'avoir un nouveau but envahit sa poitrine. Elle devait savoir sur quoi se concentrer. Il lui fallait une nouvelle quête.

– Tu as raison. Il faut que j'arrive à comprendre tout cela. Comment faire ? Comment savoir par où commencer ?

Elle se tourna vers Holiday, calme, mais impatiente de commencer.

– Bien, tu dois te demander ce qui est important pour toi en ce moment. En général, nos quêtes sont des choses qui nous pèsent sur le cœur, qui titillent notre conscience ou qui figurent sur notre liste de choses à faire que l'on a ignorées.

Kylie inspira lentement.

– OK, je voudrais avoir ton avis. Mais je n'ai pas encore eu la possibilité de réfléchir au sujet comme il le faudrait.

– Qu'est-ce que c'est ? demanda Holiday.

– Les jeunes caméléons, les ados… Les anciens les empêchent pratiquement de sortir de l'enclos. Ils ont très peu de contact avec le monde extérieur. Ils n'ont pas le droit d'avoir ni portables ni ordinateurs. Je ne veux pas donner l'impression qu'ils sont maltraités, c'est juste que les anciens sont coincés dans un état d'esprit de l'époque où ils étaient persécutés. Ils pensent que le seul moyen de rester en sécurité c'est de vivre caché. Ils ont une politique stricte : tant que l'on ne sait pas contrôler et dissimuler sa véritable configuration, on ne doit pas être autorisé à sortir dans le monde. Ils sont aussi mauvais que les loups-garous. Avec toutes leurs croyances rétrogrades.

– Ça m'en a tout l'air, observa Holiday, marquant une

pause en fixant l'eau. Quelle histoire ! Il est difficile de modifier des convictions fondées sur une peur justifiée.

– Je sais, mais il doit bien y avoir un moyen, non ?

– Ça vaut le coup d'y réfléchir. C'est une bonne quête.

Quoi d'autre ? fit la voix dans sa tête. La même que tout à l'heure. Mais elle ne fut pas plus effrayée pour autant. C'était une question qu'elle devait aborder toute seule.

Kylie remonta ses genoux et noua ses bras autour de ses jambes.

– Il y a autre chose, aussi.

Et son cœur chercha, mais ne trouva pas.

– Quoi ? fit Holiday en prenant une grande inspiration, comme si elle voulait s'imprégner de quiétude.

– Je n'en suis pas sûre.

Elle avait encore ses mots sur le bout de sa langue, quand toutes les étincelles de lumière dans la grotte se mirent à tourbillonner comme pour danser sur l'eau.

Le chatoiement de couleurs forma un halo. Pourtant, même avec le mouvement de la lumière, l'eau semblait d'une immobilité totale et devint claire comme le cristal. Le cercle de lumière semblait éclairer un objet sous l'eau, qui soudain remonta en dansant à la surface, puis dériva vers le bord.

Déboussolée, Kylie recula de quelques mètres. Elle se sentit un peu moins lâche quand Holiday en fit autant.

L'objet flottait à la surface de l'eau et ne se déplaçait pas au hasard. Il arriva à environ trente centimètres du rocher. Qu'est-ce que cela signifiait ?

Chapitre 15

Kylie se retourna, chercha le fantôme des yeux et essaya de sentir le froid. Rien. Pas de fantôme. Aucun qu'elle pût sentir, en tout cas.

Mais l'épée qui s'approchait tout doucement devait bien appartenir à la revenante, non ? Elle en trimballait une depuis plus d'une semaine, comme si elle allait faire un exposé à ce sujet !

– Mais d'où a-t-elle pu venir ? demanda Holiday, la voix pleine d'inquiétude.

Kylie n'arrivait pas quitter des yeux l'arme qui se rapprochait lentement.

– De sous l'eau.

– Je sais, j'ai vu, mais…

– Je crois que cela a un rapport avec le fantôme, dit-elle.

Holiday fronça les sourcils.

– Tu parles de celui qui se balade avec des têtes coupées ?

Elle opina.

– Ça pourrait être elle.

– Pourquoi dis-tu cela ? demanda Holiday.

– Je n'en suis pas entièrement sûre, mais on dirait bien son épée. Moins tout le sang, bien sûr.

– Oh zut, cria Holiday, dans quoi m'as-tu entraînée ?

– Je ne sais pas, mais ce n'était pas volontaire.

Kylie se mordit la lèvre. Sans l'ambiance paisible des cascades, elle aurait complètement flippé.

Holiday s'empara de l'épée et la retourna entre ses mains.

– Elle a l'air réelle et ancienne. Crois-tu vraiment qu'il s'agisse de la même ? Elle secoua la tête, médusée. Les fantômes ne peuvent pas rapporter ce genre de chose.

– On dirait bien que si. Mais bon, je ne suis pas experte en épées, dit Kylie en saisissant l'arme. Mais dès qu'elle la toucha, le fichu truc s'embrasa.

Elle la balança par terre et recula.

– Pourquoi a-t-elle fait cela ?

– Je préfère ne pas savoir, répondit Holiday en reposant les yeux sur l'épée. As-tu appris quelque chose sur les caméléons qui font s'embraser les épées ?

– Non.

– Tu en es sûre ?

– Oui, je pense que je m'en serais souvenue.

– OK, dit-elle, en continuant à réfléchir. Elle gratifia l'épée d'un autre regard perplexe et reposa les yeux sur Kylie. On s'en va ?

– Ouais. Kylie se leva et vit Holiday attraper l'épée. On ne peut pas la laisser ici ?

Holiday se redressa et regarda son amie.

– Je ne crois pas. À mon avis, elle était là pour toi.

– Tu sais, je craignais que tu ne dises cela. Mais comment sais-tu qu'elle n'était pas là pour toi ?

– Parce qu'elle ne s'est pas embrasée quand je l'ai touchée.

Kylie fronça les sourcils.

– J'en ai vraiment marre de tous ces trucs bizarres qui m'arrivent.

Holiday soupira.

– Si cela peut te rassurer, cela ne me plaît pas non plus.

– Alors comme ça, on est deux.

Kylie se mordilla la lèvre d'inquiétude.

Holiday eut un demi-sourire.

– Nous découvrirons ce qui se cache derrière tout cela. Quand nous rentrerons au bureau, je ferai des recherches. Et nous parlerons à Hayden, aussi. Nous trouverons.

Kylie avait la nette impression que si Holiday trouvait une explication, elle risquait de ne pas lui plaire.

Kylie, Holiday et Burnett, qui portait l'épée, dénichèrent Hayden dans son bungalow. Il examina l'objet, mais n'avait rien à dire. Pas même une supposition bien informée. Burnett lui tendit l'épée pour voir si elle s'embrasait à son contact. Pas du tout. Puis, comme il ne l'avait pas vue chatoyer, il demanda à Kylie de la prendre. Délicatement.

Et dire que cette chose avait dû décapiter des centaines de victimes !

À la seconde où elle posa les doigts sur la poignée, le métal se réchauffa contre sa paume et, exactement comme à la cascade, il s'embrasa. Cela lui rappelait ces autocollants phosphorescents que l'on achetait dans les parcs à thème.

– Ça ira ? demanda Kylie, pressée de la reposer.

– Oui, dit Burnett, l'air déconcerté.

C'était une expression qu'elle n'avait pas vue souvent sur le visage du vampire. Il attrapa l'épée et attendit qu'elle s'embrase… En vain. Il eut même l'air un peu déçu. Quand il la reposa sur la table, il fixa le front de Kylie comme pour vérifier sa configuration.

Sur la route menant chez Hayden, il avait supposé que Kylie s'était transformée en sorcière et avait perdu le contrôle de ses pouvoirs, comme le jour où elle lui avait jeté le presse-papiers dessus, heurtant ses parties intimes. Si Kylie espérait que ce soit aussi simple, elle n'y croyait pas. Ce n'était pas parce qu'elle avait pensé à une épée qu'elle en avait fait apparaître une.

– Je ne suis pas une sorcière, si ? demanda-t-elle à Burnett.

– Non, répondit-il en haussant les épaules.

– Je te l'ai dit, lança Holiday, j'ai vérifié sa configuration dès que le truc s'est mis à étinceler. Ça a l'air fou, mais je ne suis pas sûre que ce soit l'œuvre de Kylie. Mais plutôt celle de l'épée.

– Tu penses qu'elle est possédée ? demanda Hayden.

– Quoi ? fit Kylie. Les épées peuvent être possédées ? C'est bien trop bizarre pour moi !

Elle se frotta les mains, comme pour les nettoyer.

– Non, je ne crois pas, dit Holiday en touchant le bras de Kylie pour la calmer. Je pense juste que pour une raison quelconque, elle réagit à Kylie. Il y a une connexion entre l'épée et elle.

– C'est très étrange, observa Hayden. Je pourrais interroger ton grand-père à ce sujet. Il en saurait sans doute plus que moi.

Burnett se rembrunit en entendant parler de Malcolm, mais il hocha la tête et elle le vit batailler dur pour dissimuler son mécontentement.

– J'apprécierais, oui. Pourriez-vous me contacter immédiatement, dès que vous aurez obtenu quelque chose ?

Hayden opina.

– Bien sûr.

Alors qu'ils étaient sur le point de partir, Burnett tendit la main à Hayden. Celui-ci la serra sans hésiter. Kylie eut le sentiment que toute cette histoire d'épée avait dû jouer en sa faveur pour convaincre Burnett que Hayden devait rester. Même si ce dernier n'avait pas les réponses, elle constata que Burnett appréciait d'avoir quelqu'un vers qui se tourner s'il y avait un sujet qu'il ne maîtrisait pas très bien.

Peut-être, songea Kylie, l'épée n'était-elle pas quelque chose de négatif, après tout. Mais chaque fois qu'elle la regardait, elle revoyait l'esprit, qui en portait une ensanglantée avec la tête coupée, la nuit précédente.

Et elle craignit que tout cela ne conduise à un nouveau bain de sang.

Ils rangèrent l'épée dans le bureau de Holiday, puis partirent tous dîner. Les nouveaux étudiants de Shadow Falls la virent pour la première fois et plusieurs campeurs la saluèrent. Perry se rua vers elle et la souleva dans ses bras, en la faisant tourner par deux fois. Quand il la reposa, elle chancela un peu, mais elle était contente. Elle ne s'était même pas rendu compte combien le loup-garou lui avait manqué jusqu'à ce qu'il rît et cela fit naître en elle une sensation bienvenue de déjà-vu.

– Alors comme ça, tu tripotes ma meilleure amie ? fit la voix de Miranda derrière Perry.

Perry la relâcha et gratifia Miranda d'un grand sourire.

– Juste un peu, dit-il, et il reposa les yeux sur Kylie. Zut alors, tu nous as manqué ! Miranda me rendait fou, tellement elle se sentait seule.

– Vous m'avez tous manqué, vous aussi, fit Kylie, et elle était sincère.

Un groupe de loups garous passa à côté d'elle. Kylie reconnut d'abord Clara, la demi-sœur de Lucas. Elle croisa son regard, et sa posture sembla brusquement exprimer du mécontentement. D'accord, tout le monde n'était pas content qu'elle soit revenue. Elle pouvait l'accepter. Mais ensuite, derrière Clara, quelqu'un d'autre surgit : Fredericka.

Elle ne sourit pas, mais n'avait pas non plus l'air menaçant, et la gratifia d'un léger hochement de tête. Pour lui souhaiter la bienvenue, sûrement, pour lui dire « ravie de te revoir ». Kylie la salua et lui adressa même un petit sourire.

Pour Fredericka, ce petit signe était sûrement une plus grande marque d'affection que celui de Perry. Surtout quand Clara regarda Fredericka d'un air mécontent et que celle-ci haussa les épaules comme pour dire « tu t'en remettras ».

Kylie respira un bon coup. C'était bon de savoir qu'elle avait réussi à perdre une ennemie.

– Viens-tu de faire ce que je pense ? chuchota Miranda à l'oreille de Kylie. As-tu souri à cette pétasse ?

– Je te l'ai dit, on s'est plus ou moins réconciliées, répondit Kylie.

– C'est une bonne chose, lança Holiday, qui vint se mêler à la conversation, et je pense que d'autres ici devraient en faire autant.

– Et moi je crois que Della a raison, marmonna Miranda. Kylie est bien trop gentille.

Ignorant l'air renfrogné de Holiday, la sorcière jeta un coup d'œil à Burnett.

– En parlant du loup… Della est-elle revenue ?

– On l'attend d'un moment à l'autre, répondit Burnett alors qu'ils se rendaient dans la salle à manger.

Dès qu'ils passèrent la porte, les conversations se turent, comme si quelqu'un avait coupé le volume. Des têtes se tournèrent. Le seul bruit qui se répercutait dans le grand espace était celui des fourchettes sur les assiettes. Puis, simultanément, au moins cinquante paires d'yeux se plissèrent pour vérifier la configuration de Kylie. Elle se figea, sentant qu'elle était sous les feux de la rampe, ce qui ne lui plaisait pas du tout.

Holiday passa une main dans le dos de Kylie.

– Tu veux que je fasse quelque chose ? murmura-t-elle.

– Non, marmonna Kylie, déterminée à mener ses propres batailles.

De plus, elle avait désiré revenir ici, c'était chez elle, et bon sang, elle ne dissimulait pas sa configuration ! Tôt ou tard, ils s'habitueraient à elle. Non ? Ils finiraient bien par l'accepter comme l'une des leurs.

– Bon je vais agir, grommela Perry. Il s'avança. Vous voulez voir quelque chose ? hurla-t-il. Alors, regardez ça !

Il se plia en deux, baissa son pantalon et montra ses fesses aux cinquante paires d'yeux qui le dévisageaient.

– Perry ! s'écria Holiday d'un ton perçant… et amusé.

Burnett faillit laisser échapper un fou rire, mais il referma la bouche d'un coup quand il remarqua le sourcil arqué de sa compagne.

– Ne montre pas tes fesses, Perry ! fit Burnett sans conviction et en se pinçant les lèvres.

Dans la salle, tout le monde éclata de rire, même Kylie. On pouvait faire confiance à Perry pour transformer un moment de gêne en hilarité générale. Kylie regarda Miranda qui levait les yeux au ciel, mais de la fierté y étincelait. Et elle avait de quoi ! Si baisser son pantalon avait pu sembler extrême, il l'avait fait dans de bonnes intentions, pour mettre un terme à un moment gênant et dans un seul but, que Kylie se sente mieux. Et cela avait marché.

Pantalon remonté, Perry se retourna et fit un clin d'œil à Kylie. Alors qu'ils se rendaient vers le comptoir des plats chauds, Kylie se pencha vers Miranda et murmura :

– T'as intérêt à le garder, ton Perry !

Miranda roula encore des yeux et eut un grand sourire.

– Je sais. Et en plus, il a de jolies fesses, non ?

Kylie rit de nouveau.

– Je ne les ai pas vues. Mais son grand cœur, oui !

Pendant qu'elle attendait son hamburger et ses frites – qui sentaient, en plus, divinement bon – plusieurs personnes vinrent lui souhaiter la bienvenue. Mandy, une des amies sorcières de Miranda, Chris, le vampire, et Jonathon, qui faisait la tête car Helen lui manquait sûrement.

– Comment va Helen ? demanda Kylie, et brusquement, la culpabilité la submergea, car c'était à cause d'elle que son amie s'était fait attaquer. Je suis vraiment désolée pour ça.

– Ce n'est pas ta faute, dit-il avec un coup d'épaule. Mais laisse-moi mettre la main sur ce salaud qui lui a fait du mal, et il le regrettera.

– Elle va vraiment bien ? demanda Kylie.

– Oui, ses parents prétendent qu'elle pourra revenir dans une semaine.

– Tant mieux, observa Kylie.

– Tant mieux ? Mais c'est une éternité ! Une semaine entière ! Sept jours. Je vais devenir fou ! Elle est comme une drogue pour moi. Je ne suis pas habitué à vivre sans elle.

Il déguerpit, pas content du tout.

Kylie le regarda s'en aller, les épaules tombantes. Un garçon blessé et vaincu. Et elle revit ce qu'elle avait ressenti quand Lucas était parti. Comme elle s'était sentie seule, vide. Sa pierre de touche dans la vie avait disparu.

Elle tenta de chasser cette pensée. Tâchant de ne pas se faire remarquer, mais craignant de savoir exactement qui la guettait, elle regarda la table des loups-garous par-dessus son épaule. Forcément il y était et la scrutait de ses grands yeux bleus pleins d'une triste culpabilité. Son cœur se serra.

Cesserait-elle un jour d'être en colère, suffisamment pour lui pardonner ? Elle détourna les yeux, fila à toute allure, percutant un torse musclé et familier. Contre lequel elle se souvint s'être blottie la nuit précédente, dans une effraction de rêve. Lorsqu'elle leva les yeux sur le visage de Derek, son cerveau semblait avoir décidé que le moment était parfait pour télécharger tout ce qui s'était passé. Toutes les pièces manquantes du puzzle lui revinrent violemment.

Le baiser.

Ses bras autour d'elle.

La douceur avec laquelle il l'avait étreinte.

Oh, mince !

Chapitre 16

Kylie avait arrêté de l'embrasser, mais pas assez vite. Puis elle avait posé la tête sur son torse et tellement pleuré qu'elle se sentait perdue. En la serrant tout contre lui, il l'avait laissé faire. Cela avait été cathartique et apaisant.

Mais ce n'était pas une bonne idée.

À cause de ce qu'elle avait vu se refléter dans ses yeux. De l'espoir. De l'optimisme, du style, une fois qu'elle aurait oublié Lucas, tout recommencerait entre eux comme avant.

Cette pensée fut une révélation – l'une de ces étonnantes prises de conscience qui, en général, font des ravages dans une vie. Et oui, elle ressentait ces ravages, mais aussi des tas de questions monter en elle… et un besoin de comprendre.

Derek l'avait trompée, avait même couché avec Ellie, contrairement à ce que Lucas avait fait – ou à ce qu'elle imaginait. Et si Derek l'avait blessée, et qu'elle s'était sentie trahie, cette histoire avec Lucas signifiait pour elle beaucoup plus que cela. Pourquoi ?

Était-ce révélateur de l'importance que Derek avait pour elle ? Était-il plus facile de l'oublier, lui ? Ou cela faisait-il référence à la profondeur de ses sentiments envers Lucas ? Ceux qu'elle ressentait pour lui étaient-ils plus vrais ?

– Tu vas bien ? demanda Derek en la regardant avec intensité.

Elle opina.

– Juste affamée, mentit-elle, et elle avança devant lui dans la file d'attente, afin de ne pas l'affronter. Ni lui ni le mensonge qu'elle venait de lui dire.

Il se baissa et lui murmura à l'oreille.

– Tu n'es pas en colère contre moi, si ?

Elle réfléchit et sa réponse revint : *Je ne peux pas être en colère contre toi, mais contre moi, si.*

Elle avait été faible. Elle aurait dû mettre un terme à cette effraction de rêve avant même qu'elle n'ait commencé ; et elle y serait parvenue. Alors, pourquoi n'avait-elle rien fait ?

– Non, je ne suis pas en colère, murmura-t-elle. Juste… S'apercevant qu'ils étaient entourés d'oreilles de vampires qui pouvaient entendre toutes sortes de secrets, elle ajouta :

– On en discutera plus tard.

– Ça marche, dit-il, je te servirai d'escorte ce soir, donc nous aurons largement le temps.

Kylie fronça les sourcils. Peut-être devait-elle ajouter Derek à la liste noire des escortes de Burnett. En tout cas, jusqu'à ce qu'elle ait fait le tri dans ses sentiments.

Un plateau à la main, elle se dirigea vers la table où Miranda et Perry étaient assis. Elle s'installa, jeta un coup d'œil sur Perry et, une fois de plus, ressentit une vague de gratitude envers le métamorphe.

– Merci, dit-elle.

– Chaque fois que tu auras besoin que je montre mes fesses, je serai là pour toi, dit-il tout sourire.

Kylie entendit quelqu'un prendre la place voisine et craignit d'avoir de nouveau encouragé Derek. Elle attrapa une frite et regarda droit devant elle, tâchant d'ignorer le demi-Fae le plus longtemps possible. Elle passa la pièce en revue ; son regard s'arrêta sur la table des loups-garous et sur les quatre airs désapprobateurs de ceux qui y étaient assis. Tous, sauf…

Lucas.

Une odeur boisée émanait de la personne à côté d'elle et emplit brusquement ses sens. La frite lui glissa des doigts ; lentement, elle tourna la tête pour confirmer son erreur.

Erreur confirmée. Son souffle s'entrecoupa quelque peu.

Ce n'était pas Derek, mais Lucas.

Détournant les yeux de son assiette, elle fixa le hamburger qui brusquement ne sentait plus aussi bon et n'avait plus l'air appétissant.

– Tu ne devrais pas être avec ta bande ? murmura-t-elle sans même le regarder.

– En fait… dit-il en se penchant tout près d'elle, si près que son épaule effleura la sienne… Je suis exactement à ma place, murmura Lucas.

Elle recula de quelques centimètres au moment même où un plateau heurtait la table devant elle. Un peu trop bruyamment. Elle se dit que le propriétaire devait être un demi-Fae très très énervé. Un coup d'œil vers lui le lui confirma. Derek se laissa tomber sur la chaise, reluquant Lucas comme s'il violait son espace.

Génial, songea Kylie. Elle réfléchit à ce qu'il fallait faire, filer d'ici en sachant que tout le monde la regardait déjà pour voir comment elle allait réagir. Rester en espérant qu'il n'y ait pas de drame entre le loup-garou et le demi-Fae, et essayer de calmer tous les ragots.

Se sentant obligée de faire comme si tout allait bien, elle prit son hamburger et planta les dents dans le petit pain blanc et doux. Si elle ne pensait pas au goût qu'il avait, son ventre avait dû approuver, parce qu'il gargouilla de reconnaissance à la minute où la première bouchée descendit dans son organe vide. Elle ne laissa pas le temps à son estomac de lui en réclamer une autre et craqua pour la suivante. Cette fois, le goût du petit pain légèrement sucré mélangé au steak haché, au goût de fromage et de ketchup piquant ravirent ses papilles.

Derek, qui lisait probablement son désir d'éviter le chaos, prit son hamburger et le mangea. Lucas fit la même chose. La tension retomba, mais pas de beaucoup.

– Qui est partant pour un match de basket après le dîner ? demanda Perry.

Quelques « oui » se firent entendre. Kylie se dit que Derek et Lucas avaient également répondu, mais n'en était pas sûre. Elle se concentra au maximum sur la nourriture et évita de croiser le regard de qui que ce soit.

Puis Derek ajouta :

– Mais la partie devra être courte, je sers d'escorte à Kylie ce soir.

C'était plus la façon dont il l'avait dit, que ce qu'il avait dit, qui montra clairement qu'il n'avait qu'un seul but, énerver Lucas ; et cela fonctionna. Lucas poussa violemment son plateau, qui traversa la table à toute allure et percuta celui de Derek, faisant valser ses frites sur ses genoux.

– Laisse tomber, dit Lucas. Dans peu de temps, on ressortira ensemble, de toute façon.

– Tu en es sûr ? demanda Derek.

– Arrêtez, les rembarra Kylie.

– J'en suis sûr, grommela Lucas, comme s'il ne l'avait pas entendue. Tu vois, moi, je n'ai pas couché à droite et à gauche comme quelqu'un d'autre.

– Oui, mais moi je ne me suis pas fiancé derrière son dos, répliqua Derek.

– Moi non plus, riposta Lucas. Les fiançailles n'ont jamais été validées, car je n'ai pas signé le papier après la cérémonie.

– *Tu as dit quoi* ?

Kylie le regarda, choquée. Elle avait simplement supposé que…

– Et le Conseil, alors ? demanda-t-elle.

– Tu es plus importante. Je te l'ai déjà dit.

Non, il ne le lui avait pas dit. Pas vraiment. Et il ne lui avait pas précisé qu'il ne s'était pas fiancé non plus.

– Je t'ai expliqué que c'était une erreur, que… Il hésita juste une seconde… Que je t'aime.

Elle savait très bien qu'il était très difficile pour lui d'exprimer ses sentiments en public et on pouvait parier que chaque oreille dans la pièce était tendue, mais il l'avait fait. Il lui avait dit qu'il l'aimait devant tout le monde.

Et cela l'agaça prodigieusement. Que Perry montre ses fesses avait eu beaucoup plus de succès.

– Et tu n'aurais pas pu t'en rendre compte plus tôt ?

Elle laissa tomber son hamburger, jeta son plateau sur la table et quitta le réfectoire. Elle entendait ses propres pas sur le sol carrelé. Ce qui signifiait que tout le monde, tout ce fichu camp, venait d'être au courant de ses bouleversements personnels. Super. Génial même.

Kylie sortit avant d'entendre qu'on la suivait. Pensant que c'était Derek, et prête à l'envoyer balader, elle fit volte-face. Miranda lui rentra dedans.

– Désolée, lança celle-ci.

Kylie chassa d'un battement de paupières ce qui ressemblait au début d'une crise de larmes.

– C'est bon, tu n'es pas obligée de m'accompagner. Reste avec Perry et finis ton dîner.

– Je viens avec toi, dit Miranda.

– Non, tu n'es pas obligée.

– Si, insista-t-elle. Premièrement, parce que tu es l'une de mes meilleures amies, et deuxièmement parce que… Burnett l'a exigé. Mais je serais venue de toute façon, pour la première raison. Elle étreignit Kylie : Tu veux que je demande à Perry de montrer de nouveau ses fesses ?

Kylie se détacha de son étreinte, gloussa et essuya ses larmes.

– Je ne crois pas qu'ils supporteraient de les voir une deuxième fois.

– Tu plaisantes ? Elles sont belles, pourtant !

Elles retournèrent au bungalow et Miranda parla de Perry. Beaucoup beaucoup. Du style non-stop. Mais Kylie s'en moquait, elle préférait cela au silence de chaque instant qu'elle avait connu chez son grand-père. Et même si Miranda parlait un peu trop, Kylie l'aimait, elle adorait traîner avec elle.

Elles parvinrent au bungalow, entrèrent, et leurs regards se posèrent sur la porte fermée de Della. Et cela ne pouvait avoir qu'une seule signification : elle était rentrée.

En hurlant, elles se ruèrent toutes les deux dans la chambre de la vamp.

– Oh ! là là ! Vous ne savez pas ce qu'une porte fermée veut dire, les filles ? Maintenant retournez-vous pendant que je m'habille.

– On s'en moque que tu sois toute nue, on est tellement contentes de te voir ! s'exclama Miranda.

– Exact, renchérit Kylie.

– Oui, mais vous ne devriez pas me voir en entier ! Vous allez vous moquer de mes seins minuscules ! Maintenant retournez-vous.

– Ils ne sont pas *si* petits, observa Miranda en l'examinant de très près.

– Retourne-toi ! gronda Della, et d'une main elle cacha ses seins, et de l'autre son pubis.

– Pas si vite ! lança Miranda et elle la montra du doigt. D'abord, tu as une explication à nous donner, ma chérie !

– Ma *chérie* ? Mais je ne suis la chérie de personne ; et quelle explication ? demanda-t-elle en souriant, visiblement aussi heureuse de les voir.

– Ce ne sont pas tes petits seins que tu devrais cacher. Mais ce suçon au-dessus de l'épaule.

Della dissimula la marque juste sous son cou.

– Ce n'est pas un suçon.

En virevoltant sur elle-même, elle attrapa le peignoir sur le lit et l'enfila.

– Vraiment ? demanda Miranda.

– Ça y ressemblait bien !

Kylie gloussa, tellement contente que toutes les trois soient de nouveau réunies. Elle se moquait bien qu'elles recommencent à se chamailler ou à menacer de s'arracher les yeux. Rien que le fait d'être là, avec ces deux-là… Voilà ce que c'était que d'être de retour chez elle.

– Ça ressemble à un suçon, ça a l'odeur d'un suçon, donc c'est un suçon, lança Miranda.

– Les suçons ne sentent pas, rétorqua Della.

– Tu comprends ce que je veux dire. De plus, je sais en reconnaître un entre mille !

Elle remonta son T-shirt pour révéler une marque rose au-dessus de son sein droit.

Kylie rit, puis soupira.

– Je te jure, quels mauvais exemples vous êtes pour moi ! Je ne sais si je pourrai rester dans le même bungalow que vous ! Vous risquez de salir ma réputation.

– Oh, arrête ! dit Della. Tu as connu plus d'action qu'une poupée sur remontoir sous acide, depuis que tu es arrivée.

– Non, répondit Kylie.

– Tu es sortie avec trois types différents.

– Trois ? Faux !

– Tu oublies que Trey est venu te voir !

– Trey ne compte pas. De plus, je n'ai jamais eu de suçon.

– Oh ma pauvre ! s'exclama Della. Vous saviez que l'on pouvait s'en faire un avec un aspirateur ? Je me suis fait mon premier suçon en sixième et j'ai raconté à tout le monde que c'était un quatrième ! C'était vraiment nul !

Kylie roula des yeux.

– Quand je pense que tu es sortie avec un aspirateur !

– Oui, et c'était mieux qu'avec mon premier copain. Il était carrément nul en suçons !

Kylie et Miranda se mirent à rire. Puis Della se calma.

– Waouh, c'est bon d'être de retour !

Elle sauta sur le lit et rebondit deux fois. Puis Miranda et Kylie plongèrent dessus à leur tour.

– Alors comme ça, tu ne comptes pas nous expliquer ce suçon ? demanda Miranda, en attrapant un oreiller et le serrant.

– Pas question, répondit Della, rien sur le suçon !

– Au moins tu pourrais nous dire qui c'est ? insista Miranda.

– D'accord. Elle cessa de rire et s'éclaircit la gorge. J'ai retrouvé mon vieil aspirateur. Et nous avons eu un gros moment de nostalgie. C'était tellement romantique ! lança Della en éclatant de rire.

Ce rire ne dupa pas Kylie. Elle distingua quelque chose dans ses yeux. Un semblant de douleur. Della n'avait pas du tout envie d'en parler.

– L'aspirateur s'appelait-il Steve ? demanda Miranda.

Della se renfrogna.

– Oubliez le suçon.

– Mais ce n'est pas juste ! On se dit tout !

– C'est bon, fit Kylie, Et si l'on parlait des fesses de Perry que j'ai vues ?

– Tu m'as dit que tu ne les avais pas vues ! s'étonna Miranda.

– Attends, quoi ? s'enquit Della en fixant Kylie. Tu as vu les fesses de Perry ?

– Oui, vite fait, expliqua Kylie. Mais les autres se sont bien rincé l'œil, en revanche.

– Les fesses de Perry ? répéta Della.

Miranda hocha la tête, puis lui raconta que Perry s'était vraiment montré héroïque pour venir à l'aide de Kylie en baissant son pantalon.

Della se fendit d'un grand sourire.

– Je savais que ce métamorphe me plaisait bien.

– Il est mignon, non ?

Miranda soupira et prit son air de chien battu.

– Alors, et toi ? demanda Della à Kylie. As-tu donné un coup de pied au cul à Lucas et tout de même décidé de lui pardonner ? On dirait un chiot qui a perdu son seul os à ronger.

Kylie se rembrunit.

– N'en parlons pas.

Miranda fit des bonds sur le lit.

– Tu aurais dû assister au dîner ! Derek et Lucas étaient assis à côté d'elle, tous les deux ! C'est vrai, quoi, je pensais qu'ils allaient se casser la figure. Puis Lucas a avoué à Kylie qu'il l'aimait, devant tout le monde. C'était si romantique !

La poitrine de Kylie s'alourdit.

– Non, pas du tout. C'était… triste.

– Triste, voilà qui le décrit parfaitement depuis ton départ, déclara Miranda. Comme s'il avait perdu toute joie de vivre.

– Je ne veux pas en parler, répéta Kylie.

– Tu es donc toujours en colère contre lui ? demanda Della. Je ne te le reproche pas.

Kylie la regarda d'un air sévère.

– Hé, j'ai respecté ton souhait de ne pas parler du suçon. Alors à toi de respecter le mien.

Miranda se laissa tomber sur le ventre en grognant.

– Ce n'est pas juste, moi je vous raconte tout, les filles. Je ne garde rien pour moi.

– Crois-moi, je sais, dit Della. J'en sais plus sur ton histoire avec Perry que ce que je devrais.

– Ne commence pas ! fit Miranda en fronçant les sourcils.

– Et si on allait boire un Coca light ? proposa Kylie avant que les deux ne se chamaillent à la puissance dix.

Elles descendirent du lit d'un bond et se dirigèrent vers la cuisine. Pour l'instant, elle voulait oublier tous ses problèmes. Elle désirait simplement s'asseoir à la table de la cuisine et rire un peu avec ses amies, échanger des blagues et se souvenir que, quel que soit le lot de problèmes que la vie offrait, tout irait bien tant qu'elles étaient là l'une pour l'autre.

Della se rendit la première dans la cuisine.

– C'est quoi, ce bazar ? marmonna-t-elle.

À la minute où Kylie vit ce qui se trouvait sur la table, elle comprit qu'oublier ses problèmes ne serait pas aussi simple que cela.

– Zut ! grommela-t-elle. Quelqu'un peut-il appeler Burnett et Holiday et leur dire de rappliquer illico ?

Chapitre 17

– Comment a-t-elle pu arriver là ? demanda Holiday en fixant l'épée posée sur la table.

– À toi de me le dire, répliqua Kylie en se serrant les mains d'inquiétude. Comment cela a-t-il pu se produire ?

– Comment ? répéta Burnett d'une voix tonitruante. C'est évident. Quelqu'un l'a apportée ici pour te faire une farce, mais moi je ne trouve pas ça drôle, et le coupable ne rigolera pas non plus quand j'en aurai fini avec lui.

Son froncement de sourcils devint menaçant.

– Prendre quelque chose dans le bureau de Holiday et l'apporter ici pour rire, ça va lui coûter cher. Il regarda fixement Kylie : À qui as-tu parlé de l'épée ?

– À personne, je n'ai rien dit. À per-son-ne. J'ai fait tout ce que j'ai pu pour ne pas y penser. Donc, ça ne peut pas être une blague.

– C'est vrai, marmonna Della. Elle ne nous a rien dit. Et elle nous dit tout. Nous disait tout.

Della regarda Kylie en fronçant les sourcils.

– Elle ne nous dit pas *tout*, intervint Miranda. Comme

certaines personnes avec des suçons ne nous racontent pas tout.

Della jeta un regard mauvais à Miranda, puis reposa les yeux sur Kylie.

– Franchement j'aimerais bien savoir pourquoi on panique comme ça. Ce n'est qu'une épée !

Burnett continua à fixer Kylie, comme s'il réfléchissait encore.

– Alors comment l'épée est-elle arrivée ici, selon toi ?

Kylie haussa les épaules.

– Je ne sais pas, mais peut-être de la même façon qu'elle est arrivée aux cascades. Magie, vaudou, ou par celui qui l'y a laissée.

– Tu as trouvé cette épée aux cascades ? fit Miranda. Qui l'abandonnerait là-bas ? On dirait un objet ancien, et en général, cela coûte un sacré paquet de fric !

– Ça aussi, je l'ignore. Mais ce que je sais, en revanche, c'est que cela ne me plaît pas du tout. Alors emportez ce truc. Et allez-y mollo. Et cette fois, rangez-la dans un lieu un peu plus sûr. Du style, une chambre forte.

– Waouh ! s'écria Miranda.

– Waouh quoi ? fit Burnett en même temps que Kylie.

Miranda désigna l'épée.

– Elle a une aura.

– L'épée a une aura ?

Holiday s'approcha de Miranda, intriguée.

– Quel genre d'aura ? demanda Holiday à la sorcière.

– Peut-être qu'Hayden avait raison, elle est possédée, expliqua Burnett.

– Attends ! Les objets inanimés peuvent-ils vraiment l'être ?

Kylie croisa les bras, l'inquiétude se lisait sur son visage.

– Non, répondit Della.

Miranda la regarda en roulant des yeux.

– Bien sûr que si.

– Vraiment ? fit Della. Cool !

– Pas cool ! les rembarra Kylie.

Miranda reposa les yeux sur l'épée.

– Il faut que la sorcière – ou le démon – soit très douée pour posséder l'objet. Mais je ne crois pas qu'il s'agisse de ça.

– Pourquoi ? demanda Holiday.

– Tu as affirmé qu'elle avait une aura ? fit Burnett.

– Oui, répondit Miranda, fière de lui fournir l'information. Mais ce n'est pas parce qu'un objet a une aura qu'il est pour autant possédé. Certains objets, les armes par exemple, transporteront une aura parce que l'émotion est plus ou moins absorbée par la matière physique au cours d'une attaque.

– Et donc ce truc a tué beaucoup de monde ? demanda Kylie, en se rappelant l'épée du fantôme et la tête qu'il lui avait si fièrement apportée.

– Probablement, mais je ne crois pas qu'elle soit possédée. Normalement, quand quelque chose l'est, c'est qu'il est complètement mauvais.

– Alors, de quel genre d'aura s'agit-il ? demanda Kylie.

– *Un peu* mauvaise, répondit Miranda, qui se contredisait.

– J'adore !

Della se frotta les mains.

Kylie gémit.

– Mais tu viens de dire…

– J'ai dit que quelque chose qui est possédé est *complètement* mauvais, expliqua Miranda en fixant l'épée. C'est juste que… d'accord, si ça se trouve, elle n'est même pas mauvaise. Mais je peux sentir qu'elle a ôté des vies. Beaucoup de vies. Mais son aura porte surtout sur la justice et…

Elle pencha la tête de côté et se concentra sur l'épée, comme si elle essayait de lire sa configuration surnaturelle. Ses cheveux, striés de rose, noir et vert citron, voilaient un côté de son visage.

– Et cela a l'air fou, mais elle porte aussi sur… le courage.

– Le courage ? Kylie se rappela la voix qu'elle avait entendue en allant aux cascades Comment ça, le courage ? Demande-lui ce qu'elle entend par courage ?

Miranda partit d'un rire railleur.

– Les auras ne répondent pas aux questions. Je te dis juste ce que l'aura a l'air d'émettre.

– Comment le sais-tu ? demanda Della.

– Les couleurs, leur intensité, leur façon de se déplacer et de se mélanger. Cela revient un peu à lire une bague d'humeur magique.

– Si seulement je savais lire les auras ! confia Della à Miranda. Pourrais-tu me communiquer super vite ce don-là ?

– Non. Pas plus que tu ne pourrais me transmettre ton don de voler.

Kylie continua à fixer l'épée, en se rappelant celle que le fantôme portait.

– Je continue à penser qu'elle a un lien avec le fantôme. Il aurait pu l'apporter ici.

– Oh non ! Il y a un fantôme parmi nous en ce moment ? demanda Della.

– Pas en ce moment, lui répondit Holiday, et elle reposa

les yeux sur Kylie. Les fantômes ne peuvent pas transporter d'objets de matière réelle.

– Faux. Il y en a bien un qui a fait tomber mon téléphone de ma table de nuit, lança Kylie.

– Oui, ils sont peut-être capables de créer suffisamment d'énergie pour donner un petit coup dans quelque chose de tout petit, et ils peuvent jouer avec l'électronique dans tous les sens, mais ils ne peuvent pas déplacer physiquement un objet d'un endroit à un autre. Cela nécessiterait une immense quantité d'énergie. C'est impossible.

– Eh bien, voilà qui me réconforte un peu, observa Della.

Holiday se rapprocha de la table.

– Cela n'a pas de sens.

– Je sais, dit Kylie, et cela résume assez bien ma vie en ce moment, rien n'a de sens.

Burnett emporta l'épée. Il refusa de laisser Holiday la toucher au cas où elle se réveille. Au moment où ils allaient partir, Kylie entendit Holiday émettre un petit rot.

La fée se mordit la lèvre, ce qui fit sourire Kylie, et malgré son inquiétude au sujet de l'épée, elle se dit que ce serait chouette si elle attendait vraiment un bébé !

Lorsque Burnett et Holiday furent sortis du bungalow, Della et Miranda se tournèrent vers Kylie.

– Bon, assieds-toi, dit Della. Explique-nous pourquoi tu ne nous as pas parlé de l'épée et raconte-nous ce que tu nous caches par ailleurs.

Kylie rappela à Della qu'elle aussi gardait ses secrets – comme celui à propos du suçon – mais d'un seul coup, cela ne la dérangeait plus de le leur dire. En fait, cela pouvait même être utile. Ce n'était pas comme si elle leur avait caché quelque chose délibérément. Comme elle l'avait déclaré un peu plus tôt, elle n'avait pas eu envie d'y penser.

Elle se rendit dans la cuisine, regarda autour d'elle pour s'assurer que l'épée n'avait pas réapparu comme par magie. En voyant la table vide, elle se laissa tomber sur une chaise en poussant un soupir vaincu.

Della prit trois sodas light au frigo et les distribua. Le bruit des capsules que l'on enlevait résonna dans la petite cuisine. Puis Kylie raconta entre deux gorgées de soda. Ce qui s'était passé chez son grand-père, la façon dont on traitait les jeunes caméléons. Elle cacha qu'elle s'était enfuie en plein milieu de la nuit parce que quelqu'un avait le projet de la kidnapper. Puis elle lâcha la partie la plus difficile : quand Mario avait débarqué et qu'elle avait failli tuer Lucas.

– Pas pour rien, en tout cas, observa Della. Lucas l'a mérité. Je suis sûre que c'était agréable !

– Non, pas du tout, insista Kylie.

– Attends, intervint Miranda, avant d'aborder le sujet « garçons », tu n'as pas parlé de l'épisode de l'épée.

Kylie leur raconta sa visite aux cascades avec Holiday.

– Et ce fantôme ? demanda Della en regardant autour d'elle. Est-ce que tu vas encore nous prendre la tête avec tes visions ? La dernière fois que tu as pété un câble en cours et que j'ai dû défoncer la porte du placard de la classe de Mlle Cane, ça m'a fichu une de ces trouilles ! Je te jure, dès qu'elle me voit, elle se croit obligée de me dire : « Mais j'avais la clé du placard ! » Mais zut, tu hurlais au meurtre, là-dedans !

– J'espère que je ne vais pas encore vous faire peur, dit Kylie en fronçant les sourcils. Et je vous prie de m'excuser par avance si c'est le cas. Mais je n'ai aucun contrôle là-dessus. Sérieux, si l'une de vous était coincée dans un cercueil avec trois filles mortes, je parierais que vous deviendriez folles, vous aussi.

– Oh que oui ! Je leur casserais la figure, aux mortes !

Della reposa son soda un peu trop fort et du Coca se répandit sur la table.

– Je ne sais pas comment tu fais pour gérer ça. Ça doit craindre.

– Oui, dit Kylie en dessinant des ronds dans la condensation sur sa cannette. Parfois, ça craint d'être moi.

Puis Miranda foudroya Della du regard :

– Alors, la vérité sur le suçon ?

Della roula des yeux.

– Il n'y a rien à dire. Ça s'est passé, point.

– Qu'est-ce qui s'est passé ? demanda Miranda. As-tu… tu sais ?

– Non ! la rembarra Della. Je n'ai pas « tu sais ». On s'est juste embrassés. Et après j'ai regretté. Et cela ne se reproduira pas.

– C'était qui ? demanda Kylie en se mêlant de la conversation, énervant un peu plus Della. Della se rembrunit.

– Si je vous le dis, est-ce que vous jurez de ne rien répéter ? Parce que si vous dites quelque chose, je devrai vous tuer et ensuite je me sentirai mal. Du moins pour un moment.

– Je jure que je ne raconterai rien à personne, dit Miranda.

– Moi aussi, dit Kylie en oubliant un moment ses problèmes pour se concentrer sur ceux de Della.

Celle-ci se cala dans sa chaise.

– C'était Steve.

– Je savais que tu l'aimais bien, dit Miranda en se frottant les mains. Des détails ! On veut des détails !

Della plaça les deux mains sur la table et se pencha bien bas, levant des yeux furieux sur elle et dévoilant légèrement ses canines.

– Je n'en donne pas, tu te souviens ?

– D'accord, pas de détails, dit Kylie, mais explique-moi pourquoi cela a été une erreur. Et pourquoi cela ne se reproduira plus. Parce qu'à l'évidence, c'était agréable...

– Parce que... je n'ai jamais dit que c'était agréable.

– Oh ! arrête, dit Miranda ! Tu as un suçon, donc vous avez vraiment dû être à fond pour aller si loin. Miranda jeta un coup d'œil à Kylie pour qu'elle la soutienne. Pas vrai, Kylie ?

Celle-ci posa les coudes sur la table.

– Je ne suis pas une experte en suçons, donc je n'affirmerai rien à cent pour cent, mais il semblerait, oui. Elle regarda Della. Donc tu n'as même pas aimé ?

Della laissa échapper un grondement bas.

– Bon, d'accord, j'ai peut-être été à fond juste quelques secondes.

– Il faut plus que quelques secondes pour avoir un suçon, fit remarquer Miranda en s'agitant sur sa chaise, appréciant manifestement que Della parle enfin.

– Ce que vous pouvez être lourdes ! s'exclama Della.

– Alors, *combien* de temps faut-il pour avoir suçon ? demanda Kylie.

Miranda prit son soda light.

– Une minute, allez, quelques secondes, tout dépend du type, s'il aspire fort ou pas.

– Ça fait mal ? demanda Kylie, essayant de s'imaginer à sa place.

– Non, répondirent Miranda et Della à l'unisson.

– C'est même plutôt agréable, dit Miranda en souriant à Della. Tu ne trouves pas ?

– Si, acquiesça-t-elle en roulant des yeux, comme si elle avait du mal à reconnaître qu'elle avait aimé cela, puis elle se fendit d'un grand sourire. Veux-tu que je te présente à mon aspirateur ?

– Qu'il aille se faire voir, ton aspiro ! s'écria Miranda. Kylie devrait courir après Steve. C'est vrai, elle est énervée contre Derek et Lucas, et Steve est disponible parce que tu ne craques plus pour lui, et manifestement il sait faire des suçons.

Della lui jeta un regard mauvais.

– Je ne crois pas que ce soit une bonne idée.

Miranda se trémoussa de nouveau sur sa chaise.

– Parce que tu l'aimes encore. Parce que tu veux qu'il t'en fasse un autre. Avoue ! A-voue !

– Tu es odieuse ! lança Della.

– Oui, c'est vrai, acquiesça Kylie en fronçant les sourcils. Mais la sorcière a marqué un point.

– Elle peut garder ses points pour elle ! Della écrasa sa canette dans sa main. Puis ses yeux s'ouvrirent grands.

– Mince !

– Quoi ? fit Kylie.

– Elle est revenue ! s'écria Della d'une voix chantante qui donnait la chair de poule.

– Qui est revenue ? demanda Kylie. Mais elle avait peur de le savoir. Elle se retourna et, en effet, l'épée trônait sur le canapé.

Kylie n'avait pas voulu rappeler Holiday ni Burnett, mais Della refusait de dormir avec une épée possédée dans le bungalow. Miranda, qui lui répéta qu'elle n'était pas possédée, se moquait bien de l'une comme de l'autre option.

Respectant les sentiments de Della et les comprenant parfaitement, Kylie emprunta son téléphone pour appeler Burnett et Holiday.

Avant que ceux-ci ne repartent avec l'épée, Burnett donna un ordre :

– Cela ne doit pas aller plus loin. Vous ne dites rien à personne, compris ?

– Pourquoi ? demanda Kylie, qui ne comprenait pas pourquoi il considérait cela comme un secret.

– J'explique déjà trop de choses à l'URF. Et cela les rend encore plus pressés de te tester. Mieux vaut ne pas ébruiter cela tant que nous n'avons pas tout résolu.

À condition que l'on y comprenne quelque chose, songea Kylie, mais elle n'en dit rien.

Quand Burnett et Holiday s'en allèrent, Kylie les suivit sur le perron. Holiday se pencha et murmura :

– Nous l'emportons, mais si elle a fait cela deux fois, rien ne dit qu'elle ne recommencera pas.

– Je sais.

Kylie pria pour que, si l'épée décidait de revenir, elle la suive dans sa chambre et ne dérange pas Della. Même si un frisson grimpait le long de sa colonne vertébrale à l'idée de dormir avec une épée enflammée, c'était mieux que si Della pétait un plomb ou si Burnett et Holiday devaient revenir.

Elle espérait seulement que Miranda avait raison, que l'épée n'était pas une arme maléfique.

Chapitre 18

– Alors, au programme aujourd'hui…, lança Chris, le vampire responsable de l'Heure pour faire connaissance.

Il se préparait à annoncer les couples qui seraient formés. C'était une heure pendant laquelle les étudiants se retrouvaient par deux, avec un autre élève du camp, juste pour encourager l'harmonie inter-espèces. Chris brandit son haut-de-forme, histoire d'ajouter un peu d'intensité à l'instant.

Kylie se tenait entre Della et Miranda, laquelle tenait la main de Perry. Depuis qu'elle avait appris que Nikki, la métamorphe, craquait pour Perry, la sorcière ne lâchait plus son petit copain d'une semelle.

Kylie avait également remarqué que l'auriculaire de Miranda s'agitait. Si Nikki savait ce qui était bon pour elle, mieux valait qu'elle renonce à Perry. Elle voyait mal son amie lui jeter un sort vraiment horrible, si ce n'est de lui faire apparaître des pustules sur le visage, bien sûr. Mais dans la mesure où Socks avait passé des mois dans la peau d'une mouffette, les sortilèges de Miranda pouvaient avoir des résultats accidentels terribles.

Kylie regarda autour d'elle, à l'affût. Pas d'une personne en particulier – mais d'une épée. Elle n'était pas revenue la nuit dernière. Ce qui était un soulagement. Peut-être n'était-ce qu'un coup de bol. Elle ne croyait pas vraiment à la chance, mais elle en avait envie.

– OK, reprit Chris, voyons qui est le premier.

Pour paraphraser le vampire : « Voyons qui a payé de son sang pour passer une heure avec quelqu'un. » À une époque, Kylie trouvait tout cela bizarre, mais à présent elle comprenait que ce n'était qu'une façon de nourrir les vampires. Ils avaient besoin de sang, et c'était simplement un moyen de pousser les autres à en offrir une pinte.

C'était tout de même gênant d'être celle pour qui l'on donnait du sang, juste pour passer une heure avec elle.

Et manque de bol, le regard de Chris percuta le sien.

Oh non, pas moi !

Oh super ! À qui le tour, cette fois ? Elle jeta un coup d'œil autour d'elle pour trouver Derek ou Lucas. Tous deux se tenaient à l'écart ; chacun fixait l'autre d'un regard glacial. Bon… si ce n'étaient pas ces deux-là, alors qui ?

– À ta place je serais prudente, déclara Chris. Je vais commencer à croire que Fredericka a un faible pour toi.

En l'occurrence, Kylie était concentrée sur Lucas lorsque Chris fit son annonce. Sous le choc, le loup-garou se tendit avant de prendre un air féroce et protecteur. Il passa rapidement la foule en revue à la recherche de Fredericka. Quand son regard tomba sur elle, de l'autre côté du cercle, il se renfrogna encore plus.

La fille lui jeta un regard mauvais à son tour et avança vers Kylie. Kylie entendit Lucas grogner et le vit approcher d'un pas lourd.

Génial. À présent, c'étaient deux loups-garous en colère qui s'approchaient d'elle.

– Veux-tu que j'intervienne ? proposa Della.

– Non.

– Et si je montrais encore mes fesses à tout le monde ? suggéra Perry.

– Non, répondit Kylie, et juste par acquit de conscience, elle s'éloigna de plusieurs mètres de ses amis, afin qu'aucun ne soit tenté de lancer une bagarre ou de baisser son pantalon.

Les deux loups-garous déboulèrent en même temps. L'un à sa gauche, l'autre à sa droite.

– Rien ne te force à le faire, lança Lucas à Kylie, qui bouillonnait de rage. Je paierai pour qu'elle ait du sang. Mais tu n'es pas non plus obligée de partir avec moi.

Elle laissa aller son regard de Lucas à Fredericka.

La douleur apparut dans les yeux de la louve.

– Si Kylie ne veut pas venir, elle n'y est pas obligée. Et je paierai tout de même le sang. Je n'ai pas besoin que tu me couvres.

– C'est bon, marmonna Kylie en sentant tous les regards impatients autour d'elle. Un léger picotement grimpa le long de ses jambes. Son cœur fit une embardée quand elle reconnut les premières étapes de la disparition. Elle se concentra très fort pour y mettre un terme. La dernière chose qu'elle souhaitait, c'était se volatiliser devant tous les autres campeurs et devenir encore plus un phénomène de cirque à leurs yeux.

– Si tu poses un seul doigt sur elle, je chasserai ton cul de loup-garou en dehors de la meute. C'est terminé, de te trouver des excuses !

Kylie ne savait plus quoi penser. Comment pouvait-il se montrer loyal envers elle, et rejeter un membre de son espèce ? Et vivre ce moment en public devait être difficile pour l'âme de loup-garou de Fredericka, d'autant plus qu'elle aimait Lucas.

Outre l'empathie que Kylie ressentait pour elle, elle était… choquée. C'était la première fois qu'il la faisait passer avant les siens.

Oh, il le lui avait répété des milliers de fois, mais ses actes ne l'avaient jamais prouvé. Pas jusqu'à présent. Cette prise de conscience était douce-amère ! Elle ne voulait pas qu'il la chérisse, pas après l'avoir trahie. Elle ne voulait pas culpabiliser de le faire souffrir.

Mais si.

La culpabilité, cet affreux sentiment, monta en elle. Mais pourquoi ? Était-ce la faute de quelqu'un si elle n'arrivait pas à pardonner celui qui s'était montré si injuste envers elle ?

Il la regarda encore, la douleur brillant dans ses yeux, puis s'en alla – la laissant dans un brouillard de souffrance et dans la conscience qu'une fois de plus, tous les élèves de Shadow Falls étaient au courant de sa vie privée.

Fredericka le regarda s'enfuir et se tourna vers elle. Kylie vit ses œillères s'ouvrir sur ses propres émotions, alors qu'elle essayait de cacher sa douleur. Elle déglutit comme si elle essayait de faire passer une grosse boule douloureuse, puis baissa la tête et parla :

– Je lui ai dit que j'avais fait la paix avec toi, mais il ne m'a pas crue.

Kylie opina, et comme elle sentait que Fredericka était aussi mal à l'aise qu'elle d'être la source de divertissement, elle s'en alla. Fredericka lui emboîta le pas.

Une fois hors de portée de voix, Fredericka lança :

– Où veux-tu aller ?

Kylie entendit des ailes battre au-dessus d'elles et se souvint que Perry lui servait d'escorte.

– On va avoir de la compagnie, déclara-t-elle. Mon escorte.

Elle leva la main.

– Oui j'avais bien compris, répondit Fredericka. Crois-tu qu'il puisse nous entendre de là-haut ?

– Aucune idée. Je ne sais pas si l'ouïe d'un oiseau préhistorique est développée ou pas.

– Alors, faisons comme si ce n'était pas le cas, proposa Fredericka.

– OK.

Puis elle posa la question fatidique.

– Lucas sait-il que c'est toi qui m'en as parlé ?

– Oui, il est au courant. répondit Fredericka en hésitant. Il croit que je te l'ai dit pour vous faire rompre tous les deux.

Kylie se souvint que Fredericka l'avait alors nié, mais...

– Est-ce la vérité ?

La douleur étincela dans ses yeux. Elle fit quelques pas.

– Tu ne me crois pas, toi non plus ? Je ne suis pas stupide. Je savais que si je l'empêchais d'aller jusqu'au bout avec Monique, il se tournerait vers toi pour de bon.

– Mais tu as aussi reconnu que tu l'aimais. Et tu avais déjà essayé de nous faire rompre dans le passé.

– J'ai enfin réalisé que j'étais pathétique. Il ne m'aime pas. Il t'aime toi. T'a toujours aimé et t'aimera toujours. La pilule était amère, mais je l'ai avalée.

Kylie inspira et se rendit compte qu'elle la croyait.

– D'accord, alors pourquoi as-tu donné du sang pour me revoir ?

– Pour deux raisons, répondit le loup-garou.

– Lesquelles ?

– J'ai entendu dire que tu étais une très bonne conseillère conjugale.

La bouche de Kylie s'ouvrit grande.

– Tu veux des conseils pour récupérer Lucas ?

Fredericka fit une drôle de tête.

– Non, je te l'ai expliqué, je suis passée à autre chose.

Kylie se souvint de ce que Miranda lui avait dit.

– Je t'en prie, ne me dis pas que c'est ce nouveau prof ? M. Cannon ?

Fredericka eut l'air choqué.

– Comment es-tu au courant pour Cary et moi ?

Cary ? Alors comme ça, elle l'appelait par son prénom ?

– D'après la rumeur, tu craquerais pour lui.

Le loup-garou se renfrogna.

– Je ne pensais pas que c'était aussi… flagrant.

– Eh bien, tu t'es trompée. Et laisse-moi te dire, ce n'est pas une bonne idée. C'est ton prof.

– Il a vingt ans. C'est un jeune prodige qui a fini ses études universitaires à dix-neuf ans. Et moi, j'en aurai dix-huit le mois prochain. On a deux ans d'écart à peine.

Kylie entendait les ailes de Perry battre dans la brise. Elle leva les yeux et, pour Fredericka, elle espérait qu'il n'entendait rien.

– Écoute, ce n'est pas l'âge qui pose un souci. C'est ton enseignant.

– Je ne vois pas où est le problème, rétorqua Fredericka.

Kylie laissa échapper un profond soupir.

– Le problème, c'est qu'il tient à ses testicules. Burnett a déjà menacé de renvoyer Hayden Yates, les siennes en moins, quand…

– M. Yates et toi, vous avez eu une liaison ? demanda Fredericka, les yeux écarquillés. Je croyais que tu aimais…

– Non ! C'était ce que Burnett pensait.

– Pourquoi donc ?

Fredericka fit une autre grimace.

Kylie comprit qu'elle n'aurait pas dû en parler.

– C'est une longue histoire. Burnett sera super énervé si ce nouveau prof te reluque un peu trop.

– Et si tu me laissais m'occuper de Burnett et des bijoux de famille de Cary, et si tu m'expliquais simplement… comment faire pour qu'il se passe quelque chose entre nous, comme tu l'as fait pour les autres ?

Kylie soupira.

– Pourquoi tout le monde s'évertue-t-il à raconter que je suis une experte en conseils conjugaux ? Tu ne vois pas que ma propre vie amoureuse est un désastre ? Si j'étais aussi douée que cela, crois-tu que je serais dans le pétrin dans lequel je suis en ce moment ?

Fredericka haussa les épaules.

– Mais tous ceux qui sont venus te voir avec leurs problèmes prétendent que tu as tout arrangé. Perry et ta copine sorcière. Helen et Jonathon. Burnett et Holiday.

– Comment sais-tu qu'ils n'auraient pas pu se débrouiller sans moi ?

Fredericka fronça les sourcils.

– Ils n'ont pas tari d'éloges sur toi.

Kylie secoua la tête.

– Écoute, je ne crois pas que ton prof et toi, ce soit une bonne idée.

– Donc, tu refuses de m'aider ? dit Fredericka. Alors même que je t'ai pratiquement jetée dans les bras de Lucas et que je l'ai empêché de passer le reste de sa vie avec quelqu'un qu'il n'aime pas ?

Kylie expira.

– OK, le voici, mon conseil : va voir Holiday, parle-lui de ce que tu éprouves pour lui, et…

– Elle dira non ! Elle ne peut pas me voir…

– Oh que si ! Avec tout le bazar que tu as mis, il y a longtemps qu'elle t'aurait fichu à la porte si elle ne t'appréciait pas. Et si tu as peur qu'elle ne soit pas du tout d'accord, pourquoi ne commences-tu pas par lui dire que tu craques pour quelqu'un qui n'a que deux ans de plus que toi, et tu verras ce qu'elle te répondra avant de lui dire de qui il s'agit. Amène-la à dire que ce n'est pas si grave, puis largue la bombe comme quoi c'est un professeur.

– Tu crois vraiment qu'elle m'écoutera ?

– T'écouter, oui. Qu'elle te conseille ou pas de le faire, ça, c'est une autre histoire. Mais c'est la personne la plus juste que je connaisse.

Fredericka eut l'air de réfléchir.

– OK. Et Cary ? Comment je fais pour qu'il me…

– Remarque ?

– Non, c'est déjà fait. Je sais que je lui plais, mais il place sans cesse des obstacles entre nous, sûrement pour la raison que tu as évoquée. C'est un professeur et je suis son élève.

– Alors pourquoi tu ne vas pas le voir pour lui expliquer que tu comprends que ce soit difficile, mais que tu l'apprécies vraiment, et que tu aimerais au moins que vous soyez amis jusqu'à…

– Je ne veux pas que nous soyons simplement potes.

– Très bien, mais tu commences comme ça, puis, quand tu auras le feu vert de Holiday, alors vous pourrez… vous enfuir dans les bois et faire les trucs les plus fous… ou ce que vous voulez. Il ne te reste plus que neuf mois de classe. Donc, le pire scénario serait que vous construisiez une amitié tous les deux, puis que vous passiez à la vitesse supérieure une fois l'école terminée.

Elle approuva d'un hochement de tête.

– Tu as raison, j'ai attendu Lucas pendant deux ans. Je

pourrais bien attendre Cary encore neuf mois, s'il le fallait. Tu vois que tu *es* une pro ! Merci pour tes conseils, ajouta-t-elle, sincère, en souriant.

– Bien, avons-nous terminé ? Je crois que Perry s'impatiente.

– Non, il y a l'autre problème.

– Lequel ? demanda Kylie.

– Qu'il faudrait que tu pardonnes à Lucas.

– Écoute, tu m'as demandé conseil, pas moi.

Elle accéléra le pas sur le chemin qui menait à son bungalow. Une fuite rapide, bien orchestrée.

Fredericka ne la lâchait pas d'une semelle.

– Il t'aime. Tu ne comprends pas pourquoi il s'est désintéressé de ses fiançailles ? Il a renoncé à tant de choses pour toi. Peut-être même à sa propre meute.

Kylie s'arrêta brusquement et se tourna vers elle.

– Pourquoi m'en as-tu parlé ? Pourquoi ne l'as-tu pas laissé aller jusqu'au bout ? Mince alors, il n'aurait jamais dû faire ça !

À cet instant précis, Kylie reconnut une partie de l'angoisse que lui faisait éprouver Lucas. Elle n'avait pas voulu se l'avouer. Elle ne s'était même pas autorisée à laisser les choses faire leur effet. Mais elle était là, la vérité, juste sous la trahison qu'elle ressentait. Lucas avait tout perdu pour elle. Ses rêves. Ses quêtes. Même si elle lui pardonnait, tôt ou tard, il la détesterait pour cela.

Fredericka lui renvoya la question en pleine face :

– Pourquoi ? Parce que, idiote, s'il était allé jusqu'au bout, il t'aurait perdue. Et que tu le croies ou non, tu es bien plus importante pour lui qu'intégrer le Conseil. C'est toi qui comptes le plus pour lui.

Kylie arriva un peu en retard à son premier cours, Perry juste derrière elle. Elle se laissa tomber lourdement sur la chaise vide devant Della, posa son livre sur le bureau, l'ouvrit et fit semblant de lire.

Kylie eut de nouveau le cœur brisé à la minute où elle sentit le regard de Lucas sur elle. Elle l'ignora. Essaya, tout au moins. Elle était perdue. Toujours tellement en colère contre lui.

Toujours tellement amoureuse de lui.

– Mlle Galen, quel bonheur que vous soyez de retour parmi nous ! lança Mlle Cane.

Mlle Galen ? Kylie leva les yeux mais ne dit rien. Un hochement de tête, c'était tout ce que la prof obtiendrait, rien de plus. Elle espérait qu'elle s'en contenterait. Elle se concentra sur son livre d'anglais, elle n'avait envie de croiser le regard de personne. Comme celui de Derek, assis trois places plus loin, et qui la scrutait avec une grande, grande inquiétude parce qu'il pouvait lire son état émotionnel.

Della se pencha vers elle.

– Qu'est-ce qui ne va pas ? murmura-t-elle. Est-ce que je dois mordre un cul de loup-garou après les cours ?

– Non.

– On dirait que tu as pleuré. Que se passe-t-il ?

– Allergies, marmonna Kylie. Et elle regretta de ne pas avoir séché les cours.

Était-il trop tard pour se lever et sortir ?

– Tu n'oserais pas me mentir, tout de même ? chuchota Della.

Kylie serra les mâchoires.

– Et toi, tu n'oserais pas me mettre dans un pétrin tel que je sois obligée de mentir, tout de même ?

– OK, dit Della. On dira que cette conversation est simplement due à l'humeur de dogue de Mlle Galen.

Chapitre 19

La journée de Kylie ne s'était pas améliorée. Mais ce n'était pas pire non plus. Elle se surprit à trouver des raisons de se réjouir. Nana disait toujours que quand on commençe à se dire que le monde nous cherche des noises, il faut découvrir les points positifs.

Et le point positif numéro un sur la liste de Kylie, c'était son retour à Shadow Falls. En dépit de toutes les questions que cela soulevait, sa place était là-bas. De temps en temps, elle se souvenait de son séjour chez son grand-père. Et si ce dernier lui manquait, tout comme sa grand-tante, on ne pouvait pas en dire autant de la sensation de lourdeur qu'elle avait ressentie là-bas – celle d'être au mauvais endroit.

En deuxième position sur sa liste, c'était l'épée qui avait décidé de ne pas réapparaître comme par magie. Bien sûr, si ça se trouvait, elle l'attendait à son bungalow en ce moment même, mais elle était bien contente de ne pas devoir l'expliquer à qui que ce soit pour l'instant. Et enfin, ce n'était pas le moindre, il y avait le fait que Mario s'était de toute évidence caché comme un rat sous un rocher sale et crasseux.

Au moins, Kylie ne détectait pas sa présence. Et Miranda non plus. Elle souhaitait plus que tout au monde ne plus avoir à le croiser, mais autant croire au Père Noël…

La grande question était : serait-elle prête à l'affronter ? Elle n'avait pas la moindre idée de la façon dont on se préparait à lutter contre quelqu'un d'aussi puissant, d'aussi mauvais.

Attendant la dernière sonnerie, qui marquerait la fin du cours d'histoire, elle leva les yeux sur Cary Cannon. Celui-ci notait les devoirs écrits au tableau. Sa chemise blanche amidonnée épousait parfaitement son torse musclé.

Oui, Fredericka avait raison, le professeur était un pur plaisir pour les yeux. S'il laissait tomber la cravate et le pantalon chic, on aurait pu le prendre pour un étudiant. Grand, brun, les yeux noirs, il était plutôt beau mec. Et super bon prof ! Il transmettait sa passion pour l'histoire dans ses cours. Pour un loup-garou, il était d'une amabilité incroyable. Il avait sûrement appris cela à l'école.

Kylie l'avait même vu poser les yeux sur Fredericka au moins une douzaine de fois. Ce qui lui confirmait que cet engouement n'était pas à sens unique.

Trois minutes plus tard, l'école terminée, Kylie sortit de sa classe. Della, son escorte officielle, l'accompagnait. À peine avait-elle mis un pied dehors qu'on l'attrapa par l'avant-bras. Elle sursauta, puis vit Holiday.

– Salut ! Je dois t'emprunter Kylie, dit-elle à Della.

– OK, tu la raccompagneras au bungalow ? Ou je dois te retrouver quelque part ?

– Je la raccompagnerai chez elle.

Della eut l'air un peu embêtée qu'on lui pique son job d'escorte.

Et elle n'était pas la seule.

– Qu'est-ce qui ne va pas ? s'enquit Kylie.

– Rien… (*Hoquet*). À part ça…, dit elle en désignant sa bouche. En fait, il y a quelques trucs dont j'aimerais discuter avec toi, mais chaque chose en son temps.

Elle laissa échapper un profond soupir, comme si elle allait annoncer une mauvaise nouvelle.

– J'ai plus ou moins baratiné Burnett. Et j'aurais besoin de ton soutien.

– Tu veux que je mente à un vampire ? demanda Kylie. Waouh, tu exagères un peu, non ?

Holiday enroula ses cheveux en chignon.

– Non, pas mentir. Il ne va rien te demander. Il faudrait juste que tu ailles jusqu'au bout de quelque chose.

– Je ne comprends pas.

– Bon, voilà ce qui s'est passé : j'ai raconté à Burnett qu'il fallait que je passe au drugstore et il m'a proposé de m'y accompagner.

– J'ai donc ressorti mon couplet habituel : comme quoi je t'avais dit que tu n'étais pas une prisonnière ici et que je pensais que tu aurais envie de sortir. J'ai raconté qu'en fait tu avais besoin de tampons.

Kylie suffoqua.

– Tu as dit à Burnett que j'avais besoin de tampons ?

– Non, enfin… juste que j'avais le sentiment que tu pourrais en avoir besoin. Et, heureusement, ce n'était pas un mensonge parce que Miranda m'a raconté qu'en ton absence elle avait dû t'en emprunter.

– OK… dit Kylie qui ne comprenait toujours pas où elle voulait en venir. Donc…

– Donc… j'aimerais que tu nous accompagnes, Burnett et moi, et quand tu iras acheter les tampons, j'aimerais que tu me prennes aussi… *hoquet*… un test de grossesse.

– Ah, j'ai compris. Mais s'il demande… non, il ne

demandera rien parce qu'il croira que j'ai acheté des tampons… et les mecs ne supportent pas que l'on parle de cela.

– Voilà, tu as tout compris, je le savais !

– Très futé !

– Il faut se montrer malin quand on a affaire à un vampire.

Elles se mirent en route.

– Mais attends… l'arrêta Kylie, quel genre de test préfères-tu ?

– Je ne sais pas, je n'en ai jamais acheté… *hoquet*… mais prends-en deux. Différents. Fiables. Burnett m'accompagnera pour m'aider à trouver un médicament contre le hoquet.

Kylie essaya de réfléchir.

– Comment distingue-t-on un test de grossesse fiable d'un autre qui ne l'est pas ?

– Achètes-en deux, mais pas les moins chers. Tiens, dit-elle, et elle lui donna deux billets que Kylie rangea dans sa poche dans son petit porte-monnaie. Maintenant que c'est réglé, laisse-moi te parler de l'autre truc.

– Qu'est-ce que c'est ? demanda Kylie, brusquement inquiète.

– Ton beau-père a téléphoné. Tu dois le rappeler.

– D'accord. Puis-je me servir de ton téléphone ?

– Oui, répondit-elle en fouillant dans sa poche et en le lui donnant. Et ensuite…

– Ce n'est pas fini ?

– Non, demain tu auras des visiteurs. Si tu veux les voir.

– Des visiteurs ? Qui ?

Kylie rangea le portable dans sa poche.

– Les Brighten. Les parents adoptifs de ton vrai père. Ils

sont rentrés d'Irlande et ont eu tous les messages. Ils sont impatients de te connaître.

Des frissons parcoururent les bras de Kylie.

– J'avais presque renoncé à les rencontrer.

– Eh bien, ils seront là demain, à deux heures, si cela te convient.

Kylie déglutit.

– Oui, bien sûr que je veux les voir.

Elle pensa à son père. Il lui manquait terriblement. Comme elle aimerait qu'il se montre à elle...

Arrivées au bureau de Holiday, elles trouvèrent Hayden et Burnett, silencieux, près de la machine à café. Apparemment, ils s'étaient tus à leur approche. Avaient-ils des secrets ?

Parlaient-ils d'elle ? Elle faillit le leur demander, mais comprit qu'une dispute risquerait de retarder leur petite escapade en ville. Et Holiday avait besoin d'elle.

Celle-ci, d'ailleurs, devina son marathon émotionnel. Après quelques signes de tête gênés en guise de bonjour, Holiday s'adressa à Burnett :

– Prêt ?

Holiday conduisit et hoqueta tout du long. Burnett, préoccupé, resta sur le qui-vive, comme s'il craignait que Mario ne débarque.

– Nous devrions appeler le médecin, déclara-t-il alors que Holiday en laissait échapper un autre.

– Je vais prendre un antiacide ou autre chose, ça ira, répliqua Holiday.

Quand ils entrèrent dans la pharmacie, Kylie commença par les « produits féminins ». Burnett entreprit de la suivre, mais lorsqu'il constata qu'elle arpentait le rayon « tampons », il tourna les talons.

Kylie vit Holiday l'entraîner dans une autre allée.

Avec un soupir de soulagement, elle partit à la recherche des tests de grossesse. Se sentant sous pression, elle passa les divers emballages en revue, mais elle était perdue. Il y avait de très nombreuses marques, dont chacune offrait une promesse différente. Comprenant qu'elle n'avait pas le temps de tous les lire, elle en choisit deux puis, juste pour s'assurer qu'elle avait le bon, elle en prit un troisième. Lorsqu'elle fut sûre que personne ne la regardait, elle fila à la caisse. Mais quand elle vit l'homme d'un certain âge derrière le comptoir, elle comprit que ce serait difficile.

Le type, style vieux pasteur, allait croire que les tests étaient pour elle. Super. Elle prit son courage à deux mains et posa les trois boîtes sur le comptoir.

L'homme regarda les tests, puis leva les yeux. Kylie vit dans ses yeux gris qu'il la jugeait, son visage reflétant sa désapprobation. Charmant ! Il la pensait enceinte alors qu'elle était encore vierge !

– Sais-tu t'en servir ? demanda-t-il sur un ton très condescendant.

Elle se sentit rougir.

– Je… lirai le mode d'emploi.

– Souhaites-tu qu'Angela, mon assistante, te parle de… quoi que ce soit ?

Du style, « rapports protégés », Kylie était sûre qu'il pensait à cela.

– Non, lâcha-t-elle. Comme le type continuait à la fixer, elle ajouta : Merci.

Il passa lentement les articles. Le cœur de Kylie battait au rythme régulier de l'embarras.

– Ils sont pour une amie, se sentit-elle obligée de préciser.

Mais quelles chances y avait-il qu'il la croie ?

– Cela fera quarante-deux dollars et quatre-vingt-seize cents.

Kylie chercha les billets que Holiday lui avait donnés.

– Merde, marmonna-t-elle quand elle constata qu'elle n'en avait pas assez.

– Pardon ? fit le petit vieux, qui était à présent outré non seulement parce qu'elle était enceinte, mais aussi à cause de son langage.

Et il y avait de quoi ! Elle se gardait bien de jurer en public. Mais bon, elle était déjà grillée auprès de lui, alors qu'est-ce qu'un seul petit mot allait changer ? Pourtant elle lança tout de même :

– Désolée.

– Vous les prenez ou non ?

Elle opina.

– Oui, c'est juste que je ne crois pas avoir besoin des trois, juste deux.

Sourcils froncés, il regarda les trois boîtes.

– Laquelle rendez-vous ?

Elle respira un bon coup, s'apercevant qu'à un moment donné elle avait cessé de le faire.

Puis se souvenant de la carte de crédit de sa mère – à utiliser uniquement en cas d'urgence – elle sortit le portable de Holiday, puis le petit porte-monnaie.

– Ce n'est pas grave, je les prends tous.

Jetant la carte sur le comptoir, elle se mordit la lèvre. Elle ignorait si c'était à ce genre d'urgence que sa mère pensait, mais s'éloigner des yeux critiques de cet homme était tout ce qui comptait.

Il étudia la carte très attentivement.

Génial ! Et maintenant il l'accusait de fraude à la carte bancaire ?

– C'est bon, déclara Kylie. Je vous le jure.

Il n'avait pas l'air convaincu.

– Puis-je voir une pièce d'identité ?

Elle entendit Burnett et Holiday quelques allées plus loin. Elle se mordit la lèvre, ouvrit son portefeuille, et lui montra son permis de conduire. Elle n'avait jamais vu personne prendre autant de temps à lire une pièce d'identité.

La peur de devoir faire faux bond à son amie lui fit mal au ventre.

– Je suis un peu pressée, déclara-t-elle.

Enfin, il lâcha son permis et mit un terme à la transaction. Elle entendit quelqu'un s'agiter derrière elle, et son cœur se serra. Elle regarda par terre en priant pour ne pas voir les tennis de Burnett.

Non, ce n'était pas lui. Une paire de chaussures chic, comme celles que portaient les hommes d'affaires, ornait les pieds du type derrière elle. Merci, mon Dieu !

Le caissier poussa un ticket vers elle.

– Souhaiteriez-vous des brochures d'information ? demanda-t-il.

– Oui, merci, répondit Kylie qui signa le reçu, puis le regarda glisser des prospectus sur les rapports sexuels dans son sac, avec les tests de grossesse.

S'il savait ! Ces brochures étaient désuètes ! Elle les avait lues il y a plus d'un an !

Quand il lui tendit enfin le sac, Kylie se retourna pour s'en aller, mais elle s'arrêta brusquement lorsqu'elle reconnut le visage de l'homme derrière elle.

– Et merde, répéta-t-elle.

Chapitre 20

Mince alors ! De toutes les personnes au monde qui l'avaient vue acheter trois tests de grossesse, c'était lui la pire de toutes.

– Ils sont pour une amie, rabâcha-t-elle.

– Quoi ? fit le vieil homme.

Et son front se plissa d'inquiétude, quand il regarda son petit sac blanc. Très bien, il n'avait pas vu ses achats. Mais il devait croire qu'elle s'était procuré des préservatifs. Et vu la taille du sac, elle s'en constituait un sacré stock !

D'un seul coup, Kylie réalisa qu'il y avait bien plus grave que le fait que son grand-père croie qu'elle s'était procuré des capotes. Si Burnett la voyait avec lui, ça allait chauffer !

– Que fais-tu ici ?

Nerveuse, Kylie passa les lieux en revue à toute vitesse en priant pour ne tomber ni sur Holiday ni sur Burnett. Elle ne les vit pas. Il sortit le téléphone de sa poche de chemise.

– Je voulais te le rapporter. Et pour être sûr que tu ne me croies pas à l'origine du complot qui visait à t'empêcher de partir, j'ai donné ma parole à Burnett. Et ça, je ne le fais pas à la légère. Je dois y aller, maintenant.

Ce fut plus fort qu'elle, mais Kylie le serra dans ses bras et se raccrocha à lui une seconde de plus que nécessaire.

Quand elle se retira, elle vit Burnett foncer à toute allure dans l'allée, dans sa direction.

Heureusement son grand-père disparut.

– Que se passe-t-il donc ? fit le caissier, ahuri.

– C'est pour ça que tu as voulu venir ! lança Burnett d'un ton sec.

– Y a-t-il un problème ? demanda le caissier, puis il ajouta : avez-vous vu... ?

– Tout va bien, lui assura Kylie.

– Je n'en dirais pas autant, répliqua Burnett. J'en ai assez de tous ces mensonges !

– Dois-je appeler la police ? demanda le caissier.

– Non ! répondirent Burnett et Kylie en chœur.

Burnett la prit par le bras et la fit sortir.

– Êtes-vous sûre que ça va, jeune fille ? cria le caissier.

Elle se retourna.

– Tout va bien. C'est mon ami !

Tant pis s'il ne se comportait pas en ami.

– Que s'est-il passé ? demanda Holiday qui arrivait en courant.

– Sortons d'abord d'ici, lança-t-il en bouillonnant de rage, et il regarda Kylie, les yeux brillants de colère.

Il les conduisit vers la voiture de Holiday, garée juste devant.

– Que s'est-il passé ? répéta la jeune femme.

Elle regarda Kylie, parce qu'à l'évidence, elle savait que Burnett se comportait de manière injuste.

Elle déverrouilla la voiture automatiquement, une fraction de seconde avant que Burnett n'ouvre la portière arrière d'un coup. Le vampire furieux fit signe à Kylie d'y monter.

Celle-ci hésita, elle ne savait pas quoi dire. Elle se doutait bien qu'il était furieux que son grand-père ait débarqué, mais ce n'était pas sa faute.

Elle garda son sang-froid.

– Si tu veux bien me laisser t'expliquer…

– Monte dans la voiture ! exigea-t-il.

À présent très énervée qu'il se montre aussi injuste, elle se jeta sur la banquette arrière. Burnett lui arracha le sac. Puis elle referma violemment la portière.

Oh ! zut ! Cela allait vraiment mal !

Kylie regarda par la vitre. Burnett prit le volant. Holiday se tourna vers Kylie, des questions plein les yeux.

– Mon grand-père était là, expliqua-t-elle.

– Elle t'a menti, lâcha Burnett d'un ton sec. Elle n'avait pas du tout besoin de foutus tampons ! C'était un stratagème pour le voir !

– Mais non, pas du tout !

Kylie se pencha et s'agrippa au siège passager.

– Elle n'a pas menti, protesta Holiday en posant la main sur le bras de Burnett pour le calmer.

Kylie ne pensait qu'à une chose : il lui fallait un contact apaisant à elle aussi. Parce que pour l'heure, elle était très en colère d'être accusée à tort.

– Je ne savais pas qu'il serait là ! dit-elle, d'une voix aiguë.

– Elle ne pouvait pas le deviner, répliqua Holiday.

La férocité de l'expression de Burnett s'atténua quelque peu, mais pas suffisamment pour satisfaire Kylie.

Il regarda fixement Holiday.

– Elle a demandé à venir ici et tu veux me faire croire que c'est une coïncidence qu'il débarque comme ça ?

– Je ne lui ai pas dit que je venais ici, rétorqua Kylie du tac au tac en se carrant violemment au fond de la banquette. Elle croisa les bras sur sa poitrine et se revit petite, en voiture avec ses parents, et combien, parfois, elle leur en voulait à mort.

– Attends, lança Holiday. As-tu dit à Hayden où nous allions ?

La ride entre les yeux de Burnett s'accentua.

– Tu crois qu'il l'a répété à…

– Tu ne devrais même pas être énervé, répliqua Kylie d'un ton sec. Tout ce que mon grand-père voulait, c'était me rendre mon téléphone et m'assurer qu'il était étranger au complot qui visait à me kidnapper. Et toi, tu passes tes nerfs de vampire sur moi !

– J'ai passé mes nerfs de vampire sur toi parce que tu m'as déjà menti à plusieurs reprises.

Burnett agita le sac pour souligner ses propos. Le secoua bien fort.

Kylie retint son souffle, craignant le pire. Qui se produisit. Le sac se déchira et les trois tests de grossesse atterrirent sur le siège avant, entre Holiday et Burnett, ainsi qu'une brochure sur les rapports sexuels protégés et une autre sur la blennorragie.

Burnett baissa les yeux, abasourdi, puis regarda Kylie dans le rétroviseur.

– Pour l'amour de Dieu ! marmonna-t-il.

– Attends ! fit Holiday, puis elle rota. Très fort.

Burnett l'ignora et regarda fixement Kylie.

– Si tu es assez mûre pour coucher, tu l'es aussi pour savoir te servir d'une protection !

Kylie ouvrit la bouche pour parler, mais elle ne voyait pas du tout ce qu'elle allait dire. Alors cela sortit tout seul :

– Je sais tout sur les préservatifs.

Il se renfrogna davantage.

– Alors, pourquoi donc te retrouves-tu dans ce pétrin ?

– Attends, Burnett, dit Holiday, tu ne comprends pas. Ce n'est pas Kylie qui a des soucis.

Burnett était trop occupé à remonter les bretelles à Kylie pour écouter les aveux de son amie.

– En réalité, les préservatifs ne sont efficaces qu'à quatre-vingt-cinq pour cent, expliqua Kylie qui bouillonnait toujours de rage.

– Si tu les utilises correctement, ils fonctionnent ! J'ai justement parlé de ce sujet avec Lucas il y a deux semaines ! Je lui ai même demandé de faire attention, bon sang !

– Burnett ! le réprimanda Holiday.

Oh, mais Kylie aimerait bien que son amie la ferme et qu'elle laisse le vampire s'enfoncer davantage. Et elle l'y aida.

– Je ne les ai pas achetés pour moi, déclara-t-elle, mais pour une copine.

– Tu n'es pas… enceinte ?

– Sauf si ces brochures mentent et prétendent que l'on peut être enceinte en s'asseyant sur les toilettes. Je te l'ai dit, ils sont pour une amie.

Les yeux de Burnett s'écarquillèrent.

– Miranda ? Oh mince ! J'ai eu exactement le même foutu discours avec Perry !

– Ce sont des choses qui arrivent, c'est tout, répondit Kylie, bien plus calme maintenant qu'elle avait compris qu'il n'aurait que ce qu'il méritait.

– *C'est tout* ? répéta Burnett d'une voix tonitruante. Tu te fiches de moi ou quoi ? Tu couches, tu te protèges, point ! C'est aussi simple que cela ! Ces bêtises ne doivent pas arriver ! Ce n'est que de la négligence ! C'est irresponsable ! C'est impardonnable !

– Burnett !

Holiday regarda Kylie en levant les yeux au ciel et se rembrunit. La fée savait exactement ce que son amie avait derrière la tête.

Mais Kylie n'en avait pas encore terminé.

– Nous devrions peut-être mettre une règle en place : tout mâle qui met une fille en cloque devrait se faire castrer.

– Ça suffit ! cria Holiday.

– En fait, ce n'est pas une mauvaise idée ! grommela-t-il.

– Burnett ! s'écria Holiday d'une voix grave. Tais-toi avant d'aggraver ton cas. Kylie n'a pas acheté les tests pour Miranda, mais pour moi.

Kylie se délecta de voir le visage décomposé du vampire.

– Aimerais-tu le nom d'un bon médecin qui s'occuperait de te les couper ? lança-t-elle, cinglante.

Chapitre 21

Le problème de la douce vengeance, c'est qu'avec du recul, elle n'est jamais aussi douce. Burnett fut… abasourdi. Il rentra à Shadow Falls sans dire un mot. Holiday ne cessa de hoqueter, comme si elle allait se mettre à pleurer. Manifestement, la réaction de Burnett n'était pas du tout celle qu'elle avait espérée.

Ou peut-être, se dit Kylie, c'était précisément celle que la fée avait redoutée. Elle revit Holiday lui confier que Burnett n'était pas sûr de vouloir être papa. Kylie voulait brusquement s'excuser pour le rôle qu'elle avait joué en annonçant la nouvelle d'une manière aussi… blessante, mais le moment ne lui semblait pas indiqué.

Après avoir garé la voiture, Burnett vit Perry et lui demanda de raccompagner Kylie à son bungalow.

– Qu'y a-t-il ? demanda-t-il, en scrutant Kylie et en regardant Burnett qui s'en allait. Je ne l'ai jamais vu aussi… ahuri. Comme si les lumières étaient allumées, mais qu'il n'y avait personne à la maison.

– Rien, répondit Kylie, qui eut envie de pleurer et de se donner des gifles pour avoir été aussi peu délicate.

Dès qu'elle entra dans le bungalow, elle fila droit dans sa chambre. Mais Della la traversa à toute vitesse et bloqua la porte.

– Qu'est-ce qui ne va pas ? demanda-t-elle. D'abord, tu arrives en cours en pleurant, puis Holiday débarque, toute bizarre, et voilà que tu reviens avec l'air d'un chiot à qui l'on aurait donné des coups de pied. Et ne me dis pas que cela ne me regarde pas. Je suis ton amie et cela me donne tous les droits du monde de me mêler de ta vie privée.

Kylie l'étreignit.

– Je t'aime.

– Bon... Je... je n'essayais pas d'être toute mièvre, se défendit Della, et elle se retira.

– Je sais, mais tu l'étais, répondit Kylie. Malheureusement, je ne peux pas... parler de cela pour l'instant. J'ai des coups de fil à passer.

Elle fit signe à Della de s'éloigner de la porte. Celle-ci s'exécuta la mort dans l'âme.

Le premier coup de fil de Kylie fut pour avertir Hayden que Burnett pourrait débarquer d'une minute à l'autre et qu'il était d'humeur massacrante.

– Pourquoi ? Qu'ai-je donc fait, cette fois ? demanda Hayden.

– Mon grand-père a déboulé au drugstore. Je suppose que c'est vous qui lui avez dit où j'étais.

– Mince ! J'en ai bien parlé, oui, mais... jamais je n'aurais cru qu'il s'y rendrait. J'imagine que je dois faire mes bagages ? marmonna-t-il.

– Non, dit Kylie, je vous en prie, expliquez-lui simplement que vous ne saviez pas qu'il viendrait. Calmez-le. Dites n'importe quoi, mais ne partez pas. J'ai besoin de vous ici...

Et ne vous montrez pas trop dur envers lui. Il… a eu une journée difficile.

– Ah bon ?

– Il a dû me supporter, ajouta Kylie.

– Oh, quelle corvée, en effet ! la taquina-t-il.

Mais Kylie n'était pas d'humeur à plaisanter.

Ensuite, elle appela son beau-père. Elle lui parla cinq bonnes minutes, lui assura qu'elle allait bien, qu'elle avait perdu son téléphone, qu'elle venait de le retrouver et qu'elle était désolée d'avoir manqué ses appels.

Elle devina à son ton qu'il était bouleversé d'apprendre que sa mère était à Londres. Ou peut-être n'était-ce pas sa voix qui lui indiquait cela, mais ses paroles : « Bon sang, elle aurait dû me dire qu'elle quittait le pays ! »

– Je suis sûre qu'elle n'y a simplement pas pensé, mentit Kylie, qui ne voyait pas quoi ajouter.

Après avoir raccroché, elle sentit brusquement sa poche gauche vibrer. Oh mince ! Elle avait complètement oublié qu'elle avait encore le téléphone de Holiday.

Elle sortit l'appareil et constata que Burnett avait envoyé un texto à Holiday. Son instinct lui dit que son amie devait le lire. Elle sortit précipitamment de la chambre et cria à Della :

– On y va !

Sachant que son amie la rattraperait, elle détala. En quelques secondes, Della se retrouva à son côté.

– On va où ?

– Au bureau, je dois voir Holiday.

– Et tu ne comptes toujours pas m'expliquer ce qui se passe ?

– Désolée.

Kylie accéléra le pas.

Elle lui demanda de l'attendre dehors. La vampire roula des yeux, mais s'exécuta. Quand Kylie entra dans le bureau, elle trouva la porte de Holiday fermée. Elle frappa.

– Qui est-ce ? demanda son amie.

Et Kylie devina que la fée attendait Burnett.

– C'est moi, répondit-elle en ouvrant la porte.

Holiday était debout derrière son bureau. Elle soupira. Ses yeux n'étaient qu'un fatras de larmes. Qui ne réussissaient pas plus à la fée qu'à Kylie.

– Je suis vraiment désolée, dit-elle.

La culpabilité fit un nœud dans sa poitrine.

– Ce n'est pas ta faute.

– Si. Il n'aurait pas dû apprendre la nouvelle de cette façon. J'étais tellement…

– En colère ! finit Holiday à sa place. Et tu avais toutes les raisons de l'être. Il a carrément tiré des conclusions hâtives. Il a la très mauvaise habitude de faire ça.

Sa voix tremblait.

Kylie vit les boîtes des tests de grossesse à la poubelle.

– Les as-tu faits ?

Elle hocha la tête.

– Et ?

Elle opina de nouveau.

– Les trois disent tous oui. Y a-t-il des chances pour qu'ils se trompent ?

– Burnett est au courant ? demanda Kylie.

– Non. Il a pris la voiture et il est parti. Sans un mot.

– Attends, si, il a dit quelque chose.

Kylie sortit le téléphone de sa poche.

– Il t'a envoyé un texto. C'est pour ça que je suis venue. Je me suis dit que ça devait être important.

Holiday prit le portable et, presque paniquée, appuya

sur quelques touches. Des larmes emplirent ses yeux et elle porta une main à ses lèvres tremblantes.

– Bonne ou mauvaise nouvelle ? demanda Kylie, anxieuse.

Holiday leva la tête, les yeux mouillés mais souriante.

– Il a écrit : « Je suis chez le fleuriste, où j'essaie de trouver une fleur qui dirait : "Je suis un idiot, pardonne-moi, s'il te plaît." Quel idiot !

Elle soupira, puis hoqueta.

– Mais ton idiot *à toi*, lança Burnett depuis le seuil de la porte.

Kylie le vit entrer, portant le bouquet le plus gros et le plus bizarre qu'elle ait jamais vu. Holiday se laissa tomber sur sa chaise de bureau. Quelques larmes roulèrent sur ses joues.

Il passa devant Kylie et déposa les fleurs sur la table, qui occupèrent quasiment toute la place.

– Tu ne m'as pas dit quel genre de fleurs. Alors j'en ai pris une de chaque sorte.

Ses yeux se posèrent sur la poubelle où il remarqua les boîtes vides. Il leva les yeux sur Holiday.

– Sommes-nous enceints ?

Elle opina et essuya ses joues.

– Pardonne-moi, dit-il, la voix remplie d'émotion. J'ai peur, voilà tout. Je n'ai pas eu de père et la plupart de mes parents adoptifs n'étaient pas ce que l'on pourrait qualifier de bons exemples. Mais ensuite, j'ai compris que tu ferais une mère si géniale que peu importe si je suis un peu nul comme papa.

– Tu ne seras pas nul, hoqueta Holiday.

– Mais si c'est le cas, tu me remettras à ma place, hein ?

– Je le jure sur tes pieds froids !

Kylie se fendit d'un grand sourire et tourna les talons.

Elle était presque à la porte, quand Burnett l'interpella :

– Je te dois des excuses à toi aussi.

– Et moi aussi.

Burnett sourit.

– Acceptées.

– Mais plus de secrets, ajouta Kylie. Même entre Hayden et toi. Si cela me concerne, je veux savoir.

Il soupira.

– Marché conclu. Maintenant que nous avons presque tout tiré au clair, pourrais-tu t'en aller pour que je puisse embrasser la mère de mon enfant sans avoir peur d'offenser tes yeux innocents ?

– Ne te gêne surtout pas pour moi ! dit Kylie en traversant la pièce.

– Kylie ? dit Holiday.

– Oui.

– Les Brighten ont appelé en notre absence. Ils ont toujours l'intention de venir demain. Je voulais juste te le rappeler.

Kylie opina et sortit, essayant de trouver comment les gérer.

Elle n'avait pas fait un pas sur le perron que Della se ruait déjà vers elle en hurlant :

– Holiday est enceinte ?

Kylie recouvrit la bouche de la vamp avec sa paume, et se renfrogna.

– Tu n'étais pas censée écouter !

Della souffla derrière les doigts de son amie.

– Je ne l'ai pas fait exprès ! Burnett a une voix qui porte, voilà tout.

– Exact.

Kylie braqua des yeux incrédules sur elle.

Della poussa de nouveau un petit cri.

– C'est trop cool !

Kylie, qui mit de côté ses inquiétudes sur les Brighten, eut brusquement envie de crier elle aussi.

– Qu'est-ce qui est cool ? demanda Miranda en les rejoignant.

Della regarda Kylie.

– On doit le dire à Miranda. Juste à Miranda.

– Oui ! cria celle-ci d'une voix perçante. J'ignore de quoi il s'agit, mais je veux le savoir !

– D'accord, mais défense de le répéter.

– Promis, juré, alors, c'est quoi ?

Elle se frotta les mains, excitée de connaître un secret.

Della les emmena loin du bureau, sous un bosquet d'arbres, près du chemin.

– Devine qui est enceinte ? murmura-t-elle.

Miranda regarda Kylie, bouche bée.

– Mais tu as dit que tu ne l'avais jamais fait ?

– Pas moi ! rétorqua-t-elle. Holiday !

Miranda ouvrit grande la bouche.

– Waouh ! On va avoir un bébé Burnett qui va courir partout ? Cool !

Elle se fendit d'un grand sourire.

– C'est génial, fit Kylie qui ne pouvait plus s'empêcher de sourire.

Du moins jusqu'à ce que l'on fasse tomber une tête coupée qui atterrit à ses pieds depuis l'arbre au-dessus d'elle. Kylie hurla et donna un coup de pied dedans. Elle roula deux bons mètres plus loin. Kylie se remit à crier quand elle vit les yeux ciller et la regarder.

Le lendemain matin, Kylie alla consulter ses e-mails sur son ordinateur avant d'aller prendre son petit-déjeuner avec Della et Miranda. Elle fixa l'écran noir, ahurie. Il n'y avait pas eu d'autres rêves, pas de têtes coupées qui tombaient des arbres, et plus d'épées visiteuses. Malgré tout, elle n'avait pas fermé l'œil. Toujours à cause de ces histoires de cœur.

Elle était restée éveillée un moment en songeant qu'elle allait rencontrer les parents adoptifs de Daniel aujourd'hui, et en se demandant ce qu'elle dirait. Elle avait des relations avec son véritable grand-père, mais ce n'était pas lui qui avait élevé son père. Il ne lui avait pas appris à faire du vélo, ni à jouer au baseball, il ne connaissait pas vraiment son propre fils, mais eux, oui. Que lui diraient-ils de son père ? L'avaient-ils aimé, leur avait-il manqué depuis qu'on lui avait ôté la vie – trop tôt ?

Elle sortit les photos et passa une bonne heure à les regarder, à lui parler. Oui, elle lui parlait comme s'il était là, qu'il écoutait tout ce qu'elle disait. Elle lui parla de ses quêtes, qu'elle voulait trouver le moyen d'aider tous les ados caméléons. Il ne lui restait plus qu'à savoir comment faire. Elle lui parla de Mario – elle sentait tout au fond d'elle qu'elle devrait l'affronter. En personne.

Elle avoua à son père que cela l'effrayait vraiment. À cause du mal qui émanait de cet homme. Et qu'elle ne pensait pas avoir ce qu'il fallait pour le combattre et gagner.

À deux reprises, elle put jurer sentir la présence de son père ; ce frisson légèrement familier qui, en réalité, la réchauffait de l'intérieur. Qui murmurait qu'elle ne serait pas seule – pour affronter Mario ou la visite de ses parents. Puis elle entendit les paroles qu'il lui avait dites peu de temps auparavant. *Mais bientôt. Bientôt, nous découvrirons cela ensemble.*

Était-ce son destin d'affronter Mario et de perdre ? rejoindrait-elle son père de l'autre côté ?

Elle rangea les photos dans leur enveloppe, le cœur battant un peu plus vite, et revit Holiday lui confier qu'elle ne croyait pas que c'était cela qu'il voulait dire. Mon Dieu, elle ne l'espérait pas ! Elle n'était pas prête à quitter ce monde.

Quand elle décida de ne plus se préoccuper du message de Daniel et choisit de croire Holiday, ou du moins d'essayer, et qu'elle cessa de se tracasser sur sa rencontre avec les grands-parents, les propos de Fredericka se mirent à l'obséder. C'était à cause de Kylie que Lucas n'intégrerait probablement pas le Conseil des loups-garous. Elle savait que ce n'était pas sa faute – il s'était mis tout seul dans ce pétrin – mais la culpabilité était bel et bien là. C'était difficile d'être très en colère contre quelq'un et de culpabiliser en même temps. Comment faisait-on pour gérer cela ? Elle l'ignorait.

Elle devait aussi se préoccuper de Derek. Étouffer les choses dans l'œuf avant qu'elles ne dérapent totalement. Si ce n'était pas déjà le cas. Elle se rappelait le déjeuner de la veille, raison pour laquelle elle avait demandé à Miranda de leur rapporter quelques parts de pizza pour le dîner. Aaahhh, sa bonne vieille stratégie d'évitement fonctionnait encore à merveille ! Devait-elle en être fière ?

Mais honnêtement, elle savait qu'il n'y avait pas de quoi se vanter et qu'elle ne pouvait l'éviter éternellement.

Derek méritait de connaître la vérité. Encore fallait-il qu'elle la sache. Attendez, elle la connaissait, n'est-ce pas ? En partie, en tout cas. N'avait-elle pas avoué qu'elle aimait Lucas ? Qu'elle l'aimait encore en dépit de ce qu'il avait fait. Alors pourquoi avait-elle même autorisé Derek à l'embrasser dans l'effraction de rêve ?

Était-ce parce que, tout au fond d'elle, elle éprouvait encore des sentiments pour lui ? Parce qu'elle craignait de perdre Lucas et de ne plus avoir personne ? Parce qu'elle était en colère contre Lucas, et qu'embrasser Derek était sa revanche ? Parce qu'elle était un tout petit peu stupide ?

Des questions.

Pas de réponse.

– Alors, ce ptit-déj ? dit Della.

– Oui, marmonna Kylie, et elle regarda l'écran noir de son ordinateur. Je consulte juste mes messages.

Della éclata de rire.

– À mon avis, le mieux serait d'abord d'allumer l'ordi, non ? À moins que tes pouvoirs ne te permettent de lire tes e-mails la machine éteinte ?

Kylie regarda Della d'un air renfrogné par-dessus son épaule.

– Tu as oublié la règle ? Interdiction de jouer les petites malignes avant le petit-déjeuner ! Je dois d'abord faire le plein d'énergie !

Miranda fila dans le séjour.

– Perso, je pense que l'on devrait même attendre le repas de midi ! Cela nous donnerait deux repas pleins d'énergie pour réagir à ses bêtises !

– Vous vous trouvez drôles, vous deux ? lança Della d'un ton cassant.

– Oui, on est drôles ! lança Miranda.

– Vous êtes hilarantes, même ! ajouta Kylie en ouvrant sa boîte de réception pour la consulter rapidement. Un mail de son beau-père.

Y répondre plus tard.

Un autre de… Sara.

Zut alors, voilà près de deux semaines qu'elle n'avait pas pensé à son ex-meilleure amie. Étrange comme quelqu'un pouvait être très important dans votre vie… et vous sortir comme ça de la tête.

Ce n'était la faute de personne. La vie vous faisait prendre des directions opposées. Elle avait lu dans un magazine pour ados que c'était généralement ce qui se passait une fois que l'on avait le bac. Elle supposait que son « chemin différent », elle l'avait simplement pris un peu plus tôt. Tout de même, c'était triste.

Elle ouvrit le mail de sa copine, priant pour que ce ne soient pas de mauvaises nouvelles, du style : son cancer est réapparu, ou elle croyait qu'elle était encore enceinte, ou elle avait décidé d'entrer au couvent et de se faire nonne. Avec Sara, tout était possible.

« Salut ! Me suis fait couper les cheveux. Je me suis dit que tu voudrais voir ça ! Ne ris pas ! Je déborde de courage maintenant que j'ai survécu au cancer, je suis sûre que ton amie Miranda approuverait. Appelle-moi quand tu auras cinq minutes ! »

Consciente que Della et Miranda l'attendaient, Kylie cliqua sur la photo. Quand l'image de Sara, les cheveux courts, en brosse, envahit l'écran, un sourire s'ébaucha sur ses lèvres.

Elle entendit traîner des pieds derrière elle.

– J'arrive ! fit-elle, en se disant qu'à tout moment Della allait se plaindre.

Elle attrapa son téléphone et son porte-monnaie, mais au moment où elle se levait, un autre message arriva. Il était de sa mère, censée être rentrée aux États-Unis par le vol de nuit. À l'évidence, elle était de retour.

– Ah bon ? Je ne te vois pas bouger ! observa Della.

Très bien, le mail de sa mère devrait attendre lui aussi.

Retrouvant les filles à la porte, Kylie jeta un coup d'œil

sur ses deux amies et la tristesse l'envahit. Pas pour ce qui était, mais pour ce qui pourrait être.

– Promettez-moi quelque chose.

– Quoi ? demandèrent-elles en chœur.

– Quand nous sortirons diplômées de cette école, nous ne nous perdrons pas de vue. Nous devrions même fréquenter la même fac. Et je suis hypersérieuse. Holiday parlait des dossiers d'inscription à l'université, et nous devrions postuler dans la même. Et nous pourrions même prendre un appartement ensemble.

– Et aussi devenir lesbiennes et faire des trucs à trois, lança Della en gloussant bêtement.

– Désolée, dit Miranda, en riant, mais je t'ai déjà vue toute nue et ça ne m'a rien fait.

– À cause de mes petits seins, pas vrai ? fit Della, tout sourire.

Et elles rirent sur le chemin du petit-déjeuner.

Derek et Lucas ne se montrèrent pas au réfectoire et cela convint parfaitement à Kylie. Moins de drames, cela ouvrait l'appétit, parce qu'elle avala ses œufs baveux et son bacon grillé en un temps record. Son téléphone sonna pile au moment où elle allait repousser son plateau. Quand elle reconnut le numéro de son beau-père, elle décida de le rappeler plus tard. Elle se voyait mal l'entendre pleurnicher sur sa mère si tôt le matin.

Son téléphone sonna ; elle avait reçu un texto. Ça ne pouvait pas être son beau-père, il n'envoyait pas de SMS. Elle attendit une seconde avant de vérifier de qui il provenait. Quatre mots apparurent.

« Tu me manques. Lucas. »

Toi aussi, pensa-t-elle, mais elle ne répondit pas. Une vive émotion l'empoigna.

Elle leva les yeux au bruit d'un autre plateau que l'on déposait sur la table.

Steve, le métamorphe canon, qui avait laissé un suçon juste sous la clavicule gauche de Della, s'assit à côté de la petite vamp.

Celle-ci ne bougea pas, paralysée sur place, et foudroya du regard son petit-déjeuner intact. Si ses yeux avaient pu tuer, son petit-déj aurait mangé les pissenlits par la racine.

– Salut ! lança Steve.

– Tu dois t'en aller, rétorqua Della sans même le regarder.

– Pourquoi ? demanda-t-il.

Elle hésita.

– Parce que j'escorte Kylie et je n'ai pas besoin de distraction.

C'était la plus nulle des excuses que Kylie eût jamais entendue. Et à en juger par l'expression du métamorphe, il était du même avis.

– Alors comme ça, je te distrais ? fit-il en s'appuyant contre elle et en souriant à moitié.

– Va-t'en ! s'écria-t-elle, énervée.

Le sourire disparut de son regard et il se leva d'un coup, prit son plateau pour aller s'asseoir à la table des métamorphes.

– Ce n'était pas gentil, dit Kylie.

– Je sais, répondit Della. J'ignore pourquoi il a fait cela.

– Je parlais de *toi,* précisa Kylie en la regardant d'un air accusateur.

– Ouais, et c'était aussi un mensonge, ajouta Perry en s'asseyant deux places plus loin. C'est moi qui sers d'escorte à Kylie en ce moment.

Della fit la grimace et se leva.

– Tu as fini de manger ?

Quelques minutes plus tard, elles sortirent pour écouter l'annonce de l'Heure pour faire connaissance – Della d'un côté, Miranda et Perry de l'autre. Kylie se surprit à chercher Derek et Lucas du regard. Toujours aux abonnés absents. Puis elle sentit ses poils se dresser dans sa nuque. Elle se retourna et vit Derek à deux mètres derrière elle. Ses yeux verts croisèrent les siens et Kylie se souvint du baiser du rêve.

– OK, dit Chris. Alors aujourd'hui, nous avons…

Il sortit un bout de papier de son haut-de-forme – ce que Kylie avait toujours trouvé ridicule, mais apparemment c'était son truc.

Elle se demanda si Chris avait toujours rêvé d'être un magicien. En lisant le papier, le vampire en chef balaya la foule du regard. Le cœur de Kylie battit la chamade quand ses yeux se posèrent sur elle. Ah non, pas encore cette fois !

Puis ses yeux passèrent devant elle et Miranda, puis s'arrêtèrent. Pour une raison idiote, Kylie eut un mauvais pressentiment. Le sourire sournois sur les lèvres de Chris lui indiqua qu'elle avait raison.

– Perry, mon pote, annonça-t-il, tu as le plaisir de passer une heure avec Nikki !

Chapitre 22

Pour avoir vu juste, elle avait vu juste ! Et c'était vraiment horrible.

Kylie laissa aller son regard de l'air choqué de Perry à Miranda. La petite sorcière était raide comme la justice. La seule chose qui remuait chez elle, c'étaient ses yeux, quand elle passa la foule en revue à la recherche de Nikki.

Et quand ils s'immobilisèrent – ce qui voulait dire qu'elle avait trouvé la coupable – ils s'emplirent de jalousie. Enfin, une autre partie du corps de la sorcière s'agita : son petit doigt.

– Non ! lâcha Kylie à la va-vite, mais trop tard. Nikki la jolie blonde disparut et, à sa place, se tenait un kangourou très choqué et très en colère.

Oh, mais Miranda n'en avait pas encore terminé ! Son auriculaire continuait à s'agiter.

Kylie haleta quand des boutons surgirent brusquement sur le pauvre marsupial d'un mètre cinquante. Elle entendit la menace préférée de son amie sorcière résonner dans sa tête. *Je vais te faire apparaître la pire crise d'acné que tu aies jamais endurée !*

Miranda avait raison. Kylie n'avait jamais vu de boutons aussi horribles. Bon d'accord, elle n'avait jamais vu de kangourou acnéique, point.

Tout le monde dans la foule hurla de rire. Même si Nikkis'était infligé cela toute seule, Kylie se sentait mal pour elle.

Et franchement, si Miranda n'avait pas été verte de jalousie, elle non plus n'aurait pas trouvé cela drôle.

Kylie l'attrapa par le bras, se pencha et murmura :

– Elle a eu tort ; mais… fais-la redevenir comme avant ! Retransforme-la tout de suite avant que tu n'oublies comment rompre le sort.

Miranda se renfrogna, mais Kylie vit la logique se frayer un chemin dans son cerveau. Elle se mordit la lèvre, leva le petit doigt, marmonna quelques mots, et *pouf*, Nikki apparut comme par magie – plus en kangourou, mais en métamorphe super gêné et très en colère.

Les rires dans la foule avaient dû dépasser le quotient « niveau de gêne ». Au lieu de se transformer en créature féroce et de réduire la petite sorcière en lambeaux, Nikki éclata en sanglots et s'enfuit en courant.

Perry se retourna vers Miranda.

– Pourquoi as-tu fait cela ?

Mince ! songea Kylie, qui savait que celui-ci n'avait pas dit ce qu'il fallait.

Miranda, déjà pleine de remords, le regarda en fronçant les sourcils.

– Tu prends sa défense ? Elle essaie de te voler à moi et toi, tu prends sa défense ?

– Non, pas du tout. Mais… c'était stupide, déclara-t-il.

Le visage de la sorcière devint rouge vif et des larmes emplirent ses yeux.

– Stupide ? aboya-t-elle. Très bien, si je suis tellement stupide, pourquoi tu ne lui cours pas après pour la consoler ? Parce qu'elle rêve de t'avoir, si tu veux le savoir !

– Que se passe-t-il ?

Holiday arriva du réfectoire à toute allure. Pendant que plusieurs personnes la mettaient au courant, Miranda déguerpit à toutes jambes.

Kylie se tourna vers Perry, qui regardait sans bouger une Miranda très blessée s'en aller.

– Hé ! dit-elle.

Comme il ne répondait pas, elle tira un bon coup sur la manche de son T-shirt.

– Ne reste pas là ! Cours-lui après et vas lui dire que tu es désolé.

– Désolé de quoi ?

– D'abord, tu lui as sorti qu'elle était stupide. Comme elle est dyslexique, elle déteste ce mot plus que tout. Ensuite, que cela te plaise ou non, tu as vraiment eu l'air de prendre la défense de Nikki.

– Non, j'ai dit que ce qu'elle a fait était stupide. Et c'est vrai.

Perry lança un regard à Holiday.

– Elle va se faire sacrément enguirlander ! Mais qu'est-ce qui lui a pris de faire une chose pareille ?

– Sûrement pour la même raison qu'un certain métamorphe s'est transformé en gros ours, puis en lion géant pour essayer d'en déchiqueter un autre qui avait embrassé quelqu'un. Parce qu'elle est jalouse. Tu ne te souviens pas de ce que ça fait ?

Perry se rembrunit, et la culpabilité obscurcit son regard.

– Si. Mince, j'ai tout foutu en l'air, non ? dit-il en passant une main dans ses cheveux blonds. Mais je ne défendais pas

Nikki. Je veillais juste à ce que Miranda ne s'attire pas des tonnes de problèmes.

– Alors, va le lui expliquer. Et ensuite, rends-toi service et à Nikki aussi, demande-lui de laisser tomber !

– Je ne l'ai pas encouragée… du tout.

– Mais lui as-tu dit que tu sortais avec Miranda et qu'il ne se passerait rien entre elle et toi ? Parce qu'apparemment, elle croit encore que cela pourrait marcher entre vous. Et ce n'est pas juste que Miranda doive supporter ces bêtises, ni que Nikki continue à espérer alors qu'elle ne devrait pas. Maintenant, va réparer tout ce bazar avant qu'il ne soit trop tard.

Les conseils de Holiday portèrent leurs fruits, et Kylie en profita aussi. C'était ce qu'elle avait besoin d'entendre. Perry n'était pas le seul qui devait mettre les choses à plat. Elle devait parler à Derek. Elle devait être claire avec lui.

– Je ne peux pas y aller, dit Perry.

– Si, tu peux, sinon tu vas le regretter.

– Non, impossible. Je t'escorte. Burnett me passera un sacré savon si jamais je te laissais tomber.

Kylie grommela. Derek les avait rejoints. Elle le prit par le bras, et le traîna devant Perry.

– Derek va prendre la relève.

– Super.

Celui-ci sourit et elle comprit qu'il avait mal interprété sa proposition.

Perry secoua la tête.

– Mais Burnett…

– Je vais le lui expliquer. Maintenant, file avant que Miranda décide de ne pas te pardonner. File !

Elle poussa le petit crétin.

Perry se transforma en oiseau et s'envola. Kylie enleva quelques étincelles de son bras et affronta Derek.

– Viens, lança-t-elle.

– Où ? demanda-t-il d'une voix mielleuse.

– Parler, précisa-t-elle. Il faut qu'on parle.

– Et l'Heure pour faire connaissance ?

Elle poussa un profond soupir.

– Oublie-la. Tu viens avec moi !

Elle le prit par le bras et l'entraîna avec elle.

Et bien sûr, c'est à ce moment-là que Lucas fit son apparition.

Ses yeux bleus trouvèrent les siens. Elle vit comment il la dévisageait. Elle eut le désir le plus étrange de s'arrêter pour lui expliquer, mais quand elle essaya de trouver exactement ce qu'elle dirait ou pourquoi elle pensait qu'il méritait une explication, cela lui parut trop difficile.

Alors elle croisa son regard avec l'air de s'excuser et invita Derek à la suivre. Plus tard, elle s'occuperait de Lucas. Comment, elle n'en avait pas la moindre idée.

– Veux-tu aller au rocher ? proposa Derek.

– Non.

La douleur qu'elle avait vue dans les yeux de Lucas ne cessait de faire écho dans son cœur. Il lui avait fait du mal, mais le blesser, même sans le vouloir, la chagrinait.

– Tu veux parler de quoi ? demanda Derek.

– Tu le sais très bien.

L'espace d'une seconde, elle regretta ses mots. Ce serait si facile de choisir Derek. Il n'avait pas de meute qui essayait de les séparer. Il n'avait pas abandonné sa quête, et ne lui en voudrait pas un jour. Mais le cœur à ses raisons… Et le sien voulait Lucas, de toute évidence. Ce n'était pas juste pour Derek, mais elle n'y pouvait rien.

– Pourquoi ai-je le sentiment que cela finira mal ?

Elle le regarda furtivement.

– Ça ne se terminera peut-être pas comme tu le souhaites, mais c'est mieux comme ça.

– Je n'en suis pas sûr.

Elle le conduisit dans son bungalow puis, se souvenant que Miranda et Perry pourraient régler leurs propres problèmes à l'intérieur, elle s'affala sur les marches du perron et lui fit signe de faire de même.

Elle regarda rapidement la porte en espérant que Perry avait réussi à calmer Miranda. Si ça se trouvait, ils étaient peut-être en train de se réconcilier sur l'oreiller !

Elle respira un bon coup avant de se tourner vers Derek.

– Tu sais ce que je ressens. Pourquoi essaies-tu de me convaincre que ce n'est pas vrai ?

– Qu'est-ce qui n'est pas vrai ? Allez, Kylie, tu m'aimes, toi aussi.

Elle remonta une jambe contre sa poitrine et la serra.

– Oui. Je ne mentirai pas, mais ce n'est pas pareil avec Lucas. Et tu le sais, parce que tu ressens ce que je ressens.

– Mais si toi et moi revenions ensemble, nous pourrions arranger cela.

Elle secoua la tête.

– Tu ne mérites pas cela.

– Ne mérite pas quoi ? demanda-t-il. Je veux te retrouver. Tu crois que je ne serais pas content ?

– Pas vraiment, dit-elle. Tu mérites une fille qui soit aussi dingue de toi que tu es fou d'elle. Tu ne mérites pas quelqu'un qui… en aime un autre.

Elle se mordit la lèvre.

– C'est ce qui est arrivé à mes parents. Maman aimait mon vrai père. Elle appréciait mon beau-père, mais il a toujours su qu'elle préférait mon père. Même ma mère prétend que c'est probablement l'une des raisons pour lesquelles il a fini par la tromper. Elle n'arrive pas à lui pardonner, mais elle sait que c'est en partie sa faute.

– Alors comme ça, tu veux récupérer Lucas ? Tu vas lui pardonner de s'être enfui avec une autre et de s'être fiancé avec elle ?

Elle resserra son étreinte sur sa jambe.

– Il ne s'est pas vraiment fiancé. Il a tout arrêté avant d'en arriver là.

Derek se rembrunit encore plus.

– Uniquement parce que tu as débarqué à l'improviste. Que tu as découvert son sale petit secret.

– Je le sais, ça. Et j'ignore ce que je vais faire. Je ne lui ai pas encore pardonné. Mais je n'ai pas non plus cessé de l'aimer.

– Mais si tu nous laissais une chance, tu pourrais retomber amoureuse de moi ? Je crois que tu m'aimais vraiment, avant. Nous pourrions essayer, au moins.

Elle soupira, mesurant ce qu'il venait de dire.

– Nous ? Tu vois, tu ne ressens même plus la même chose, toi non plus.

– Je ne voulais pas dire…

Il secoua la tête.

– Si, tu l'as dit. Derek, je crois que nous *étions* amoureux, avant, reconnut-elle. Et je ne veux pas te faire de mal, Derek. Tu comptes vraiment pour moi, et je t'aime encore… mais pas comme cela. Et je crois que c'est pareil pour toi.

Il regarda fixement la cime d'un arbre, et elle comprit qu'il lui faudrait quelques secondes de plus pour remettre de l'ordre dans ses sentiments. Elle le vit déglutir et ressentit sa douleur.

– Mais ce que l'on vivait était si fort !

– Je le sais, et je suis vraiment désolée.

Elle sentit sa voix trembler d'émotion.

C'était si dur de lui faire du mal.

Il reposa les yeux sur elle, et elle y vit l'honnêteté, l'inquiétude sincère. C'était un type si génial. Et rien que pour cela, il méritait quelqu'un qui l'adorerait. Qui l'aimerait plus que tout.

– Tu n'as aucune raison de t'excuser, dit-il. Vraiment aucune. Si l'on doit trouver un responsable, c'est moi, quand j'ai pris peur et que j'ai fait ce que j'ai fait. Ou probablement n'était-ce que le destin. C'était censé se passer ainsi.

Elle opina.

– Je voudrais une seule chose de toi. Une promesse.

– Quoi ? demanda-t-elle, sachant qu'elle la lui ferait si cela était possible.

– Reste mon amie. Ne m'évite pas parce que cela te gêne. Quand tu auras besoin de quelque chose, n'hésite pas à venir me voir. Je peux accepter que nous ne sortions pas ensemble, mais je ne veux pas te perdre et ce ne sont pas des paroles en l'air. Je le pense sincèrement.

– Je te le promets.

Des larmes envahirent ses yeux.

– Et quand tu retourneras avec Lucas, fais-lui bien comprendre que j'aimerais toujours faire partie de ta vie.

– Je te l'ai dit, je ne sais pas si nous…

Il essuya une larme sur sa joue.

– Mais si, c'est évident. Parce que quand tu aimes quelqu'un, tu lui pardonnes, dit-il d'une voix tremblante.

– Comme tu es en train de le faire en ce moment même ?

Et une autre larme s'échappa.

– Je te l'ai dit, tu n'as rien à te faire pardonner. Mais si c'était le cas, alors oui, je l'aurais fait.

Elle inspira et regarda fixement sa chaussure.

– Même si, à cause de moi, tu n'as pas pu accomplir la seule chose dont tu as toujours rêvé ?

– Là, je ne te suis plus, avoua Derek.

– Je suis désolée, je pense à voix haute.

– C'est au sujet de Lucas ?

Kylie hocha la tête et s'aperçut qu'elle se montrait vraiment insensible.

– Je suis désolée, répéta-t-elle.

– Ne le sois pas. C'est justement ce que je te demande de ne *pas* faire. Je veux que tu me parles. Écoute, je déteste dire cela, mais Lucas t'aime sincèrement. Je le sens. Et il souffre énormément en ce moment. J'ignore ce que, d'après toi, il ne pourra pas te pardonner, mais tu te trompes.

Elle passa sa main sur sa jambe avant de parler.

– À cause de moi, il n'intégrera pas le Conseil des loups-garous. Il ne sera pas en mesure de modifier tout ce qu'il voulait changer chez les siens. Sa meute le reniera probablement. Tôt ou tard…

– Mais il t'a choisie, Kylie. Il a fait ce choix. Tu ne l'y as pas forcé.

Kylie opina et le regarda dans les yeux.

– Ce n'était peut-être pas le bon.

Il se pencha et son épaule effleura la sienne, chaude.

– Je parie qu'il pense le contraire.

Elle secoua la tête.

– Être un loup-garou signifie tout pour lui.

Le téléphone de Kylie bipa dans sa poche : un texto. Une seconde plus tard, ce fut le tour de celui de Derek.

Elle le sortit et vit le nom de Burnett s'afficher à l'écran. Ils échangèrent un regard.

– Un texto de Burnett, dit-il.

– Oh mince, lança Kylie en lisant le message.

« Viens tout de suite au bureau ! »

Bon sang ! Que se passait-il encore ?

Le message de Burnett à Derek disait pratiquement la même chose : « Amène Kylie au bureau, tout de suite ! » Tous les deux s'y ruèrent donc. Elle aurait pu avancer plus vite, mais attendit Derek.

Néanmoins, quand elle arriva devant le bureau, son cœur martelait dans sa poitrine. D'épuisement ou de crainte de ce qui l'attendait, Kylie n'était pas sûre.

Elle n'avait pas encore gravi les marches qu'elle entendit les voix. Mince, songea-t-elle, que fichait donc son beau-père ici ?

– C'est mon beau-père, annonça-t-elle à Derek. Je ferais mieux de gérer ça toute seule.

Elle se rua à l'intérieur et y trouva Burnett, Holiday, son beau-père et Jonathon. Que fabriquait donc Jonathon ici ? Tom Galen, au milieu de la pièce, était en face du bureau de Holiday. Celle-ci était assise, détendue, le calme incarné, mais la posture de son beau-père ne reflétait pas l'humeur de la jeune femme. Ses épaules étaient tendues, ses mains serrées.

Et comme son beau-père, Burnett semblait un peu crispé, mais elle devina qu'il tâchait de se maîtriser. Quant à Jonathon… le vampire avait l'air coupable. Et Kylie eut un mauvais pressentiment.

Le regard de Holiday se posa brièvement sur elle, comme celui de Burnett, mais son beau-père ne se rendit pas compte qu'elle était là.

– À la tête de quel genre d'établissement êtes-vous ? lança Tom Galen d'un ton mordant.

– Du même genre que ceux que l'État dirige, répondit Holiday d'une voix tranquille. Nous avons un portail sécurisé pour une bonne raison. Vous l'avez passé et vous avez déclenché les alarmes. Nous avons cru que vous étiez une menace.

– Je ne suis pas une fichue menace ! Je suis le père d'une élève !

– En général, les papas n'entrent pas par effraction dans une école, insista Burnett.

– Que s'est-il passé ? demanda Kylie.

Son beau-père se retourna d'un coup et se détendit un peu aussitôt qu'il la vit.

– J'ai sauté par-dessus le portail au lieu d'appuyer sur le bouton, et on dirait que je suis entré par effraction dans Fort Knox. Je me suis fait attaquer par ce pseudogamin !

Holiday leva les yeux et Kylie constata qu'elle essayait de la jouer cool.

– Jonathon a vu ton beau-père et il s'est trompé. Au lieu de l'interroger comme il aurait raisonnablement dû le faire, il l'a retenu…

– Retenu ? Il m'a carrément plaqué au sol, oui ! protesta-t-il en se frottant la tempe. Et laissez-moi vous dire, pour un maigrichon, il sait sacrément bien tacler.

– Nous sommes désolés, lui assura Holiday. N'est-ce pas, Jonathon ?

– Oui, monsieur, tout à fait, affirma celui-ci.

– Papa, dit Kylie. La copine de Jonathon s'est fait agresser la semaine dernière. Tu comprends qu'il puisse se montrer un tantinet sur le qui-vive.

Holiday fit un clin d'œil discret à Kylie, comme pour lui

dire : *Bien joué.* Burnett eut l'air d'accord avec elle. Son beau-père soupira.

– Je suis désolé pour ta petite amie. Va-t-elle se rétablir ? demanda-t-il à Jonathon.

– Oui, répondit celui-ci et il tressaillit, comme s'il se rappelait soudain ses bonnes manières. Euh, oui, monsieur, merci.

Alors que la tension retombait, Kylie regarda son beau-père.

– Que fais-tu ici, papa ?

Il fronça les sourcils.

– Je suis venu te voir. Je t'ai envoyé un mail tard hier soir et je t'ai téléphoné ce matin. Tu l'aurais su si tu avais pris mes appels ou lu mon message.

– Je suis désolée. Ça a été une matinée de folie.

– Et elle a des cours, ajouta Burnett.

Son beau-père eut l'air contrit.

– Ma boîte m'a envoyé ici pour une réunion avec une filiale qui ne commencera qu'à quatorze heures. Et j'ai pensé que, peut-être, je pourrais t'enlever pour t'emmener bruncher avec moi.

Derrière Tom Galen, Kylie remarqua l'air renfrogné de Burnett. Le vampire avait été clair, elle ne quittait pas l'école sans lui tant qu'ils n'étaient pas sûrs que Mario ne soit pas dans le coin. Burnett regarda Kylie droit dans les yeux et secoua la tête, déterminé. Il ne disait pas simplement non ; il disait : *Jamais de la vie.*

– Hum, j'ai déjà pris mon petit-déjeuner, répondit Kylie.

– Alors nous irons prendre un pot, proposa son beau-père.

Burnett secoua encore fermement la tête, toujours pour dire : *Jamais de la vie.*

– J'ai… j'ai des cours, reprit Kylie.

La déception envahit les yeux de son beau-père. Elle détestait lui faire de la peine. Aujourd'hui, elle avait déjà fait du mal à Lucas, ensuite à Derek, et maintenant à son beau-père. Ce n'était pas une bonne journée.

– Écoute, Kylie, insista-t-il, je suis sûr que tu pourrais me consacrer cinq minutes de ton temps.

Elle sentit la tension monter d'un cran. Son beau-père ne capitulerait pas, et apparemment, Burnett non plus.

Cela se terminerait mal.

Chapitre 23

Kylie s'employa à regarder son beau-père et tâcha de ne pas se concentrer sur la scène qui se passait derrière lui – une dispute muette entre Holiday et Burnett, avec force gestes et regards éloquents.

– Kylie se racla la gorge uniquement pour gagner du temps, parce qu'il fallait bien le reconnaître, elle ne savait pas du tout quoi dire.

– Bien sûr que tu devrais passer un moment avec ton beau-père, finit par lâcher Holiday.

La mâchoire de Burnett se referma si fort que Kylie put jurer que ses dents s'étaient raccourcies d'un quart de centimètre.

Holiday se leva.

– Toutefois, Kylie a un examen dans son prochain cours. Vous pourriez revenir dans une heure. Kylie m'a confié l'autre jour qu'elle avait bien envie d'essayer le fast-food au centre de Fallen ? Comment s'appelle-t-il déjà ? Burgers R'Us ?

Kylie opina, elle ne connaissait pas du tout le restaurant auquel son amie faisait référence.

Le visage de Burnett s'illumina : soit il entendait raison, soit il comprenait le plan de Holiday. Kylie aurait bien voulu être dans la confidence, elle ne savait pas du tout ce qui se tramait.

Son beau-père se tourna vers elle.

– Je pense que je pourrais aller faire un tour au *drive* et revenir vers onze heures. C'est la campagne, par ici.

– Ce serait parfait, dit Kylie.

Et il l'attira contre lui pour l'un de ses super câlins qui faisait fondre son cœur.

La chaleur de son étreinte s'infiltra dans sa poitrine ; elle aurait dû faire disparaître sa panique. Et c'eût probablement été le cas si, derrière l'épaule de son beau-père, elle n'avait pas vu l'épée tomber à ce moment-là, pointe vers le bas.

Elle se planta avec force, dans un bruit sec et métallique, toute droite, en plein milieu du bureau d'Holiday.

Le cœur de Kylie fit une embardée en sentant son beau-père tressaillir à cause du bruit. Une pensée se déchaîna dans sa tête. Comment allait-elle lui expliquer ça ?

Burnett réagit à la vitesse d'un vampire : il attrapa l'épée d'un geste vif, renversa la tasse de thé de Holiday, puis cacha l'arme derrière son dos en deux temps trois mouvements.

Une fraction de seconde plus tard, son beau-père se retourna pour voir l'origine du fracas.

– C'est quoi ce… bor… bazar ? marmonna Jonathon, puis il rougit en se rendant compte de ce qu'il avait failli dire.

Burnett lui jeta un regard mauvais. Holiday sourit ; elle aurait dû remporter l'oscar de la meilleure actrice.

– Zut alors ! C'est la deuxième tasse que je casse aujourd'hui !

Le beau-père de Kylie reposa les yeux sur elle, alors qu'elle avait cessé de respirer depuis l'apparition miraculeuse de l'épée.

– Je te retrouve tout à l'heure.

Elle hocha la tête et reprit sa respiration.

– Ça te va ? s'enquit-il. Tu me raccompagnes à la voiture ?

Elle avait l'impression d'être une poupée de chiffon ; elle opina, puis sourit dans l'espoir de paraître un peu plus convaincante.

Son beau-père la regarda fixement.

– Tu vas bien ? On dirait que tu viens de voir un fantôme !

Un fantôme, elle aurait pu gérer, songea-t-elle.

– Ça va, oui, dit-elle d'un ton qu'elle aurait aimé plus ferme.

Malheureusement, elle n'avait pas les talents d'actrice de Holiday.

– Je pense que c'est faisable, confia Kylie à son père, et il leva les yeux de la brochure d'une randonnée guidée à travers le Grand Canyon. Un voyage qu'il voulait organiser pour eux deux cet été.

– Ça a l'air super !

Ce n'était pas vraiment un mensonge, mais elle pariait que Chris, le vampire assis à côté d'eux au restaurant, avait sûrement entendu que son cœur disait autre chose.

Lucas, installé en face de Chris, la regarda brièvement, et elle en fut toute retournée. Pour jouer les gardes du corps, Burnett avait choisi les deux personnes que son beau-père avait le moins de chances de reconnaître. Quand il lui avait annoncé que deux garçons seraient postés au restaurant, elle n'avait pas imaginé qu'il puisse désigner Lucas. Burnett était loin de se douter que Kylie craignait que son beau-père ne reconnaisse le gosse qui avait habité juste à côté de chez eux. Celui qu'elle avait accusé d'avoir tué son chat.

Heureusement, son beau-père ne s'était jusque-là pas attardé sur Lucas. Il n'avait pas non plus remarqué le faucon qui avait suivi la voiture jusqu'en ville. Elle aurait parié son plus beau soutien-gorge que le rapace répondait au nom de Perry.

Kylie avait pris le temps, avant le retour de son beau-père, d'aller voir Miranda pour s'assurer qu'elle allait bien.

La petite sorcière était encore bouleversée. Elle s'était réconciliée avec Perry, mais avait eu une sérieuse discussion avec Holiday. Ses actes ne seraient sûrement pas sans conséquences. Si Miranda n'était pas impatiente de les connaître, elle convenait qu'elle avait eu tort.

– J'étais sûr que cela te plairait, dit son beau-père en attirant son attention. C'est un peu comme celui que l'on a fait à Taos, au Nouveau-Mexique. Il y aura du kayak, mais rien de trop dangereux.

Les yeux de son beau-père s'illuminèrent d'excitation. Kylie se sentait mal de ne pas partager sa joie. Elle avait passé les quarante-cinq minutes ici à prier pour que l'épée ne vienne pas poignarder l'un des clients du restaurant. Mais en voyant les yeux de son beau-père se teinter d'inquiétude, elle s'efforça de faire bonne figure.

– Tu te souviens du bébé cerf que nous avions vu durant ce voyage ? lança-t-elle. Et cette directrice de colo qui s'est fait faire pipi dessus ?

– Oh oui ! répondit-il, avec un large sourire. On en a fait, de super voyages !

– Je sais.

Elle posa la main sur la sienne et il la serra affectueusement. Elle sentit tout l'amour qu'il avait pour elle dans ce geste.

– Sais-tu combien tu me manques ? J'aimerais vraiment que tu songes à revenir vivre avec moi.

Elle se mordit la lèvre en se souvenant que quand il avait quitté sa mère, elle avait cru que c'était ce qu'elle désirait. Sa vie avait tellement changé ces trois derniers mois.

Elle serra de nouveau sa main et déclara :

– J'aime beaucoup Shadow Falls. Mais nous partirons en voyage ensemble cet été.

Elle espérait que d'ici là, elle en aurait fini avec Mario.

Il hocha la tête.

– J'ai compris ! Ma petite fille grandit !

L'émotion envahit ses yeux et il regarda autour de lui. Kylie tressaillit : et s'il reconnaissait Lucas ?

– As-tu aimé ton hamburger ? lâcha-t-elle en cherchant un moyen d'attirer son attention.

– Adoré. Tu avais raison de me proposer de venir ici. Mais tu n'as pratiquement pas touché au tien !

Il montra son assiette où les frites et le hamburger refroidissaient.

– J'ai pris un copieux petit-déjeuner, mentit-elle. Mais c'était bon.

Elle jeta un coup d'œil à sa montre. Il était presque 13 heures. Burnett lui avait demandé de retenir son beau-père afin qu'ils ne se retrouvent pas parmi la foule à l'heure d'affluence. Son cœur se serra légèrement quand elle se rendit compte que dans moins d'une heure elle affronterait les Brighten, ses véritables parents adoptifs. Et elle n'avait toujours pas de méthode d'approche.

Elle reposa les yeux sur son beau-père.

– Tu sais, il se fait tard.

– C'est vrai, tu vas te transformer en citrouille si jamais je ne te ramène pas au camp.

Il signa la facturette de carte de crédit que Kylie avait déjà demandé à la serveuse d'apporter.

D'un seul coup, les trois Cocas qu'elle avait avalés par pure nervosité lui titillèrent la vessie.

– Il faut que j'aille aux toilettes avant que l'on ne parte !

– Vas-y, j'ai un coup de fil professionnel à passer, de toute façon.

Quand elle prit le chemin des toilettes, Lucas se rembrunit. Oh non, songea-t-elle, que pouvait-il se passer aux W.-C. ?

D'accord, beaucoup de choses pouvaient arriver. *Mario* pouvait arriver. Mais elle devait faire pipi.

Chris et Lucas murmurèrent à leur table, puis le premier se leva et la devança en direction des toilettes. Elle espérait qu'il savait qu'il ne l'accompagnerait pas à l'intérieur. Avec sa vessie timide, elle n'irait jamais jusqu'au bout.

Elle le trouva appuyé à la porte des toilettes pour hommes. Comme s'il avait l'intention de monter la garde et d'écouter. Et rien que le fait de savoir qu'il pourrait l'entendre faire pipi rendrait justement cela impossible.

– Fais ce que tu as à faire et sors, lança Chris, comme une sorte d'agent spécial sérieux.

– Promis, répondit Kylie.

À la minute où la porte se referma, quelqu'un mit une étrange musique cajun dans l'une des cabines. Chacun ses goûts, se dit-elle.

Finalement, elle commençait à apprécier le rythme endiablé de la musique, quand elle entendit un bruit. Elle leva les yeux et vit deux mains qui agrippaient le haut de la cabine. Puis un pied apparut : quelqu'un grimpait.

Mince.

Il n'y avait rien de pire que de vous faire surprendre en train de faire pipi, accroupie au-dessus de la cuvette des W.-C. alors que vous devez affronter un intrus.

Elle se releva d'un coup, prête à défier ce qui allait descendre, quoi que ce fût. Malheureusement, elle n'avait pas réussi à arrêter complètement le flux.

Elle comprit immédiatement qu'elle s'était trompée. Si, il y avait pire. Se faire surprendre avec du pipi qui dégoulinait le long de votre jambe, par la presque-fiancée du type que vous aimiez encore.

– Que fais-tu ici ? lança Kylie d'un ton sec, sachant que montrer sa peur à un loup-garou pouvait la desservir.

– Ça ne se voit pas ? J'étais curieuse.

– De ma façon de faire pipi ?

Elle partit d'un rire railleur.

– De toi !

Doutant que la fille lui saute à la gorge – et si c'était le cas, Kylie ne voulait pas mourir avec de l'urine dégoulinant le long de sa jambe – elle arracha des feuilles de papier toilette et s'essuya la cuisse.

Culotte remontée, jean attaché, elle affronta Monique et décida de se débarrasser d'elle.

– Tu devrais savoir qu'à tout moment un vampire peut débouler ici. Si j'étais toi, je me barrerais à toute allure.

Monique arqua un sourcil.

– Alors comme ça, Lucas ne t'a pas enseigné le truc

secret pour affronter les vampires indiscrets, hein ? Juste un peu de zarico, et leur super ouïe devient HS.

Kylie se renfrogna. Non, elle ne connaissait pas ce truc, et elle était un peu fâchée que Lucas ne le lui ait pas appris. Mais pourquoi l'aurait-il fait ? Les cachotteries, c'était sa spécialité.

– Que veux-tu au juste, Monique ? demanda Kylie.

Celle-ci haussa les épaules.

– Je te l'ai dit. Je suis curieuse. Sais-tu que de nombreux prétendants ont demandé ma main à mon père ? Et le veinard que mon papa a fini par choisir pour me supporter toute sa vie ne veut même pas de moi !

Kylie perçut le ressentiment dans sa voix. Mais, curieusement celui-ci semblait dû au mariage arrangé qui lui était imposé plutôt qu'à la réticence de Lucas à s'engager jusqu'au bout. Mais la partie « Lucas ne veut pas de Monique » n'avait pas échappé à Kylie. Il le lui avait confié, Fredericka aussi, mais l'entendre de la bouche de l'intéressée même, que c'était agréable !

– Donc, maintenant tu veux t'en prendre à moi, hein ?

– Non.

Elle plissa le front et se mit à vérifier la configuration de Kylie. Celle-ci tourna la tête et essaya de la modifier, mais manifestement, elle ne fut pas assez rapide.

– Waouh, c'est bizarre ! Tu es quoi au juste ?

– Un mystère, répondit Kylie, et se retrouver dans une cabine avec Monique éveilla de plus en plus sa méfiance – parce que c'était précisément ce que tous les caméléons redoutaient : se faire remarquer, attirer l'attention sur leur race. Ça te dérangerait de reculer ? demanda-t-elle.

Monique fit machine arrière d'un pas traînant et

déverrouilla la porte de la cabine, en passant la main derrière elle sans jamais quitter Kylie des yeux.

– Es-tu sûre que tu n'as pas de tumeur au cerveau ?

– Ce doit être ça, répondit Kylie en lui faisant signe de reculer encore.

Mais la fille s'avança d'un pas.

– On raconte que tu es une protectrice, aussi. Et à la cérémonie, on m'a dit que tu avais une configuration de loup-garou. Comment as-tu réussi à… ?

Kylie se glissa devant elle pour sortir des toilettes et alla se laver les mains. Elle avait beau ne pas vouloir y penser, son esprit se remémorait le baiser qu'elle avait vu Lucas échanger avec Monique.

– Tu es toujours en colère contre lui ? Je suis sûre que tu es furieuse !

Kylie s'acharna sur le distributeur de savon. Quand elle vit le reflet du loup-garou dans le miroir, elle fut de nouveau frappée par la beauté de Monique. Ses yeux noisette étaient encadrés de longs cils noirs assortis à ses cheveux bruns. Ses lèvres étaient pulpeuses comme celles des actrices célèbres. Ouais, elle avait un joli visage qui allait parfaitement avec son corps bien roulé.

En se frottant les mains, Kylie lança :

– Si ça ne te dérange pas, je ne crois pas que ce soit un sujet dont j'aie envie de parler avec toi.

– À ta place, je m'inonderais de questions.

Elle inclina la tête de côté et scruta le reflet de Kylie, comme pour essayer de la comprendre.

– Comme tu n'es pas curieuse, cela signifie que tu le crois quand il t'a affirmé que l'on ne s'était pas tripotés tous les deux, déclara Monique. Vas-y, pose-moi la question.

Une douleur vive envahit Kylie.

– Tu as déjà dit qu'il ne voulait pas de toi.

– Peut-être que j'entendais par-là qu'il ne désirait pas se marier. Mais tu connais les garçons, ils veulent toujours d'autres trucs.

Kylie se lava les mains. Puis s'adressa au reflet de Monique dans le miroir.

– Je le crois. Un point c'est tout.

Les mots sortirent de sa bouche sans la moindre hésitation. Elle en fut même un peu surprise.

– Alors, pourquoi es-tu toujours en colère contre lui ? D'après Clara, tu ne le calcules même pas. On dirait un chien battu.

Kylie attrapa des serviettes en papier.

– Permets-moi de me répéter : je ne tiens vraiment pas à discuter de cela avec toi.

Monique secoua la tête comme si le comportement de Kylie la déconcertait.

– Il lui en a fallu du courage, pour faire ce qu'il a fait. Pour rompre ses fiançailles. Pour tout risquer. Tu le sais, n'est-ce pas ?

Celle-ci ne répondit pas. Elle ferma les yeux une seconde et aurait bien voulu ne pas entendre cela.

– Sa propre meute envisage de le bannir, poursuivit Monique. S'il ne peut pas intégrer ce Conseil, il aura tout perdu. Son père l'a pratiquement renié. Il paraît que les anciens ont organisé une réunion pour discuter de ses actes. Mon père se demande encore s'il ne va pas mettre sa tête à prix.

Kylie se retourna et la regarda fixement.

– Et tu comptes le laisser faire ?

– Le laisser faire ? Je lui ai dit que j'étais ravie de ne plus me marier avec lui, mais mes paroles n'ont aucune importance pour mon père. Comme Lucas, je suis censée suivre les règles. C'est drôle, il a fallu qu'il rompe nos fiançailles pour que je me mette à apprécier ce type.

Monique se rapprocha légèrement.

– Traite-moi de romantique, mais je trouve cela plutôt triste que tu ne veuilles pas de lui après ce qu'il a fait. Mais tu ne le garderais pas très très longtemps. L'espérance de vie d'un loup solitaire est très courte. Soit tu appartiens à une meute, soit tous les loups affamés en chasse te considèrent comme un menu gibier.

La porte des toilettes s'ouvrit à grand fracas. Le loup solitaire fit irruption, prêt à tuer. Quand ses yeux se posèrent sur Monique, son agressivité se tassa, mais il eut l'air de plus en plus mauvais.

– Que fiches-tu ici ?

Monique haussa les épaules.

– Quand une fille a envie de faire pipi, elle va faire pipi.

Elle passa devant lui sans la moindre honte et sortit.

– Que la vie soit belle pour toi, Lucas.

Il ne la regarda même pas partir. Il fixait Kylie, la caressant presque du regard.

– Je suis désolé, elle n'avait pas le droit de…

– Elle n'a rien fait.

Kylie jeta les serviettes en papier dans la poubelle.

– Tu devrais lui courir après. Accepter d'aller jusqu'au bout des fiançailles.

– Quoi ?

Il la regarda fixement, comme si elle avait perdu la tête.

– Tu m'as bien entendu, insista-t-elle.

Il secoua la tête.

– Tu ne le penses pas.

– Si, je le pense.

Comment pourrait-elle rester les bras croisés à le regarder tout perdre ? Regarder sa propre meute le pousser dehors, en sachant que c'était à cause d'elle ?

– Tu es juste en colère contre moi.

– Oui, tu as complètement raison ! Je suis toujours furieuse contre toi.

Des larmes emplirent ses yeux.

– Tu m'as trahie. Ça fait tellement mal de savoir que chaque fois que tu me laissais, tu allais la voir. Mais veux-tu que je te dise contre qui je suis le plus en colère ? Contre moi. Je savais depuis toujours comment cela se terminerait. Que je ne sois pas un loup-garou aurait fini par détruire toutes nos chances.

– Je me moque bien de ce que tu es ! grogna-t-il.

– Tu ne devrais pas ! Parce que le prix que tu vas devoir payer est trop élevé.

Elle vit la douleur apparaître dans ses yeux.

– Même si tu ne m'avais pas trahie, je ne te laisserais pas tout abandonner. C'est terminé, Lucas, accepte-le et ne fiche pas ta vie en l'air à cause de moi.

La tête haute, elle sortit. Mais son cœur était comme les serviettes qu'elle venait de jeter – tout déchiqueté et entortillé.

Kylie regarda Perry – toujours sous sa forme de faucon – suivre la voiture de son beau-père quand ils rentrèrent à Shadow Falls. Ce dernier évoqua leur projet de randonnée. Quand il ralentit pour tourner dans le parking de Shadow Falls, elle constata que la Cadillac métallisée devant eux, clignotant allumé, se garait aussi. Les vitres teintées l'empêchèrent de voir qui était au volant, mais elle se demanda si ce n'étaient pas les Brighten.

Elle commença à avoir des palpitations. Elle ne savait toujours pas quoi dire. Son cœur ne cessait de faire écho à la douleur qu'elle avait ressentie en parlant à Lucas, mais elle avait besoin de changer de vitesse dans sa tête, à présent. Malheureusement, elle avait bien trop de préoccupations pour pouvoir se consacrer à une seule d'entre elles.

Elle jeta un coup d'œil à sa montre. 13 h 40. C'était peut-être eux, s'ils étaient du genre à arriver en avance.

Son beau-père énumérait désormais le matériel de camping qu'il leur faudrait, elle réalisa que ce serait vraiment bizarre s'il devait rencontrer les Brighten. Cela les pousserait à expliquer des tas de choses. Et cela finirait par faire de la peine à son beau-père, ce qu'elle ne souhaitait pas.

La voiture métallisée se gara sur un emplacement « visiteur » dans le parking. Son père stationna deux places plus loin. Détachant sa ceinture avant même qu'il ne puisse couper le moteur, elle se pencha et déposa un baiser sur sa joue.

– Merci pour le déjeuner. Je vais rentrer toute seule !

– Pas si vite. J'ai le temps de t'accompagner. J'ai envie de profiter de chaque seconde avec toi.

Chapitre 24

– D'accord, répondit Kylie, quelque peu inquiète. Eh bien, il faudra faire vite parce que j'ai envie de… faire pipi.

– Tu y es allée au restaurant, observa son beau-père.

– Minuscule vessie, répliqua-t-elle.

Elle descendit de la voiture d'un coup, regarda rapidement l'autre véhicule, vit la portière passager s'ouvrir puis…

– Oh mince !

Ce n'était *pas* les Brighten. Et comme elle le regrettait !

Sa mère et… Elle regarda, horrifiée, la tête de John apparaître sur l'autre siège.

– Kylie ? cria sa mère d'une voix sévère.

Elle se tourna vers son beau-père.

– Tu devrais partir avant… avant que cela ne dégénère.

– C'est bon, répondit celui-ci, gêné. Tu sais, nous pouvons nous montrer courtois l'un envers l'autre.

La posture et l'expression de sa mère quand elle se dirigea vers la voiture d'un pas lourd n'avaient pas l'air en accord avec la déclaration de « courtoisie » de son beau-père. Oh !

non, Kylie n'était pas d'humeur à supporter les drames de ses parents en ce moment.

Mais quand elle se rapprocha, elle constata que sa mère, les cheveux décoiffés, les vêtements froissés et les yeux injectés de sang, n'adressait pas son air de pitbull à son beau-père, mais à elle.

OK… De quel drame s'agissait-il ? Celui de ses parents ? Ou…

– Est-ce vrai ? fit sa mère d'un ton brusque.

Kylie se souvint aussitôt que celle-ci venait de rentrer d'Angleterre – ce qui expliquait son apparence, mais pas ce qui n'allait pas.

Elle interrogea son beau-père du regard pour savoir s'il avait la moindre idée de ce que sa mère racontait. Mais il semblait tout aussi perplexe.

– De quoi tu parles ? demanda Kylie.

John les rejoignit. Il n'avait pas l'air froissé ni fatigué par le décalage horaire, mais sa présence fit naître un mauvais pressentiment en elle.

– Tu as appelé ton père pour cela, mais pas moi ? demanda sa mère.

Kylie vit Holiday et Burnett sortir précipitamment du bureau en pensant sûrement que cela allait de nouveau finir en mêlée générale.

– Je ne lui ai pas téléphoné. Qu'est-ce que tu racontes ?

– T'es-tu servie de la carte de crédit que je t'ai donnée ?

Kylie accusa le coup.

– Es-tu enceinte ? lâcha directement sa mère.

Kylie en resta bouche bée. Son beau-père jeta à Kylie un regard noir et sévère.

– Elle attend un bébé ? Nous ne pourrons pas partir en randonnée, du coup !

– In-cro-ya-ble ! J'y crois carrément pas ! fit sa mère qui bouillonnait de colère. Tu apprends que ta fille est enceinte, et tu ne penses qu'à ta rando ?

– Non… j'étais sous le choc.

Il n'était pas le seul.

– Stop ! lança Kylie.

– Réponds-moi, jeune fille, exigea sa mère.

– Non, je ne suis pas enceinte. Je n'ai même jamais… je suis…

Je suis encore vierge !

Ces mots restèrent sur le bout de sa langue, elle n'arrivait pas à les cracher.

– Alors, pourquoi acheter trois tests de grossesse ?

– Tu as acheté trois tests de grossesse ? répéta son beau-père.

Kylie remarqua soudain une autre voiture garée à côté de la Cadillac de John. Le vieux couple avait le visage tourné et assistait à la scène.

Les Brighten.

Charmant ! Juste charmant !

Ses genoux se mirent à la picoter, signalant son désir de disparaître.

Pas maintenant, pas maintenant !

– *Respire un bon coup et détends-toi.*

La voix surgit, accompagnée d'un froid glacial familier.

Kylie regarda autour d'elle et ne le vit pas, mais elle put l'entendre.

– *Papa* ?

– *Je suis là. Ça va aller. Je te le promets.*

– *Tes parents vont me prendre pour une traînée.*

– *Non. Ils vont t'adorer. Tu verras. Tu vas les impressionner et bientôt, très bientôt, nous serons ensemble.*

Kylie haleta.

– *Vais-je mourir ? Papa ? Daniel ?*

Lui et son froid familier avaient disparu.

Elle aspira une bonne bouffée d'air. À présent, en plus de s'inquiéter de sa mort éventuelle et de convaincre tout le monde qu'elle n'était pas enceinte, elle devait se préoccuper des Brighten et de leur amour pour elle. Parce que s'ils ne l'aimaient pas, cela ferait sans aucun doute de la peine à son beau-père.

Oh zut ! Et si elle disparaissait, tout simplement ?

Daniel avait raison, du moins sur le fait que tout irait bien. Mais elle devait encore affronter les Brighten. Elle fut soulagée de voir que Holiday les avait pris par le bras et les accompagnait au bureau. Ouf, ses parents ne savaient même pas qui ils étaient.

Son beau-père s'en alla. Sa mère n'était pas tout à fait remise, mais plus calme. Holiday avait expliqué toute cette confusion avec les tests de grossesse de façon bien plus rationnelle que cela ne s'était réellement passé. Avait prétendu qu'ils étaient pour elle, qu'elle avait oublié son porte-monnaie, que Kylie avait eu la gentillesse de lui proposer sa carte de crédit, et qu'elle avait déjà envoyé un chèque à sa mère. Et patati et patata. Oui, Holiday avait menti, mais son mensonge avait tout arrangé.

Sa mère expliqua qu'à son retour elle avait appris que la banque avait appelé, pensant que les opérations étaient frauduleuses. Parce que la carte n'avait jamais été utilisée et que les paiements avaient été effectués à Fallen, pas à Houston. Voulant s'assurer que sa carte n'avait pas été volée, elle appela donc le drugstore pour vérifier l'achat. On l'informa alors que cela correspondait aux trois tests de grossesse et que l'acheteuse était une certaine Kylie Galen.

Kylie écouta quelques minutes sa mère, feignant d'être intéressée par ses délires bizarroïdes sur l'Angleterre. Enfin, sa mère lui avoua être trop crevée et ne pas pouvoir rester plus longtemps. Elle l'embrassa sur le front, lui assura qu'elle était soulagée qu'elle ne soit pas enceinte, et s'en alla avec John. Celui-ci avait à peine aligné deux mots depuis leur arrivée. Toutefois, quand l'homme passa un bras autour des épaules de sa mère, et embrassa délicatement son front en lui disant qu'elle pourrait dormir pendant qu'il conduirait, Kylie ressentit une pointe de culpabilité de ne pas l'aimer.

Peut-être avait-elle besoin de rajuster son attitude vis-à-vis de John ? Parce que s'il rendait sa mère heureuse, cela lui suffisait.

Menteuse, semblait dire son cœur en loupant quelques battements. Elle n'aimait pas John. Mais peut-être devrait-elle travailler cela. Essayer de l'apprécier. Cela lui semblait impossible. Pourtant, ces derniers temps, tant de choses dans sa vie lui avaient paru impossibles – comme sa mort imminente ou comme laisser tomber Lucas – qu'elle devait peut-être redoubler d'efforts.

Maintenant, c'était au tour des Brighten. Elle fit une halte juste avant d'ouvrir la porte, mentalement épuisée, et pensa à sa journée qui avait entamé une spirale vers le bas, depuis que Miranda avait transformé Nikki en kangourou acnéique.

C'était assurément l'une de ses journées les plus bizarres.

Carrant les épaules, déterminée à gérer comme un chef sa rencontre avec les parents adoptifs de Daniel, Kylie décida qu'après cette visite, elle retournerait dans son bungalow où elle craquerait un bon coup, ou mangerait beaucoup de chocolat.

Les deux, peut-être.

Elle se rappela la promesse de son père, que les Brighten l'adoreraient, et si elle lui faisait confiance de tout son cœur, elle ne pouvait s'empêcher de se faire du souci. Mais bon, peut-être seraient-ils tellement heureux d'avoir une petite-fille que cela leur serait bien égal de penser qu'elle couchait à droite à gauche et qu'elle était sûrement enceinte.

Quoi qu'il arrive ici, Kylie saurait le gérer. Elle pouvait presque entendre Nana, sa grand-mère maternelle, chuchoter depuis l'orée du paradis : *Ma petite Kylie grandit.*

Kylie entra dans le bureau. Holiday se rua vers elle.

– Burnett a servi du thé aux Brighten dans la salle de conférence. Il a emporté l'épée chez moi et l'a enfermée dans un placard... Espérons que... Je leur ai également expliqué toute cette histoire de tests de grossesse.

Holiday se mordit la lèvre d'inquiétude.

– Oh, Kylie je suis vraiment désolée ! Tout cela est de ma faute ! C'est moi qui t'ai mise dans ce pétrin !

– C'est bon, répondit Kylie.

Holiday la serra rapidement dans ses bras pour l'apaiser.

– Tu vas vraiment bien ?

Kylie inspira.

– Un peu nerveuse, mais oui, ça va.

– Veux-tu que je vienne avec toi ?

Kylie réfléchit quelques secondes.

– Non... je crois que je vais pouvoir me débrouiller toute seule.

Holiday soupira.

– Tu grandis.

Kylie regarda fixement la fée.

– Je pourrais jurer que je viens d'entendre ma grand-mère me dire la même chose !

– C'est vrai, dit Holiday, elle était juste là.

Kylie se fendit d'un large sourire.

– Vraiment ?

Elle opina.

– Elle passe te voir aux moments les plus étranges.

Kylie sentit son amour pour Nana s'agiter en elle.

– Dis-lui que je l'aime, lança-t-elle, et elle partit rencontrer les deux personnes qui avaient élevé son père et sûrement contribué à faire de lui le grand homme et fantôme qu'il était devenu.

Lorsque Kylie entra, Burnett se leva.

– Je vais vous laisser tous les trois.

Quand il passa devant elle, il posa la main sur son épaule, et la serra affectueusement. Le message était clair : « Vas-y, ma belle, à toi ! » Elle se dit qu'elle avait beaucoup de chance d'être si bien entourée.

Lorsqu'elle fut seule face aux Brighten, son cœur se mit à battre plus vite.

M. Brighten avait un début de calvitie, des yeux gris tirant sur le brun et un visage aimable. Mme Brighten arborait une très belle chevelure grise épaisse. Elle paraissait douce. Rondelette, une figure sympathique.

Comme quelqu'un que l'on choisirait au beau milieu d'une foule pour jouer le rôle de la grand-mère aimante.

– Bonjour, lança Kylie en souriant. Elle avança d'un pas dans la pièce et décida de clarifier une bonne fois pour toute sa situation. J'aimerais juste confirmer que je ne suis pas enceinte.

Chapitre 25

– Ton directeur nous l'a expliqué, répondit Mme Brighten en continuant de la fixer.

– Je voudrais également dire que… je sais que vous devez trouver ma mère et mon beau-père cinglés après la scène du parking, mais… Mais… eh bien, parfois ils sont un peu fous, mais ce sont des gens bien. Ils m'aiment tous les deux. L'émotion lui serra la gorge et elle déglutit.

Mme et M. Brighten opinèrent de nouveau. Une sorte d'embarras étrange emplit la pièce, mais Kylie ne le laissa pas s'installer. Elle désirait tellement que cela se passe bien. Pas uniquement pour son père, mais pour elle aussi.

– Je suis désolée de te dévisager comme ça, déclara enfin Mme Brighten, mais tu ressembles tellement à ton papa. C'est stupéfiant !

Kylie sourit de nouveau, d'un sourire cette fois complètement sincère. Elle alla s'asseoir en face d'eux à table.

– Je sais, répondit-elle.

– Tu as vu des photos ? demanda Mme Brighten.

Oui, son vrai père et sa tante me les ont apportées quand ils se sont fait passer pour vous. Bon, elle devrait mentir.

– Ma mère avait quelques photos de lui.

Puis elle se souvint que celle-ci avait conservé la nécrologie où figurait la photo de Daniel.

Un air mécontent apparut sur le visage de Mme Brighten.

– Je ne comprends pas pourquoi elle n'a rien dit à ton sujet. Nous aurions pu… nous aurions tellement aimé te voir grandir. Cela nous aurait aidés… à supporter la mort de ton père.

Kylie revit sa mère lui confier que les Brighten la détesteraient de le leur avoir caché.

– Elle sait que c'était une erreur, expliqua Kylie. Mais pour sa défense, elle était jeune, enceinte et terrorisée. Par la suite, mon beau-père a voulu m'élever comme sa propre fille… Il avait tort, certes, mais ils essayaient simplement de faire du mieux possible.

Mme Brighten opina.

– J'imagine que c'était difficile.

Kylie se détendit un peu.

– J'espère que vous lui pardonnerez. Parce que c'est une maman vraiment géniale.

– J'aimerais discuter avec elle.

Kylie fut prise de court.

– Euh… oui, bien sûr, je lui en parlerai…

Elle pria pour que sa mère soit d'accord. Mais comme la conversation serait difficile !

Des larmes envahirent les yeux de Mme Brighten.

– J'ai apporté d'autres photos, si tu veux les voir.

– J'adorerais, répondit Kylie. Merci.

La vieille dame sortit un petit album d'un gros sac beige. Alors que Kylie feuilletait les pages, elle reconnut certains clichés. Son vrai grand-père s'était faufilé en douce chez les Brighten et avait fait des montages-photographiques afin de leur ressembler. En revanche, elle découvrit des photos de son père qu'elle ne connaissait pas et sentit l'émotion l'envahir.

– Si tu veux, tu peux les garder, proposa Mme Brighten. Je les ai fait refaire pour toi.

Kylie sourit.

– Merci, je vais en prendre soin, promis !

M. Brighten s'assit bien droit.

– Tu as les mêmes réactions que ton père, il était tellement... poli.

– Oui, acquiesça Mme Brighten. C'était un garçon si parfait. Un doux esprit. Un peu timide parfois, mais...

– Je peux l'être, moi aussi, déclara Kylie. Je ne supporte pas quand on me demande de me lever et de parler ou de faire un exposé en classe.

Ou quand tout le monde regarde ma configuration bizarre. Ou pense que je suis enceinte.

Mme Brighten sourit.

– Il n'aimait vraiment pas l'école. Il a toujours dit ne pas s'y sentir à sa place.

– C'est dingue ! Exactement ce que je ressens ! s'exclama Kylie.

– Mais cela ne lui a pas posé de problème. Enfin si, une fois, lors de sa dernière année de lycée. Il y avait un garçon, Timmy. Un jour en rentrant de l'école, Daniel est tombé sur des types plus âgés qui avaient décidé d'embêter ce garçon – de le maltraiter, même. Ils devaient être six, et Daniel est devenu fou. On ne sait toujours pas comment il a fait, mais ils se sont tous retrouvés à saigner du nez, et avec des yeux au beurre noir ! Et notre petit bonhomme sans une seule égratignure !

Kylie écouta l'histoire, avide d'en savoir plus sur un père qu'elle connaissait si peu.

– L'école l'a renvoyé, poursuivit Mme Brighten, mais quand les parents de Timmy l'ont appris, ils se sont rendus à notre chaîne locale d'informations continues et ont fait non seulement savoir que Daniel avait injustement été renvoyé, mais qu'il fallait plutôt le traiter en héros. Et les petits durs ont eu des problèmes. L'établissement a été contraint de lever l'exclusion. Bien sûr, toute cette attention l'a gêné. La chaîne TV lui a même remis un trophée, qu'il s'est empressé d'aller offrir à Timmy. Il a déclaré que c'était lui, le véritable héros, qui avait dû supporter ces gros durs toutes ces années.

Kylie éprouva de la fierté pour son père. Il avait été un protecteur comme elle, et comme elle il n'en revendiquait pas le mérite. Pourquoi était-il parti si tôt ?

– Mais tu sais qu'après le bac, il s'est plus ou moins trouvé. En l'occurrence, un jour, il est revenu d'un voyage et m'a annoncé qu'il avait découvert qui il était.

Kylie revit son père lui raconter qu'il avait rencontré un vieillard et que celui-ci lui avait confié qu'il n'était pas humain. Elle se demanda s'il s'agissait de ce voyage-là.

– Je lui ai répondu, poursuivit Mme Brighten, que je savais déjà qui il était. Que c'était une âme douce et charitable.

Elle fixa Kylie.

– J'ai vu la même chose en toi. Comme si… tu avais un esprit magique dont très peu de personnes sont dotées.

Elle tendit le bras de l'autre côté de la table et posa sa main sur celle de Kylie. À cet instant, Kylie comprit combien il serait facile d'aimer ces gens, et quelle chance son père avait eu d'être élevé par ce couple-là.

Il était presque 17 heures quand Burnett et Holiday, main dans la main comme deux inséparables, raccompagnèrent Kylie dans son bungalow. Della attendait à l'extérieur pour prendre la relève.

– Tu es sûre que ça va aller ? s'enquit Holiday.

– Oui.

Et, étonnamment, Kylie le pensait. Oui, elle avait toujours une folle envie de chocolat pour contrebalancer cette journée de dingue, et oui, son cœur était brisé à tout jamais à cause de Lucas ; mais elle irait bien.

En songeant à son autre coloc, Kylie demanda :

– As-tu parlé avec Miranda de l'épisode « Nikki » ?

– Oui, répondit Holiday, dont les yeux s'obscurcirent, bien que je ne lui aie pas encore trouvé d'autre punition.

Kylie ne put s'empêcher de mettre son grain de sel :

– Je ne veux pas excuser Miranda, mais Nikki s'est montrée un peu lourde, non ? Je l'ai mise en garde, mais elle ne m'a pas écoutée.

– Je sais, dit Holiday, Nikki a eu tort, mais Miranda ne peut pas transformer les gens en kangourous quand cela lui chante !

– Vraiment ? Ça a eu l'air de te plaire pourtant, quand tu as appris qu'elle m'avait fait ça, lança Burnett, sarcastique.

Holiday hoqueta.

– C'était drôle.

Elle le gratifia d'un sourire diabolique.

Kylie les regarda s'en aller avant de rentrer. Elle trouva Della assise à la table de la cuisine, en train de siroter un verre de sang, des manuels scolaires ouverts devant elle. La petite vamp prenait ses devoirs très au sérieux.

Elle leva les yeux.

– Je suis d'accord avec Holiday. C'était drôle, quand Miranda a transformé Burnett en kangourou !

Kylie se laissa tomber sur une chaise.

– Où est-elle ?

Della roula des yeux.

– Partie avec Perry, faire « presque l'amour » pour se réconcilier – ses mots, pas les miens. Personnellement, je me serais bien passée de le savoir ! Mais je dois avouer que je me demande ce que veut dire « presque l'amour » au juste. Mais bon, Perry doit sûrement lui léchouiller les lobes des oreilles, et je n'ai vraiment pas envie d'entendre parler de ça. Une fois de plus.

Kylie gloussa.

– Quand on y pense, tous ces trucs sexuels sont… comment dire… même se rouler des pelles… avoir la langue de quelqu'un dans sa bouche… c'est dégueulasse.

– Sauf si c'est toi qui le fais, dit Della. Et là, ce n'est pas dégoûtant. C'est presque magique.

Ses mots sortirent comme dans un rêve. Kylie était sûre qu'elle pensait à Steve.

Kylie se rappela avoir embrassé Lucas et même fait plus, la nuit de leur retour du cimetière. Oui, cela avait été magique. Mais toute cette magie avait disparu à présent. Plus de Lucas.

– Oui, c'est vrai, ce n'est plus dégoûtant quand c'est nous.

Elle se releva d'un bond et alla jeter un coup d'œil dans le minuscule garde-manger.

– Rien de chocolaté dans cette cuisine ? Rien du tout ?

– Je crois qu'il y a du sirop de chocolat au frigo. Mais nous n'avons pas de lait. En tout cas, je ne l'ai pas bu ! Ça doit être la sorcière.

Kylie trouva le sirop dans le frigo. Oh ! zut, nécessité faisait loi ! Elle fit sortir un peu de chocolat sur son index et fourra le doigt dans sa bouche.

– Alors comme ça, la réunion avec les Brighten ne s'est pas bien passée ? demanda Della.

– Si, ça a été, marmonna Kylie, en léchant son doigt.

– Alors, pourquoi lèches-tu le chocolat sur ton doigt comme si c'était du whisky ? Attends ! Je sais ! J'ai entendu parler du fiasco avec ton beau-père et ta mère – toute cette histoire de grossesse ! Hilarant !

Della posa ses coudes sur la table et éclata de rire. Kylie fronça les sourcils.

– Pas hilarant du tout. Comment es-tu au courant ?

Della haussa les épaules, l'air un peu coupable d'avoir mis le sujet sur le tapis.

– Quelqu'un a tout entendu. Et tout le monde en a parlé. Désolée.

Elle fit une grimace d'excuse.

– Pourquoi dois-je sans cesse être la source de ragots par ici ? râla-t-elle.

Elle pencha la tête en arrière et but directement à la bouteille.

– Pour le coup, c'est dégoûtant, gloussa Della.

Kylie se lécha les lèvres.

– Je n'ai pas touché le flacon avec ma bouche. J'ai juste versé le chocolat dedans.

– Et sur ton menton.

– Désolée, je suis désespérée, avoua-t-elle en s'essuyant avec la main.

Elle attrapa un bol et une cuillère, retourna à table et vida une demi-tasse du chocolat dans son bol.

– Ah oui ? Vraiment désespérée.

– Monique m'a suivie jusque dans les toilettes.

– Quoi ? Qui ça ?

– Monique. La Monique de Lucas. Elle est entrée par force dans les W.-C. du restaurant avec moi.

– Oh non ! Vous vous êtes bagarrées ou quoi ?

Kylie lécha la cuillère.

– Non. Je me suis juste fait pipi dessus.

Elle mit une autre cuillerée de chocolat dans sa bouche. Della soupira.

– Tu vas bien ?

– Ça ira, oui, quand j'aurai liquidé la bouteille.

Della sourit à moitié.

– Si j'étais une véritable amie, je t'en empêcherais.

Kylie secoua la tête.

– Si tu étais une véritable amie, tu m'aiderais à la finir.

– Mince ! Pourquoi pas ?

Elle repoussa son verre de sang.

– Allez, donne.

Kylie arqua un sourcil.

– Pour de vrai ?

– Oui.

Della poussa ses manuels scolaires de côté.

– Aux chiottes les devoirs, soûlons-nous au chocolat ! Moi non plus, je ne serais pas contre un petit remontant.

Kylie vit le chagrin se refléter dans les yeux de son amie. Elle lui versa une bonne rasade de chocolat.

– Que s'est-il vraiment passé en mon absence, Della ?

Chapitre 26

La vamp fixa son cocktail de sang et chocolat. Elle fit tourner le liquide dans le verre, en regardant les ingrédients se mélanger.

– J'ai posé un lapin à Steve le premier soir et je suis allée voir Lee.

Cela ne surprit pas Kylie, elle savait que son amie était encore accro à Lee, mais cela n'expliquait pas pourquoi elle avait des suçons de Steve. Et quelque chose lui disait qu'il n'y avait pas que Lee dans l'histoire. Mais également un métamorphe aux jolies fesses.

– Et ? demanda Kylie en replongeant sa cuillère dans son chocolat.

– Et il est sorti avec sa nouvelle fiancée.

Elle porta le verre à ses lèvres et le sirota.

– Hé, c'est vraiment trop bon, cette saleté !

– Oui.

Kylie attendit que Della poursuive. Elle n'eut pas à patienter longtemps.

– Il l'a emmenée dans un restaurant chinois, et je les ai suivis.

Des larmes emplirent ses yeux. Kylie posa la main sur la sienne. Della la retira.

– Ils m'ont remarquée… Je me suis sentie tellement idiote… J'étais hypergênée. Puis, tel un sauveur, Steve a débarqué. Il m'avait suivie. Il m'a empêchée de me ridiculiser totalement. Il a simulé un rendez-vous avec moi et m'a embrassée devant eux. Comme si on était un super couple qui s'aimait ardemment.

Kylie prit une autre cuillerée de chocolat.

– Et ce baiser était tellement génial que vous vous êtes tripotés ensuite ?

– Non. Enfin oui.

Kylie braqua sa cuillère sur son amie.

– Ce qui veut dire ?

– Oui, c'était bien, mais cela n'a pas eu lieu avant le lendemain.

Della se pencha et fronça les sourcils.

– La mission s'est mal passée. Je me suis fait poignarder, avoua-t-elle.

Kylie en resta bouche bée.

– Mais Burnett a affirmé que…

– J'ai fait promettre à Steve de ne rien dire. Ce n'était pas mortel. Le problème, c'est que Steve m'a sauvé la vie. Pas uniquement au restaurant devant Lee, mais avec les escrocs, puis quand nous sommes tombés sur de méchants loups-garous. Je n'étais pas en forme du tout, je n'arrivais pas à me battre. J'ai détesté ça… Il nous a réservé une chambre dans un hôtel et il m'a soignée. Je ne sais pas comment c'est arrivé ; il était en train de panser mes blessures, et d'un seul coup nous avons joué au docteur.

– Oh ! là là ! s'écria Kylie. Alors comme ça, vous avez…

– Non, mais presque. Heureusement, ne pas conclure au dernier moment, ça ne tue personne.

– Quoi ? demanda Kylie.

Della roula des yeux et se fendit d'un grand sourire.

– Si un type t'affirme qu'il peut en mourir, il ment. Et crois-moi, certains garçons le diront même pour culpabiliser la fille et la pousser à danser la lambada. Y en a un qui a essayé une fois avec moi, avant Lee. Je lui ai répondu que j'irais à son enterrement et je ne suis plus jamais sortie avec lui.

Della éclata de rire.

Kylie rougit, mais bon, cela n'avait pas grande importance devant sa copine.

– Alors comme ça, Steve était…

Della soupira.

– Il était super mal à l'aise. Je n'aurais pas dû le laisser aller aussi loin. J'étais juste… en vrac.

– Ou peut-être que tu l'aimes vraiment. Je ne dis pas que vous auriez dû coucher ensemble, mais ce type est fou de toi, et à l'évidence tu l'aimes bien. Alors, pourquoi le traites-tu comme une maladie, à présent ?

Della but une bonne gorgée de son sang chocolaté.

– Parce que… quand j'ai compris ce qui arrivait, je ne pensais plus qu'à une chose : dans un an ou deux, je serais dans un autre restaurant en train de regarder Steve et sa fiancée. Je ne peux pas refaire cela.

Des larmes emplirent ses yeux.

– Mais tu ne sais pas ce qui va se passer !

– Je ne sais pas si cela ne va *pas* se passer non plus.

Della attrapa la bouteille de sirop et en rajouta dans son verre.

– Voilà, tu sais tout. Et toi, où en es-tu avec Lucas ?

Kylie remua le chocolat dans son bol.

– C'est terminé.

Les yeux de Della s'écarquillèrent.

– Pourquoi ? Monique t'a dit qu'ils avaient couché ensemble ? S'ils ont couché ensemble, on devrait demander à Miranda de lui faire apparaître la gale là où je pense.

– Non, Monique m'a affirmé qu'ils n'avaient rien fait.

– Alors pourquoi est-ce terminé ?

Kylie donna un coup de cuillère sur son bol. *Parce qu'autrement, il perdrait tout.*

Della la scruta.

– Mais il ne t'a pas trompée…

Kylie sentit la colère monter.

– Même s'il n'ont rien fait, c'est tout comme. C'est vrai, il s'était fiancé derrière mon dos, s'énerva-t-elle. D'abord Trey, puis mon beau-père qui trompe ma mère. Ensuite, Derek et maintenant Lucas. Pourquoi les garçons font-ils cela ?

Della haussa les épaules.

– Au moins, Lucas n'a couché avec personne.

C'est tout de même une trahison. Une grosse.

– Ce qui me met hors de moi, c'est que je l'aime encore.

Au point qu'elle ne pouvait pas rester les bras croisés à le regarder tout perdre à cause d'elle.

– Mais je suis tellement en colère contre lui que je pourrais…

– Lui donner la gale ? pouffa Della.

– Non, un coup de poing !

– Alors tu devrais peut-être le faire, dit Della en baissant les yeux sur son verre.

– Faire quoi ?

– Lui donner un coup de poing. Peut-être que comme

ça, tu ne serais plus en colère et que tu pourrais passer à autre chose.

Kylie secoua la tête.

– J'aimerais que ce soit aussi simple.

– Ça l'est peut-être. Tu ne le sauras pas tant que tu n'auras pas essayé. Va le voir, supercool, puis défoule-toi ! Sérieusement, ça te ferait du bien.

– Comme toi avec Steve ?

– Hé, je suis comme une bonne mère ! Je ne veux pas que tu fasses ce que je fais, mais ce que je dis !

Elle gloussa.

Kylie secoua la tête.

– Et en plus, maintenant, c'est…

Elle ferma la bouche sans trop savoir si elle désirait en parler.

– C'est quoi ? demanda Della.

Autant cracher le morceau.

– Ce n'est pas uniquement ce qu'il a fait. Il a tout abandonné quand il a refusé de signer le contrat de fiançailles. Il n'intégrera pas le Conseil, sa propre meute est remontée contre lui. Le père de Monique menace de le faire tuer. Tôt ou tard, il me détestera pour cela.

– À mon avis, tu te prends trop la tête.

Kylie racla le bol avec sa cuillère pour récupérer les derniers vestiges de chocolat.

– Et je crois que l'on devrait changer de sujet.

Della y consentit et reprit son verre.

Elles gardèrent le silence quelques minutes, puis Della prit la parole.

– Avant d'aller chez Lee ce soir-là, je suis passée à la maison où j'ai joué à la voyeuse.

– Et alors, comment ça allait ? demanda Kylie qui sentait que cela s'était mal passé.

– Bien, si bien que ça m'a mise hors de moi. Ils jouaient aux échecs, comme une petite famille heureuse. Papa racontait des blagues et ils rigolaient tous, je suis sûre que je ne leur manque même pas.

Elle regarda fixement la table quelques minutes.

– Si Della, tu leur manques. Ils essaient juste de s'en sortir. As-tu déjà envisagé d'en parler à ta mère ou à ton beau-père ?

– J'étais à deux doigts d'entrer et de vider mon sac : « Écoute papa, je ne suis pas une ado difficile ni une paresseuse, je ne me drogue pas, je suis juste un vampire. »

Kylie se mordit la lèvre. Elle ne savait pas quoi dire.

– Je suis terrorisée à l'idée qu'ils pensent que la vérité est pire encore que ce qu'ils croient.

Kylie aurait bien voulu lui affirmer que ce n'était pas le cas, mais elle n'en était pas sûre.

– J'ai pensé l'avouer à maman aussi, mais je ne sais pas comment elle réagirait.

Della hocha la tête.

– On se cache surtout de ceux que l'on aime. Triste, non ?

– Oui. Au moins, tu ne te caches pas du monde surnaturel.

– Toi non plus.

– Si, de l'URF. Tout le monde ici a vu ma configuration, donc c'est un peu tard pour s'en préoccuper, mais je sais que la majorité des gens pensent qu'à tout moment ma tumeur au cerveau va devenir apparente.

Della la regarda d'un air triste.

– En réalité, ils parient là-dessus.

– Super… Lorsque Monique est entrée dans les toilettes, j'ai essayé de changer ma configuration. Mais je n'ai pas été assez rapide. Elle a même sorti quelque chose, comme quoi j'aurais une tumeur au cerveau. La plupart des surnaturels ne savent même pas que mon espèce existe.

Même Hayden cache ce qu'il est, pensa-t-elle.

– Alors, il est peut-être temps de changer cela, suggéra Della.

– Changer quoi ?

– Sortir du placard. Tu sais, genre « je suis gay et j'assume ». Il te faudrait un slogan différent, peut-être « je suis un lézard, et si ça ne vous plaît pas, j'avalerai votre gésier », gloussa Della. Bon, d'accord, ça mérite un peu de boulot, mais tu vois ce que je veux dire.

– Je ne plaisante pas.

– Je sais, et moi non plus. Hormis le slogan débile, bien sûr. Tu ne peux pas le faire avec des humains, mais avec des surnaturels, ça devrait être possible !

Kylie passa le doigt sur le bord du verre pour récupérer le chocolat et réfléchit aux propos de son amie.

– *Elle a raison,* fit la voix dans sa tête. La même que tout à l'heure. Celle qui surgissait aux moments les plus curieux.

– Qui es-tu ? marmonna Kylie.

Della redonna un coup dans sa chaise.

– OK, je repense à la tumeur au cerveau, maintenant.

– Pas toi.

Les yeux de Della s'agrandirent.

– Oh ! mince ! Il y a un fantôme parmi nous ?

– Non, grommela Kylie, juste une voix.

Della inclina la tête de côté.

– Je n'ai rien entendu.

– Là-dedans !

Kylie montra sa tête du doigt.

– As-tu déjà entendu parler de schizophrénie ? demanda Della d'un ton sarcastique – elle la taquinait, mais Kylie ne trouvait pas cela drôle.

– Je ne suis pas folle, déclara-t-elle.

Della sourit.

– Si tu l'étais, je t'aimerais quand même ! Ne serait-ce que pour m'avoir appris que le mélange de sang et de chocolat est délicieux.

Tandis que Della vidait son verre, Kylie passa en revue les mille façons de « sortir du placard ». Elle avait choisi pour sa quête de sauver les jeunes caméléons d'une vie d'enfermement, mais avant cela, peut-être aurait-il fallu s'assurer d'abord qu'ils puissent faire leur *coming out* en toute sécurité.

Peut-être que Della et cette voix enquiquinante avaient raison. Si elle parvenait à imposer aux surnaturels de l'accepter pour ce qu'elle était vraiment, les autres caméléons en auraient aussi le courage.

Un peu comme Rosa Parks dans ce bus dans les années 1950. Il fallait que quelqu'un, un caméléon, se lève pour que l'on puisse les considérer comme partie intégrante du monde surnaturel. Ils devaient être fiers de qui ils étaient, et ne pas avoir à cacher leur véritable personnalité.

Instantanément, elle sentit monter en elle une émotion qui était à la fois chaleur et confirmation. C'était sa quête, son nouveau but, qui rejoignait en partie l'ancien. Et cela lui paraissait la chose à faire.

Oui, il ne lui restait plus qu'à trouver comment sortir du placard.

Cette nuit-là, la tête cachée sous l'oreiller, elle fut réveillée d'un coup par le picotement d'une autre présence. Ce n'était pas une présence froide, ce qui signifiait que celui qui était là n'était pas un mort. Quand elle ouvrit les yeux, un parfum floral lui chatouilla l'odorat. Elle remarqua la rose rouge sur sa table de nuit.

Une seule personne lui laissait des roses.

Lucas ? Son cœur chuchota son nom et cela lui fit aussitôt mal. La nuit précédente, elle s'était allongée sur son lit et avait accepté l'évidence. Le laisser partir. Malgré la peine endurée, elle ne pouvait pas le laisser détruire sa vie à cause d'elle.

Elle retint son souffle pour écouter. Était-il encore là ? Ou était-il reparti ? Elle vit le rideau blanc voleter quand une douce brise nocturne entra. S'il était parti, il aurait fermé la fenêtre.

Elle referma les yeux. Peut-être s'en irait-il si elle faisait semblant de dormir ?

– Je sais que tu es réveillée, fit sa voix grave dans la nuit calme.

– Et je sais que tu ne devrais pas être là.

Elle déglutit et chassa la vague d'émotions qui montait en elle. Elle roula sur le côté et remonta ses genoux contre sa poitrine. Il lui fallut encore quelques secondes pour rassembler son courage et le regarder. Elle savait que cela la ferait souffrir.

Elle avait raison. Ses cheveux étaient ébouriffés par le vent, comme s'il avait couru un sprint et son regard était triste. Une douleur brute lui tomba dessus. Elle souffrait de solitude.

– Je ne pouvais pas dormir, expliqua-t-il.

Le silence envahit la pièce. Il se rapprocha. Ses genoux touchèrent le lit. Il s'assit. Le matelas s'inclina sous son poids. Son cœur battait la chamade au souvenir de toutes ces fois où elle s'était lovée contre lui, ici, sur ce lit. Elle avait même dormi serrée dans ses bras, avec l'impression d'être en sécurité, protégée. Aimée.

– Ça ne peut pas être terminé, Kylie. Toi seule comptes pour moi.

Elle secoua la tête.

– Faux. Ta meute est importante. Elle l'a toujours été. Ta grand-mère. Et tu as beau prétendre que tu n'aimes pas ton père, tu le supportes. Alors, il doit bien compter pour toi. Et ensuite, il y a ta sœur.

Et tu les perdrais tous si tu me choisissais.

– Très bien, je les aime tous, c'est vrai. Tous, sauf mon père. Pour l'heure, je me moque bien qu'il pourrisse en enfer. J'en ai assez qu'il manipule ma vie. Mais les autres, oui. Je le reconnais, ils comptent tous pour moi. Mais ils ne sont pas toi !

– Le père de Monique envisage de te liquider ! lâcha-t-elle d'un coup.

– Cet abruti riche et prétentieux ne cherche qu'à se faire mousser ! Ce n'est qu'une grande gueule ! Il sait très bien comment mon père réagirait si jamais il me faisait du mal.

Lucas s'interrompit et la regarda.

– Mais cela prouve une chose : tu tiens à moi. Sinon, ça te serait bien égal qu'il ait l'intention de me tuer. Tu as beau être en colère, et je le mérite, tu m'aimes, et voilà pourquoi ça ne peut pas être fini entre nous.

Elle secoua la tête. Des larmes obscurcirent sa vision. Elle avait enfin compris, la nuit précédente.

– L'amour ne suffit pas ! Tu ne piges pas, Lucas ? Nous sommes Roméo et Juliette. Nous sommes les Hatfield et les

McCoy[1]. Nous sommes n'importe quelle histoire d'amour malheureuse qui ait jamais existé. Nous sommes ceux qui se font du mal, à eux et aux autres, en laissant égoïstement leurs émotions les guider à la place de la logique.

– C'est stupide, grommela-t-il en tendant la main pour la toucher.

Elle se recula.

– Non ! Veux-tu savoir ce qui est stupide ? Je continue à te voir embrasser Monique dans ma tête. À t'entendre lui promettre ton âme. Et je suis si blessée et si furieuse que j'ai envie de hurler. Mais en même temps je comprends parfaitement pourquoi tu as fait ça. À ta place, j'aurais sûrement agi de la même façon. J'ai mes propres quêtes – les fantômes, essayer d'aider les autres caméléons – et je veux achever ces quêtes, quoi qu'il advienne.

Elle déglutit et lui asséna la dernière vérité, le dernier argument qui justifiait qu'ils ne puissent pas être ensemble :

– Je vais le faire, même si tu en souffres. Voilà comment je le sais, Lucas. Voilà comment je sais que ce n'est pas bien. Quand faire ce qui est bien pour soi-même peut blesser quelqu'un que tu aimes si fort, ça ne peut pas être bien ! Nous deux, ce n'est *pas* bien. Alors, s'il te plaît, arrêtons de nous faire du mal. Va-t'en.

Elle n'avait jamais vu personne l'air aussi blessé et dut se faire violence pour ne pas le rappeler quand il ressortit par la fenêtre.

---

1. Les Hatfield et les McCoy sont deux familles américaines, célèbres pour le conflit qui les opposa pendant près de trente ans à la fin du XIXe siècle.

Chapitre 27

Le lendemain, pendant le cours de sciences, Kylie écouta à peine Hayden Yates parler des lois du mouvement de Newton et de $E = MC^2$. Elle aimait pourtant la science, mais comment expliquer qu'une épée puisse se déplacer toute seule ? Et Hayden n'avait-il pas affirmé qu'Einstein et Newton étaient des surnaturels tous les deux ? Mais cela l'aurait étonnée que des épées magiques les aient suivis partout…

Non pas qu'elle fût totalement rongée d'inquiétude à cause de l'épée à ce moment. Sa matinée avait été de la folie douce. À commencer par une conversation téléphonique d'une demi-heure avec sa mère qui avait entraîné des excuses de part et d'autre. Sa mère, pour avoir dramatisé l'histoire des tests de grossesse et avoir fait une scène ; et Kylie, pour ne pas l'avoir informée qu'elle avait réglé ces articles avec sa carte. Un coup de fil utile, mais désagréable. Surtout quand sa mère lui confia qu'il y avait de fortes chances pour que John soit son âme sœur.

Kylie avait tout de même réussi à chasser ses préoccupations à propos de sa mère. Celles concernant Lucas n'étaient pas aussi faciles à évacuer. Elle souffrait pour lui, mais s'était aussi tracassée pour trouver le moyen de sortir du placard.

Elle avait même séché l'Heure pour faire connaissance et le petit-déjeuner afin de mettre un plan au point. Et tout cela pour rien.

Bien sûr, elle n'était pas au mieux de sa forme. Après le départ de Lucas, l'esprit, comme s'il était jaloux que Kylie ne se consacre pas qu'à lui, avait décidé de passer la voir toutes les heures de la nuit précédente. Il n'avait pas apporté sa tête coupée et son épée, et Kylie lui en était éternellement reconnaissante. Mais au cours de sa dernière visite, il lui fit partager une chose troublante. Son chagrin. Il sanglotait, marmonnait quelque chose sur son fils qui avait été tué.

Kylie ressentit sa souffrance et lui en fit part, mais l'esprit était bien trop bouleversé pour lui répondre.

Elle se demanda si le fantôme entendait par là que son fils venait de se faire tuer ou s'il revisitait quelque chose de son passé. Le temps et les esprits, ça faisait deux ; et cela pouvait être hyper perturbant pour les vivants qui tâchaient de les aider.

Mais bon, celui-là n'avait pas l'air de calculer beaucoup de choses. Il ne répondait à aucune des questions directes de Kylie. Du style : *Qui veux-tu que je tue au juste ?* Ou *Pourquoi moi ? Pourquoi m'as-tu choisie pour tuer à ta place ?*

Quand Holiday était passée au bungalow la veille au soir, elle avait rappelé à Kylie qu'un esprit avait toujours une connexion avec la personne qu'il visitait.

– Trouve-la, et tu sauras ce qu'il veut vraiment, lui avait conseillé Holiday.

Plus facile à dire qu'à faire.

Jusque-là, l'esprit n'avait pas dit une seule chose qui puisse laisser croire qu'elle l'avait connu, ou qu'ils avaient une connaissance en commun.

La première fois qu'elle était tombée sur lui, c'était en se rendant à la cérémonie de fiançailles de Lucas. Kylie pensait qu'il avait peut-être été tué dans les bois, non loin du lieu des « réjouissances », et qu'il l'avait rencontrée par hasard. Elle s'était même surprise à espérer que ce soit le cas. Traitez-la de prude, mais elle ne voulait pas avoir de lien avec quelqu'un qui coupait des têtes et les trimballait partout comme des trophées. Et si Kylie avait connu quelqu'un de ce genre, cette personne ne se serait-elle pas singularisée dans la mémoire de la jeune fille ?

Bien sûr, elle était quasi sûre que le fantôme avait apporté la tête rien que pour attirer son attention, mais quelque chose d'un peu moins théâtral aurait suffi. Holiday lui conseilla également de considérer tout ce que faisait ou apportait l'esprit comme un indice. Comme l'épée, qui ressemblait à celle qui avait fait son apparition aux cascades.

La tête était-elle un indice ou un signe ? Mais là encore, n'était-ce pas censé être un peu plus subtil ? Une tête coupée n'avait absolument rien de raffiné. Là, Kylie se préoccupait du fantôme et non pas de sa quête.

Bien sûr, elle était obligée de résoudre les deux, mais sa quête semblait prioritaire pour l'instant. Ou le serait, si l'esprit voulait bien la laisser en paix.

Au tableau, Hayden montrait les devoirs du doigt. Elle les recopiait à la va-vite, lorsque quelque chose atterrit sur ses genoux dans un bruit sourd. Elle fit un bond.

Seule son aversion à sortir du lot en cours lui fit ravaler le petit hurlement qu'elle s'apprêtait à pousser.

À contrecœur, Kylie passa la main sous son bureau pour

toucher l'objet en métal froid. Comme elle le craignait, il était long et vertical, avec une poignée. L'épée était de retour.

Elle entendit quelqu'un s'éclaircir la gorge à quelques places de là. Elle jeta un coup d'œil sur Derek, qui lui servait d'escorte, et qui articula silencieusement : « Tu vas bien ? »

Manifestement, il avait senti quelque chose, mais n'avait pas vu l'épée. Elle hocha la tête.

Au bout d'une minute, Hayden annonça que la classe était terminée. Kylie feignit de lire ses notes et ne bougea pas. Burnett tenait à ce que personne ne soit au courant pour l'épée, et brandir une arme au beau milieu d'un cours de sciences semblait tout droit sorti d'un jeu vidéo et avait de fortes chances d'attirer l'attention.

– Kylie, tu viens ? lança Derek à la porte.

– Euh... je dois discuter avec M. Yates. Je te rejoins plus tard !

Elle jeta un coup d'œil à Hayden qui la scrutait d'un air anxieux.

– Attends dehors, demanda un Hayden, inquiet, à Derek.

Kylie vit Lucas sur le pas de la porte. Son regard croisa le sien, mais elle avait d'autres chats à fouetter. Pourtant, lorsqu'elle vit l'inquiétude dans ses yeux, l'amour absolu avec lequel il la regardait, son cœur fit une nouvelle descente en piqué. La mort dans l'âme, elle ne pouvait nier qu'elle l'avait dans la peau.

– Fermez la porte, leur intima Hayden, et il s'approcha de son bureau.

Fermez la porte. Les paroles de l'enseignant résonnaient dans sa tête. Elle devait fermer la porte à ses sentiments pour Lucas. Mais comment ?

– Quelque chose ne va pas ? demanda Hayden.

Toute ma fichue vie. Kylie croisa le regard du prof, chassant la peine que lui inspirait Lucas.

– Oui, il y a une épée sur mes genoux.

– L'épée ? demanda-t-il.

Elle grimaça.

– Je ne l'ai pas regardée, mais je suppose qu'il n'y en a qu'une qui apparaît comme par magie et qui vient anéantir toutes les règles et théories que vous venez d'aborder dans ce cours.

Hayden sourit et baissa la tête pour voir l'arme.

– Oui, ces théories ne valent pas un clou quand la magie intervient !

– La même épée, je présume ? demanda Kylie.

Il opina.

– Super.

Puis elle fit le rapprochement avec ses propos :

– Vous pensez que c'est la magie qui fait cela ? Comme la Wicca ?

– Ou autre chose de tout aussi déconcertant, affirma-t-il.

– Donc, d'après vous, il ne s'agit pas du tout des pouvoirs caméléons ?

Il tordit la bouche.

– Ceux-ci sont en partie des pouvoirs wiccans.

– Oui, acquiesça Kylie, et elle repensa à sa toute dernière quête. Ce qui me déroute complètement, c'est pourquoi c'est si nul d'être nous.

Il eut l'air perplexe.

– Ce n'est pas nul, dit-il. Bon, je vais allez chercher mon sweat, je la cacherai dedans et nous l'emporterons au bureau. Tu veux bien me l'apporter ?

Elle n'aimait pas toucher ce truc, mais s'empara

délicatement de la poignée et lui tendit l'arme. À son contact, l'épée s'embrasa. Elle la fit tomber dans le sweat à capuche.

– Si ce n'est pas si nul d'être nous, alors pourquoi dissimulez-vous votre configuration ? Vous portez même une capuche pour que personne ne la voie. Et pourquoi les anciens estiment-ils qu'ils doivent cacher tous les jeunes ?

– Parce que les gens ne comprendraient pas, parce que dans le passé, cela a conduit à notre persécution, mais pas parce que c'est nul d'être un caméléon.

– Mais ne serait-ce pas mieux si vous n'aviez pas à le cacher ? Si nous pouvions l'arborer fièrement comme les autres ?

Il regarda fixement l'épée, comme s'il écoutait à moitié ce qu'elle disait.

– Un jour, cela arrivera.

– Non, insista Kylie, pas si tout le monde continue à se planquer.

Il leva les yeux sur elle.

– Tu ne comprends pas combien les choses ont été difficiles pour nos parents.

– Vous avez raison, je ne comprends pas. Et peut-être est-ce pour cela que je vois la situation plus clairement. Il faut qu'il y ait un changement. Mais quelqu'un doit le provoquer. Il n'arrivera pas tout seul, ni par hasard.

– OK, on dirait que tu y as beaucoup réfléchi. Comment changerions-nous cela ? demanda-t-il.

– Je n'ai pas encore trouvé, mais je le ferai.

Elle se leva.

Il soupira, comme s'il n'aimait pas ce qu'elle disait.

– Quand tu trouveras quelque chose, soumets-le-moi

d'abord. Je sais que tu ne voudrais mettre personne en danger.

– Je veux juste aider. Et je vous en parlerai si je le peux.

Elle braqua son regard sur l'épée.

– Qu'est-ce que cela veut dire « si je le peux » ? Pourquoi ne pourrais-tu pas me le soumettre ?

Elle le fixa.

– Je fais simplement attention à ne pas faire de promesses que je ne suis pas sûre de pouvoir tenir.

Il se renfrogna.

– Ne fais rien de stupide, Kylie.

– Maintenant, si je peux faire des promesses, dit-elle, j'éviterai la stupidité à tout prix.

Sa réponse n'eut pas l'air de le satisfaire, mais il passa à un autre sujet.

– Ton grand-père m'a appelé à l'heure du déjeuner, il voulait savoir si elle avait des marques, dit-il en retournant l'épée. Je ne vois rien du tout.

– Moi non plus, dit Kylie.

– Est-ce que cela t'a fait mal de la tenir ?

– Mal ? Non. Flipper, oui. Pourquoi ?

– Voudrais-tu réessayer pour moi ? Juste quelques secondes. Peut-être qu'autre chose apparaîtra dessus.

Kylie se rembrunit.

– Très bien, mais si l'épée ou moi devenons dingues, vous tuons ou autre chose dans le genre, ce ne sera pas ma faute. La dernière fois que Holiday m'a fait essayer quelque chose, Burnett a failli se retrouver stérile.

Hayden fronça les sourcils.

– Nous devrions peut-être attendre et essayer au bureau, avec Burnett et Holiday.

– Bonne idée, acquiesça Kylie.

– Êtes-vous sûrs que ce soit une bonne idée ? demanda Kylie. Je ne voudrais pas reproduire l'incident du presse-papiers…

Burnett était un peu inquiet, mais n'en montra rien.

– Tu l'as déjà tenue et elle s'est seulement embrasée.

– Mais jamais plus de quelques secondes.

– Kylie, intervint Holiday, tu n'es pas obligée de le faire, et Derek, qui se tenait à côté d'elle, approuva.

Puisque Burnett lui avait demandé de faire des recherches sur Internet à propos de cette épée, autant qu'il assiste à tout le reste.

– J'ai simplement peur qu'on ne puisse pas la maîtriser et qu'elle se mette à tuer des gens, dit Kylie.

– Pourquoi ferait-elle cela, d'après toi ? demanda Holiday.

– Je… je ne sais pas… peut-être à cause de l'épée du fantôme, répondit Kylie, et parce qu'il trimballe partout une tête avec l'épée.

– Crois-tu vraiment qu'il y ait un lien entre le fantôme et cette épée ? demanda Holiday. Parce que je ne comprends toujours pas comment un fantôme aurait pu l'envoyer ici.

– Je ne sais pas quoi penser, avoua Kylie. Mais je trouve qu'elles se ressemblent.

– Mais c'est une épée des plus banales, observa Burnett.

– Je ne crois pas que tu ferais du mal à quiconque, ajouta Derek. Tu es une protectrice, si l'épée réagit avec toi, alors c'est qu'elle doit se connecter à cette partie de toi. Je ne pense pas qu'elle soit mauvaise.

– Je suis d'accord, lança Hayden.

– Très bien, vos vies sont en jeu, prévint Kylie en s'emparant de l'arme.

– Mais au cas où, fit Holiday en arrêtant son amie, soyons tous prêts à nous baisser et à nous enfuir en courant.

Kylie fronça les sourcils.

Holiday haussa les épaules.

– Au cas où.

Kylie attrapa l'épée. Burnett poussa Holiday derrière lui, puis ils reculèrent tous d'un pas de plus.

Chapitre 28

À la minute où elle s'empara de l'épée, cette dernière s'embrasa. La chaleur de l'arme imprégna sa main et grimpa le long de son bras.

– Tu vas bien ? demanda Holiday, comme si elle sentait le malaise de Kylie.

Celle-ci réprima l'envie urgente de lâcher l'arme et respira un bon coup. À la place, elle la serra plus fort et veilla à ce que son poids ne la fasse pas trembler. Elle n'était pas si lourde, elle devait peser moins de deux kilos, et pourtant cela lui procurait une sensation bizarre. La tenir la mettait mal à l'aise.

– Oui, ça va, répondit-elle. Elle est tiède, c'est tout.

– Ne la laisse pas te brûler, dit Holiday.

L'épée continua à flamboyer de plus en plus vivement, mais pas au point de les aveugler, plutôt comme s'ils observaient de la lumière filtrée. Kylie retint son souffle, puis, d'un seul coup, n'eut plus peur. C'était comme… tenir quelque chose qu'elle connaissait. Une pierre magique ou un cadre photo qu'elle avait regardé trop longtemps. Pourquoi était-ce si agréable dans sa main ?

Comme si son sentiment de calme se généralisait, Burnett et Holiday se rapprochèrent d'un pas. Derek les suivit.

– Je ne vois pas de marques dessus, observa Hayden.

– Moi non plus, dit Burnett.

Kylie examina l'épée : elle ne la trouvait même plus encombrante. La gêne avait disparu. Son étreinte sur la poignée était ferme, l'objet dans sa main faisait presque partie d'elle-même. Elle tourna son poignet et vit une inscription sur le bouton, tout en haut du pommeau.

– La voilà, l'inscription, fit-elle en désignant la marque.

Tous les quatre se rapprochèrent.

– C'est du latin, observa Holiday. Cela veut dire *guerrier saint.*

– Je vais voir ce que je peux trouver sur Internet, mais…

Derek la regarda comme pour s'excuser, comme s'il savait que ses propos allaient l'énerver :

– … mais il y a quelqu'un ici qui s'y connaît très bien en épées.

Burnett opina.

– Je viens de m'en souvenir.

Le vampire regarda Kylie avec le même air d'excuse que Derek. Elle comprit de qui il s'agissait sans qu'ils aient besoin de le dire. Burnett sortit son téléphone.

– J'appelle Lucas.

Kylie secoua la tête.

– Pourquoi ? Depuis quand un loup-garou serait-il expert en épées ?

Burnett haussa un sourcil.

– Ses ancêtres étaient scandinaves.

– Et alors ?

– Dans sa famille, on se bat à l'épée depuis mille ans. On l'y a formé quand il était petit.

Elle poussa un gémissement. Elle avait espéré rester à distance de Lucas le plus possible.

– Très bien, appelle-le. Montre-la-lui. Moi, j'y vais.

Elle s'apprêta à reposer l'arme.

– En fait, j'aimerais qu'il la voie en feu... Lucas, dit-il au téléphone, peux-tu venir au bureau ? J'ai quelque chose à te montrer. Oui... Oui, non, elle va bien... Tu verras quand tu seras là... Super.

Il raccrocha.

– Il arrive, il était au réfectoire.

Kylie comprit qu'il avait dû les suivre au bureau et attendait, au cas où quelque chose se passerait mal. Qu'il pense à elle l'émut de nouveau. Elle ferma les yeux une seconde et se prépara à le voir.

Un bruit de pas précipités sur le perron brisa le silence. La porte du bureau s'ouvrit d'un coup.

– Entre ! dirent Burnett et Holiday en même temps.

Lucas se précipita vers Kylie, mais s'arrêta net en voyant l'épée.

– Bon sang ! s'exclama-t-il, le souffle coupé.

– Connais-tu quelque chose sur ce genre d'épée ? demanda Burnett.

Lucas approcha. Il attrapa le poignet de Kylie délicatement et scruta l'arme de plus près. Elle l'entendait respirer, souffle doux et calme. Elle sentit qu'il ne pensait pas seulement à l'épée. Elle se mordit la lèvre pour ne pas soupirer.

– Et ? demanda Burnett.

Lucas inspira. Il tourna légèrement la main de Kylie pour regarder l'épée correctement des deux côtés.

– Elle date du douzième siècle. Très probablement une épée de croisé.

– J'en étais sûr, lança Burnett. Aucune idée de la raison pour laquelle elle s'embraserait ?

Lucas leva les yeux sur elle.

– Ce doit être Kylie.

Son pouce effleura le bas de son poignet. Son contact était doux et dur à la fois. Elle avait envie de pleurer. Elle déglutit de nouveau et pria pour tenir ses larmes en échec. Mais mince alors ! Même en colère contre lui, même sûre et certaine que leur relation était maudite, elle l'aimait tellement fort ! Le désir de s'appuyer contre lui, de le supplier de la prendre dans ses bras était intense, mais elle se força à ne pas craquer.

– Oui, on s'en doute, répliqua Burnett. Mais pourquoi ?

Lucas continua à la caresser du regard.

– Ça, je l'ignore. Mais je pourrais deviner.

– Alors devine ! lui ordonna Burnett, à bout de patience.

– C'est une guerrière sainte, dit Lucas, et il lui jeta un coup d'œil rapide.

Kylie chassa ses inquiétudes au sujet de Lucas pour se concentrer à nouveau sur l'épée.

– Non, je suis simplement une protectrice. Je ne suis pas une guerrière. Je n'aime pas la guerre !

– Pourtant, c'est exactement ce que dit l'épée, observa Burnett. Guerrière sainte.

– Je peux voir ? demanda Lucas.

Kylie retourna son poignet et lui montra l'inscription.

– Incroyable ! Tu es bien une guerrière sainte.

Il eut l'air intimidé. Impressionné.

À une époque, elle aurait été ravie de susciter cette expression dans ses yeux. Mais pas à cet instant. Elle ne voulait pas se prendre pour Jeanne d'Arc, ni pour aucune guerrière.

– On ne peut pas croire tout ce qu'on lit, dit-elle.

Sa réaction le laissa perplexe.

– C'est presque la même chose qu'une protectrice, mais pour moi, c'est encore plus extraordinaire. Il y a des légendes sur ça. Je ne m'en souviens pas, mais ma grand-mère a un livre qui en parle.

– Mais tu n'as jamais rencontré de guerrière sainte, si ? demanda Kylie.

– Toi, répéta-t-il, légèrement fier.

– Avant moi ! le rembarra-t-elle d'un ton sec.

– Non, avoua-t-il.

Elle se tourna vers les autres dans la pièce :

– L'un d'entre vous en a-t-il déjà rencontré une ?

Ils firent tous non de la tête.

– Donc la voilà, ma preuve, affirma-t-elle catégoriquement. Ce ne sont que des légendes. Elles n'existent pas dans la réalité.

Elle ne voulait pas croire qu'elle était une guerrière. Elle essayait encore de se faire à l'idée qu'elle était une protectrice.

Holiday approcha et posa une main sur le bras de Kylie.

– Nous ignorions l'existence des caméléons jusqu'à il y a quelques semaines.

– Elle a raison, approuva Derek.

– Bon, très bien, va pour cet argument, songea Kylie en tâchant de se calmer.

Lucas, qui tenait encore son poignet, le serra un peu plus fort.

– Ce n'est pas... grave. Être une protectrice, c'est pratiquement la même chose. Tu dois te battre pour protéger quelqu'un.

Elle baissa les yeux sur l'épée qui brillait et se rendit

compte que le contact de Lucas était plus chaud que celui de l'arme.

– Bon, supposons qu'elle soit une guerrière sainte, mais qu'est-ce que ça veut dire ? demanda Burnett. Pourquoi l'épée vient-elle d'apparaître ? Est-ce une sorte de rite de passage ? Juste une question de timing ? Ou… autre chose ?

Sa façon de dire « autre chose » donna l'impression que c'était grave. Et Kylie devina que ça l'était, en effet. Et ça ne lui plaisait pas du tout.

Lucas la regarda d'un air compatissant.

– Je crois qu'on lui offre une épée dans un but bien précis. Oui, peut-être parce que, jusqu'à présent, elle n'était pas encore prête à la recevoir. Mais je pense que c'est plus parce que…

Un air protecteur traversa son visage. Elle savait qu'ils pensaient tous pareil.

– Parce que quoi ? s'enquirent Burnett et Holiday en chœur.

– Parce qu'elle pourrait en avoir besoin. L'épée apparaît quand vient l'heure de se battre.

– C'est exactement ce qu'affirment les anciens, lança Hayden. Si on la lui a donnée, c'est qu'elle en aura besoin.

– Comment en être sûr ? demanda Burnett.

Lucas secoua la tête.

– Aucune idée. Mais… Sais-tu t'en servir ?

– Comment le saurais-je ? Je ne sais même pas comment marche un économe ! Et c'est justement pour cette raison que c'est n'importe quoi. Je ne suis pas une guerrière.

– Je t'ai vue te battre, lança Derek. Tu es géniale !

– Il a raison, insista Lucas. Tu as également un cœur de guerrière. Mais elle doit apprendre à manier l'épée, affirma-t-il en reposant les yeux sur Burnett.

Manifestement, Kylie n'aurait pas son mot à dire. Elle fronça les sourcils.

– Peux-tu le lui enseigner ? demanda Burnett.

Le regard de Lucas croisa le sien. *Non,* pensa Kylie, et elle finit par retirer sa main de la sienne. Ce n'était pas une bonne idée.

– Si elle veut bien me laisser faire, lança Lucas.

– Kylie ? insista Burnett.

Avait-elle le choix ? Non. Elle ne pourrait pas y échapper. Elle le savait. En était convaincue – si l'épée se trouvait dans sa main, c'était parce que c'était sa place.

Elle acquiesça, même si cela lui était insupportable.

– Bien, approuva le vampire, avant tout j'aimerais que tu m'apportes les livres de légendes de ta grand-mère et ensuite, ton job consistera à lui apprendre à manier l'épée.

Lucas se tourna vers la jeune fille.

– J'ai hâte, lança-t-il.

Pas moi, songea-t-elle, mais elle garda ses pensées pour elle.

Dix minutes plus tard, Kylie retourna dans son bungalow, accompagnée de Derek, son escorte officielle, jusqu'à ce que Della revienne de sa réunion avec ses sœurs vampires. Les cours commenceraient le lendemain.

– Je sais que cela ne te fait pas plaisir, lança Derek.

– Tu es mon escorte, tout va bien.

– Non, pas ça, je parle des cours avec Lucas.

Elle soupira.

– Je ne pense pas avoir le choix.

– Tu aurais pu insister pour que Burnett te trouve un autre professeur.

– Je n'y ai pas pensé.

Mais pourquoi ? Parce que je désire être avec lui ?

– C'est sûrement mieux ainsi.

– Pourquoi ? demanda Kylie, qui sentait qu'il ne lui disait pas tout.

Il sourit, mais avec une légère touche de tristesse.

– Tu l'aimes. Je l'ai ressenti si fort. Tout comme ta colère.

– J'ai le droit d'être furieuse, marmonna-t-elle, bien qu'elle sût que ce n'était pas le pire problème.

– Oui, tu as le droit, répondit Derek, mais ce que tu éprouvais était plus fort que ça.

Elle croyait qu'il faisait allusion au fait que Lucas finirait par la détester, mais il poursuivit d'un air penaud :

– Je l'ai ressenti. Le même tourment qui t'habitait quand on s'est rencontrés. Quand tu souffrais à cause de ton ex. Ensuite, c'était la peine que tu éprouvais à cause de ton beau-père, quand il a trompé ta mère. Et puis ce sentiment d'avoir été trahie.

Elle voulait le nier, mais n'y parvint pas.

– Alors, j'imagine que cela veut dire que vous êtes tous des enfoirés, les mecs !

Son cœur se noua et elle déglutit pour éviter que les larmes lui montent aux yeux.

Il soupira et lui toucha l'épaule pour l'apaiser.

– Ce que Lucas a fait était mal, Kylie. Ce que nous avons *tous* fait était mal. Et je ne prétends pas qu'il ne mérite pas ta colère, mais il ne doit pas payer pour les erreurs de tous les autres.

En dépit de ses efforts, des larmes lui voilèrent les yeux. Et si Derek avait raison ?

Son contact chaud lui fit du bien, mais n'arrangea rien. Parce que le passé n'était pas réparable.

– Même si je pouvais oublier, notre relation ne fonctionnerait pas.

– Pourquoi pas ? demanda-t-il.

– Je te l'ai déjà expliqué. Il perdrait tout. Sa famille, sa meute. Et surtout, ses rêves. Je refuse d'en être la raison.

Elle se remit en route. Vite, regrettant de ne pas pouvoir courir, s'enfuir loin de tout ce qu'elle ressentait, de tout ce qu'elle avait perdu.

Il la rattrapa, et elle ralentit quand ils prirent le chemin qui menait à son bungalow. L'air sentait l'automne, comme pour dire que la vie changeait.

Le changement était difficile.

Le demi-Fae s'éclaircit la gorge et rompit le silence fragile.

– Alors, tu trouveras le moyen d'esquiver ça.

Elle le regarda, sans trop comprendre ce qu'il voulait dire.

– Esquiver quoi ?

– Le fait qu'il perde tout.

– Je ne crois pas que ce soit possible, dit-elle.

– Tout est possible, tu es Kylie Galen.

Il lui adressa un sourire sincère. Elle secoua la tête.

– Tu sais, les gens m'accordent bien trop de mérite.

– C'est parce que tu ne te vois pas telle que tu es, rétorqua-t-il, un grand sourire sur les lèvres.

– Je n'ai pas l'étoffe d'une guerrière, Derek.

– Tu t'en sortiras très bien. Et tu te souviens quand tu m'as conseillé d'accepter mes dons la première fois que nous sommes arrivés ici ?

– C'était sûrement un mauvais conseil, lança-t-elle.

– Non, pas du tout. Tu m'as dit que je devais les accueillir. Tu avais raison. Je ne me vois pas ne pas utiliser mes pouvoirs en ce moment. Ils font partie de moi. Et toute cette histoire d'épée et de guerrière fait partie de toi.

– J'ai déjà du pain sur la planche, pas besoin d'en rajouter.

– C'est-à-dire ?

– Mon fantôme attitré, je dois le renvoyer de l'autre côté avant qu'il ne me rende folle. Et puis il y a mes quêtes.

– Mais tu ne crois pas que toute cette histoire d'épée fait partie de tes quêtes ? Je pense que le fait qu'elle s'embrase quand tu la touches est un signe que tu ne dois pas négliger.

– Eh bien, ce n'est pas ma priorité, le rembarra-t-elle.

– Puis-je t'aider d'une façon ou d'une autre ?

Elle réfléchit.

– Je ne crois pas.

– Raconte-moi ton histoire de fantôme.

Elle lui parla de l'esprit. Et de la tête et de l'épée.

– Mince, il y a de quoi s'angoisser ! Tout cela doit avoir un rapport. Je sais que Lucas rapportera ces livres de chez sa grand-mère, mais je ferai des recherches sur Internet. Je trouverai peut-être quelque chose.

– Merci. Pour tout.

– Tout ?

– Je ne mérite pas ton amitié.

– Oh ! que si !

Ils marchèrent quelques minutes en silence. Le bruit de leurs pas sur le chemin rocheux se mêlait à la mélodie de la nature. Des cris d'oiseaux, des insectes qui bourdonnaient.

– Tu veux savoir quelque chose ? demanda-t-il.

– Quoi ?

– Tu as fait ce qu'il fallait… pour nous deux. J'avais

besoin que tu me le dises. Ça a beau avoir l'air fou, mais je me sens mieux en réalité.

– Tu dis ça pour ne pas que je culpabilise ?

– Non, je suis sérieux. C'est mieux comme ça.

Elle le regarda et sentit qu'il était totalement honnête.

– Ça ira, nous deux, hein ? demanda-t-elle.

– Bien sûr. Et je ne plaisante pas quand je te dis que je suis ton ami.

– Moi non plus.

Ils marchèrent encore un peu en silence

– Quelles sont tes autres quêtes ? demanda-t-il.

Elle ne voulait pas aborder le sujet du placard, alors elle parla de l'autre.

– Je veux aider les ados caméléons. Les anciens les isolent de tout. Impossible de devenir adulte comme cela.

– Comme cette Jenny ? Elle a l'air plutôt normale.

– Elle est complètement coupée du monde.

Elle lui raconta qu'ils n'avaient ni téléphones ni amis en dehors de l'enclos.

– C'est triste. Jenny a l'air sympa.

– Oui, c'est vrai, dit Kylie en se souvenant de la jeune fille accrochée au dos de Derek quand il courait dans tous les sens pour essayer de la faire tomber. Elle sourit.

– Je sais à quoi tu penses.

– C'était drôle, reconnut-elle.

– J'aurais pu la blesser.

– Mais non, tu ne l'aurais pas fait.

– Pas délibérément, mais elle a surgi de nulle part et m'a sauté dessus. Je ne savais pas que c'était une nana sexy qui s'était accrochée à moi.

– Donc, tu l'as trouvée sexy. Je le savais ! J'ai vu comment vous vous regardiez tous les deux.

Il haussa les épaules.

– Pas du tout !

– Si ! Tu la matais, même ! Et elle aussi.

Il haussa un sourcil.

– Vraiment ?

Elle rit.

– Oui, vraiment.

– Alors je vais passer la voir, il semblerait que j'ai un faible pour les caméléons.

– Bonne chance ! Il paraît qu'ils sont compliqués.

– C'est vrai, admit-il en riant.

– C'est vraiment si difficile pour les ados caméléons ? demanda au bout d'un moment Derek.

– En gros, ils n'ont pas le droit de se montrer en public tant qu'ils ne peuvent pas changer leur configuration. Et avant de savoir le faire, ils doivent avoir dix-huit ou vingt ans.

– Tu sais changer la tienne.

– Oui, je ne suis pas différente pour rien, dit-elle, fronçant les sourcils. Apparemment, c'est l'histoire de ma vie.

– Ça craint pour eux, c'est vrai. Pourquoi tu ne les ferais pas venir ici ? Je suis sûr que Holiday serait d'accord.

– Crois-le ou non, j'y ai pensé, mais ce ne sera pas si simple.

D'abord, il fallait que Kylie trouve le moyen de pousser les caméléons à faire leur *coming out.*

– En tout cas, tu peux compter sur moi.

– Je m'en souviendrai.

Quand ils parvinrent au bungalow, Della et Miranda s'y trouvaient déjà. Elles étaient assises à la table de la cuisine, soda à la main et l'air préoccupé.

– Super, te voilà ! s'exclama Miranda comme si elles

l'attendaient pour tenir une table ronde importante ; une conversation à coups de Coca light.

Puis ses deux colocs regardèrent Derek en lui signifiant qu'il n'était pas convié à leur petite fête. Il pouffa.

– La dernière fois que j'ai vu cette tête chez les filles, un mot était écrit sur la cabane de mon voisin ; il disait : « Interdit aux garçons. » À plus tard ! Et si je trouve quelque chose sur Internet, je te le ferai savoir.

Kylie se tourna vers Della et Miranda :

– Pourquoi je ne l'ai pas choisi, lui, tout aurait été tellement plus simple !

– Parce les cœurs sont de méchants petits salauds sournois, conçus pour provoquer le malheur. Ils se fichent éperdument de ce qui faciliterait ou compliquerait la vie de leurs propriétaires, lança Della d'un ton cassant. Ça craint, vraiment ! ajouta-t-elle d'une voix stridente, en donnant un grand coup de poing sur la table. Je propose que l'on se reprenne une cuite au chocolat !

Kylie regarda Miranda, l'air de dire : « Qu'est-ce qui se passe ? »

Celle-ci haussa les épaules et lut manifestement la demande silencieuse de son amie, parce qu'elle y répondit.

– Steve l'appelle toutes les demi-heures, mais elle refuse de répondre.

Chapitre 29

Le lendemain, après l'école, Kylie souffrait tout de même d'une gueule de bois au chocolat. Oui, ça existe. Elle en était la preuve vivante et nauséeuse. Holiday, qui prétendait qu'elles méritaient toutes les trois de noyer leur chagrin dans le cacao, leur avait non seulement fourni le sirop au chocolat, mais avait envoyé Burnett acheter de la glace au chocolat et un paquet d'Oréos.

Bien sûr, il en restait moins de la moitié quand Burnett et Holiday arrivèrent, et celle-ci avait encore des miettes sur le menton.

– Je mange pour deux, expliqua-t-elle pour s'excuser.

Della s'en était tenue à ses Bloody Mary chocolatés, mais Kylie et Miranda s'étaient goinfrées de tout ce qu'elles pouvaient. Kylie ne se serait pas étonnée d'en être dégoûtée à vie. Elle ne pouvait pas nier que le chocolat avait réussi à apaiser temporairement tous ses problèmes. Apaiser, pas résoudre.

Della avait râlé contre Steve, qui n'acceptait pas que ce soit terminé. Miranda se demandait comment présenter ses excuses à Nikki. Kylie avait failli pleurnicher sur les garçons qui étaient des bons à rien, des menteurs. Puis elle se rappela ce que Derek avait dit : qu'elle passait toutes ses colères sur Lucas. Et c'était vrai. Elle préféra donc attaquer le chapitre de la guerrière sainte.

Elle leur raconta toute l'histoire de l'épée, en leur faisant jurer de ne pas la répéter. Miranda, naturellement, trouvait l'épisode de la guerrière supercool, et Della était jalouse. Kylie, encore énervée, vida un autre bol de crème glacée pour l'aider à supporter tout cela. Puis elles finirent par rigoler bêtement de choses idiotes. Parmi les sujets qu'elles abordèrent, il y avait le sexe, les garçons et ce qui était le plus sexy, slips ou boxers.

Les boxers l'emportèrent.

– Bon d'accord, peut-être que le chocolat et le sang ne font pas bon ménage, en fin de compte, déclara Della, l'air plutôt lugubre cet après-midi-là. C'était Kylie qui aurait dû être de la pire humeur. Elle allait prendre son premier cours d'escrime avec Lucas. Au bord du lac, en plus.

Pourquoi avait-il choisi ce lieu pour s'entraîner ?

Mais, bien sûr, parce que c'était l'endroit qu'il choisissait toujours pour flirter. S'il avait une idée derrière la tête, il valait mieux qu'il l'oublie très vite. Elle était venue pour se battre, pas pour l'embrasser !

Il l'attendait, nonchalamment adossé à un arbre. Elle ne l'avait pas revu depuis la veille dans le bureau, mais cela lui paraissait très loin. Il avait séché les cours. Quand Mme Cane s'était interrogée sur son absence, Fredericka était intervenue et avait expliqué qu'il avait dû aller chercher quelque chose chez sa grand-mère. Kylie pensa qu'il s'agissait des livres que Burnett voulait.

Il semblait plus loup qu'humain, et elle en déduisit que la pleine lune arrivait. Elle avait déjà remarqué que quelques jours avant la pleine lune, l'animal en lui prenait le dessus.

Ses cheveux noirs rebiquaient par endroits, il avait franchement besoin d'une bonne coupe. Ces boucles qui s'agitaient sous la brise donnaient l'envie d'y passer les doigts. Il portait un jean moulant. On devinait ses muscles sous son T-shirt bleu. Il semblait tout droit sorti d'une pub.

Il se dirigea vers elles, sans se presser. Sa démarche était lente, assurée. Kylie en eut le souffle coupé.

– Tu sais qu'un loup-garou peut sentir tes phéromones, n'est-ce pas ? chuchota Della à l'oreille de son amie.

Génial, songea-t-elle.

– Si cela peut te rassurer, tu n'es pas la seule à polluer l'air en ce moment.

Kylie ne s'était pas habillée pour attirer son attention. Son T-shirt rose au décolleté rond ne révélait qu'un peu de poitrine. Bien sûr, il était suffisamment moulant, mais c'était le cas de la plupart de ses vêtements. Son short était un jean coupé, rien de trop court, ses chaussures, des tennis blanches ordinaires, sur des chaussettes roses assorties à son T-shirt. Et le seul maquillage qu'elle portait, c'était du mascara et du brillant à lèvres.

Lucas s'arrêta devant elle.

Elle fit comme si sa présence la laissait indifférente.

Mais lorsque leurs regards se croisèrent, le cœur de Kylie fit un bond dans sa poitrine.

– Est-ce que vous voulez que je reste ?

Le « oui » de Kylie et le « non » de Lucas résonnèrent en même temps.

– Désolé, fit Lucas, mais pas si désolé que ça. J'ai besoin de toute l'attention de Kylie, et tu risquerais de la distraire.

– Mouais, répliqua Della, totalement incrédule.

Lucas regarda la vamp en fronçant les sourcils.

– C'est bon, je vais faire un petit tour. Appelle-moi quand tu auras terminé.

– Je la raccompagnerai à son bungalow, dit Lucas.

– Je t'appellerai dès que j'aurai terminé, décréta Kylie.

Della partit à toute allure. Kylie se demanda comment elle allait trouver la force de supporter l'heure qui allait suivre.

Aucun des deux ne parla pendant une minute. Elle respira un bon coup et se tourna vers lui.

– Je suis prête.

– Attends, je vais chercher le matériel.

Il retourna vers l'arbre sous lequel reposait un gros sac en toile. Il en sortit une serviette enveloppant l'épée. Un frisson la parcourut. Ce n'était pas de la peur, mais une folle prise de conscience.

Rien que sa façon de la tenir évoquait le respect, la révérence. Kylie se rapprocha et le regarda en sortir une deuxième. Légèrement différente, mais similaire. La taille et la forme semblaient presque identiques.

Puis une autre apparut comme par magie.

– D'où vient celle-là ? demanda-t-elle.

– Celle-ci m'appartient. Je l'ai prise en allant chercher les livres pour Burnett. Mon grand-père me l'a offerte avant de mourir.

Elle remarqua que les armes se ressemblaient.

– Étaient-ce des croisés ou des guerriers saints ?

Il lui adressa l'un de ses grands sourires sexy de mauvais garçon. Et tant pis si elle se retrouva hyperembarrassée. À cet instant-là, elle se souvint du goût de ses lèvres.

– En réalité, c'étaient des Vikings. Des sortes de Robin des Bois, pas des pirates meurtriers. Enfin, c'est ce qu'on m'a raconté.

Elle essuya ses mains moites sur ses poches arrière.

– Burnett a-t-il appris quelque chose d'intéressant dans tes livres ?

– Je l'ai vu juste après le déjeuner et il m'a dit qu'il était encore en train de les étudier, expliqua-t-il en sortant du sac deux épées en bois.

– Et toi, tu les as lus ?

– Oui. Quand mon grand-père me donnait les cours, je les ai dévorés. Je me prenais pour un guerrier saint. Son sourire s'illumina. Je faisais semblant de sauver des demoiselles en détresse.

Elle le voyait très bien dans ce rôle. Elle se souvint quand ils étaient petits et qu'il avait rattrapé la pierre que de grosses brutes avaient jetée sur elle. À six ans, elle le considérait comme un héros.

À seize, comme un bourreau des cœurs.

– Bon, d'abord je vais te montrer comment tenir l'épée, et ensuite je t'apprendrai des mouvements défensifs très simples. Puis nous nous battrons pour de bon.

Il ramassa son épée et se positionna derrière elle. Elle lui fit face immédiatement.

– Retourne-toi, je veux t'expliquer comment la tenir.

– Pourquoi tu ne me peux pas me montrer tout simplement ?

Il se rembrunit.

– C'est comme ça que mon grand-père me l'a enseigné. S'il te plaît, retourne-toi.

Elle le regarda d'un air renfrogné, mais s'exécuta. Puis elle retint son souffle et attendit qu'il la touche. De sentir son corps contre le sien. Attendit la douleur dans son cœur qui ne manquerait pas de suivre.

Elle sentit son torse chaud se coller contre son dos. Il plaça une main sous son coude, puis la fit lentement glisser le long de son bras. Elle désirait autant ce contact qu'elle l'appréhendait. Elle déglutit et ce bruit lui parut presque trop fort.

– Prends l'épée, murmura-t-il.

Elle entoura la poignée de sa paume.

– Maintenant, bouge un tout petit peu le poignet jusqu'au…

Il marqua une pause au moment même où l'arme se mettait à s'embraser.

Sa façon de respirer lui montra qu'il était à la fois respectueux et intimidé par ce que faisait l'épée. Kylie était bien trop préoccupée par son corps contre le sien pour se soucier de l'arme.

– Comme ça, dit-il, et il déplaça très légèrement son poignet sur la droite.

Elle sentit sa joue dans sa nuque.

– Sens-tu que l'épée est à l'horizontale dans ta main ?

Elle hocha la tête, ne faisant pas confiance à sa voix. Son odeur l'enivrait.

– Tu te débrouilles bien.

Ils restèrent ainsi de longues secondes.

– La suite, c'est quoi ? lâcha-t-elle, en se reprenant un peu.

– Maintenant, je vais te montrer des mouvements.

Arme à la main, il lui fit face. Son regard bleu la pénétra. Elle vit la chaleur dans ses yeux, et le désir.

– Désolée, je ne voulais pas que cela se produise.

Elle se détourna rapidement. Et espéra que ce duel ne serait pas qu'un jeu de séduction.

Chapitre 30

Elle passa les trente minutes suivantes à imiter ses mouvements, encore et encore. À donner un grand coup d'épée par ci, un autre par là. Il aboyait les ordres. Comme son grand-père le lui avait appris.

– Pointe l'épée vers l'extérieur, là où se trouvera ton adversaire. Et ne regarde pas en bas. Maintenant, équilibre ton poids. Étire tes mouvements.

Encore et encore, ils recommencèrent.

En fait, c'était épuisant. Le soleil était chaud sur sa peau, l'air, épais. Les muscles de ses jambes la brûlaient. Mais pas une fois elle ne se plaignit. Elle craignait que cela ne l'incite à la toucher.

– C'est bien, la félicita-t-il en effectuant les mêmes mouvements à côté d'elle. Tu y arrives !

– *Tu as ça dans le sang !*

Elle entendit la voix avant même de sentir le froid qui accompagnait toujours le fantôme. Celui-ci, à gauche de Kylie, tenait sa propre épée et suivait les conseils de Lucas.

– Que fais-tu ? demanda-t-il. Déplace le poids de ton corps en arrière, puis en avant.

Elle ignora Lucas, mais continua à bouger. Elle se concentrait désormais sur l'arme de l'esprit et ne suivait plus ses instructions.

Comparant les épées, elle constata que celle du fantôme n'était pas tout à fait comme celle qui étincelait dans ses mains. Elle était bien plus mince et pointue. Et le manche, que Lucas appelait « poignée », était plus long.

– *Quel genre d'épée as-tu ?* demanda Kylie à l'apparition, en pensant que si elle la poussait à s'ouvrir, elle pourrait lui donner un indice dont elle se servirait pour la faire disparaître.

– *L'épée d'un salaud. Je l'ai volée à un salaud.* Elle rit, mais ne fit pas un seul faux pas. Elle avait l'air en forme.

Ses talents d'épéiste valaient largement ceux de Lucas, et les dépassaient même.

– *Je suis sérieuse.*

Kylie trébucha.

– Ça va ? s'inquiéta Lucas.

– Oui, répondit-elle.

Il fallait qu'elle comprenne tout cela. Plus tôt le fantôme s'en irait, plus vite elle pourrait travailler sur ses autres quêtes.

– *Qui veux-tu que je tue ?* demanda-t-elle en continuant à bouger, mais pas assez bien, apparemment, parce que Lucas s'était immobilisé et la dévisageait.

– Veux-tu faire une pause ? demanda-t-il.

– *Qui est-ce ?* cria presque Kylie.

L'esprit regarda Lucas.

– *Écoute ce garçon, c'est un bon professeur. Avec un peu d'entraînement, tu seras prête. Tu tueras mon ennemi, et ensuite je te laisserai prendre ma place en enfer.*

– *En enfer* ? Le souffle de Kylie s'entrecoupa. Elle n'avait jamais eu affaire à ce phénomène. Elle ne put s'empêcher d'espérer qu'il se trompait. Mais sachant ce qu'elle savait, connaissant tous les gens que l'esprit prétendait avoir tués, elle risquait bien d'aller en enfer.

Le fantôme s'évanouit.

Kylie tapa du pied de frustration. Elle était maintenant sûre que le fantôme avait un rapport avec l'épée qu'elle avait reçue. Mais qu'est-ce que cela voulait dire ? Était-elle censée obéir à l'esprit et tuer quelqu'un pour lui ?

L'idée d'ôter une vie la fit frissonner. Encore une raison pour laquelle elle remettait en question ses dons de guerrière sainte.

– Tu veux de l'eau ? demanda Lucas.

Elle le regarda. Sa peau, déjà dorée par le soleil, étincelait de sueur. Le devant de son T-shirt moulait le haut de son torse et mettait ses pectoraux encore plus en valeur.

Elle baissa les yeux sur la lame.

– Existe-t-il des… des épées bâtardes ?

– Oui, pourquoi ?

Il sortit deux bouteilles d'eau de son sac. Il lui en donna une. Sa main effleura la sienne. Elle la retira, il se rembrunit.

– Pour rien, répondit-elle.

Elle savait qu'il n'avait pas envie d'être au courant. Il n'aimait pas les fantômes. *Mais il est allé au cimetière pour moi, pour m'aider. Même à une époque où j'étais un vampire.*

Elle reposa l'épée et l'observa perdre sa teinte dorée.

– C'est tellement étrange, fit-il.

– Oui.

La bouteille qu'il lui avait donnée glaça l'intérieur de sa paume. Elle l'ouvrit et en prit une longue gorgée. Ils burent sans rien dire.

– Tu es prête à reprendre l'entraînement ? demanda-t-il.

Elle regarda son épée, et celle qui reposait sur la serviette.

De vraies armes qui pouvaient tuer. Un écart, et la blessure pouvait être très grave.

– Je ne crois pas.

– Pas avec celles-là. Tu n'es pas prête. Avec celles-ci, oui. Il sortit les épées de bois.

Elle voulait refuser, mais se dit que plus tôt elle apprendrait à se battre, moins elle verrait Lucas. Elle reboucha la bouteille, la déposa à côté de l'épée et prit l'une des armes de bois.

– Prête !

Vingt minutes plus tard, elle parvenait à bloquer la plupart de ses attaques. Mais trois fois il esquiva son épée et lui toucha la poitrine avec le bout en bois.

– Deux points pour le prof, disait-il à chaque fois.

Puis ils recommençaient à donner de grands coups, avançaient, reculaient et tournaient parfois en rond. Le bruit de leurs épées de bois qui s'entrechoquaient résonnait à ses oreilles. De la sueur dégoulinait encore de son front. Mais elle l'ignora, déterminée à gagner quelques points toute seule.

Elle enregistrait le moindre de ses mouvements. Se servant de ce qu'elle avait appris contre lui, elle attendit son opportunité et la saisit. Elle toucha enfin son torse avec le bout en bois. Elle sentit la sueur ruisseler entre ses seins.

– Deux points pour l'élève, claironna-t-elle, savourant ce moment de succès. Et elle adorait ça.

Il s'arrêta et baissa son épée.

– Tu ne peux pas savoir comme ce sourire m'a manqué.

Pour rompre le charme, elle asséna un grand coup de sa lame sur la sienne.

– Nous sommes venus ici pour nous battre, lança-t-elle.

Il leva son arme et se remit à l'entraînement.

– Tu me manques, souffla-t-il en immobilisant l'épée de Kylie.

Elle recula, puis revint aussitôt à la charge. L'épée de Lucas l'arrêta. Elle recula et recula encore.

– Tu es mon âme sœur, déclara-t-il en la bloquant à chaque fois.

L'émotion l'envahit. En partie car elle se souvenait l'avoir entendu dire cela à Monique, mais surtout parce qu'elle savait tout ce qu'il avait à perdre. Elle frappa plus fort et son épée heurta le sol dans un bruit sourd. L'impact fit voler l'épée de Lucas de ses mains, et la sienne se brisa en deux.

– Tu devrais faire ce que veut ton père. Épouser Monique. Entrer au Conseil, comme tu l'avais prévu.

– Je ne veux pas l'épouser, lâcha-t-il d'une voix grave. Je n'aurais jamais dû accepter.

– Je crois que nous en avons terminé, répondit-elle, le cœur battant à toute allure, et un monde de douleur pesant sur sa poitrine. La mélancolie envahit son regard.

– Pour l'épée, oui, mais pas entre nous.

Il rangea leurs affaires, tandis qu'elle essayait de reprendre son souffle. Il trouva la moitié de son épée et la ramassa.

Elle ne put s'empêcher de se demander si ce n'étaient pas les mêmes épées que son grand-père et lui utilisaient. Et si c'était le cas, elles devaient sûrement signifier quelque chose pour lui. La culpabilité envahit Kylie.

– Je ne voulais pas la casser.

– Je sais, c'est bon, cela arrive souvent.

Il marqua une pause et à la façon dont il la regarda, il semblait sur le point de dire quelque chose qu'elle ne voulait pas entendre. Le téléphone de Kylie sonna. Elle le sortit de sa poche. Lucas se rembrunit.

– Si c'est Della, dis-lui que je vais te raccompagner à ton bungalow.

– C'est ma mère, précisa Kylie en s'éloignant de quelques mètres, un peu inquiète que sa mère l'appelle durant ses heures de travail.

– Quoi, maman ? fit-elle, anxieuse.

– *Quoi* ? C'est justement ce que tu vas me dire, toi ! rétorqua-t-elle d'un ton sec.

– Que devrais-je te dire ?

– Comment oses-tu me faire ça, Kylie Galen ?

Le ton de sa mère la renvoya à l'époque où elles ne s'entendaient sur rien – à l'époque où elle la surnommait la Reine des Glaces.

– Maman, qu'ai-je fait ?

Kylie s'éloigna encore pour ne pas que Lucas entende la conversation.

– Tu sais très bien ce que tu as fait, ne joue pas l'innocente avec moi.

– Je ne joue pas, s'énerva Kylie.

– Tu as rencontré M. et Mme Brighten, pas vrai ?

Sa mère parlait si fort que cela lui faisait mal aux oreilles, et elle était sûre que Lucas pouvait l'entendre.

Elle avait prévu de lui en parler dès son retour aux États-Unis, mais après le fiasco de la grossesse, le moment ne lui avait pas paru idéal. Et hier matin, avec toutes les excuses et les éloges sur John, cela ne lui avait pas semblé opportun non plus ; de plus, c'était un sujet qu'elles devaient aborder en tête à tête.

– Oui, et je comptais t'en parler.

– *Comptais* ? Tu *comptais* m'en parler ? Tu ne crois pas que tu aurais dû me le dire avant d'agir !

– Je t'ai dit que je voulais le faire. Nous l'avons évoqué il y a des mois, tu te souviens.

– Tu aurais dû en discuter d'abord avec moi.

Et toi, tu aurais dû m'en parler voilà des années. Mais elle ne dit mot. Sa mère n'était jamais raisonnable quand elle était énervée à ce point, et mettre de l'huile sur le feu dans ces moments-là n'était pas intelligent.

– Ils t'ont appelée ? demanda Kylie.

Pourquoi avaient-ils décidé de l'appeler ? C'est elle qui devait s'en charger… Mais bon, elle les voyait mal se montrer grossiers envers sa mère.

– Oui, ils m'ont passé un coup de fil ! Tu imagines à quel point la conversation était bizarre ?

– Je suis désolée. Mais tu étais en Angleterre.

– Depuis combien de temps cela était-il prévu, jeune fille ?

– Ils s'étaient absentés et je ne crois même pas qu'ils aient eu mon message avant de rentrer. Ils m'ont rappelée pour me prévenir qu'ils voulaient venir immédiatement.

– Tu aurais dû d'abord m'en faire part, miss Galen !

Oh mince, dès que sa mère l'appelait miss Galen, Kylie savait qu'elle était cuite. Et comme de nombreuses fois dans le passé, elle ne pensait pas mériter ça.

– J'aurais dû être préparée à leur parler, mais non, ce coup de fil m'est tombé dessus sans prévenir.

– Je suis désolée, répéta Kylie.

– John était avec moi quand l'appel est arrivé.

Des larmes emplirent ses yeux et elle ne parvint plus à contenir sa colère plus longtemps.

– C'est pour ça que tu es énervée ? Parce que John était là ?

– Je ne lui ai pas dit que Tom n'était pas ton père, c'était vraiment la honte.

– Tu as honte de moi ?

– Arrête de retourner la situation.

– Retourner la situation ? Je suis désolée, maman, mais si tu savais comme tu te trompes…

– Ce n'est pas toi qui me fais honte. Mais le fait d'avoir attendu un enfant d'un homme que je connaissais à peine.

Kylie essuya ses larmes.

– Mais tu m'as toujours affirmé que tu l'aimais.

Sa mère se racla la gorge.

– Bien sûr, mais…

– Mais quoi ? Tu avais peur que ton cher John prenne ton omission de la vérité pour un mensonge ?

– Kylie, ne sois pas…

– Et ce ne serait pas bien, n'est-ce pas ? poursuivit-elle. Attends, tu n'es pas obligée de répondre, parce que je peux te dire ce que cela fait. Quand quelqu'un que tu pensais connaître te cache quelque chose, quelque chose qui aurait dû compter. Je ne peux pas croire que tu sois en colère contre moi de ne pas t'avoir dit que j'avais contacté les Brighten, alors que tu ne m'as carrément jamais parlé de mon propre père ni de mes grands-parents pendant toutes ces années !

Sa mère inspira un grand coup, ce qui fut très éloquent.

– Je… je croyais te l'avoir expliqué…

– Oui, tu m'as expliqué que tu étais folle amoureuse de papa, et voilà que tu prétends que tu le connaissais à peine ?

– Je… je ne crois pas que nous devrions discuter de cela au téléphone.

– Vraiment ? C'est un peu ce que je me suis dit à propos des Brighten.

D'autres larmes ruisselèrent sur ses joues.

Elle raccrocha, tellement en colère qu'elle avait envie de

jeter le portable. Elle n'en fit rien, mais elle l'éteignit au cas où sa mère essaierait de la rappeler.

– Je suis désolé, fit Lucas derrière elle.

Elle essuya de nouveau ses larmes et se retourna. Elle ne savait pas qu'il se trouvait si près, et sans réfléchir elle courut se blottir dans ses bras. Après quelques secondes, durant lesquelles elle sentit combien c'était bon d'être contre lui, elle se recula en se disant qu'elle ne devait plus jamais se laisser aller comme ça.

Le vendredi suivant, il était presque minuit, mais Kylie ne dormait pas. Allongée sur son lit, elle fixait le plafond en ressassant tous ses problèmes.

Sa mère, contre laquelle elle était encore en colère, et sa quête visiblement impossible pour sauver les jeunes caméléons.

Son fantôme complètement insupportable.

Et Lucas.

Elle avait une envie insoutenable de parler à son père, qu'elle n'avait ni vu ni senti depuis la visite des Brighten.

Et enfin, et ce n'était sûrement pas le moindre, un escroc cruel, dont la menace résonnait encore à ses oreilles : *Tu viendras me voir Kylie Galen, prête à mourir, à souffrir entre mes mains pour mon plaisir, parce que le prix sera trop élevé ! Ta faiblesse te perdra !*

Pour l'instant, sa faiblesse, c'était son incapacité à comprendre. Elle avait l'impression de patauger dans l'incertitude dans tous les domaines de sa vie.

Le seul dans lequel elle s'était sentie productive cette semaine, c'était son don à manier l'épée. Parfois elle se demandait si cette étonnante capacité était simplement liée à Lucas. Au fait d'être avec lui une heure ou deux par jour.

Oh ! non, elle n'avait pas succombé à ses avances. Pas du tout. Des gestes subtils, comme marcher si près que son épaule effleurait la sienne, sa tactique de lui montrer son intérêt en se postant derrière elle pour lui faire adopter une certaine posture ou un mouvement. Et puis, il y avait sa technique de drague pas si subtile : ils se battaient en duel avec leurs épées en bois quand, d'un seul coup, il lui sortait : « Je t'aime » ou « Sais-tu comme tu es belle ? » ou « Te souviens-tu de la nuit où nous sommes rentrés du cimetière et où nous avons failli faire l'amour ? »

Elle avait cassé trois autres épées de bois quand il lui avait dit cela, en plus. Elle s'était dit que cela le refroidirait, mais pas du tout : Lucas avait même ri la deuxième fois. Mais ce n'était pas délibéré de la part de Kylie, non, c'était juste sacrément difficile de ne pas laisser ses émotions se traduire dans ses coups.

Ce jour-là, alors qu'ils partaient, elle avait appelé ce qu'ils faisaient « de l'escrime » et Lucas l'avait corrigée. Il lui expliqua qu'elle n'apprenait pas l'escrime. Que cela comportait un ensemble de dons différents. Elle apprenait à se battre. Il ne l'exprima pas, mais elle le lut dans ses pensées. Elle s'entraînait à tuer.

Mais qui ?

Et comment ? Oh, elle savait que ce serait avec une épée, mais elle ignorait si elle serait capable de le faire. De prendre vraiment une vie.

Laissant échapper un profond soupir, elle roula sur le côté, donna un coup de poing dans son oreiller, et se rappela Collin Warren quand elle l'avait balancé à l'autre bout de la pièce. Son intention n'avait pas été de le tuer, mais simplement de protéger. Elle ne l'avait pas tué, mais elle aurait pu.

Et peut-être « cela » se passerait-il ainsi. Peut-être que si son mode protecteur était en marche, elle serait capable de le faire sans réfléchir ? La grande question, cependant, était : pourrait-elle vivre avec ça ?

Peut-être, si c'était pour sauver quelqu'un qu'elle aimait.

Ou pour tuer quelqu'un qu'elle détestait.

Le froid la submergea. Kylie s'assit bien droite et vit le fantôme à l'autre bout de son lit, son épée à la main. Elle l'avait vu tous les jours pendant qu'elle s'entraînait avec Lucas. Il débarquait comme ça et venait faire les exercices avec eux, mais en dépit de tous les efforts de Kylie, il ne lui avait pas parlé une seule fois.

– Pourquoi est-ce que je déteste autant cela ? demanda-t-elle.

– *Tu le sais,* répondit le fantôme.

– Dis-le-moi, bon sang ! J'en ai assez, de tes jeux !

Della, à moitié endormie, fit irruption dans la chambre de son amie.

– Tu vas bien ?

– Oui. Va-t'en ! Comme il ne partait pas, elle ajouta : C'est un problème de fantôme.

Della fila d'un coup. Kylie regarda autour d'elle, mais le fantôme avait disparu.

– Pourquoi je déteste autant cela ? répéta-t-elle.

Le fantôme ne revint pas, mais brusquement Kylie comprit. Elle en était sûre et certaine. Mario. Elle était supposée tuer Mario.

Au fond d'elle, elle avait toujours su qu'ils s'affronteraient de nouveau. Ce qu'elle ignorait, c'était comment elle allait le vaincre. Il avait eu des années pour construire ses pouvoirs. Comment pourrait-elle être à la hauteur ?

Puis une autre question s'imposa. Était-ce lui que le fantôme voulait qu'elle tue ? Quels étaient ses liens avec Mario ?

Chapitre 31

Samedi matin, au réfectoire, Kylie attendait que sa mère arrive pour la journée des parents. Elle n'avait pas précisé si John l'accompagnerait. Elle priait vraiment pour qu'il ne vienne pas. Consciente de ce que sa relation avec sa mère était branlante, elle n'avait pas besoin de lui en plus.

Finalement, le beau-père de Kylie avait dû quitter la ville pour des raisons professionnelles et ne serait donc pas là – ce qui l'arrangeait. Sans lui, le niveau de combustion baisserait au minimum d'un degré. Elle n'avait pas cessé d'aimer Tom Galen, mais pour l'heure, la figure paternelle que Kylie mourait d'envie de voir, c'était son vrai père. Depuis la visite des Brighten, elle désirait plus que tout passer du temps avec Daniel. Presque tous les soirs avant de se coucher, elle sortait l'album photos que ceux-ci lui avaient laissé, et presque toutes les nuits elle finissait par pleurer. Elle avait l'impression que la vie l'avait escroquée.

L'avait escroqué, lui aussi.

Kylie regarda les parents passer la porte sans se presser. Ceux de Miranda entrèrent et la trouvèrent sagement assise à une table. Voir Miranda ainsi, cela détonnait, comme si l'on portait ses chaussures au mauvais pied.

La mère de Miranda mobilisait toute la confiance et la personnalité de la sorcière. C'était tellement injuste.

La mère de Derek entra, pleine d'exubérance, impatiente de voir son fils. Voilà comment devraient se comporter les parents, songea Kylie. La femme balaya la pièce du regard. Quand elle remarqua Kylie, elle sourit, lui adressa un geste de la main et se dirigea vers elle. Heureusement, Derek l'appela depuis l'autre bout de la salle, lui évitant ainsi une conversation gênante. Que dire à la mère du garçon dont vous venez de briser le cœur ?

Les parents d'Helen arrivèrent, l'air inquiet, ils n'avaient ramené leur fille que quelques jours auparavant. Jonathon n'avait cessé de sourire depuis le retour d'Helen. Kylie s'était assise avec eux à presque chaque déjeuner, laissant Miranda et Della avec leurs groupes respectifs. La veille à midi, elle avait examiné toutes les différentes tables réunissant chaque communauté en se demandant s'il y aurait un jour une table de caméléons à Shadow Falls.

Ensuite, ce fut le tour des parents de Della et de sa sœur. Son père avait toujours le même air, énervé et mécontent d'être là. Il lui avait même confié une fois que la seule raison pour laquelle il venait, c'était parce que sa femme l'y forçait. Kylie aurait adoré injecter un peu de bon sens en lui. Comment pouvait-il ignorer le mal que ces paroles faisaient à sa fille ?

À l'autre bout de la salle, Della, sourcils froncés, regardait sa famille passer la porte. Kylie était de tout cœur avec elle. Si tant est que ce fût possible, sa vie de famille était pire que la sienne.

– Tu vas bien ? demanda Holiday en s'approchant d'elle.

– Oui, je me demandais juste pourquoi ces familles sont toutes aussi tarées. On ne peut pas s'aimer, tout simplement ?

Holiday effleura l'épaule de Kylie, en lui prodiguant un peu de calme affectif.

– Ils s'aiment, si. Les drames, c'est monnaie courante quand on a une famille. Ce que tu vois dans cette pièce en ce moment, c'est sûrement le pire cas de figure.

– Comment ça ?

– Le moment le plus difficile dans une relation, c'est le changement. Et rien n'apporte plus de changement dans la dynamique d'une famille que quand un ado devient lui-même ; c'est aussi vrai pour les humains que pour les surnaturels.

Holiday surprit le regard de Kylie qui allait de Miranda à Della, et ajouta :

– Dans quelques années, Miranda se moquera bien que sa mère approuve ses choix ou non. Et sa mère acceptera peu à peu que Miranda soit une personne à part entière. Della grandira et accomplira de grandes choses parce que ce sera le minimum qu'elle s'imposera. Son père sera bien obligé de reconnaître que, même s'il n'a pas compris les changements dans la vie de sa fille celle-ci, une fois adulte, réussira magnifiquement sa vie.

– Et tu ne crois pas que cette rancœur altérera leur relation ?

Holiday soupira.

– Oh, il y aura bien des cicatrices et des raccommodages à faire, et dans certaines familles, cela finit mal. Elle marqua une pause. Mais pour la plupart, les problèmes que tu vois ici sont des difficultés dont l'environnement familial pourra se remettre.

– C'est encourageant, fit Kylie.

– As-tu rappelé les Brighten ? demanda Holiday.

– Oui, je leur ai parlé. Ils voulaient venir à la journée des parents pour rencontrer maman.

Holiday se tendit.

– Tu ne me l'as pas dit.

– Ils ne viennent pas finalement. Je pense que ma mère n'est pas prête à les rencontrer. Après la dispute que l'on a eue parce que je les voyais, nous n'avons pratiquement pas parlé d'eux. Elle s'est excusée, mais depuis, nous faisons toutes les deux comme si de rien n'était. J'ai un peu peur de remettre ça sur le tapis.

– Cela va s'arranger, ta mère n'a pas l'air du genre déraisonnable ou excessif.

– On voit que tu ne la connais pas, répliqua-t-elle.

Si elle avait dit cela en plaisantant à moitié, elle y croyait dur comme fer.

– J'ai eu de la visite hier soir, annonça-t-elle pour changer de sujet.

– Lui as-tu parlé, cette fois ?

– Un peu. Elle se mordit la lèvre. Je crois que tout est lié. L'épée, le fantôme et Mario.

Holiday plissa le front.

– Pourquoi penses-tu cela ?

Kylie s'approcha d'elle.

– Quelque chose qu'il a dit. Et juste un pressentiment.

– Mlle Brandon ? cria quelqu'un depuis l'autre bout de la salle.

Holiday colla une main sur le bras de son amie et fronça les sourcils.

– Nous discuterons plus tard.

Kylie opina, et alors que la directrice s'en allait, elle vit

Lucas arriver. Il alla rejoindre un groupe de loups-garous. L'un d'eux dit quelque chose, puis ils se levèrent tous d'un bond et laissèrent Lucas tout seul.

Ça commence, songea-t-elle. Ils le fichaient dehors. Elle avait mal pour lui.

– Triste, n'est-ce pas ? fit une voix derrière elle. Et c'est de ta faute.

Kylie se retourna et fit face à la sœur de Lucas, mais cette dernière détala. Elle retint son souffle et reposa les yeux sur Lucas. Elle mourait d'envie d'aller le voir, de le consoler, mais cela ne ferait qu'empirer les choses.

Cinq minutes plus tard, la grand-mère du loup-garou entra avec peine dans la salle à manger. Kylie passa la foule en revue. Lucas était toujours assis tout seul à la table du fond. La vieille dame parcourut la salle du regard et trouva Kylie.

Alors qu'elle se dirigeait vers elle de sa démarche traînante, son cœur s'arrêta. Oh non ! Elle n'avait pas envie de l'entendre l'enguirlander parce qu'elle avait ruiné les objectifs et les quêtes de son petit-fils.

Kylie allait filer à toute allure par la porte latérale, quand elle entendit sa mère. Elle se retourna et la vit… avec John. *Oh ! mince, il est venu !*

Kylie se rua vers ses invités avec un empressement feint, priant pour que cela décourage la vieille dame d'approcher.

Après une étreinte rapide avec sa mère, et après avoir ignoré John, elle les conduisit vers une table vide, le plus loin possible de Lucas. Son cœur ne retrouva pas son rythme normal tant qu'elle n'eut pas vu la grand-mère de Lucas se diriger vers sa table.

– Merci mon Dieu, marmonna-t-elle. Et elle leur fit signe de s'asseoir.

– Merci mon Dieu quoi ? demanda sa mère, toujours debout.

Kylie ouvrit la bouche, en priant pour que quelque chose d'intelligent, même un mensonge, en sorte. Ces derniers temps, ses prières n'avaient pas été exaucées et cela continuait. Elle ne fut capable d'aucune explication. Pire encore, son cerveau s'était fermé.

– Merci mon Dieu quoi ? redemanda sa mère.

– Que mon mal au ventre ait disparu, inventa-t-elle en collant une main sur son abdomen.

– Tu as des douleurs au ventre ? s'enquit-elle, inquiète.

– Ce n'est rien.

– Tu n'en sais rien, insista sa mère.

– Si, répondit Kylie sur un ton haut perché, craignant que sa mère ne la traîne aux urgences. Si ça se trouvait, elle l'accuserait de nouveau d'être enceinte.

– Comment sais-tu que ce n'est rien ? la questionna encore sa mère.

– Parce que ce sont des… gaz. J'ai des gaz.

Sa mère rougit et regarda brièvement John. Kylie sentit son propre visage se réchauffer, comme un four Betty Crocker. De tous les bobards qu'elle aurait pu trouver, pourquoi des gaz ?

Sa maman se pencha légèrement.

– As-tu besoin d'aller au petit coin ?

– Non, c'est parti.

– Tu es sûre ?

– Certaine.

Kylie se laissa tomber sur une chaise et pria pour que cela ne soit pas prémonitoire de la façon dont les choses allaient se dérouler.

Quarante-cinq minutes plus tard, Kylie, John et sa mère étaient toujours assis à table et bavardaient. Enfin, la jeune fille ouvrait à peine la bouche, tandis que John et sa mère discutaient à bâtons rompus. Ils parlèrent de son nouveau boulot, qu'elle commencerait dans deux semaines, et même de l'Angleterre.

– Oh, je t'ai apporté quelque chose.

Elle sortit un sachet de son sac à main.

– Je sais que tu aimes bien les T-shirts, ajouta-t-elle.

Kylie ne put s'empêcher de penser : *Ma mère est allée en Angleterre, et elle m'a rapporté un T-shirt !* mais elle sourit, le sortit du sac et gloussa quand elle lut le message sur le devant : *Ma mère est allée en Angleterre et elle m'a rapporté un T-shirt !*

– Parfait, lança-t-elle, et en plus il est rose.

– Je t'ai aussi rapporté cela.

Elle sortit une petite boîte blanche.

Le bracelet à breloques refléta la lumière, presque comme par magie, lorsque Kylie ouvrit la boîte. Son cœur manqua un battement en voyant les breloques. Une épée qui ressemblait beaucoup à une épée de croisé, une croix qui ressemblait beaucoup trop à celle qui ornait l'arme, et un emblème de Jeanne d'Arc.

– Je l'ai acheté dans l'un des châteaux et il n'y avait pas grand choix, mais… pour une raison étrange, je me suis sentie obligée de choisir celui-ci. J'espère que tu ne trouves pas ça débile.

Explique-moi ta raison aurait voulu lui demander Kylie, mais elle se retint.

– Non, j'aime bien, merci.

Un frisson glacial qu'elle reconnaîtrait entre tous la parcourut.

Daniel était-il là ? Son père avait-il poussé sa mère à acheter ces breloques ? Elle jeta un coup d'œil autour d'elle en espérant le voir, mais il ne se matérialisa pas.

– *Bientôt, Kylie, bientôt.* Les paroles résonnèrent dans sa tête, la peur envahit son cœur.

– *Tu me manques,* dit Kylie intérieurement. *Je ne sais pas si je suis prête à mourir, mais tu me manques.*

Des pas résonnèrent dans la salle. Et elle vit les autres parents partir. Sa mère regarda autour d'elle.

– Ces visites passent si vite ! Je dois faire un tour aux toilettes avant de m'en aller.

Elle se leva d'un coup et détala. Kylie allait suivre sa mère, quand John posa sa main sur la sienne. Le contact de sa paume fit naître un frisson le long de sa colonne vertébrale. Il n'était ni chaud ni froid. Juste émotionnellement mauvais. Elle retira sa main.

– J'espérais avoir une chance de te parler, avoua-t-il.

Et moi, non. Elle jeta un coup d'œil vers les toilettes.

– Je crois que je…

– Pourquoi tu ne m'aimes pas, Kylie ?

Elle le regarda. Décisions, décisions… Allait-elle se montrer diplomate ou honnête ?

Qui a donc déclaré que l'honnêteté payait toujours ? Elle ne se souvenait pas, mais pensa que c'était un génie.

Chapitre 32

– Voyons voir, commença Kylie, qui ne perdit pas une seconde. Commençons par la bagarre avec Tom que tu as déclenchée devant toute mon école ?

John, sur la défensive, carra les épaules.

– C'est lui qui m'a frappé.

– Tu l'avais insulté. Et tu as aussi fourré ta langue dans la gorge de ma mère devant tous les élèves et leurs parents. Veux-tu que je poursuive ? Je pense que je trouverai très vite d'autres raisons.

La colère envahit ses yeux, mais il eut l'air de la maîtriser.

– Tu ne mâches pas tes mots, hein ?

Elle lui adressa un sourire crispé.

– Si justement, je les ai mâchés.

– C'est un plaisir de parler avec toi ! lança-t-il. Toutefois, le problème, c'est que ta mère m'aime vraiment et que c'est réciproque. Je ne crois pas prendre de risques si je te dis qu'il vaudrait mieux que l'on s'entende bien.

Kylie se pencha vers lui.

– Je ne crois pas prendre de risques si je te dis que tu

ne connais pas ma mère depuis assez longtemps pour me sortir ce genre de choses.

Elle put jurer voir ses yeux s'illuminer. De façon non-humaine. Elle fronça les sourcils pour vérifier sa configuration. Qui était donc cet homme ?

Sa configuration humaine apparut clairement. Cela ne voulait pas dire pour autant qu'il n'était pas un caméléon, mais… La colère envahit ses yeux gris.

– Cela pourrait finir par faire du mal à ta mère.

Ses paroles étaient si froides, si menaçantes que Kylie sentit son instinct de protection se mettre en branle.

– Comment ça ?

Elle serra les poings

Il détourna le regard puis, quand il la regarda de nouveau, ses yeux étaient redevenus normaux.

– Juste que des problèmes entre nous pourraient faire souffrir ta mère.

Elle le fixa droit dans les yeux. Elle devina qu'il mentait, que ses paroles avaient *bel et bien* été une menace. Elle tâcha d'apaiser le pétillement dans ses veines, mais celui-ci continua. Par-dessus l'épaule de John, elle vit sa mère sortir des toilettes.

Elle se pencha au-dessus de la table et murmura.

– Si quelqu'un ose faire du mal à ma mère, je le tue.

Kylie comprit soudain deux choses : elle avait bel et bien le don de devenir une guerrière sainte. Parce que si John posait un seul doigt sur sa mère, elle pourrait effectivement le tuer, et le ferait sans regret. Et deuxièmement, elle ne pouvait simplement pas mourir, pas maintenant. Pas si pour cela elle devait laisser sa mère avec cet enfoiré.

– Tout va bien ? demanda sa mère en sentant la tension qui régnait entre eux.

Kylie attendit de voir comment John allait la jouer.

– Tout va bien, nous discutions, c'est tout. Il se leva. J'imagine que c'est l'heure de partir.

Ils se mirent en route, mais la peur pour sa mère s'intensifiait à chacun de ses pas. Kylie ne pouvait pas la laisser partir avec ce type, pas sans la mettre en garde. Elle lui attrapa le bras.

– J'aimerais te présenter quelqu'un.

John se retourna.

– Peux-tu nous laisser une minute ?

Kylie lui adressa un regard qui le défiait d'intervenir.

Il hésita, puis dit :

– Je t'attends à la voiture.

– Alors, qui aimerais-tu me présenter ?

– Maman, je sais que ce que je vais te dire ne va pas te plaire, mais John m'angoisse. Je suis inquiète pour ta sécurité.

– Quoi ? Je ne comprends pas. Qu'a-t-il fait ?

– Je ne lui fais pas confiance. Il me fiche la trouille. Et je suis bonne psychologue.

La douleur apparut dans les yeux de sa mère.

– Moi aussi, jeune fille. Désolée qu'il ne te plaise pas, mais moi je l'aime.

La douleur de sa mère se répercuta dans la poitrine de Kylie.

– J'aimerais juste que tu sois prudente et que tu ne laisses pas cela aller trop vite.

Sa mère se renfrogna.

– C'est parce que tu veux que ton père et moi revenions ensemble.

– Premièrement, lança Kylie, à présent embêtée, Tom est mon beau-père. Deuxièmement oui, j'aimerais que vous vous réconciliiez, mais là n'est pas le problème.

– Oh que si, jeune fille, parce que John est l'homme le plus doux que je connaisse. Elle se pencha et l'embrassa sur la joue. Maintenant, je te prie de te faire à l'idée que ton beau-père et moi ne reviendrons jamais ensemble.

Elle partit.

– Ça va ?

La voix masculine surgit près de son oreille.

Elle crut que c'était Derek. Il avait le don de deviner quand elle subissait un choc émotionnel. Mais elle reconnut vite le ton grave et sexy. Celui qu'elle avait essayé, toute la semaine dernière, de réduire en lambeaux à l'aide d'une épée en bois.

Elle se retourna.

– Oui. Puis sa colère réprimée envahit sa poitrine et elle comprit ce qui allait l'aider. Veux-tu t'entraîner ?

– Maintenant ? demanda Lucas.

– J'ai besoin d'expulser mon agressivité. De me défouler.

– De la passer sur moi ?

Il sourit à moitié.

– Non… Veux-tu m'entraîner ou pas ? répéta-t-elle d'un ton sec.

Elle n'était pas d'humeur à faire de l'humour. C'est vrai, quelqu'un lui avait envoyé une épée pour apprendre à se battre et s'ils voulaient qu'elle se batte, eh bien c'est qu'ils avaient désiré qu'elle reste en vie, à l'évidence. Et elle avait bien l'intention de le faire pour protéger sa mère de sales types comme John.

Rester en vie, voilà qui lui semblait une bonne idée.

– Bien sûr, fit Lucas, un peu inquiet. Laisse-moi en parler à Burnett. Son regard ne quitta pas son visage. Que s'est-il passé ?

– Pas envie d'en parler. Je veux juste me battre.

Une demi-heure plus tard, Kylie avait déjà cassé une épée sans que Lucas lui ait sorti qu'il l'aimait ni rien, ni qu'elle était belle, ni même qu'il ait fait une allusion à leurs câlins dans l'herbe.

Il lui fit faire des étirements, insista pour la voir évacuer sa tension. Elle n'y parvenait pas, ça tourbillonnait en elle. La peur pour sa mère rongeait sa santé mentale ; la peur pour Lucas et pour ce qui lui arriverait si jamais la meute se retournait contre lui entamait sa tranquillité d'esprit.

– Tu ne veux toujours pas parler ? demanda-t-il alors que leurs épées s'entrechoquaient.

Si, mais je ne sais pas quoi dire.

– Non, mentit-elle en changeant de posture et en parvenant à passer son épée par-dessus la sienne, puis elle tapota sa poitrine du bout de son arme.

– Tu deviens bonne, observa-t-il, en regardant fixement le bois qui touchait son cœur.

Elle recula pour le laisser reprendre son équilibre. Quelques secondes plus tard, ils se remirent à faire des feintes, quand elle sentit le froid la submerger.

– *Excellent. L'élève dépasse le maître. Il te faut un nouveau prof.*

Kylie jeta un coup d'œil sur le fantôme debout avec son épée.

– *Qui d'autre pourrait m'apprendre ?*

– *Moi, bien sûr. Mais pas de combat de chochotte avec des épées en bois. Tu dois apprendre à te battre avec une arme véritable.*

Le cœur de Kylie s'accéléra au rappel de sa peur principale.

– *Vais-je mourir ?*

Le fantôme soupira :

– *À toi de voir.*

C'était triste, non, qu'elle préfère croire un esprit meurtrier plutôt que son père ? Mais le fait était qu'elle voulait vivre.

– Tu es prête ? demanda Lucas.

Kylie se tourna vers lui.

– Une seconde.

Elle se tourna vers l'esprit.

– *Connais-tu mon père ?*

La question quitta ses lèvres à l'instant même où l'esprit disparaissait.

Affrontant de nouveau Lucas, elle leva son épée et le combat reprit.

– Dois-je lui donner une leçon ? demanda Lucas quand son épée s'entrechoqua contre la sienne.

– À qui ?

– Au copain de ta mère, répondit-il en bloquant sa lame.

– Non, je dois l'arrêter.

À condition qu'elle ne meure pas d'abord. Puis elle sentit un incendie embraser son ventre. Elle ne mourrait pas. Elle allait se battre et gagner. Et Lucas devait faire la même chose, réalisa-t-elle.

– Tu commences à avoir du cran, reconnut-il, mais d'un seul coup elle se déconcentra. Il la contourna avec son épée et lui donna un coup sur l'épaule.

Kylie regarda la pointe.

– Ce n'était pas un coup mortel. Tu ne peux pas dire que c'est une victoire.

– Non, mais tu saignerais tellement que tu ne ferais pas long feu.

– Très bien.

Elle recula, prête à recommencer. Cette fois, elle fit plus

attention, bloqua toutes les attaques. De la sueur dégoulinait de son front. Elle avait mal aux muscles, mal au cœur.

– Tu aurais dû me parler de Monique, déclara-t-elle sans se rendre compte de ce qu'elle voulait dire. Le bruit du bois que l'on entrechoquait emplit l'air comme le tonnerre. Si j'avais su…

Qu'aurait-elle fait ? Donner sa bénédiction ? Sûrement pas, mais peut-être ne se serait-elle pas sentie aussi trahie. Peut-être ne l'aurait-elle pas mise dans le même sac que toutes les autres trahisons de son passé.

– Tu ne l'aurais pas accepté, finit-il à sa place. Il entama de nouveau ces mouvements de pied compliqués autour d'elle. Et tu aurais eu bien raison. C'était une mauvaise appréciation de ma part.

– Mauvaise pour nous, peut-être, mais peut-être ce qu'il fallait pour toi. Tu as trop à perdre, Lucas.

– C'est toi que je ne veux pas perdre !

Leurs épées s'entrechoquèrent, le bruit violent crépita dans l'air.

Ils s'éloignèrent l'un de l'autre.

– Je t'ai dit que c'était terminé. Dis à Monique que tu veux l'épouser.

– Non.

– Alors retourne à ton plan originel : dis-lui que tu l'épouseras, intègre le Conseil, et ensuite tu te rétractes.

– Non, c'était un mauvais plan.

– Tout le monde m'en veut de gâcher tes rêves, lança-t-elle.

Et un jour, tu m'en voudras toi aussi. À condition que je vive.

Il leva son épée. Elle l'imita.

Il parla tout en se déplaçant

– Celui qui te tient pour responsable est un idiot. C'est

moi qui ai décidé de ne pas signer le contrat de fiançailles. Pas toi.

Les épées s'entrechoquèrent de nouveau.

– Ta sœur le croit. Même ta grand-mère. Je l'ai vu dans ses yeux aujourd'hui.

– Ma sœur est stupide. J'aime ma grand-mère, mais cela ne veut pas dire qu'elle a raison. Elle suit beaucoup de croyances des anciens.

– Ta meute te tourne le dos, je l'ai vu. Sa gorge se serra de nouveau. Tu ne peux pas les perdre, Lucas. Tu m'as répété mille fois combien ils étaient importants pour toi.

– Mais toi tu l'es beaucoup plus. Je ne peux pas te perdre.

– Tu m'as déjà perdue, lança-t-elle, bouillonnant de rage, et elle bloqua de nouveau son épée.

Elle ne pouvait pas le laisser faire cela. Elle ne pouvait pas le laisser sacrifier tout ce qu'il avait désiré. Elle ne pouvait pas imaginer qu'il la détesterait un jour.

Il se retira. Elle s'attendait qu'il surgisse sur la gauche, mais il arriva sur la droite. Et elle ne parvint pas à le bloquer. Il plaça son épée pile sur son cœur.

Celui-ci était un coup mortel. Il donna délibérément un coup d'épée sur sa poitrine.

– Ton cœur m'appartient. Ne l'oublie jamais.

Elle recula en titubant, la colère l'envahit à l'idée de savoir tout ce qu'il pourrait perdre. Elle balança l'épée, se retourna et regarda fixement l'eau, sa gorge se serra et sa vision devint toute floue.

Il s'approcha d'elle. Ne la toucha pas, comme s'il se doutait qu'elle ne le laisserait pas faire. Mais il se posta si près d'elle que ses paroles effleurèrent sa joue et envoyèrent des frissons de regret le long de sa colonne vertébrale.

– J'ai été aveuglé, murmura-t-il. J'ai eu tort. J'ai été

stupide. Mais pas une minute je n'ai cessé de t'aimer. Je… je mérite que tu me pardonnes.

Il était pardonné depuis longtemps. Mais ce n'était pas le plus gros problème… Une larme glissa de ses cils. Elle s'éloigna de quelques mètres.

– Fini pour moi, déclara-t-elle. Je veux retourner au bungalow.

– OK, fit-il, l'air malheureux.

Il ramassa et rangea le matériel.

– Je crois que tu es prête à t'entraîner avec de vraies épées.

Elle réfléchit au nombre de fois où le bois avait touché accidentellement son corps, puis se souvint des propos du fantôme. Mourir était son choix. Et elle avait décidé de vivre.

Elle devait être prête à se battre pour sauver sa peau.

– D'accord, acquiesça-t-elle, en tâchant de ne pas laisser la peur imprégner sa voix.

– *Es-tu prête ?*

Kylie venait à peine de s'endormir, lorsque la voix et le froid glacial la réveillèrent.

– Prête à quoi ? demanda-t-elle sans ouvrir les yeux.

– *À t'entraîner. Je te l'ai dit. Il te faut un meilleur prof.*

– C'est un super prof, rétorqua-t-elle, défendant Lucas sans même s'en rendre compte

– *Il est super à regarder, oui. Et je reconnais qu'il a certains talents, mais il te faut plus que cela. Alors réveille-toi.*

Kylie ouvrit un œil non sans mal et sursauta en voyant le visage du fantôme à quelques centimètres du sien.

– Sais-tu que les vivants ont besoin de huit heures de sommeil ?

– *C'est la règle pour les humains. Les surnaturels peuvent survivre avec beaucoup moins. Maintenant, debout et au boulot !*

– Je n'ai pas mon épée.

– *Aaaah, mais si tu te lèves, tu verras qu'elle est déjà là.*

Kylie revit Holiday lui affirmer que ce n'était pas possible. « Un fantôme ne peut pas déplacer des objets. »

– *Je n'ai pas dit que je l'avais bougée ; simplement qu'elle était là.*

– Alors qui la déplace ? demanda Kylie.

– *Ne fais pas comme si tu ne savais pas. Les mêmes qui t'ont remis cette épée. Les anges de la mort.*

– Ils veulent que je tue Mario ?

– *Eh bien, je ne leur ai pas parlé directement.* Il se pencha. *Franchement, ils me rendent très nerveux. Mais quant à tuer Mario, c'est bien ce qu'il semblerait, non ?*

– Et toi ? demanda Kylie. Que veux-tu ? La même chose ?

– *Tu sais, j'ai essayé de comprendre toute seule. Mais chaque fois que je me rapproche de la réponse, on dirait qu'elle s'éloigne davantage. Pourquoi donc ?*

La femme fantôme avait l'air sincèrement perplexe et vulnérable.

Kylie se rappela le fantôme qui pleurait son fils. Peut-être n'était-il pas si mauvais, en fin de compte.

Elle s'assit bien droit et regarda l'horloge.

– Il est deux heures du matin. Tu veux vraiment que je me lève ?

– *Je te vois mal te battre allongée au lit. Je t'aurais transpercée avant même que tu n'aies levé ton épée !*

Bien, l'esprit n'était pas si mauvais, après tout. En se levant, elle remarqua l'épée au bout du lit. Et aussi Socks, dont le petit visage félin dépassait à peine de sous le lit.

– OK… je suis prête, annonça-t-elle en s'emparant de son épée.

– *Enfile une robe blanche. Ou quelque chose de blanc,* dit l'esprit.

Kylie baissa les yeux sur sa chemise de nuit noire.

– Pourquoi ?

– *Ne veux-tu pas mourir en blanc ?*

Le cœur de Kylie s'arrêta. L'esprit rit.

– *Tu démarres au quart de tour ! Mets du blanc, parce que sinon, comment sauras-tu que tu es blessée et que tu saignes ?*

Kylie reposa son épée.

– Je ne suis pas sûre de vouloir jouer.

L'esprit rit de nouveau.

– *Ne t'inquiète pas. Je vais juste marquer ta robe. Je ne peux pas te toucher, dans la réalité.*

Kylie attrapa un T-shirt et un boxer blancs. Elles se rendirent dans le séjour. L'épée de la jeune fille étincelait d'un jaune vif.

Elles venaient de commencer à faire des feintes lorsque Della surgit brusquement de sa chambre, les yeux rougeoyants, et regarda son amie qui brandissait l'épée.

– Je m'entraîne un peu, expliqua-t-elle.

– En plein milieu de cette foutue nuit ? Et avec une foutue épée qui brille ?

– Tu bois du sang. Je m'amuse avec des lames qui brillent.

Della s'entoura de ses bras comme si elle avait froid.

– Tu as de la compagnie, pas vrai ?

Incapable de mentir, Kylie opina.

– Bon sang ! s'écria la vamp et elle retourna dans sa chambre en claquant la porte derrière elle.

– *Cette fille a de graves problèmes.*

– Pas autant que d'autres personnes que je connais. Maintenant, allons-y et finissons-en.

Les quinze minutes suivantes, Kylie ne s'était jamais battue plus âprement. Elle se servit de chaque technique que Lucas lui avait apprise, mais cette femme ne se conformait pas aux règles. Elle était déloyale et fière de l'être.

Chaque fois que l'épée de la revenante entrait en contact avec le corps de Kylie, une marque rouge apparaissait sur son T-shirt blanc ou sur son boxer. Chaque fois que l'épée de Kylie entrait en contact avec le corps de l'apparition, elle exhibait une blessure ouverte et du sang. Bien sûr, le fantôme n'avait qu'une petite égratignure sur le haut de son bras gauche. Pas de gros dégâts, tandis que les vêtements de Kylie étaient couverts de marques rouges.

Cela la rendit plus vulnérable et moins apte à affronter un vrai combat. Lequel, elle le sentait, était sa destinée. Un combat avec Mario, qu'elle pourrait bien perdre.

Soudain, l'esprit aboya des ordres, un peu comme Lucas.

– *Va par là, tiens ton épée comme cela. Plus vite, ne perds jamais ta lame de vue.*

Kylie finit par prendre le pli, et bloqua même certains coups de l'esprit, quand la porte d'entrée du bungalow s'ouvrit avant de sortir violemment de ses gonds. Le panneau de bois s'écroula dans un grand fracas.

Idem avec la porte de Della, qui heurta le sol en faisant tout autant de bruit.

Le vampire apparut, les yeux étincelants et les canines acérées.

Chapitre 33

Le froid intense disparut en même temps que l'esprit. Kylie se prépara à l'assaut : jambes fléchies, corps tendu, épée pointée.

Burnett se tenait au-dessus de la porte à terre, les yeux plus flamboyants que ceux de Della. Derrière lui, une armée d'élèves de Shadow Falls : Lucas, Derek, Chris et Jonathon. Tous hypnotisés par l'arme qui brillait.

– Mince alors !

C'étaient Chris et Jonathon, qui n'avaient jamais vu l'épée enflammée.

– Interdiction de répéter ce que vous avez vu ici ! lança Burnett d'un ton sec.

Kylie baissa son arme et souffla, espérant que l'air ferait diminuer son adrénaline. Et maintenant, que se passait-il encore ? Elle croisa le regard de Burnett.

– Qu'y a-t-il ?

Il regarda autour de lui.

– Qui est là ?

– Juste l'esprit, répondit-elle.

Chris et Jonathon reculèrent d'un pas.

Derek, habitué à cette histoire de fantôme, resta sur place. Lucas aussi. Elle remarqua les yeux orange vif du loup-garou, prêt à se battre. Son regard resta rivé sur elle.

Burnett perdit de sa férocité. Mais pas assez pour tranquilliser Kylie.

D'autres pas retentirent sur le perron. Hayden entra, en jetant un coup d'œil rapide sur la porte.

– Vous faites quoi, là ? demanda Kylie.

– Puis-je répéter cette question ? demanda Della d'un ton cassant, et elle dégagea un rideau de cheveux bruns et raides de son visage. Ses yeux n'étincelaient plus, mais leur teinte verte demeurait, la chemise de nuit noire unie qui lui arrivait aux genoux la mettant encore plus en valeur.

– Quelqu'un a sauté la clôture et est entré dans le camp par effraction.

– Qui ? fit Burnett.

Miranda, en pyjama bleu parsemé de Schtroumpfs, sortit de sa chambre en bâillant, agrippée à son ours en peluche.

Kylie resserra son étreinte sur l'épée. Était-elle prête à affronter Mario ?

« Sûrement pas », fut la réponse. Mais rien ne l'empêchait d'essayer. Pas quand toutes les personnes qu'elle aimait pouvaient être d'éventuelles victimes.

– J'ai reconnu l'alarme, expliqua Burnett. Puis je t'ai entendu te battre et j'ai supposé que l'on t'attaquait.

– Je t'avais prévenue que ce n'était pas bien de s'entraîner en pleine nuit, marmonna Della.

– Où est Perry ? demanda Miranda, comme si elle craignait qu'il ne soit mêlé à tout cela.

– Il fait le tour de la propriété, pour voir s'il trouve quelqu'un, répondit Burnett, puis il fit un mouvement de tête vers Hayden, comme s'il lui donnait un ordre silencieux.

Le caméléon ressortit sur le perron. Kylie comprit. Burnett avait donné l'ordre à Hayden de devenir invisible pour vérifier s'il entendait d'autres caméléons. Elle envisagea de le faire elle-même, mais avec tous les yeux rivés sur elle, elle ne voulait pas faire flipper tout le monde.

Quelques minutes plus tard, Hayden surgit derrière les autres.

– La voie a l'air libre, lança-t-il.

Mais Kylie savait que si un intrus invisible restait complètement immobile, on pouvait ne pas le détecter.

Burnett posa les yeux sur Della.

– Reste ici et surveille Kylie, ordonna Burnett à Della. Nous allons jeter un œil alentour.

– Si ça ne te dérange pas, j'aimerais bien rester, moi aussi, lança Lucas.

Ses paroles la firent tressaillir. Burnett accepta. Puis, ils s'en allèrent.

Kylie laissa aller son regard de Lucas à Della, puis à Miranda.

La sorcière était toujours accrochée à son ours en peluche.

– Qui est là, d'après vous ? demanda-t-elle.

Personne ne répondit. Elle regarda Kylie.

– Oh ! lui !

Della soupira.

– On dirait que la nuit sera longue, folle et cinglée.

Lucas s'installa dans le fauteuil du salon. Kylie, essaya de l'ignorer, et déposa son épée sur la table basse. Elle la regarda perdre de son éclat, puis s'adressa à Miranda.

– Sens-tu quelque chose ?

La sorcière ferma les yeux, et au bout d'une longue seconde, elle les rouvrit.

– Oui, mais ce n'est pas méchant, enfin c'est ce que je ressens.

Le cœur de Kylie se serra. Oh ! non, Mario était-il là ? Elle tendit la main vers son épée.

– Tu ne l'as pas senti l'autre nuit, si ?

– Non, mais il a une aura, donc c'est logique que je puisse le deviner.

Kylie laissa échapper un profond soupir. Elle espérait que son amie avait raison.

Soudain, le bruit de pas sur le perron mit tout le monde en alerte. Lucas se leva d'un bond de sa chaise. Della traversa la pièce à toute allure. Mais Kylie fut la plus rapide et se retrouva la première près de la porte. Si c'était Mario, il devrait lui passer dessus avant de leur faire du mal.

Steve entra.

Della se renfrogna.

– Que fais-tu là ?

– Je viens vérifier que tu vas bien.

Della fronça les sourcils.

– Je n'ai pas besoin que tu me protèges.

Il repartit d'un pas lourd avec un terrible rugissement. Pas humain : le métamorphe venait de se transformer en un gros félin énervé. Kylie s'apprêtait à lui courir après pour l'apaiser, mais comme elle avait failli servir de dîner à un lion en colère quand elle était arrivée à Shadow Falls, elle décida de laisser Steve gérer son ego tout seul.

– Ce n'est pas une façon de traiter le garçon qui t'a fait un suçon ! s'énerva Miranda.

– Quoi ? Tu as vu la vitesse à laquelle il est parti ? S'il stressait vraiment, il serait resté ! rétorqua Della.

Kylie leva les yeux au ciel.

Lucas arqua les sourcils – sûrement à cause de la

réflexion sur les suçons. Puis son regard protecteur se posa sur Kylie. Mais en moins d'une seconde, quelque chose de plus doux apparut dans ses yeux, quelque chose de tendre. « Je t'aime », semblaient-ils dire.

Le lion, qui se trouvait dehors quelque part, rugit encore et encore, puis un immense oiseau préhistorique se posa à grand fracas, sur le pas de la porte sans porte.

Miranda poussa un cri perçant, lâcha sa peluche et alla étreindre l'oiseau.

Kylie se laissa lourdement tomber sur le bras du canapé. La vamp avait vu juste quand elle avait déclaré que la nuit serait très longue, folle et cinglée.

– À quoi sert ce ruban adhésif ? demanda Kylie à Lucas le lendemain, quand il vida son sac, se préparant à l'entraînement.

La jeune fille ne s'était pas réveillée et avait loupé les cours. Il l'avait appelée peu après onze heures pour savoir si elle voulait annuler l'entraînement, vu qu'ils n'avaient pas dormi de la nuit. Elle aurait voulu répondre oui, mais n'écoutant que son cœur, ainsi que la mise en garde du fantôme qui estimait qu'elle avait besoin d'apprendre à se battre, elle accepta de s'entraîner.

– Par protection, nous envelopperons le bout de la lame.

Il regarda les bois comme s'il avait entendu quelque chose. Ou quelqu'un.

– Qui est là ? cria Lucas.

– Chris et Will, répondirent ceux-là.

Vu que l'on n'avait pas trouvé l'intrus la nuit passée, et qu'aucune autre alarme ne s'était déclenchée pour leur indiquer que quelqu'un était ressorti, tout le camp était en alerte rouge. Elle n'avait pas une escorte, mais trois.

Charmant. Simplement charmant. Quand elle regarda Lucas sortir les épées, un souffle froid traversa sa nuque. Ce qui faisait *quatre* escortes.

– *Quelle chochotte ! Dis-lui de ne pas protéger les épées. Tu dois apprendre à te battre pour de vrai ! Il ne nous reste plus beaucoup de temps.*

Regardant derrière son épaule, Kylie constata que l'esprit avait renfilé sa robe trempée de sang.

– *Que t'est-il arrivé ? Qui t'a tuée ?* demanda Kylie.

L'esprit hésita.

– *Moi je ne compte pas. Toi, si.*

Mourant d'envie d'obtenir des réponses, Kylie poursuivit :

– *Comment me connais-tu ? Quel est notre lien de parenté ? Il me faut des réponses !*

– *Tu dois apprendre à te battre. Sinon tu seras aussi morte que moi.*

Cet avertissement l'emplit de terreur.

– A-t-on vraiment besoin de ruban adhésif ? fit-elle à Lucas

Il leva les yeux, surpris.

– Tu es sérieuse ?

Elle opina.

– Je dois apprendre à me battre pour de vrai.

Il se releva, inquiet.

– Pourquoi ? Que sais-tu au juste ?

– Juste un pressentiment, mentit-elle.

– Je n'aime pas ce pressentiment.

– Apprends-moi à me battre.

Résigné, il ramassa les deux armes.

Celle de Kylie s'embrasa plus que les autres fois à la

minute où elle la prit dans sa main. L'heure du combat avait-elle sonné ?

Ils commencèrent les échauffements.

Le téléphone de Kylie bipa dans sa poche : elle avait un texto. Elle attendit la pause avant de le sortir. C'était Derek.

« Appelle-moi. »

– Qui est-ce ? demanda Lucas.

Elle hésita puis lâcha :

– Derek.

Il fronça les sourcils mais garda le silence. Ils reprirent leurs exercices.

– Bon, on commence ? fit-elle, impatiente.

– Quand vas-tu lui dire que c'est vraiment terminé entre vous ?

– Je l'ai déjà fait, répondit-elle avant de se rendre compte qu'elle n'avait pas de comptes à lui rendre.

Il cessa de bouger. Son épée, dirigée vers le haut, se rabattit brusquement. Il se tourna vers elle.

– Tu l'as fait ?

Il était trop tard pour retirer ce qu'elle venait de dire.

– Oui.

Il sourit.

– Merci.

– Je ne l'ai pas fait pas pour toi. Mais pour lui.

– Mais je suis la raison pour laquelle tu l'as fait, précisa-t-il sans se départir de son sourire.

Un sourire encore plus large apparut dans ses yeux. Un sourire de confiance. Un sourire d'espoir.

– Je t'aime, déclara-t-il.

Elle lui adressa un regard noir.

– Ce genre de déclaration n'est-il pas dangereux dans la mesure où ce ne sont pas des épées en bois ?

Il rit. Un vrai rire, qui la submergea comme une douce pluie d'été. Puis elle revit brusquement la tête qu'il avait faite quand les loups l'avaient laissé seul le jour des parents. Et elle se souvint que Chris et Will étaient là et écoutaient sûrement tout ce qu'ils disaient. Will était censé être un ami, mais tournerait-il à son tour le dos à Lucas ?

Elle désigna les bois d'un coup de menton et murmura :

– Nous ne sommes pas seuls, tu te souviens ?

– Je m'en moque, je t'aime ! hurla-t-il.

Elle fronça les sourcils.

– Rien n'a changé.

– Si, tout, dit-il.

Non, rien n'avait changé. Il avait beau croire qu'il pouvait s'éloigner de tout ce qui avait compté pour lui, elle ne le laisserait pas faire. Elle l'aimait trop.

– Bon, si on ne commence pas, je m'en vais.

– Alors, allons-y. Mais souviens-toi que ce n'est pas du bois. On va y aller tout doucement.

Il ne plaisantait pas.

– Avec qui te battais-tu la nuit dernière ? demanda-t-il.

Sa question brisa le long silence tendu alors qu'ils prenaient enfin de la vitesse.

– Le fantôme.

– Elle est douée ? demanda-t-il.

Qu'il l'interroge sur la revenante la surprit.

– Elle prétend qu'elle est meilleure que toi.

– Maintenant, je sais pourquoi je ne l'aimais pas, lâcha-t-il avec un brin d'humour. Qui est-ce ?

– Je ne sais pas, répondit-elle sincèrement.

Elle comprit soudain combien il était impératif qu'elle le découvre.

Kylie oublia de rappeler Derek. Lucas et elle s'entraînaient bien. Ils ne se lâchèrent pas vraiment comme ils l'auraient fait avec des épées de bois, mais presque.

Quand elle consulta son téléphone à près de minuit, et qu'elle trouva un autre message de Derek, elle culpabilisa. « Appelle-moi immédiatement ! »

Elle l'avait vu au dîner – bien après son texto – et il ne lui avait rien dit. Au contraire, il ne s'était même pas assis à côté d'elle, il avait pris son plateau et était reparti.

Tout de même un peu inquiète, mais ignorant s'il était encore éveillé, elle lui renvoya un texto : *Que se passe-t-il ?*

Elle attendit trois bons quarts d'heure qu'il veuille bien lui répondre. Rien.

Frustrée, elle retomba sur son oreiller. Le froid glacial et spectral traversa la pièce en serpentant, pour la troisième fois depuis qu'elle s'était couchée, mais l'esprit ne resta pas.

La conversation avec Holiday cet après-midi-là avait ajouté foi à ses pressentiments. Si elle parvenait à trouver l'identité de l'esprit, cela lui permettrait de répondre à un tas de questions.

Si l'esprit ne l'avait pas confirmé, Kylie était presque certaine que le fantôme avait un lien de parenté avec Mario.

– Qui es-tu ? demanda-t-elle à la volute de froid qui avançait comme une ombre rapide dans la pièce. Dis-le-moi. Ou au moins montre-moi quelque chose.

Aucune réponse. Les esprits ne parlaient pas tant qu'ils n'étaient pas prêts. Elle roula sur le côté et essaya de dormir. Sans plus penser au fantôme.

Ni à commettre un crime. Ni à mourir. Ni à Lucas et à l'espoir qu'elle avait vu dans ses yeux.

Le sommeil venait tout juste de l'attirer, quand elle entendit des pas sur le plancher. Elle ouvrit les yeux et chercha l'épée sous son oreiller. Sous son oreiller ? Mais elle ne dormait pas avec elle ! Instinctivement, elle comprit qu'ils venaient la chercher. Mais qui ?

Quelque chose n'allait pas. Kylie saisit l'arme et se jeta hors du lit. Ses pieds se posèrent sur un tapis. Elle regarda le tapis oriental. Somptueux. Hors de prix. Où était-elle ?

Ou, meilleure question : qui était-elle ?

Le cœur battant la chamade en entendant les pas qui approchaient, elle passa la pièce en revue. Une chambre. Pas la sienne.

Le léger clair de lune filtrait à travers une large baie vitrée qui donnait sur des palmiers, faisait miroiter des meubles en bois massif.

Terrorisée et en colère, elle leva son épée. Puis se rendit compte que ce n'était pas celle qu'on lui avait remise, mais celle de…

Tout s'expliquait à présent. Elle était l'esprit et elle se trouvait dans une vision. Elle remarqua un lourd miroir en bois au-dessus d'une coiffeuse. L'espace d'une seconde, elle fixa l'image. Ses cheveux bruns étaient détachés, mal peignés.

Mais ce qui provoqua sa première vague de panique, ce fut la robe. Celle que la femme devait porter quand elle s'était fait assassiner.

Et Kylie allait revivre cette mort. Elle fut tentée de hurler, puis se calma et chercha des réponses.

Des pas gravissaient les vieilles marches de bois. Instinctivement, elle comprit que la femme attendait ses attaquants. Elle avait su que cette nuit-là elle mourrait. Elle avait choisi de porter du blanc, tout en se demandant si le signe de la pureté lui servirait à quelque chose.

À présent, alors qu'elle attendait la fin, un accès de

regret, de remords pour la vie qu'elle avait vécue lui traversa l'esprit. Trop tard. Trop tard pour changer la façon dont elle avait vécu. Mais elle pouvait changer celle dont elle allait mourir. Et elle le ferait.

– *Qui es-tu ?* chuchota-t-elle dans sa tête. Elle pria pour comprendre la réponse afin de pouvoir sortir de cette vision avant de devoir revivre la mort de cette femme.

L'esprit regarda vers la fenêtre, presque comme s'il envisageait de s'échapper.

– *Sors,* lui intima Kylie. *Tu n'es pas obligée de mourir.*

Mais tout était déjà écrit. Elle n'avait pas pris l'enveloppe charnelle de l'esprit pour changer quoi que ce soit. Mais pour le vivre.

Pour apprendre la vérité.

Laquelle ? Pourquoi l'esprit n'était-il pas parti ? Kylie sentit que vivre avait été une option. Cette femme avait décidé de mourir. Pour quelle raison ?

– Maman !

Le jeune garçon passa la porte en courant.

– Il nous a trouvés ! Ses yeux s'écarquillèrent de peur et ses larmes coulèrent. Il nous a trouvés. Maintenant, que faisons-nous ?

Elle attrapa l'enfant par les épaules. Elle voulut l'étreindre, enfouir son visage dans ses cheveux pour pouvoir mourir avec l'odeur de son fils unique. Mais elle n'avait plus le temps. Elle le poussa dans le placard.

– Passe par la trappe que je t'ai montrée. Cours et ne te retourne pas.

Elle ferma la porte du placard au moment même où celle de la chambre s'ouvrait d'un coup.

Chapitre 34

La femme réincarnée par Kylie, se préparait à se battre. Pas pour vaincre, mais pour laisser le temps à son fils de s'échapper. Elle savait qu'elle mourrait, mais c'était pour son garçon.

Ils entrèrent. Ils étaient trois, vêtus de noir et sans masque. Elle les reconnut. Elle les connaissait bien. Avait mangé à leur table. Ri de leurs blagues. Elle reconnut aussi l'expression dans leurs yeux, leur besoin urgent de mener un boulot à bien. Donner la mort était leur devoir.

Elle leva son épée et se battit. Pour son fils. Pendant quelques instants, elle eut même le dessus. Personne ne pourrait dire qu'elle avait manqué de courage.

La première douleur lancinante surgit dans ses côtes. Kylie hurla. Elle essaya de se convaincre qu'elle n'était pas réelle, que ce n'était pas elle, mais elle avait mal. C'était la douleur que l'esprit avait ressentie durant les dernières minutes horribles de sa vie.

Elle sentit leurs armes entailler sa peau, atteindre ses os. Son corps se ramollit, la douleur était trop vive. Elle se laissa tomber à genoux, puis en avant. Son propre sang coulait de ses blessures. Le liquide épais réchauffa le froid glacial et soudain. Elle ne lutta pas. Elle espérait que le sang s'échapperait vite pour ne plus souffrir. La dernière chose qu'elle vit fut la porte du placard entrouverte, et son jeune fils qui assistait, horrifié, à son dernier soupir.

Il n'avait pas couru. La fureur envahit son âme. Comprendrait-il un jour qu'elle était morte pour qu'il reste en vie ? Pour le protéger du genre d'existence que son père et elle avaient vécue ?

Juste avant que la mort ne la prenne, elle jura de se venger. Pas de ceux qui l'avaient tuée, non, ils n'étaient que des pantins qui faisaient le boulot du diable. Elle le savait parce qu'elle avait été l'un d'eux. Elle voulait se venger de celui qui les avait envoyés, le diable en personne. Et de celui qui l'avait permis : le fils du diable.

– Ne t'approche pas trop, elle pourrait te couper la tête avec ce truc.

La voix aiguë de Miranda résonna dans l'esprit de Kylie, mais elle était loin.

– Elle ne me tuera pas, répondit Della.

– Ce n'est pas ce que je veux dire. Mais bon sang, tu as vu comment elle dansait avec cette épée !

Sa conscience se débattit contre le vide de l'obscurité. Elle voulait retomber dedans. Le vide ne contenait pas de souvenirs, il offrait une échappatoire à ce qu'elle venait de vivre. Cette fichue voix, celle qu'elle n'arrivait pas à identifier, parla de nouveau.

– *Tu dois te souvenir.*

Kylie ouvrit enfin les yeux en suffoquant.

Les yeux noirs et légèrement en amande de Della lui apparurent.

– Elle est revenue à elle, dit-elle d'une voix chantante.

Kylie essaya de se relever, mais se sentait trop faible. Della l'aida à s'asseoir. Elle regarda autour d'elle. Elle se trouvait dans la cuisine de son bungalow. Elle serrait toujours fort l'épée dans sa main. La vision avait dû la pousser à s'en saisir. Elle jeta l'épée et passa la main sur son ventre pour voir si elle était blessée.

Rien. Seul restait le souvenir de la douleur. C'était terminé. Tout, hormis les pleurs. Comment la vie pouvait-elle être si brutale ? Si mauvaise ?

– Tu ne vas pas nous tuer, hein ? demanda Miranda.

Kylie fit non de la tête. Aussi douloureux fût-il de se souvenir des détails, il fallait qu'elle se les rappelle – il lui fallait des réponses.

Une vision éclair du petit garçon dans le placard apparut dans sa tête. Quelque chose de familier lui chatouilla l'esprit. Oui, *il* lui disait quelque chose. Un sentiment de déjà-vu s'insinua dans sa tête. Quelqu'un lui avait raconté cette histoire. Qui ? D'un seul coup, elle comprit. Elle se leva. Ses jambes se dérobèrent sous elle. Della la rattrapa.

– On doit y aller, annonça Kylie.

– C'est dur d'y aller quand tu ne peux pas tenir debout, observa Della.

– Je peux.

Kylie se força à se lever toute seule et repoussa la main de Della.

– OK, tu tiens debout, lança Della d'un ton sec, étape numéro deux : marcher.

Kylie avança de quelques pas et jeta un regard noir sur la vamp.

– Étape numéro trois : arriver à comprendre. Et pour

moi, cela ne veut rien dire de sortir de ce bungalow sans que je sache où nous allons.

Kylie inspira.

– Chez Derek. J'ai besoin de lui.

– Derek ? fit Miranda. Et dire que je pensais qu'elle l'avait laissé tomber et qu'elle était presque revenue avec Lucas !

Kylie implora la petite sorcière du regard.

– Je suis sérieuse.

– Puis-je d'abord enfiler mon soutien-gorge ? demanda Della.

– Tu n'en as pas besoin, répondit Miranda d'un ton railleur.

Della la regarda d'un air renfrogné.

– Tu es la plus sorcière des sorcières que je connaisse.

Kylie, trop angoissée pour s'occuper de leurs chamailleries, se dirigea vers la porte. Il fallait qu'elle sache. Della avait dû décider que Miranda avait raison, car elle sortit derrière Kylie. En pyjama.

– Tu sais que Burnett aura ma tête pour te laisser faire sans le prévenir.

Kylie courut, son besoin de savoir lui donnait des ailes. Elle sentit le vent dans ses cheveux, et les larmes ruisselèrent sur ses joues.

En moins de deux minutes, elle s'arrêta devant chez Derek.

– Très bien, grosse maligne, et maintenant ?

Della la regarda et son expression de Madame-je-sais-tout se transforma en inquiétude une fois qu'elle vit les larmes de Kylie.

– Je suis désolée, dit-elle, ça n'a pas dû être facile pour toi.

Kylie opina.

– Je vais essayer la fenêtre.

Les fenêtres étaient très hautes. D'un bond, elle accrocha ses doigts au rebord et se hissa pour regarder à l'intérieur.

Et ce qu'elle vit la… la… déconcerta. L'embrouilla. La choqua. Elle cilla, comme si cela allait changer ce qu'elle regardait.

Mais deux ou trois battements de cils plus tard, elle parvint tout de même à discerner non pas une, mais deux personnes dans le lit de Derek. L'une était le garçon. Elle distingua clairement sa silhouette masculine… Mais l'autre était… une *fille.* Elle avait de longs cheveux noirs et des fesses très féminines en pyjama, qui dépassaient de sous la couverture. Et Kylie reconnut même ce pantalon de pyjama ! C'était celui de Derek.

La fille s'agita. Kylie retint son souffle. Elle espérait qu'elle se tournerait vers la fenêtre pour qu'elle puisse voir qui réchauffait le lit de Derek.

Kylie mit une seconde pour savoir si elle était jalouse. Quelque part, tout au fond d'elle-même, il y en avait un reste infime bien caché. Derek devait aller de l'avant.

Mais était-il obligé d'aller si vite ?

La fille se retourna. Kylie vit son visage et… « Mince ! » Ses doigts lâchèrent accidentellement le rebord de la fenêtre, elle tomba, et atterrit sur les fesses avec un grand bruit.

Comment ? Comment était-ce possible ?

Chapitre 35

– Que se passe-t-il ? demanda Della qui surgit derrière elle.

– Rien, mentit Kylie, toujours par terre.

– Essaie encore, insista Della.

– Laissons tomber. Et s'il te plaît, j'aimerais un peu d'intimité… pour lui parler.

– Je suis ton escorte, lui rappela-t-elle.

– Je sais, mais je t'en supplie. S'il te plaît, j'ai besoin d'intimité.

– Pour quoi faire ? Pour lui sauter dessus ?

Kylie ne prit même pas la peine de répondre. Della tourna les talons et s'en alla d'un pas lourd.

Kylie remonta sur le rebord de fenêtre, s'accrocha d'une seule main et frappa de l'autre. Les deux individus au lit se redressèrent d'un coup.

Le regard plein de sommeil de Derek se posa brusquement sur la fenêtre. Kylie ne savait pas ce que Jenny – oui, Jenny, la sœur de Hayden – avait fait. Elle avait disparu.

Passant une main sur sa figure, Derek s'approcha de la fenêtre. Kylie se laissa tomber quand il remonta la vitre. Il tendit la main et la regarda en fronçant les sourcils, puis la hissa à l'intérieur.

– Il était temps, marmonna-t-il en la faisant rentrer. Pourquoi donc as-tu été si longue ?

– Tu m'as vue au dîner et tu n'as rien dit.

– Que pouvais-je dire dans une salle remplie de vampires ?

C'est vrai, il avait raison.

– Que se passe-t-il ? Elle regarda autour d'elle. Et toi Jenny, tu peux redevenir visible. Je t'ai vue.

Jenny réapparut et ses joues devinrent toutes rouges.

– Ce n'est pas ce que tu crois. Nous n'étions pas en train de…

Elle montra le sol où étaient jetés une couverture et un oreiller.

– Tu étais censé dormir par terre, lança-t-elle à Derek d'un ton sec.

– Je n'arrivais pas à dormir… alors j'ai juste… Je ne t'ai pas touchée.

Kylie secoua la tête.

– Ça m'est égal.

– Pas à moi, répliqua Jenny en foudroyant le garçon du regard.

– Je ne t'ai pas touchée ! répéta-t-il.

Kylie gémit.

– Jenny ? Mais que fiches-tu ici ? Elle se souvint alors de l'alarme. C'est toi qui as sauté par-dessus la clôture ?

Jenny se rembrunit.

– Je ne savais pas qu'il y avait des systèmes d'alarme partout, ici. Même dans l'enclos, il n'y en a pas !

Mais les caméléons ne s'attendaient pas que des psychopathes viennent les attaquer.

– Mince ! lâcha Kylie, Hayden sait-il que tu es là ?

Derek et Jenny secouèrent la tête tous les deux.

– Tu t'es enfuie, pas vrai ?

– S'il te plaît… ne m'en veux pas, implora-t-elle en joignant les mains.

Derek regarda Jenny avec compassion, puis fixa Kylie avec défi.

– Pourquoi es-tu aussi énervée ? Tu as dit que tu voulais l'aider.

– Oui, mais s'enfuir n'est pas la solution.

– Allez, marmonna Derek. Pour quelqu'un qui s'est enfui il y a deux semaines, je te trouve mal placée pour porter un jugement.

– Je ne me suis pas enfuie. J'ai prévenu tout le monde que je partais. Et je ne juge personne.

Amusée que Derek prenne la défense de Jenny, Kylie inspira et laissa aller son regard de l'un à l'autre.

– Si un caméléon s'enfuit avant d'être mature, il est excommunié de sa famille.

Derek jaugea Jenny de haut en bas.

– Elle m'a l'air plutôt mature, non ?

Kylie roula des yeux.

– Je ne parle pas de son corps. Mais du fait qu'elle sache changer sa configuration. Mais tu peux devenir invisible. Je croyais que cela n'était possible que plus tard ?

– En temps normal, c'est impossible. J'ai travaillé très dur toute seule ces deux dernières années, pour pouvoir partir tôt. Mais je n'arrive toujours pas à contrôler ma configuration.

La tristesse envahit les yeux de la fille.

– Es-tu vraiment prête à t'éloigner complètement de ta famille ?

Jenny se laissa tomber sur le lit et serra dans ses mains le pyjama extra-large de Derek.

– Ça fait supermal, mais cette famille veut me forcer à épouser quelqu'un que je n'aime pas et qui ne ressent rien pour moi. Je ne veux pas vivre comme cela.

Mille choses défilèrent dans l'esprit de Kylie. Elle avait dit à Holiday que les pratiques des anciens étaient semblables à celles des loups-garous. Ils infligeaient à Jenny ce que le père de Lucas infligeait à celui-ci.

Cela signifiait-il pour autant que Lucas avait raison de s'opposer à sa meute et à son père ? Elle était tellement paumée. Réalisant que Derek et Jenny la regardaient fixement, elle décida que ce n'était pas le moment de penser à lui. Un problème à la fois.

Problème numéro un, son grand-père et toute la communauté de caméléons allaient la tenir responsable de cela, parce qu'elle était la raison de la présence de Hayden à Shadow Falls. Comment réglerait-elle cela ?

– Bien, alors maintenant, explique-moi pourquoi tu ne t'es pas enfuie avec Hayden ?

– Parce que, commença Jenny, chaque fois que je lui ai parlé de mon départ, il m'a répondu que j'avais tort. Que je devais tenir le coup jusqu'à ce que je sois mature. Mais tout le monde savait que ce jour-là, je partirais, alors les anciens ont essayé de trouver un autre moyen de m'arrêter. Je dois épouser Brandon la semaine prochaine. De plus, je ne suis pas venue ici à cause de Hayden, mais à cause de toi. Je croyais que tu comprendrais. J'imagine que je me suis trompée.

La culpabilité submergea Kylie.

– Non, tu ne t'es pas trompée. Simplement… je ne sais

pas comment arranger cela. Kylie regarda autour d'elle. Comment t'es-tu retrouvée avec Derek ?

– Tu étais toujours tellement entourée. J'ai vu Derek et je me suis dit que si tu lui faisais confiance, alors je le pouvais moi aussi.

– Es-tu vraiment prête à perdre le droit de voir ta famille ?

Lucas l'était-il ?

Des larmes envahirent les yeux de la jeune fille et Kylie ressentit la même émotion s'agiter en elle.

– Non, répondit Jenny, mais je ne suis pas prête à épouser Brandon non plus.

– Je sais, dit Kylie, nous devons juste trouver comment gérer cela.

Idem pour Lucas. Mais mince alors, elle ne savait pas plus comment faire.

– On a du pain sur la planche, fit-elle en s'adressant à Derek.

– Comment ça ? demanda Derek.

Kylie ne s'était pas rendu compte qu'elle avait parlé à voix haute. Puis des fragments de sa vision passèrent dans sa tête, tel un film d'horreur.

– Tu te souviens de Roberto, le petit-fils de Mario ? Tu m'as raconté qu'il avait assisté au meurtre de sa mère ?

– Oui.

– Te rappelles-tu comment elle s'est fait assassiner ?

Il passa une main dans ses cheveux bruns.

– Je crois qu'un article disait qu'elle s'était fait poignarder.

Kylie fronça les sourcils.

– C'est bien ce que je craignais.

– Pourquoi ? demanda Derek.

– Elle est mon fantôme.

Derek eut l'air inquiet.

– La mère de Roberto est ton fantôme ?

– Je t'en prie, ne me dis pas qu'elle est là en ce moment !

– C'est bon, fit Derek en posant une main sur l'épaule de Jenny pour calmer sa peur.

– Arrête ! lança-t-elle en lui donnant une tape sur la main. Je n'aime pas que tu me touches. Tu… me fais ressentir des choses… bizarres.

Derek se rembrunit.

– J'essayais de faire en sorte que tu ailles mieux.

– Je n'en ai peut-être pas envie ! rétorqua-t-elle d'un ton sec.

Sans trop savoir pourquoi, leurs chamailleries rappelaient à Kylie celles de Burnett et Holiday ou, mieux encore, Derek et elle au tout début, et elle comprit pourquoi : tension sexuelle. Si Kylie avait été un vampire, elle aurait parié qu'elle pouvait sentir les phéromones.

– Tu vois ce que je dois supporter depuis vingt-quatre heures ?

La seule chose qui empêchait Kylie de sourire, c'étaient les vestiges de la vision et la prise de conscience qu'elle n'avait pas la moindre idée de la façon dont elle devait gérer Jenny. Si elle allait voir Holiday, elle ne savait pas si la directrice la laisserait rester ou pouvait même le faire. Mais combien de temps encore pourraient-ils la cacher ?

D'un seul coup, la fenêtre de Derek s'ouvrit et Della se rua à l'intérieur.

– Bon, alors voilà : Burnett vient de m'appeler, il faisait le guet devant notre bungalow quand il s'est rendu compte que nous étions parties. Il va arriver d'une minute à l'autre. Tu as une seconde pour cacher WonderGirl.

Jenny se volatilisa. Della, qui assistait à une disparition pour la première fois, eut l'air éberlué. Burnett entra en trombe par la fenêtre ouverte.

– Que se passe-t-il maintenant ?

– J'ai eu une vision, expliqua Kylie, qui lui donnait une partie de la vérité. Je voulais en parler à Derek.

– Et tu n'aurais pas pu m'appeler avant ?

– Tu sais comment je suis après une vision. J'étais folle, je ne pensais qu'à une chose, découvrir la vérité.

– Laquelle ?

– Je sais qui est la revenante à présent. Elle a… avait un lien de parenté avec Mario. C'était sa belle-fille. La mère de Roberto. Mario l'a fait tuer.

Kylie souffrait en se rappelant les dernières minutes de la vie de la femme. En revoyant Roberto assister à cette terrible mort.

Burnett soupira.

– L'épée lui appartient ?

– Non, elle prétend qu'elle provient des… anges de la mort.

Un long silence envahit la pièce comme s'il leur fallait plusieurs secondes à tous pour le croire.

– Sais-tu pourquoi ils l'ont envoyée ? demanda enfin Burnett.

Tout le monde maintenant savait que c'était pour qu'elle affronte Mario. Mais personne n'osait le dire.

– Non pas vraiment.

Ce n'était même pas un mensonge. Il y avait une différence entre savoir quelque chose et avoir des doutes.

– Viens, allons parler de cette vision à Holiday, proposa Burnett.

Kylie quitta le bungalow de Derek pour régler ce

problème, consciente que tôt ou tard elle devrait s'occuper de celui qu'elle laissait ici. Jenny.

Pendant combien de temps pouvaient-ils cacher un caméléon en fuite ? Avec un peu d'espoir, assez longtemps pour que Kylie puisse trouver un plan.

Burnett et Holiday raccompagnèrent Kylie à son bungalow après leur petite réunion. Elle était parvenue jusqu'au bout de la discussion sans mentir, en gardant la conversation sur la vision. Elle ne leur avait pas parlé de Jenny ni de son père, qui lui répétait son message – qu'ils seraient bientôt réunis. Pour être honnête, elle tâcha de ne pas y penser. Holiday n'avait-elle pas déclaré qu'une personne qui commençait à se préparer à la mort se lésait du peu de vie qui lui restait ? Et... quelque part, tout au fond d'elle, elle se raccrochait au fait que son père pouvait avoir l'esprit confus. Que sa définition de « bientôt » pouvait aussi se produire dans quatre-vingts ou quatre-vingt-dix ans.

La première chose que fit Kylie après le départ de Burnett et Holiday fut de prendre son téléphone.

Derek répondit à la première sonnerie.

– Tu as survécu ?

– À peine, répondit-elle.

– Comment as-tu menti à Burnett ?

– En évitant la vérité.

Il soupira.

– À propos, j'ai relu les articles sur la mère de Roberto. La cause du décès est la suivante : « Multiples blessures par arme blanche. » Ah, et son nom : Lucinda Esparza.

– Merci.

Kylie répéta le nom dans sa tête.

– Et pour *mon* problème, que prévois-tu de faire ? demanda-t-il.

Il considérait donc Jenny comme *son* problème, n'est-ce pas ?

– Je ne sais pas, mais pourrais-tu la cacher encore un peu, le temps que j'élabore un plan ? Tant que tu n'as pas de coloc vampire ni Burnett qui fait le guet devant chez toi, elle a moins de risques d'être découverte en restant là.

– J'avais prévu qu'elle resterait ici, l'informa Derek, l'air presque insistant.

Ainsi, son ancien soupirant craquait pour Jenny. Elle ressentit leur connexion, comme elle l'avait ressentie entre Holiday et Burnett, Perry et Miranda, et Jonathon et Helen. Elle pouvait presque entendre Derek et Jenny raconter à leurs enfants comment ils s'étaient rencontrés.

« Ta maman m'a sauté dessus comme une tigresse. Elle croyait peut-être que j'allais lui faire faire une balade sur mon dos ! »

Jenny avait de la chance. Et Derek méritait d'être heureux.

Et moi aussi. Et son bonheur était lié à Lucas. Ce fut comme si quelque chose s'allumait dans sa tête, et elle comprit qu'elle avait eu tort. Elle n'aurait pas dû le repousser, mais trouver un moyen de tout arranger.

– Hé, euh… je viens de me rendre compte que je dois faire quelque chose. Peut-on discuter demain ?

– Faire quoi ? demanda Derek qui lisait manifestement quelque chose en elle.

Convaincre quelqu'un que je mérite que l'on se batte pour moi.

– Salut !

Elle raccrocha et entreprit de composer le numéro

de Lucas. Juste avant qu'elle n'appuie sur la dernière touche, elle changea d'avis. Il y avait un autre moyen. Bien meilleur.

Il lui fallut dix minutes pour s'endormir et quelques-unes encore pour prendre le contrôle et se rendre, *via* l'effraction de rêve, dans le bungalow de Lucas, puis dans sa chambre. Il était adorable, endormi dans son lit. Le drap lui arrivait à la taille, et elle ne put s'empêcher de se demander s'il était nu. En réalité, elle en doutait.

Mentalement, elle l'habilla en boxer long, puis se glissa dans son esprit et dans ses rêves.

– Lucas.

Elle murmura son nom. Elle revit son torse nu et se demanda pourquoi elle n'avait pas rêvé de lui habillé. Sûrement parce qu'elle aimait le voir torse nu.

Elle eut envie de se blottir contre lui.

Lucas se réveilla d'un coup.

– Salut ! fit-il, encore somnolent.

– Viens, allons-y, dit-elle.

– Où ça ? demanda-t-il.

– Quelque part, pour parler.

Il tapota son matelas et la regarda à travers ses épais cils bruns, avec un sourire sexy. Avait-il lu ses pensées de tout à l'heure ? se demanda-t-elle.

– Nous pourrions parler ici, suggéra-t-il d'une voix rauque

Elle roula des yeux.

– Bien tenté !

Il rit. Puis il remonta le drap et jeta un coup d'œil en dessous.

Elle se concentra et déplaça le rêve derrière le bureau,

où ils allaient souvent discuter. La nuit était noire, seules quelques étoiles éclairaient le ciel.

– Je crois que je préférais le rêve du lac, lança-t-il en parlant de l'effraction de rêve qu'ils avaient partagée quand ils s'étaient baignés nus.

Il la prit par les épaules et l'attira contre lui. Son corps était si chaud, si tentant. Elle aurait adoré se laisser aller. Explorer toutes ces choses encore inconnues d'eux.

Mais pas encore.

– Sois sage, dit-elle en se détachant de lui.

Son sourire s'évanouit.

– Quelque chose ne va pas ?

– Non, enfin si, ça ne va pas. Tout va mal. Elle inspira. Tu dois intégrer ce Conseil, Lucas.

– Je n'épouserai pas Monique, grommela-t-il.

– Pas en l'épousant, non. Tu dois trouver une autre solution.

– Il faut que mon père se porte garant. Et il ne le fera pas maintenant.

Elle serra les dents.

– Parle-lui. Tu as dit qu'il te protégeait. Manifestement, tu comptes pour lui. Peut-être que si tu…

– Tu ne le connais pas.

La fureur monta en elle.

– Alors, trouve une autre solution. Trouve un autre garant. Ou parle toi-même au Conseil. Tu m'as dit que tous les jeunes voulaient changer. Montre-le aux anciens. Ils ont été jeunes aussi. Pousse-les à se souvenir… Qui a dit quand la porte est fermée, trouve une fenêtre ? Si la fenêtre est fermée, eh bien… casse-la. Si elle ne se casse pas, eh bien emploie les grands moyens.

Il secoua la tête.

– Tu ne les connais pas.

– Si, je les connais ! Les anciens, chez les caméléons, sont exactement les mêmes. Ils veulent arranger des mariages et décident de tout. Je ne sais pas comment je vais changer tout cela, mais que je sois maudite si je ne tente pas le coup !

– Ce n'est pas pareil, rétorqua-t-il, comme si son accusation le froissait.

– Peut-être, mais tu renonces tout de même !

– Je ne renonce pas à nous, voilà ce qui compte.

– Mais si, tu renonces à nous. Si tu n'intègres pas le Conseil, il n'y aura pas de « nous ».

– Tu ne le penses pas ! s'énerva-t-il.

– Je sais que si tu perds ce que tu as toujours désiré, tu m'en voudras un jour. Peut-être pas maintenant, mais un jour, sûrement. Et je ne peux pas continuer ainsi en sachant ça. Je ne peux pas.

En un éclair, Kylie mit un terme à l'effraction de rêve et fila dans son lit. Puis elle s'endormit en pleurant. Mais juste avant de sombrer, elle entendit son père, une fois de plus.

– *Bientôt, bientôt nous nous retrouverons.*

Elle ne put s'empêcher de se demander si, quand elle serait morte, elle souffrirait encore pour Lucas.

Le lendemain matin, Kylie, qui n'avait qu'une heure de sommeil au compteur, attendait parmi la foule que Chris fasse son show et lance l'Heure pour faire connaissance. Perry, son escorte officielle pour la matinée, se tenait à côté d'elle, Miranda collée à lui. Della et ses copains vampires étaient absents.

Lucas n'était pas là. Mais elle avait reçu un texto de lui qui disait : « Je pense que j'ai trouvé une fenêtre. » L'espoir lui donna de l'énergie. Elle se souvint combien Lucas était beau dans son lit la nuit dernière et combien elle avait été tentée de se blottir tout contre lui et de laisser simplement les choses se faire. Chassant le loup-garou sexy de sa tête, elle chercha autre chose à quoi penser – du style, comment procéder avec Lucinda, qui se tenait au beau milieu de la foule comme si elle était chez elle, mais ne parlait pas à Kylie… Attendait-elle vraiment qu'elle tue Mario pour partir définitivement ?

C'était une chose, d'encourager les âmes à destination des portes du paradis à laisser leur existence solitaire sur terre et aller de l'avant. Mais comment pouvait-elle encourager quelqu'un à aller en enfer ?

Cette pensée la fit frissonner.

– Tu es bien calme, observa Miranda. Tout va bien ?

Kylie opina et remarqua Derek qui rejoignait la foule. Elle pensa à Jenny et se dit que la seule chose à faire était d'affronter Hayden. Elle savait que Jenny avait très peur qu'il ne la renvoie chez elle, mais Kylie n'en était pas si sûre.

Les bavardages dans le cercle d'étudiants se turent. Kylie leva les yeux. Chris prit la parole.

– Aujourd'hui, nous avons…

Il regarda dans son chapeau, puis leva les yeux. Pile sur Kylie.

Oh non, songea celle-ci. Qui était-ce, cette fois ?

– Kylie Galen ? Chris sourit. La fille qui nous a rapporté en l'occurrence plus de sang que n'importe quel campeur dans le passé. Il hésita. Toi, mon amie, tu auras le plaisir d'être accompagnée par… Il marqua une pause pour l'effet. Steve !

Kylie vit Steve, le métamorphe au beau cul, celui qui avait

fait un suçon à Della, se diriger lentement vers elle. Pas une seule minute elle n'avait pensé qu'il éprouvait de l'intérêt pour elle. Elle savait qu'il cherchait simplement des conseils amoureux. Mais que pourrait-elle donc lui dire, à part de se montrer patient ? Della était la personne la plus bornée et la plus résolue que Kylie connût, et il aurait fallu la patience d'un saint pour épuiser la vampire.

– Être patient ? C'est tout ce que tu as à me dire ? se plaignit Steve dix minutes plus tard.

Kylie leva les yeux sur Perry qui tournait autour d'eux, assis derrière le bureau, puis regarda Steve en fronçant les sourcils.

– Je ne sais pas pourquoi vous allez tous vous imaginer que je suis le gourou de l'amour.

– Allez, donne-moi un vrai conseil. Tu la connais mieux que personne.

Kylie se laissa tomber à côté de l'arbre.

– Que te dire ? Della est compliquée !

Tellement compliquée que si la vamp apprenait que Kylie avait donné des conseils à Steve, elle lui retirerait sa carte de meilleure amie.

– Tu crois que je ne le sais pas ?

Elle vit son regard désespéré.

– Quelqu'un lui a fait beaucoup, beaucoup de mal.

– Je le sais, ça aussi, dit-il en croisant les bras sur son large torse. Elle mérite tellement mieux que lui.

– Oh ! zut, lança Kylie, et elle décida de se lâcher. OK, voilà tout ce que je peux te dire : Della voudrait une bonne bagarre.

– Je ne veux pas me bagarrer, déclara Steve. Tout ce que je veux, c'est…

Il rougit, comme s'il pensait à ses véritables désirs.

Mais, mince alors, Kylie appréciait Steve.

– Écoute, je ne veux pas dire « te bagarrer avec elle ». Mais te battre *pour* elle. Quand elle te dit que tu ne peux pas t'installer avec elle pour déjeuner, fais-le quand même. Quand elle te demande de partir, ne pars pas. Elle va en avoir marre. C'est Della, elle est comme ça, mais je pense que cela te fera gagner des bons points.

Le métamorphe réfléchit.

– Mais oui, tu as raison. Quand nous étions en mission, elle a essayé de me repousser, mais je ne l'ai pas laissée faire. Je ne pouvais pas, parce que Burnett m'avait averti que s'il lui arrivait quelque chose, il me ferait couper la tête. Et c'est là que nous… Hé, je sais ce que j'ai à faire !

– Quoi ? demanda Kylie, redoutant ce qu'elle avait mis en route.

– Attends de voir.

Un sourire s'étala sur ses lèvres. Des étincelles crépitèrent partout autour de lui. Il se transforma en oiseau, pas aussi gros ni aussi majestueux que celui qui la surveillait d'en haut, mais tout de même impressionnant. Battant deux fois des ailes, il s'envola au moment où Perry atterrissait..

– Tu es très douée pour cela, dit-il, toujours sous sa forme d'oiseau. Il pourra faire d'elle ce qu'il veut. Bien sûr, entre-temps, elle t'aura arraché le cœur pour l'avoir trahie.

– Ne me parle pas quand tu n'es pas dans ta forme humaine !

Elle laissa tomber son front sur ses genoux.

Mince ! Perry avait raison, Della allait la tuer. Mais comme le destin avait déjà décidé de l'assassiner…

Chapitre 36

– Vous attendez un appel ? demanda Kylie à Hayden Yates quand elle entra dans sa classe dix minutes plus tard et ne lâchait pas son portable.

– Je l'espère, dit-il en fronçant les sourcils. Et il regarda tout autour de lui pour s'assurer qu'ils étaient bien seuls. C'est Jenny. Elle est partie. Dieu seul sait où.

Kylie se mordit la lèvre.

– Si vous la trouviez, que feriez-vous ?

– Comment ça ? demanda-t-il, méfiant.

– La ramèneriez-vous chez ses parents ? Si elle s'est enfuie, c'est sûrement parce qu'elle est comme vous quand vous étiez jeune, et qu'elle ne supporte plus cette vie.

– Elle ne sait pas comme c'est dur d'être complètement seul.

– Elle ne le serait pas, répliqua Kylie, elle vous aurait, vous.

Il se rembrunit.

– Je ne sais pas du tout comment gérer une ado.

Kylie roula des yeux.

– Vous êtes prof. Vous nous gérez tous les jours !

– J'enseigne, je ne materne pas. Il y a une différence. Mais discuter de cela est idiot. Il passa les doigts dans ses cheveux. Elle est jeune, elle est naïve.

– Pas tant que ça.

Kylie revit Jenny tenir tête à Derek et comment elle les avait aidés à s'échapper.

– Et si je savais où elle se trouvait ?

Il lui jeta un regard noir.

– Bon sang ! L'alarme ? Burnett et Holiday sont-ils au courant ?

– Pas encore.

– Si les anciens apprennent qu'elle est là, ils s'attendront que Burnett et Holiday la ramènent.

– Je sais, dit Kylie. C'est bien le problème.

Hayden croisa ses deux mains derrière sa tête.

– Et Holiday et Burnett devront le faire. Ils ne peuvent pas légalement la garder sans de graves conséquences.

– C'est l'autre partie du problème, soupira-t-elle.

Il plaqua une main sur son bureau.

– Comme c'est compliqué !

Mille pensées défilèrent dans la tête de Kylie.

– J'aimerais parler de cela à Burnett et Holiday, mais si toute cette histoire de Mario se tassait, je pense que j'aurais plus de chance de les convaincre.

Il se leva d'un coup.

– Où se trouve-t-elle en ce moment ?

– Chez Derek.

Il eut l'air perplexe.

– Derek ?

Hayden passa de « professeur » à « grand frère » et Kylie eut le sentiment que Derek pourrait bien se retrouver dans le pétrin.

– C'est mieux que chez moi, parce que Burnett ne me quitte pas des yeux. Quand Jenny a sauté par-dessus le portail, elle ne pouvait pas m'approcher à cause de mes escortes. Jenny et Derek se sont rencontrés la nuit où je me suis échappée et elle s'est dit qu'elle pouvait lui faire confiance. Et elle a raison. Derek est le type le plus gentil que je connaisse. Il ne ferait jamais… vous savez.

– Il a intérêt… tu sais ! rétorqua-t-il d'un ton sec.

– Je pense qu'il vaudrait mieux que vous l'ameniez chez vous, pas à cause de Derek, mais…

– Ce serait plus sûr si elle rentrait à…

– Non ! s'écria Kylie, laissez-moi un peu de temps. Je crois que je peux trouver une solution.

– Comment ? Elle n'est pas encore mature.

Kylie désigna sa configuration.

– Je ne suis pas complètement mature et je vais très bien, merci.

– Tu peux vraiment dire cela en restant sérieuse ? demanda-t-il. Tu as un assassin qui te court après, et L'URF salive à l'idée de te mettre la main dessus pour te tester. Chez moi, ça ne veut pas dire « aller bien ».

– Laissez-moi quelques jours, s'il vous plaît.

– Tu ne peux pas régler ça toute seule.

Les paroles de Hayden résonnèrent dans sa tête. *L'URF salive à l'idée de te mettre la main dessus pour te tester.* Pour la première fois, Kylie entrevit les choses telles qu'elles étaient. Vite, une fenêtre !

– Je peux essayer d'arranger ça, reprit-elle.

Peut-être mourir en essayant, songea-t-elle, mais peut-être pas. De plus, rester en vie n'était peut-être plus à l'ordre du jour, de toute façon.

Elle se dirigea vers la porte à reculons.

– Il faut que j'y aille, je dirai à Derek d'amener Jenny chez vous après les cours ce soir.

Pendant le déjeuner, Kylie attendit de voir si Lucas se montrait. Elle était assise à côté d'une Della en colère, qui la regardait d'un air noir tout du long, parce qu'elle avait entendu dire qu'elle était partie avec Steve. En face d'elle était installée une Miranda méfiante, qui avait été avertie par son métamorphe et escorte de Kylie qu'elle se comportait bizarrement.

Perry avait tort. Elle ne se comportait pas bizarrement, elle était morte de trouille. Pourtant, même terrorisée, elle savait que c'était la chose à faire. Son instinct le lui disait.

Elle ne pensa plus du tout à ses peurs lorsque Lucas entra dans la pièce. Il portait un T-shirt bleu marine et son vieux jean, celui qui était délavé de partout et dont le tissu caressait son corps. Ses cheveux étaient ébouriffés par le vent.

Il passa la pièce en revue. Elle croisa son regard bleu.

Il se dirigea vers elle sans même prendre la peine d'aller chercher un plateau. Quand il s'assit, son épaule effleura la sienne. Elle laissa tomber sa fourchette et chuchota.

– Serais-tu prêt à sécher les cours pour t'entraîner ?

– Que se passe-t-il ?

Était-elle lisible à ce point ?

– J'ai déjà éclairci cela avec Holiday.

Et la directrice lui avait posé la même question : *Que se passe-t-il, Kylie ?*

Elle donna à Lucas la même réponse qu'à Holiday.

– J'ai envie de m'entraîner.

Il était évident qu'elle ne pouvait pas lui dire la vérité ici. Mais elle avait l'intention de tout lui raconter une fois seuls.

– Comment va ta fenêtre ? demanda-t-elle.

– Toujours coincée, mais je travaille dessus.

L'optimisme dans sa voix la fit sourire. Il attrapa le petit pain sur son assiette.

– J'ai besoin d'aliments bien nutritifs pour te battre. Tu m'as l'air pleine d'entrain aujourd'hui.

– Tu as raison, tu ferais mieux de finir ma salade aussi, le taquina-t-elle.

Il baissa la tête et murmura :

– Je t'aime.

Moi aussi, songea Kylie, mais elle ne parvenait pas encore à le lui dire. Elle voulait attendre que leurs fenêtres soient ouvertes et que la vie leur offre cette promesse.

Quand ils allèrent chercher les épées dans le bungalow de Lucas, Kylie essaya de trouver comment lui parler de ce qu'elle faisait. Instinctivement, elle savait qu'il ne serait pas d'accord. Et s'il y avait un jour où elle ne voulait pas se disputer, c'était bien aujourd'hui.

– Alors cette fenêtre, tu as un plan pour l'ouvrir ? demanda-t-elle.

Il hocha la tête.

– J'ai repensé à ce que tu m'as dit à propos des anciens qui avaient été jeunes à leur époque. Eh bien, il n'y a pas si longtemps, ma grand-mère m'a interrogée sur l'un des anciens du Conseil. Elle m'a raconté que sa sœur jumelle et lui s'étaient plu quand ils étaient jeunes, mais qu'elle était déjà promise à un autre. Je ne savais même pas qu'elle avait eu une jumelle. Quand je l'ai interrogée sur sa sœur, elle m'a répondu qu'elle était morte. Mais j'ai le sentiment qu'il n'y avait pas que cela. Je suis allé la voir ce matin.

– Et ?

– Elle m'a avoué que sa sœur s'était tuée la veille du jour où elle était censée épouser l'autre.

– Donc tu vas aller parler à cet ancien ?

– Ce n'est pas si simple. Il refuserait de me voir, mais il pourrait accepter de recevoir ma grand-mère, qui plaiderait ma cause.

– Ta grand-mère est d'accord ?

– Non, répondit-il, frustré. Elle est têtue. Je suis censé prendre le thé avec elle dans deux heures. Il soupira. Le thé a le don de l'adoucir. Je crois que je pourrais la convaincre.

– Je l'espère.

Ils arrivèrent près du lac et s'échauffèrent pendant vingt minutes, répétant les mouvements qu'il lui avait appris. Kylie n'avait pas besoin de le regarder pour suivre le rythme. Mais elle l'observa tout de même. Elle adorait la façon dont son corps bougeait, avec force, contrôle, et ses muscles qui ondulaient sous son jean et son T-shirt en coton.

Il arrêta les échauffements et se tourna vers elle.

– Prête ?

Elle fit oui de la tête.

Ils levèrent leur épée l'une contre l'autre ; il recula puis avança, son épée fendant l'air à une bonne dizaine de centimètres d'elle. Elle l'imita, et au bout de cinq minutes, elle eut l'impression qu'ils se battaient vraiment pour la première fois.

La sensation de danger ne la retenait pas, en fait, elle la séduisait. Était-elle amatrice de sensations fortes ?

Elle sentit la sueur dégouliner de son front, et quand elle jeta de rapides coups d'œil sur lui, elle vit le lustre sur sa peau, et le T-shirt humide lui coller à la peau. Le coton était encore plus sexy mouillé que sec.

– Tu es géniale quand tu te bats, déclara-t-il à bout de souffle.

Elle leva les yeux et se déconcentra, sans se rendre compte que cette petite erreur pouvait être mortelle, puis elle sentit sa lame le toucher.

Chapitre 37

Kylie suffoqua. Elle lâcha son épée. Celle de Lucas lui glissa de la main et atterrit à côté de la sienne. Il recula d'un pas. Sa chemise pendillait, ouverte, déchirée.

– Oh ! non, es-tu… ?

– Tout va bien, juste une égratignure.

Il colla sa paume sur ses abdos.

– Montre-moi ça, dit-elle en s'approchant de lui.

– Ça va, lança-t-il en reculant. C'est ma faute. Je t'ai déconcentrée.

– Montre-moi, exigea-t-elle de nouveau.

– Ce n'est qu'une égratignure, insista-t-il.

Elle parcourut les quelques pas qui les séparaient, et toucha sa chemise. Son cœur se serra, redoutant ce qu'elle verrait. Des larmes emplirent ses yeux, quand elle avisa les traces rouges au-dessus de son nombril.

– Ce n'est rien, tu vois ?

Il avait raison, ce n'était qu'une égratignure, mais cela avait tout de même l'air douloureux. Elle colla deux doigts sur son ventre et se concentra pour le guérir. Ses mains se réchauffèrent, et lentement elle passa sa paume sur la blessure.

Elle l'entendit gémir, ou était-ce un grognement ? Elle croisa son regard.

– Est-ce que je te fais mal ?

Puis elle discerna la chaleur dans ses yeux.

– Non, dit-il, le ronronnement hypnotique qui émanait de lui en vibrant lui indiquant que son corps cherchait une partenaire.

Elle effleura son abdomen de haut en bas. Les douces et chaudes ondulations des muscles et de la peau étaient merveilleuses sous sa paume. Elle désirait plus. Plus de lui, plus de contacts, plus de caresses, elle désirait tellement qu'il la touche lui aussi.

Comme s'il lisait dans ses pensées, il l'attira contre lui. Ses lèvres trouvèrent les siennes et leur baiser fut intense. Elle ne savait pas comment ils se retrouvèrent par terre, mais d'un seul coup, ils étaient étendus au sol. L'herbe douce lui chatouillait le cou, mais surtout, elle sentait la main de Lucas se faufiler sous son T-shirt, son contact doux et tendre sur ses seins. Elle sentit son poids à moitié sur elle, ses jambes sur les siennes.

Partout où une partie de lui la touchait, elle brûlait et mourait de désir. Elle n'avait pas peur, elle glissa sa main dans le dos de sa chemise.

Soudain, l'émerveillement disparut. Elle ouvrit les yeux et vit Lucas debout au-dessus d'elle, le regard fou, l'air presque sauvage. Ses mains étaient coincées derrière son cou, et il inspirait et expirait comme s'il avait besoin d'une tonne d'oxygène.

– Nous ne pouvons pas… je ne suis pas prêt… je n'ai pas…

Comme elle essayait elle aussi de respirer, il lui fallut

une seconde pour comprendre ce qu'il essayait de dire. Il n'avait pas de protection.

– Nous ne devons... pas comme ça, dit-il.

– Je sais.

Elle se leva, avala si difficilement sa salive.

– Je suis désolée, je n'aurais pas dû...

Elle détourna les yeux, sans trop savoir comment formuler les choses.

Il combla la distance qui les séparait et tourna délicatement son visage vers le sien.

– Tu n'as rien fait de mal, nous n'avons rien fait de mal. Simplement, ce serait mieux de le prévoir.

Elle hocha la tête. Son téléphone sonna. Elle ne l'avait même pas sorti de sa poche que celui de Lucas carillonna à son tour.

Elle savait ce que cela voulait dire. L'URF était là. En avance. Elle sortit son portable, vit que Burnett l'appelait et comprit qu'elle ne s'était pas trompée.

– C'est Burnett, et je suis sûre que toi, c'est Holiday qui t'appelle. Elle attrapa les épées. Ne réponds pas, on n'a qu'à aller directement au bureau.

Il la dévisagea. Et elle sentit la culpabilité tourbillonner dans sa poitrine. Elle aurait dû lui dire. À présent, elle avait le sentiment qu'elle le lui avait caché.

– Pourquoi je ne répondrais pas ? fit-il.

Il ouvrit les sacs et rangea les épées.

– J'allais t'en parler, mais...

Je savais que tu me tiendrais tête.

– Que se passe-t-il, Kylie ?

– C'est ma fenêtre, expliqua-t-elle.

– Comment ça ?

– La raison pour laquelle Burnett et Holiday appellent. C'est l'URF qui vient me chercher.

– Mais pourquoi donc ?

Elle se mit en route. Il l'attrapa par le coude, des interrogations plein les yeux.

– J'ai accepté de me faire tester.

Il secoua la tête. Ses yeux passèrent immédiatement de bleu à orange foncé.

– Non !

– Il le faut, Lucas, c'est ma quête. Tout comme la tienne consiste à changer les choses chez les loups-garous. Je dois le faire.

– Non ! Il se planta devant elle et l'empêcha de faire un autre pas. Oublierais-tu que j'ai vu une partie de la vision de ce qu'ils ont fait à ta grand-mère ?

– C'était il y a plus de quarante ans. Les choses ont changé.

C'était ce qu'elle voulait croire. Elle l'esquiva et continua tout droit.

– Non ! cria-t-il en la rattrapant.

Elle le regarda, le supplia de comprendre.

– Je dois le faire, Lucas. Et tu dois me laisser.

– Burnett et Holiday ne le permettront pas, dit-il, bouillonnant de rage.

– Burnett pense que l'URF ne me fera pas de mal, insista-t-elle, sentant une brise fraîche effleurer sa peau, et elle comprit qu'elle n'était pas seule. Son père était là. Elle pria pour qu'il approuve ce qu'elle était en train de faire.

– Il y a des risques, il me l'a affirmé en personne. Il m'a expliqué qu'il avait caché le corps de ta grand-mère pour les mêmes raisons.

– Il y a des risques dans tout, Lucas. Elle se toucha le

ventre. Dans le fait d'apprendre à se battre ou pas. Je fais ce qu'il faut. Je le sais.

– Nous ne l'avons pas contactée, fit la voix masculine qui sortait du bureau de Holiday. C'est elle qui l'a fait.

Kylie et Lucas entrèrent dans le bureau. Lucas était encore furieux, mais il n'essaya pas de l'arrêter. Elle comprit qu'il sentait qu'elle ne plaisantait pas.

– Kylie n'aurait pas pu le faire, elle ne saurait même pas comment vous contacter, rétorqua Holiday.

Kylie s'arrêta à la porte.

– J'ai appelé ma mère pour avoir leur numéro. Je lui ai dit que c'était pour Holiday.

Kylie croisa le regard inquiet de son amie. Burnett, à son côté, avait les yeux brillants de colère. Elle espérait simplement que celle-ci n'était pas dirigée contre elle.

Holiday secoua la tête.

– Eh bien, je m'y oppose.

Kylie avança, suivie de Lucas. Elle regarda Burnett, espérant trouver un allié en lui.

– Depuis le début, Burnett m'a assurée qu'ils ne me feraient pas de mal volontairement.

Holiday se leva.

– Il a aussi reconnu qu'il pourrait y avoir des risques, raison pour laquelle il a accepté… que tu ne sois pas obligée de le faire.

– Elle a raison, acquiesça Burnett, je ne veux pas risquer de…

– Les risques sont pratiquement inexistants, expliqua l'agent de l'URF aux cheveux gris. C'est ce que je me tue à vous dire. Mais vous refusiez d'écouter.

Kylie ignora l'agent, et s'adressa à Holiday :

– C'est ma quête. Tu as toi-même dit qu'elle était bonne.

– Mais tu ne dois pas mettre ta vie en péril pour autant.

– Elle ne l'est pas, répéta l'agent.

– Alors, pourquoi un médecin normal ne pourrait-il pas faire passer les tests ? demanda Holiday, sur le ton d'une mère en colère.

Pas de doute, elle en ferait une excellente.

– Je vous en ai déjà parlé quand nous l'avions évoqué il y a plusieurs mois. Ce n'est rien de plus qu'un scanner et des examens sanguins. Et la raison pour laquelle on ne peut pas les effectuer dans un hôpital normal, c'est que ces tests ne sont pas faits pour les humains.

– Mais ils pourraient faire un scanner et des prises de sang dans un hôpital normal ! insista-t-elle.

– Le scan est différent. Idem pour les prises de sang. Un labo normal ne peut pas les faire.

– Et combien de ces tests ont-ils déjà été effectués ? demanda Holiday.

– Des milliers. L'URF les pratique depuis plusieurs années.

– Dans quel but ?

Il se renfrogna.

– La recherche.

– Sur qui ? Quel genre de recherche ?

– Principalement pour étudier les affaires criminelles, mais…

– Vous vous en servez sur des criminels et vous trouvez ça bien de vous en servir sur une ado ? s'énerva-t-elle.

– C'est sans danger.

– Vous allez me répéter qu'il n'y a eu aucun effet négatif indésirable ?

– Pas à ma connaissance.

– Donc il y en a eu dont vous n'êtes pas au courant ? Holiday ne le lâchait pas.

– Je dois le faire, intervint Kylie, je le sais. Je t'en prie. N'essaie pas de m'arrêter, ma décision est prise.

Elle vit des larmes apparaître dans les yeux de son amie et en souffrit, mais elle savait que c'était la chose à faire.

Elle regarda l'agent.

– Avez-vous apporté les papiers que je vous ai demandés ?

– Lesquels ? s'enquit Burnett.

– Un document écrit de l'URF qui stipule que s'ils prouvent que je suis issue d'une race spéciale, alors ils reconnaîtront que nous existons pour le monde surnaturel.

– Mais alors, quoi ? demanda Hayden qui fit son apparition dans le coin de la pièce. Tous les autres devront subir ces tests ?

L'agent de l'URF eut l'air médusé par l'apparition de Hayden, mais ne se démonta pas.

– Il faudra que ce soit confirmé par au moins une autre personne de votre espèce. Mais une fois que Kylie et cette autre personne seront enregistrées, nous n'aurons plus besoin que d'un examen sanguin.

Hayden regarda Kylie et elle comprit ce qu'il pensait.

– Vous n'êtes pas obligé, lui dit-elle.

Mettre sa vie en jeu était une chose, demander à quelqu'un de le faire aussi en était une autre.

– Si, tu as raison, il est temps que les choses changent. Hayden reposa les yeux sur l'agent. Vous l'avez, votre deuxième personne.

L'agent et Lucas plissèrent les yeux et regardèrent, admiratifs et intimidés, la configuration du professeur.

– Ça ne me plaît tout de même pas. Et s'ils ne tenaient pas leur promesse ? demanda Lucas.

Kylie implora silencieusement Burnett de prendre la parole. Il avait toujours fait preuve d'une grande loyauté envers l'URF et elle avait une confiance aveugle en son avis.

– Ils ne feraient jamais cela, déclara Burnett.

La pièce, froide, faisait bien trop penser Kylie à la vision qu'elle avait eue de sa grand-mère. Mais elle se raccrochait fort à la présence de Lucas, Burnett et Holiday, qui l'attendaient dehors. Ils l'avaient tout d'abord revêtue d'une blouse d'hôpital. Magnifique.

L'infirmière vint la voir.

– Je vais vous faire deux piqûres pour vous engourdir. C'est le même genre de chose qu'un dentiste utilise quand il travaille sur une dent. Nous devons prélever du sang de votre artère radiale pour cet examen, c'est donc un peu plus désagréable qu'une simple prise de sang. Mais ces injections devraient être bénéfiques.

Kylie ne savait pas si les premières piqûres furent bénéfiques mais elles lui firent un mal de chien. Elle serra les dents.

En quelques minutes, ce fut terminé. Avant que l'on ne conduise Kylie dans l'autre pièce pour passer le scanner, ils laissèrent Lucas, Holiday et Burnett entrer. Elle comprit qu'ils avaient d'abord fait passer le scanner à Hayden.

– Hayden va bien ?

Ce fut la première chose qu'elle voulut savoir quand ils entrèrent.

– Je viens de le voir, répondit Burnett. Il a dit que c'était du gâteau.

Kylie sourit. Holiday était toujours soucieuse.

– Tu peux toujours annuler.

– Holiday, répondit-elle, je vais le faire.

La fée soupira, exaspérée, et colla une main sur son ventre.

– J'espère que mon enfant ne sera pas aussi borné que toi.

Kylie jeta un coup d'œil à Burnett avec un large sourire.

– Avec le père qu'il aura, je dirais que tu n'as pas la moindre chance que ton enfant ne soit pas têtu.

– Hé, y a pire que moi !

Il sourit aussi, mais elle devina que c'était forcé. Il essayait d'alléger l'atmosphère, mais l'inquiétude se lisait dans ses yeux.

Quelques secondes plus tard, Burnett et Holiday s'en allèrent. Lucas resta et alla s'asseoir près d'elle. Il prit sa main bandée et passa le pouce sur le pansement. Elle devina qu'il pensait à la fois où elle l'avait guéri.

– Quand tout cela sera terminé, il faudra que l'on parle. Je n'aime pas que tu m'aies caché ce que tu avais l'intention de faire, ou que le prof était un caméléon. Et je sais, je ne méritais pas que tu m'en parles à l'époque. Mais tu avais raison quand tu m'as dit ce jour-là que nous n'avions pas besoin de secrets. Je n'en veux plus entre nous.

– Moi non plus.

D'un seul coup, Kylie se rappela quelque chose.

– Tu étais censé prendre le thé avec ta grand-mère ?

Il secoua la tête.

– C'est plus important.

– Non, Lucas. Tu dois intégrer ce Conseil.

– Je n'y ai pas renoncé. J'ai juste reporté ma petite entrevue avec elle. Il soupira. Mais Conseil ou pas, je refuse de te perdre.

Une infirmière entra.

– Nous allons l'emmener.

Lucas lâcha sa main à regret.

Kylie refusa qu'on la pousse dans une chaise roulante jusqu'au labo. Elle n'était pas malade. Mais elle s'assura que sa blouse était bien fermée avant de donner un aperçu de ses sous-vêtements roses à tout le monde.

Holiday serra affectueusement sa main. Burnett lui tapota l'épaule. Lucas, énervé et très inquiet, resta en retrait. L'infirmière la précéda dans la salle, Kylie allait la suivre, mais quelqu'un la tira en arrière.

La bouche de Lucas se colla brièvement sur la sienne. « Je t'aime » traînait sur le bout de sa langue, mais elle ne le dit pas. Elle ne voulait pas qu'il pense que la peur de ce qui allait se passer était la seule raison pour laquelle elle le lui avouait. Et il ne faisait aucun doute que s'il savait qu'elle lui était acquise, il ne ferait plus d'efforts pour intégrer ce Conseil.

La porte se referma dans un bruissement derrière elle. Kylie regarda autour d'elle, et constata l'absence de couleurs dans la pièce. Pas une touche de peinture. Tout était blanc.

– Bien, lança l'infirmière, avez-vous déjà passé une IRM ?

– Oui, quand j'avais des terreurs nocturnes.

– Eh bien, cela y ressemble beaucoup. La machine est un peu bruyante et vous risquez de vous sentir à l'étroit, mais il faudra que vous restiez totalement immobile. Dix minutes seront nécessaires pour passer l'examen. Vous n'êtes pas claustrophobe, n'est-ce pas ?

– Pas vraiment, répondit Kylie. Elle se souvint pourtant de quand elle s'était retrouvée coincée dans une petite tombe avec les trois mortes. Mais c'étaient plus les trois mortes que l'espace confiné qui lui avaient fichu la trouille.

– Bien, expliqua l'infirmière, voici des bouchons d'oreilles. Maintenant, montez là-dedans, que nous en finissions.

Kylie enfonça ses boules Quies et ravala une angoisse soudaine. Dans sa tête, elle entendit les paroles de son père : *Mais bientôt, bientôt nous découvrirons cela ensemble.*

Son cœur battait la chamade, quand elle s'allongea sur la table glacée. Elle espérait un mot de son père lui disant qu'elle n'allait pas mourir tout de suite, voilà qui serait bien !

La machine l'attira à l'intérieur. Son nez se trouvait à moins d'un centimètre du dessus et les côtés de l'appareil touchaient même ses avant-bras. *Une machine, pas un cercueil,* se dit-elle. Mais voilà à quoi elle pensait : elle reposait dans un cercueil fermé.

Le bruit retentit. Même avec ses bouchons d'oreilles, elle avait du mal à s'entendre penser, tellement la machine était bruyante. Elle ferma les yeux. Tâcha de ne pas réfléchir. Elle ne savait pas combien de temps elle était restée là-dedans, quand elle sentit un léger picotement dans sa tête. Qui s'intensifia jusqu'à lui faire mal. Devenir douloureux. Très douloureux.

Elle ouvrit la bouche pour hurler, essaya de bouger, en vain. Brusquement, elle sentit une lumière exploser dans sa tête et elle ne vit plus que l'obscurité.

– *Bientôt, bébé, bientôt nous serons ensemble.*

Chapitre 38

Quelqu'un lui tenait la main. Au loin, on entendait le grondement de voix furieuses. Elle reconnut celle de Burnett. Kylie ouvrit les yeux, elle ne savait pas trop où elle se trouvait. À l'instant où elle vit le plafond blanc, elle se souvint de la grosse machine blanche.

De la douleur.

Elle ne souffrait plus à présent.

– Dieu merci !

Kylie se tourna vers Holiday qui lui parlait et lui tenait la main. Le front plissé d'inquiétude, elle appuya sur un bouton pour appeler l'infirmière.

– Elle est réveillée.

– Que s'est-il passé ? demanda Kylie.

– Tu as perdu connaissance. Holiday avait les larmes aux yeux. On a eu une sacrée trouille ! Tu vas bien ?

– Je peux sentir mes doigts et mes orteils.

La porte s'ouvrit d'un coup et un Burnett très très en colère, entra en trombe, suivi d'un homme en blouse blanche. Et derrière le médecin, l'agent de l'URF. Et enfin Lucas et Hayden Yates.

– Je vous ai dit qu'elle irait bien. Le médecin regarda Kylie, puis Holiday. Parle-t-elle ?

– Oui, répondit la jeune femme.

– Bouge-t-elle ?

– Oui, et je vous entends aussi !

Il la regarda d'un air renfrogné.

– Évidemment que vous m'entendez.

– Les tests sont terminés ?

Le médecin hocha la tête.

– C'était fini lorsque vous avez commencé à souffrir.

– Savons-nous déjà quelque chose ? demanda-t-elle à l'autre agent.

– Nous avons besoin de temps pour tout analyser, mais il semblerait que vous ayez toutes les caractéristiques des surnaturels, exactement comme M. Yates.

Kylie se redressa.

– Cela fait-il de nous une nouvelle espèce ?

– J'ai l'impression que oui, mais là encore, les autres doivent y jeter un coup d'œil.

Kylie se mordit la lèvre.

– Que saviez-vous au juste de tout cela, d'après les tests du passé ?

Le silence envahit la salle. Kylie vit les épaules de Burnett se tendre. L'agent marqua une pause.

– Les résultats que nous avions montraient tous la même chose, mais quatre-vingt-dix pour cent des preuves ont été détruites par les médecins et administrateurs responsables de l'étude, pour dissimuler leurs méfaits.

– Si vous aviez ne serait-ce que des soupçons sur leurs actes, pourquoi ne pas avoir tenté d'arranger les choses plus tôt ? demanda Hayden.

– Nous avons essayé, répondit l'agent. Peut-être pas

assez, mais pour notre défense, le domaine dans lequel votre espèce excelle, c'est de se cacher. Nous avons cherché des membres de la famille des cas sur lesquels nous avions conservé des dossiers. Tous avaient disparu. À un moment donné, nous avions envisagé de publier des avis pour demander aux gens de se présenter, mais malgré tous nos efforts, cela avait tout d'une chasse aux sorcières. Et vu ce qui s'était déjà passé, cela ne semblait tout simplement pas la chose à faire.

– Et quand ces informations seront-elles dévoilées au monde surnaturel ? interrogea Kylie.

– Probablement pas avant quelques semaines. Nous annoncerons aussi l'enquête interne sur l'URF et nos méfaits du passé. Quiconque touché par nos études – ou les membres de leur famille – recevront une compensation financière s'ils se présentent.

Kylie songea à sa grand-mère.

– L'argent ne rendra pas des vies.

– Non, répondit l'agent, mais c'est la façon humaine de reconnaître les méfaits de l'organisation. Et comme nous vivons dans un monde humain, c'est le mieux que nous puissions faire.

– Pourquoi ? demanda Kylie.

– Pourquoi quoi ? fit l'agent, confus.

– Vous ne reconnaissez pas vos méfaits et n'offrez pas de compensation sans raison, quelqu'un menace sûrement de vous percer à jour. Qui ?

L'agent se raidit.

– Ce qui compte, c'est ce qui est fait.

Kylie eut l'impression qu'ils ne connaissaient pas la personne qui leur forçait la main. Mais elle avait le sentiment qu'elle, si. Quelques instants plus tard, le médecin et l'agent sortirent.

Kylie regarda Burnett.

– Tu ne serais au courant de rien, par hasard ?

– Rien du tout.

C'était un mensonge, elle le voyait. Tout du long, il avait fait en sorte que l'URF agisse convenablement vis-à-vis d'elle. Elle aimait cet homme, elle le savait.

Elle fit un clin d'œil à Hayden et sourit. Celui-ci lui rendit son sourire. Ils avaient réussi. Enfin, avec l'aide de Burnett. Elle savait que ce n'était pas complètement terminé, qu'il leur restait encore à convaincre les anciens que les choses seraient différentes, et ils devaient encore dire la vérité au sujet de Jenny. Mais, dorénavant, au moins, les caméléons n'auraient plus à se cacher.

Le lendemain, Lucas passa à cinq heures du matin. Kylie dormait encore quand il sauta par sa fenêtre. Il avait reporté à ce matin-là son entrevue avec sa grand-mère et il voulait prendre de ses nouvelles avant d'y aller. Juste avant qu'il ne parte, elle l'attira pour l'embrasser.

– Essaierais-tu de me convaincre de rester ? demanda-t-il, les yeux brillants de passion.

– Non, vas-y. Nous poursuivrons plus tard, fit-elle en riant.

– Promis ?

– Promis.

Elle était sincère. Elle ne lui précisa pas que tous les paris étaient annulés, qu'elle le prendrait tel qu'il était. Dans le Conseil ou pas. Que s'il n'y entrait pas et qu'il finissait par lui en vouloir plus tard, elle assumerait. Mais elle l'aimait trop pour se détourner de lui à présent.

Alors qu'elle sortait des vêtements de son placard, Della s'invita dans sa chambre.

– C'était rapide, lança-t-elle en faisant référence à la brève visite de Lucas.

– Il est juste passé me dire qu'il allait voir sa grand-mère.

– Je sais, j'ai entendu, frima-t-elle.

– Tu pourrais te boucher les oreilles, tu sais.

– Et tu pourrais arrêter de faire de la lèche à Steve, siffla-t-elle.

Kylie soupira.

– Écoute, il faut que je m'habille. Je vais parler de Jenny à Burnett et Holiday, avec Hayden.

– Burnett va être énervé.

– Je sais, mais quand il ne l'est plus, il est plutôt raisonnable en général, non ?

– C'est vrai, mais c'est toujours son côté « énervé » qui a le don de me foutre la trouille.

Kylie rit.

– Pourquoi parles-tu à Steve derrière mon dos ?

– Qu'étais-je censée faire ? Il a donné du sang pour passer une heure avec moi.

– Dis-lui non. Crois-le ou pas, en général cela suffit pour lui couper son élan.

Peut-être plus maintenant, songea Kylie.

– Que voulait-il, au fait ? demanda Della en se laissant tomber sur le lit jumeau.

Kylie roula des yeux.

– Tu le sais très bien. Des conseils pour savoir comment s'y prendre avec toi.

– Et que lui as-tu répondu ? Et n'oublie pas que je peux deviner si tu mens.

Kylie se mit à brosser ses cheveux.

– Je lui ai conseillé d'être patient. De se battre pour toi, parce que tu le valais bien.

– Conseils stupides, observa Della.

– Pas stupides. Vrais. Tu le vaux bien.

Elle alla serra la vamp dans ses bras.

– C'est quoi, tous ces câlins, ces jours-ci ? gémit Della.

– Je t'aime, dit Kylie et elle se fendit d'un grand sourire.

– Tu me l'as déjà dit. Alors sérieux, quoi de neuf ?

Comme elle ne pouvait pas mentir à Della, elle lui donna une réponse vague.

– Il faut dire aux gens que tu les aimes, comme ça, s'il arrive quelque chose, ils sauront ce que tu ressentais.

Si seulement elle pouvait trouver elle-même le courage de le dire à Lucas. Della eut l'air méfiant.

– Que va-t-il se passer, d'après toi ?

– Rien, j'espère, fit Kylie.

Elle se dit qu'elle avait survécu aux examens de l'URF qui, en l'occurrence, n'avaient pas été aussi flippants qu'elle ne l'avait cru, mais il lui restait encore Mario à affronter, et cela risquait de ne pas être aussi facile.

– Que veux-tu dire ? demanda Della.

Un léger coup fut porté à la porte du bungalow, et sauva Kylie de l'explication.

– Hayden est là, il faut y aller.

Quand elle sortit, elle entendit Della :

– Perry a raison, tu as des secrets. Tu ne peux pas nous les cacher !

Si, elle pouvait. *Bientôt nous serons ensemble.* Les paroles de son père traversèrent sa tête dans un murmure. Elle se mordit la lèvre.

Si ça ne te dérange pas, papa, j'aimerais encore rester ici une bonne centaine d'années.

Hayden et Kylie entrèrent dans le bureau. Burnett les accueillit à la porte. Holiday, debout derrière sa grande table, avait l'air inquiet.

– Qu'est-ce qui ne va pas ? demandèrent-ils en chœur.

– Rien, vraiment, répondit Kylie.

– Il faut que l'on parle, lança Hayden.

Burnett, préoccupé, leur fit signe de s'asseoir. Dès qu'ils se furent installés, Burnett prit la parole :

– Cela pose-t-il un problème aux anciens que vous vous soyez fait tester, tous les deux ?

– Ce n'est pas ça, répondit Hayden, ils ont soi-disant contacté tous les anciens des autres enclos et, de l'opinion générale, ce serait une bonne chose. Bien sûr, il y a encore beaucoup de méfiance vis-à-vis de l'URF. Ce genre de chose ne change pas du jour au lendemain. Il y aura un long chemin à parcourir. De la confiance à reconstruire. Il jeta un coup d'œil à Kylie. Personnellement je pense que certains anciens ont tout simplement honte qu'il ait fallu que ce soit une ado de seize ans qui nous force à affronter nos peurs.

– Je n'étais pas toute seule, précisa-t-elle en reconnaissant le mérite de Hayden.

– Non, mais je n'y serais pas allé si tu n'avais pas préparé le terrain. Hayden reposa les yeux sur Burnett et Holiday. Mais ce n'est pas pour cela que nous sommes ici.

– Pourquoi ai-je le sentiment que cela ne va pas me plaire ?

Burnett s'assit sur le bord du bureau de Holiday.

– Épargne-nous tes conclusions hâtives, dit Holiday en lui touchant la jambe.

– D'abord, je tiens à dire que j'endosse toute la responsabilité de cette histoire, précisa Hayden.

– Non, répliqua Kylie, si vous voulez une responsable, alors c'est moi.

– Cela ne me plaît toujours pas, dit Burnett d'un ton sec. Mais j'aimerais savoir ce qu'il en est, afin de pouvoir suivre le conseil de Holiday !

– Vous vous souvenez quand je vous ai dit que l'un des autres caméléons nous avait aidés, Derek et moi, à nous enfuir ?

– Oui, fit Burnett, et Holiday opina.

– Cette fille est la sœur de Hayden.

– Et ? dit Burnett.

– Elle s'est enfuie.

– Et ? répéta Burnett d'un ton sec, en faisant un signe impatient à Kylie.

– Elle est ici.

– Ici ? demanda Burnett. Ici, en ce moment ?

Kylie et Hayden opinèrent tous les deux.

– Comment aurait-elle pu ? Il fit la grimace. La nuit où l'alarme s'est déclenchée ?

Kylie et Hayden opinèrent de nouveau. Elle vit l'un des lustres trembloter dans la pièce. Pour une raison quelconque, elle sentit que Jenny venait de passer par là. Kylie croisa le regard de Burnett.

– Je t'en prie, ne te mets pas en colère et ne hurle pas ! Pas pour Hayden ni pour moi, mais pour Jenny ; tu la rends nerveuse.

– Elle a été là tout du long, et c'est maintenant que tu te décides à me le dire ? Tu m'as laissé passer ce foutu camp au peigne fin pendant presque vingt-quatre heures et tu savais depuis le début qui c'était ?

Il se leva et se mit à faire les cent pas. Holiday se mit

debout et, quand il passa devant elle, elle posa une main apaisante sur le bras du vampire et l'arrêta.

– Nous l'avons su plus tard. Elle se cachait et… Kylie ne voyait aucune raison de sacrifier Derek : J'ai ignoré qu'elle était là jusqu'au lendemain ; et Hayden aussi, jusqu'à ce que je le lui dise.

– Est-elle encore là ? aboya Burnett.

– Oui, répondit Kylie, et elle aimerait rester. Pour finir ses cours.

– Ses parents vont-ils l'inscrire ? demanda Holiday.

La mâchoire de Hayden se serra.

– Je ne sais pas ce qu'ils ressentiront quand ils apprendront qu'elle est ici. Vu les dernières nouvelles de l'URF, ils pourraient l'y autoriser. Si ce n'est pas le cas, j'intenterai une action en justice pour obtenir sa garde.

– Est-elle ici en ce moment ? s'enquit Holiday. Dans cette pièce ?

Kylie hocha la tête.

– Jenny ?

Celle-ci apparut, très loin de Burnett, une panique absolue dans ses yeux.

Burnett avait dû reconnaître cette expression, car sa posture s'adoucit aussitôt. Il lui adressa un signe de tête.

– Bonjour, Jenny, dit-il. Bienvenue à Shadow Falls.

Kylie vit Holiday rayonner de fierté face à la transformation de son futur époux. Pas de doute, elle lui apprenait à s'humaniser. Et cela fonctionnait. Kylie espérait simplement que cela signifiait qu'il y avait de fortes chances pour que Jenny reste à Shadow Falls.

Holiday et Hayden allaient organiser une téléconférence avec le grand-père de Kylie pour évoquer l'éventualité que

Jenny reste ici. En attendant, la jeune fille resterait avec Holiday, qui avait le projet de la présenter à tout le monde au déjeuner.

Kylie proposa de commencer par ses amis. Ainsi, Jenny ne penserait-elle peut-être pas que tous à Shadow Falls étaient grossiers.

Elle passa quelques coups de fil et demanda à tout le monde de la retrouver au bureau à 10 h 45. Elle ne précisa à personne de quoi il s'agissait, mais elle avait bon espoir qu'ils viennent tous.

Lorsqu'elle quitta le bureau, Della la retrouva à l'extérieur et elles se rendirent à « l'Heure pour faire connaissance ». Miranda les rejoignit en courant, accompagnée de Perry.

– Alors, c'est pourquoi, la réunion ?

– Tu le sauras bien assez tôt, répondit Kylie, qui ne voulait pas s'expliquer devant toutes ces oreilles qui traînaient. Comme Della était déjà au courant pour Jenny, ou comme celle-ci l'avait surnommée, Wonder Girl, elle lui avait dit la vérité.

– Moi je sais, la nargua Della.

Kylie lui lança un regard noir.

– Pourquoi tu le lui as dit et pas à moi ? fit Miranda, estomaquée.

– Je te promets que tu comprendras plus tard.

Miranda se renfrogna.

– Tu ne pars pas encore, hein ? Parce que ton petit doigt m'a promis que non !

Des larmes apparurent même dans les yeux de la sorcière.

– Je ne pars pas, lui assura Kylie.

Pas de son plein gré, en tout cas, songea-t-elle, et elle repensa à l'épée et à tout ce que cela signifiait.

– Tu vas cracher le morceau et nous avouer que Hayden et toi, vous êtes amants ? lança Perry.

Kylie écarquilla les yeux.

– Hé, je ne fais que des suppositions. Il y a bien quelque chose entre vous, non ?

Lucas surgit à ce moment-là et grogna contre le métamorphe. Puis il embrassa Kylie.

– Comment cela s'est-il passé avec ta grand-mère ? demanda-t-elle à voix basse.

– La fenêtre est ouverte. Il l'embrassa de nouveau. Elle va lui demander de me recevoir. Il pourrait bien refuser, mais c'est un début.

– C'est un super début, oui !

Kylie laissa échapper un cri perçant et pendant quelques minutes, elle fut sûre que tout dans sa folle vie allait s'arranger.

Puis Chris, annonceur de grandes nouvelles, sortit son chapeau de derrière son dos et parcourut la foule du regard, s'arrêtant sur Kylie. Elle eut envie de hurler, trop c'était trop. Mais son regard se déplaça légèrement sur sa droite.

La regardait-il ? Ou…

– OK, dit Chris, l'un de nos propres vampires a carrément apporté un peu de sang. Il était temps !

Oh ! non, songea Kylie, et elle eut le sentiment qu'elle savait qui avait payé en sang pour Della. Et elle n'était pas sûre que ce soit une bonne chose.

– Della, notre amie, tu as le plaisir de passer une heure avec Steve, le génial métamorphe.

La bouche de Della s'ouvrit grande. Elle chercha le coupable d'un regard mauvais et étincelant de colère.

Steve sortit de la foule en se pavanant, et alla affronter la vamp énervée d'une démarche assurée.

Kylie savait qu'elle lui avait dit de se battre pour Della, mais pas devant tout le monde. Il y avait de fortes chances pour que son amie, qui n'aimait pas se faire remarquer, riposte.

– Prête ? demanda Steve.

Della le fusilla du regard.

– Non, je refuse de passer une heure avec toi.

Steve resta planté sur place.

– J'ai versé du bon sang pour toi.

– Alors, tu l'as vraiment foutu en l'air.

– Pas du tout. Steve regarda Chris, puis la quarantaine d'élèves qui profitaient du spectacle. Quelles sont les règles, Chris ? Tout le monde n'a-t-il pas accepté d'honorer le besoin de sang ?

Chris avait l'air choqué que Steve ose se disputer avec Della.

– Ouais, c'est bien ça.

Steve se retourna vers Della.

– Prête ?

Celle-ci inclina le menton et fixa le garçon. Perry se pencha et murmura à Kylie.

– Si elle le tue, ce sera ta faute.

Chapitre 39

Kylie se prépara à intervenir.

– Je n'y vais pas ! lança Della d'un ton sec, les mains sur les hanches.

– Nous allons voir ça.

Steve haussa les épaules et fit mine de tourner les talons, mais il se retourna d'un coup, attrapa Della par les mollets, la jeta sur son épaule et se mit en route.

Tout le monde s'esclaffa.

Pas Kylie. Elle vit une vamp très énervée s'arc-bouter sur les fesses de Steve et lever les yeux. Ceux-ci étaient verts de colère, mais il y avait autre chose. Quelque chose qui dit à Kylie que les fesses de Steve n'allaient pas se faire botter.

À chaque fraction de seconde qui passait, Kylie était de plus en plus sûre que Della n'allait pas péter un câble avec Steve, bien au contraire, elle partirait même avec lui.

Mince alors, songea-t-elle. Peut-être était-elle la meilleure des entremetteuses, en fin de compte.

– Puis-je disparaître ? demanda Jenny à Kylie alors qu'elles se tenaient sur le pas de la porte du réfectoire avec Holiday.

– Je ne te le conseille pas, répondit Kylie. Souris, c'est tout. Crois-le ou non, tu t'y habitueras.

La rencontre entre Jenny et les amies de Kylie s'était passée sans problème. Tout le monde eut l'air de sincèrement l'apprécier. Derek, bien sûr, montra le plus grand intérêt.

– Un autre secret, chuchota Lucas en surgissant derrière elle.

Kylie lui lança un rapide « Désolée » et rien d'autre. Elle sentait que le tenir à distance jusqu'à ce qu'il rencontre le Conseil serait difficile. Pour tous les deux. Mais elle était déterminée.

– Ne savent-ils pas que c'est impoli de me regarder comme ça ? demanda Jenny.

– Si, mais apparemment c'est plus fort qu'eux, observa Kylie.

Hayden se leva et alla rejoindre sa sœur.

Il ne souriait pas et elle reconnaissait l'attitude protectrice de grand frère à sa façon de fixer les élèves.

– Avalez votre déjeuner et arrêter de la regarder comme ça, ordonna-t-il.

Holiday prit alors la parole.

– M. Yates a raison. Ce n'est pas une façon d'accueillir une nouvelle élève.

Puis elle se retourna vers la foule.

– J'aimerais vous présenter Jenny Yates. C'est la petite sœur de Hayden Yates ; alors maltraitez-la, et vous aurez des tonnes de devoirs en plus !

– Elle est comme Kylie ? demanda quelqu'un.

Hayden avança d'un pas.

– Et comme moi, aussi.

Tous les yeux se plissèrent. Kylie alla s'asseoir avec Hayden et Jenny, à la table .. DES CAMÉLÉONS ! Un sentiment de légitimité l'envahit. Une partie de sa quête venait de s'achever.

Naturellement, tous les amis de Kylie s'empressèrent de se joindre à elles, y compris Lucas. Et c'était tout simplement parfait ; parce que si c'était sympa d'avoir quelqu'un de son espèce à son côté, la configuration d'une personne ne devait pas vous dicter qui accueillir dans votre vie, ni à votre table.

Plus tard ce soir-là, ils se rendirent au lac pour nager, parce que l'automne arrivant, l'eau serait bientôt trop froide. Kylie avait failli refuser, mais quand elle vit que Della y tenait, elle céda. Elle enfila son maillot, et une robe de bain noire par-dessus. Alors que tout le monde nageait, elle alla s'asseoir sur la jetée pour appeler sa mère.

Elle avait toujours le sentiment que John préparait un mauvais coup. La conversation fut brève. Sa mère et John dînaient dans l'un des meilleurs restaurants de Houston.

En raccrochant, Kylie essaya de savourer le coucher du soleil. Juste au moment où il s'éclipsait, la nuit tomba et transforma le ciel en une impressionnante collection de couleurs. Les oiseaux voletaient d'un arbre à un autre, se régalaient d'insectes. En allant rejoindre les autres au bord de l'eau, elle sentit le froid de l'esprit lui tomber dessus. Elle regarda autour d'elle : l'apparition était assise au bord de la jetée, l'air perdue et si terriblement triste !

– Je sais qui tu es, Lucinda, dit Kylie. Tu étais la belle-fille de Mario.

– *Je sais, j'ai compris cet épisode. Mais les choses me sont venues une à une, comme quand on assemble un puzzle. Je pouvais voir presque entièrement ce qu'était ma vie, mais lorsque ces dernières dizaines de pièces se sont mises en place, j'ai pu bénéficier d'une vue d'ensemble.* Sa voix était tendue, prête à se casser. *Ça ne m'a pas plu.*

Après une longue pause, elle regarda Kylie.

– *J'ai vécu une vie terrible, fait des choses terribles. Blessé tant de gens, et mon propre fils en a payé le prix. J'aurais dû être un bon exemple pour lui.*

Kylie leva les yeux vers le ciel. Les teintes dorées avaient disparu, ne restaient plus que les roses.

– Il est au paradis, murmura Kylie en voyant la tristesse dans les yeux de Lucinda.

– *Je ne crois pas. Je suis sûre que son grand-père lui a transmis toutes ses sales manières. Il était si jeune, si impressionnable. Puis son propre grand-père l'a tué.*

L'atmosphère qui entourait l'esprit – dévastation, sort tragique – fit pression sur le cœur de Kylie.

– Tu *étais* un exemple pour lui. Il est mort en sauvant quelqu'un d'autre, exactement comme tu l'as fait pour lui. Tu lui as appris cela. Et c'est ce qui a sauvé son âme.

Les yeux du fantôme se mouillèrent d'émotion.

– *En es-tu sûre ? Comment le sais-tu ?*

Kylie hésita, de crainte que l'esprit ne lui en veuille.

– Il est mort en me sauvant.

L'esprit eut un instant l'air perdu dans ses pensées.

– *Alors, c'est pour cela qu'ils m'ont envoyée ici ?*

– Qui t'a envoyée ici ? demanda Kylie, quasi sûre de le savoir, mais elle voulait l'entendre.

– *Les anges de la mort.*

– Est-ce leur voix que j'entends de temps en temps ?

– *Ça se pourrait.*

– Mais pourquoi est-ce que je les entends plus que... Holiday et les autres, qui savent pourtant communiquer avec les fantômes ?

– *Ils veillent davantage sur les protecteurs. Ils le doivent, parce que toi seule peux te battre pour protéger les autres.*

– Veulent-ils que je tue Mario, ou est-ce uniquement toi ?

Kylie espérait qu'elle se trompait dans ses suppositions.

– *Au début, je croyais que ce n'était que moi, mais ensuite j'ai compris que c'était aussi leur souhait.*

Le cœur de Kylie se serra.

– *Il faut l'arrêter. Tu es l'élue. Personne d'autre n'a pu l'arrêter.*

– Mais si je ne peux pas me protéger, alors… qui vais-je protéger quand je me battrai contre lui ?

– *Je ne peux pas voir cet avenir.*

– Et si je ne peux pas l'affronter ? Je ne suis pas si bonne que cela avec une épée.

– *Alors, tu mourras en essayant. Parfois, c'est tout ce que nous pouvons faire.*

Kylie savait que l'esprit faisait également référence à elle-même. Pourtant, en dépit de tout ce qu'elle ressentait pour le fantôme, la peur tenaillait Kylie.

– Je ne suis pas prête à mourir.

– *Alors tu dois t'entraîner, c'est une autre raison de ma présence ici. T'apprendre à te battre. Parce que si tu échoues, de mauvaises choses arriveront à beaucoup de monde. Des gens que tu aimes. Des gens qui te font confiance pour les protéger.*

– Je gagnerai, ragea Kylie. Mince alors, elle ne laisserait pas Mario faire du mal à ceux qu'elle aimait.

– Quoi ?

Elle regarda par-dessus son épaule en entendant la voix de Lucas. Torse nu, les cheveux encore mouillés, avec quelques gouttelettes collant à sa poitrine. Il nageait encore quelques minutes auparavant. Il avait dû enfiler son jean sur son maillot mouillé. Elle le voyait dépasser.

– Tu vas bien ? demanda-t-il.

Elle le rassura, mais c'était un mensonge. Elle ne pensait plus qu'à l'éventualité de mourir, à ceux qui souffriraient parce qu'elle ne pourrait pas relever le défi. Puis elle fixa Lucas et sentit à quel point elle désirait vivre. Elle reposa les yeux sur l'eau, et entendit ses pas presque silencieux sur la jetée à mesure qu'il se rapprochait.

– Tu as de la compagnie ?

– Non, elle est repartie.

Son téléphone sonna et il le sortit rapidement de sa poche, comme s'il attendait l'appel. Il regarda le petit écran d'un air renfrogné, puis le coupa.

– Quelque chose ne va pas ? demanda Kylie.

– Non, c'est juste Will.

– Il t'appelle encore ?

– Il est de mon côté, il n'est pas convaincu par les vieilles règles.

– C'est un bon ami, dit-elle.

– Oui. J'espérais que c'était ma grand-mère.

Elle vit l'inquiétude dans ses yeux.

– À propos du rendez-vous avec l'ancien ?

– Ça, et elle m'a confié qu'elle ne se sentait pas bien ce matin. J'ai appelé il y a un moment, et elle n'a pas répondu. Elle est sûrement sortie jouer au loto. C'est une fan du loto. Le loto et le jardinage, c'est toute sa vie.

– Tu l'aimes sincèrement, pas vrai ? dit Kylie qui percevait le dévouement dans sa voix quand il parlait d'elle.

Il inspira, comme un garçon le fait quand il a peur de passer pour un faible à cause de ce qu'il va dire.

– Elle était là pour moi, quand mes parents ont décidé que je n'étais pour eux qu'une source de problèmes. Elle était ce qui pouvait m'arriver de mieux, mais je ne le savais pas à l'époque. Je me suis senti abandonné par mes parents.

J'ai fait de sa vie un enfer pendant un moment. Puis, quand ils se sont séparés et que mon père est venu me chercher, ma grand-mère a fait des pieds et des mains pour me garder. Je ne serais pas celui que je suis aujourd'hui si elle n'avait pas fait tout ça pour moi.

– Tu as de la chance de l'avoir.

Kylie culpabilisa légèrement de ne pas aimer cette femme, et de l'avoir évitée le dimanche précédent.

– Oui, c'est vrai. J'ai répété ce que je vais dire.

Elle le regarda, étonnée.

– Dire à qui ?

– L'ancien avec qui j'espère décrocher un rendez-vous.

Elle sourit.

– C'est bien.

– Je serai accepté. Parce que si c'est ce qu'il faut pour te récupérer, alors je le ferai.

– Non, tu le fais parce que c'est ta quête.

– Oui, aussi. Il dégagea une mèche de sa joue. Mais ces derniers temps, je pense que c'est toi, ma quête.

Il la prit par la taille.

Elle posa la main sur son torse, sentit sa chaleur de loup-garou, le martèlement de son cœur…

Il l'embrassa. Elle savait qu'elle ne devait pas le laisser faire, mais elle le désirait, elle en avait besoin. Son goût et le glissement mouillé de sa langue entre ses lèvres, c'était le paradis, mais du genre que l'on trouvait dans la vie, pas dans la mort. Et elle voulait choisir la vie. Espérait qu'il en serait ainsi. Elle entendit son ronronnement : ce serait si simple de se laisser prendre au piège. Il mit un terme au baiser, lui sourit, puis soupira.

– Je ferais mieux d'y aller avant de ne plus pouvoir partir.

Elle regarda le ciel presque noir et espéra de tout son

cœur qu'on ne l'enlèverait pas de ce monde tant qu'elle n'aurait pas vécu sa vie en entier. Elle souhaitait du fond du cœur que Lucas en fasse partie.

Cette nuit-là, après avoir écouté Della et Miranda se chamailler pendant deux heures, Kylie sortit de la salle de bains comme une flèche et se dirigea vers sa chambre. Elle avait à peine fait deux pas que Della se planta devant elle.

– Non, trouve la solution toute seule ! dit-elle d'un ton sec, persuadée que c'était ce que Della voulait. J'en ai marre de jouer les arbitres.

Celle-ci marqua une pause, lui fit un sourire machiavélique et lança :

– Tant pis.

Contournant la vamp à toute allure, Kylie referma sa chambre en frimant. Elle jeta sa serviette sur sa coiffeuse et se tourna vers son lit, où elle avait laissé son pyjama. Sauf que celui-ci n'était plus seul dessus, à présent.

Lucas, les yeux écarquillés, était assis au pied de son lit, à un mètre environ de l'endroit où elle se tenait entièrement nue.

Elle poussa un cri perçant. Il rit. Elle se rua vers sa serviette. Une fois qu'elle l'eut enroulée autour de son corps, elle regarda la porte avec colère.

– Della, je vais te tuer !

Il rit de nouveau.

– Je crains de devoir la protéger sur ce coup-là, lança-t-il.

– J'ai essayé de te le dire, pouffa Della, et Miranda s'esclaffa avec elle.

La fureur de Kylie se transforma en gêne, puis quand elle vit le regard sexy que Lucas lui lançait, ses émotions se transformèrent en autre chose. Il se leva et se dirigea lentement vers elle.

– Tu es sacrément belle.

Elle resserra son étreinte sur la serviette. Il s'arrêta à trente centimètres d'elle.

– Je suis juste venu te dire que ma grand-mère m'a appelé. L'ancien a accepté de me rencontrer.

Kylie sourit.

– Super.

Il parcourut du regard son corps à peine caché sous la petite serviette.

– Je suppose que je ne pourrai pas avoir un autre aperçu de ce qui se trouve sous ce bout de coton ?

Elle posa les yeux sur lui.

– Je ne veux pas avoir l'air trop présomptueux, mais tu sais bien que tôt ou tard je le verrai en entier, de toute façon ?

– Je sais, dit-elle, et en vérité elle avait hâte. Simplement, pas avec ses deux colocs qui écoutaient.

Son sourire s'élargit.

– D'accord, alors juste un baiser d'au revoir.

Il s'approcha. Le baiser était fougueux et hyper gênant. Il avait passé sa main sous la serviette et touchait son dos nu.

Un quart d'heure plus tard, elle fixait le plafond, dans une heureuse hébétude, lorsque son téléphone sonna. Elle s'en empara brusquement en pensant que c'était Lucas.

– Je ne sais pas pourquoi tu es parti si vite, le taquina-t-elle.

Mais elle le savait : il la désirait.

– Hum, je ne suis pas partie. C'est Sara.

– Oh, je croyais que c'était…

– Tu pensais que j'étais qui ? Ou devrais-je dire lequel ?

Kylie rougit et décida de jouer franc-jeu.

– Lucas.

Un silence s'ensuivit, puis Sara reprit.

– Je peux te demander quelque chose ?

– Bien sûr, demande toujours.

– Penses-tu qu'entre Trey et toi, c'est complètement fini ? Du style… fini de chez fini ? Ou y a-t-il une chance pour que vous deux… ?

– C'est archifini. Kylie serra le téléphone plus fort. Écoute, si c'est lui qui t'envoie…

– Non, ce n'est pas ça… C'est… que dirais-tu à une copine qui sort avec l'ex d'une amie ?

Kylie fixa le plafond en tâchant de se faire à cette idée.

– Waouh… hum… je lui dirais d'être prudente, parce que Trey a quelques défauts.

Sara soupira.

– Je sais, mais… Il a été si proche pendant mon cancer, et tu sais… certaines personnes méritent une deuxième chance. J'en ai eu une. Peut-être que Trey en mérite une aussi.

Kylie reconnut quelque chose qui lui plaisait dans la voix de Sara. Elle reconnut l'ancienne Sara. Elle sourit.

– Tu as raison. Tout le monde mérite une seconde chance. Et quand j'y pense, jusqu'à ce qu'il devienne un obsédé sexuel, c'était un mec plutôt bien.

– Donc, tu n'y verrais aucune objection ? insista Sara.

– Non, je vous donne ma bénédiction. Je chanterai même à votre mariage.

– Arrête, gloussa Sara. Je dois être l'une des rares personnes à savoir que tu chantes comme une casserole. Souviens-toi, en sixième, quand nos mères nous ont fait passer des essais pour la pièce ? Et il fallait que tu chantes. Tu as sorti quelques mots, et tu as vomi sur scène !

Elles rirent toutes les deux. Et Kylie reconnut que si Sara et elle ne seraient plus jamais proches comme avant, elle représentait une partie de sa vie qu'elle chérirait toujours.

Lorsque les rires cessèrent, Sara s'éclaircit la gorge.

– Alors, quand vas-tu me dire la vérité sur la façon dont tu m'as guérie ?

Kylie réfléchit.

– Tu sais quoi, Sara ? Si tu veux croire que je t'ai guérie, alors crois-le. Mais à ta place, je ne le dirais à personne. On te prendrait pour une folle.

Le jeudi soir, Kylie s'entraîna avec Lucinda. Ces trois derniers jours s'étaient passés sans chaos majeur. Steve et Della s'adressaient même la parole. Kylie ne pouvait pas le jurer, mais elle aurait parié que Steve et la vamp se voyaient même en douce.

Jenny s'adaptait, mais elle avait encore du mal parce que tout le monde la dévisageait. Même si cela ne plaisait pas à Hayden, Derek et elle se fréquentaient beaucoup. Derek était même venu voir Kylie pour lui annoncer qu'il éprouvait des sentiments pour le caméléon.

Au début, Kylie avait cru qu'il était venu pour s'assurer qu'elle ne voulait pas de seconde chance avec lui, avant qu'il ne passe à autre chose, mais en réalité, lui aussi attendait des conseils en matière de couple. Elle lui en donna. « Sois toi-même, tout simplement, Derek. Tu es génial, et elle t'aimera du fond du cœur. »

Holiday était allée voir le médecin et avait découvert que sa grossesse était bien plus avancée qu'elle ne l'avait cru. Pour cette raison, elle décida de changer la date du mariage. Ce ne serait pas une grande fête. Juste sa famille proche, les élèves et quelques collègues de Burnett.

Della, Kylie et Miranda l'aidèrent à choisir sa robe sur Internet. Elles avaient ri, veillé jusqu'à pas d'heure, discuté, s'étaient goinfrées de cochonneries et avaient essayé de trouver un prénom pour le bébé. Elle ne tenait absolument pas à l'appeler Burnett Bankhead James Jr, et nul ne pouvait lui en vouloir.

Kylie et Lucas se retrouvaient chaque matin avant qu'il ne parte passer du temps avec l'ancien. Cet homme avait non seulement écouté Lucas, mais avait accepté de l'aider à se racheter devant le Conseil, qu'il était censé rencontrer la semaine suivante. En attendant, le vieil homme occupait Lucas chaque jour en débattant et en écoutant tous ses arguments pour l'aider à prendre des décisions. C'était super, mais à part pendant les entraînements, elle n'avait pas vu beaucoup le loup-garou et il lui manquait énormément.

Le pire, c'était qu'il ne l'avait pas touchée ni embrassée depuis la nuit où il l'avait vue nue. Elle savait pourquoi. Plus la pleine lune approchait, moins il avait de volonté. Elle constata le changement en lui, en corps et en esprit. Son corps était devenu plus canon, les muscles de ses bras plus prononcés. Elle sentait qu'il perdait patience. Non pas qu'il se soit jamais montré brusque envers elle, pas du tout, elle le sentait, voilà tout, à sa façon de se tenir, de marcher, de parler…

Puis les entraînements s'étaient intensifiés. Mais ceux-ci ne lui faisaient plus peur. Ses combats nocturnes avec l'esprit l'y préparaient. Les marques rouges là où le fantôme touchait son peignoir s'étaient beaucoup atténuées. Les blessures ouvertes que l'esprit arborait à cause de l'épée de Kylie s'étaient multipliées.

– Je crois que j'ai terminé, lança-t-elle en détournant les yeux de la blessure qu'elle venait d'infliger à Lucinda.

– *Tu t'améliores.*

– Je pourrais faire beaucoup mieux, si je n'étais pas obligée de te voir saigner.

– *Il faut que cela ait l'air vrai,* observa Lucinda.

– C'est déjà le cas, répondit Kylie. Elle la regarda vérifier ses blessures. Crois-tu que j'ai ce qu'il faut pour combattre Mario ? Pour gagner ?

– *Avec l'aide des anges de la mort, peut-être. Sans eux, tu n'as pas la moindre chance.*

– Bon sang, tu sais comment renforcer la confiance en soi, lança Kylie.

– *Je n'ai vu qu'une seule personne capable de l'affronter. Son propre fils.*

Kylie se souvint de l'histoire que lui avait racontée Derek sur sa disparition.

– Que lui est-il donc arrivé ?

– *Je ne sais pas, j'espère qu'il pourrit en enfer ; mais il y a de grandes chances qu'il soit encore en vie.* Son regard croisa celui de Kylie. *Ce sont toujours les plus gentils qui meurent jeunes.*

– Alors, je devrais peut-être partir en courant et faire quelque chose de mal, observa Kylie, qui la taquinait à moitié.

– *Tu ne pourrais pas. Le bien est en toi. Un peu comme le mal était ancré en mon mari. C'est uniquement grâce à toi que mon fils a été sauvé.*

– Non, c'est grâce à lui-même qu'il a été sauvé.

– *Tu vois, cela fait partie de ta bonté. Tu ne reconnais même pas ton mérite.*

– Était-il à l'origine de ton meurtre ? Ton mari ?

– *Non, mais il a laissé faire. Et il a laissé son père prendre notre fils. L'élever pour devenir mauvais. Ce qui était fou, c'est que mon époux tout en détestant son père, enviait tout ce qu'il avait.*

Elle regarda par-dessus son épaule, comme si elle entendait quelque chose ou quelqu'un. Puis elle disparut.

Kylie alla prendre sa douche. De la sueur dégoulinait de sa nuque dans son dos. Même avec le froid de l'esprit, elle avait toujours chaud.

Réglant l'eau sur « tiède », elle fit tomber ses vêtements et entra dans la cabine de douche. Elle ferma les yeux, et le jaillissement chaud touchant sa peau apaisa les muscles qu'elle avait tant sollicités au cours de l'entraînement.

Le changement de température brusque lui fit ouvrit les yeux d'un coup. Son souffle se coupa. Elle fixa le mur de la cabine. Le froid lui donna la chair de poule. Une vapeur épaisse monta en volutes tout autour d'elle.

Elle n'était pas seule. Quelqu'un se trouvait sous la douche avec elle. Et c'était un froid différent. Qu'elle n'avait encore jamais ressenti.

– *Tu ne peux pas m'éviter cette fois, hein ?*

Elle ne reconnut pas la voix.

Chapitre 40

Kylie se retourna, se cachant du mieux qu'elle pût avec ses mains. La vapeur était si épaisse qu'elle avait du mal à distinguer la silhouette. Mais un corps se dessinait derrière le rideau de vapeur.

Toutes les mélodies flippantes des films d'horreur avec leurs scènes de douche mortelles passèrent dans sa tête, mais plus qu'effrayée, elle était furieuse. Les fantômes n'avaient-ils donc aucune notion de l'intimité ?

– Je suis sous la douche ! lança Kylie. Ça ne peut pas attendre ?

– *Non, fit la voix. Il vient chez moi, et cela lui fera si mal ! Il ne doit pas être seul.*

Kylie connaissait cette personne, mais d'où ?

Sans plus se préoccuper de sa nudité, elle agita une main dans l'air, la vapeur s'étalant comme de la condensation sur un miroir. Quand elle vit qui se tenait dans la cabine avec elle, son cœur se serra. Pas de peur, mais de chagrin. Et pas pour la femme qui était devant elle, non, pour son petit-fils. Lucas.

– *Il arrive. Dépêche-toi ! Ne le laisse pas seul !*

Kylie sortit de la cabine d'un bond et fila s'habiller. Alors qu'elle se démenait pour vêtir son corps mouillé, elle eut mal pour Lucas, pour ce qu'il ressentirait quand il découvrirait le corps de sa grand-mère.

– Où habitez-vous ? Attendez, Burnett le sait-il ?

– *Le vampire ? Est-ce à lui que tu penses ?*

– Oui, répondit Kylie, et elle regretta que parler prenne autant de temps.

– *Oui, il est venu.*

– Della ! cria-t-elle.

– *Il y a une lettre dans le tiroir de mon bureau qu'il doit lire. Veille à ce qu'il la trouve.*

Della arriva en courant dans la chambre.

– Quoi ?

– *Il avait raison, tu sais.*

– Qui avait raison ? demanda Kylie à l'esprit, ignorant le vampire qui paniquait dans son pyjama Mickey Mouse.

– *Tu fais partie de sa quête, et lui de la tienne. Je vois les choses plus clairement, de là-haut. Tu sais, vous faites partie de la quête l'un de l'autre depuis que vous vous êtes rencontrés, il y a toutes ces années. Tu es la raison pour laquelle il accomplira la mission de sa vie, et il sera là pour te sauver et quand tu auras besoin d'aide pour achever la tienne. Mais pars, maintenant. Va l'aider.*

– Est-ce une vision ? fit Della en fixant son amie, avec incertitude.

– Allons-y !

Kylie sortit du bungalow en trombe. Elle se trouvait presque devant chez Holiday, quand elle se rendit compte qu'elle volait, et qu'elle avait dû se transformer en vampire.

– J'espère que tu m'amènes à une soirée-pyjama, lança Della.

– On va chercher Burnett, répondit Kylie, alors que des larmes chaudes ruisselaient sur ses joues.

Elles atterrirent dans un bruit sourd sur le perron, et n'avaient pas encore fait un pas que Burnett ouvrait la porte d'un coup.

– Qu'y a-t-il ?

– Sais-tu où habite la grand-mère de Lucas ?

Il avait l'air perdu, les yeux pleins de sommeil.

– Oui, il a appelé il y a dix minutes, il allait prendre de ses nouvelles.

– Nous devons aller chez elle.

– Pourquoi ? s'enquit Burnett.

– Elle est morte, lâcha tout de go Kylie, alors que les larmes emplissaient ses yeux. Il ne doit pas la découvrir tout seul.

– Oh non ! Burnett retourna dans sa chambre à toute vitesse pour prendre son téléphone. Il regarda Kylie. Il ne décroche pas.

– Tu restes là, ordonna-t-il à Della, puis Kylie et lui décollèrent. Ses pieds ne touchèrent terre que trois fois pendant le trajet.

En moins de dix minutes, Burnett amorça enfin sa descente. Ils s'arrêtèrent devant une grande maison d'un étage en briques blanches, qui évoquait l'argent et l'amour du jardinage. Le jardin semblait tout droit sorti d'un magazine.

Mais Kylie ne passa pas beaucoup de temps à apprécier le paysage. Ses pieds avaient à peine touché la pelouse manucurée qu'elle se précipita vers la maison.

Elle entendit de profonds soupirs de chagrin et de tristesse.

– Il est déjà là. Je rentre.

Burnett lui barra le passage.

– Non, j'y vais.

– Non ! exigea-t-elle. Et elle le devança, pressée de rejoindre Lucas.

– Kylie ! Burnett lui prit le bras. Lorsqu'un loup-garou est en détresse, surtout si près d'une pleine lune, il peut avoir des accès de colère incontrôlables.

Elle essuya quelques larmes sur ses joues.

– Tu ne comprends pas. Il m'aime. Il ne me fera pas de mal. Il ne me ferait jamais de mal.

Burnett hésita.

– C'est exactement comme Holiday et toi, ajouta-t-elle.

Il soupira et s'éloigna de la porte. Elle entra dans la maison. Elle sentait le Pliz citron que Nana utilisait. Tout dans la demeure, depuis les meubles anciens aux peintures à l'huile, évoquait la richesse.

– Lucas !

Elle cria son nom.

Il ne répondit pas. Elle s'approcha de la chambre où elle l'entendait gémir. Il était assis au bord du lit. Le corps sans vie de sa grand-mère gisait au milieu du matelas.

– Lucas, murmura-t-elle en entrant doucement.

Il se retourna d'un coup. Ses yeux brillaient d'une lueur qu'elle n'avait jamais vue.

– Va-t'en ! gronda-t-il.

– Non, tu as besoin de moi maintenant.

C'était ce que sa grand-mère avait dit. Il traversa la pièce à toute allure et la plaqua contre le mur. Il n'y avait qu'une folle douleur dans ses yeux. Il grogna et, pour la première fois, elle vit ses canines s'allonger.

– C'est moi, Lucas, dit-elle, sentant ses doigts s'enfoncer dans ses avant-bras.

Puis il revint à lui. Il la lâcha, s'éloigna d'elle et colla sa tête contre le mur.

Elle entoura ses bras autour de sa taille, colla son visage entre ses omoplates et le soutint.

– Elle est partie, dit-il, la voix rauque de chagrin.

– Je sais.

Elle le serra plus fort. Il se retourna et l'attira contre lui. Ils restèrent ainsi très longtemps, accrochés l'un à l'autre.

– Je suis tellement désolée, murmura Kylie, et elle comprit sa douleur, se rappela clairement ce qu'elle avait ressenti quand on lui avait annoncé que Nana était morte.

Toute folie avait disparu de ses yeux. Les larmes sur ses joues n'était pas un signe de faiblesse, mais de dévouement, de l'amour qu'il ressentait pour la seule véritable mère qu'il avait connue, puis perdue.

– Je savais qu'elle n'en avait plus pour longtemps, mais je n'étais pas encore prêt. Je croyais que j'avais encore un an, voire deux.

Kylie toucha sa main.

– Je suis vraiment désolée, je sais ce que c'est.

Il soupira et regarda sa grand-mère. Elle entendit son souffle court. Elle le fit sortir de la chambre.

– Comment as-tu… comment as-tu su ?

– Elle est venue me voir. C'est elle qui m'a demandé de te rejoindre ici.

– Même dans la mort, elle veillait sur moi, dit-il dans un sanglot. Elle va tellement me manquer. Elle était à la fois ma grand-mère et ma mère. Elle seule se souciait de moi quand j'étais petit.

Kylie s'approcha de lui. Il l'enlaça.

– Elle a dit qu'il y avait une lettre pour toi dans le tiroir de son bureau.

– Merci, dit-il en essuyant ses larmes. J'ai laissé un message sur le répondeur de mon oncle. Lui et les autres membres de la famille risquent d'arriver d'une minute à l'autre. Il faut que tu t'en ailles.

– Je veux être là, déclara-t-elle. Je veux être là pour toi, Lucas.

– Je sais, si cela ne tenait qu'à moi, tu pourrais rester. Mais la coutume chez les loups-garous, pour se préparer à la mort, n'est limitée qu'aux liens de sang. Il l'embrassa. Et même si ce n'était pas la coutume, tu es un vampire en ce moment. Je ne peux pas courir le risque que tu sois blessée. S'il te plaît, comprends-moi. Parce que si quelqu'un pose un doigt sur toi, je le tue.

Cela ne lui plaisait pas, mais elle comprenait.

– Ça ira ?

– Grâce à toi, oui.

– Je n'ai rien fait.

– Tu es venue. Il s'arrêta, comme s'il se rappelait quelque chose. Mince, je suis désolé. Est-ce que je t'ai fait mal quand tu es entrée dans la chambre ?

– Non, répondit-elle.

Il remonta les manches de son T-shirt et vit clairement des bleus sur ses bras.

– Oh non ! Je t'ai fait mal !

Il ferma les yeux et serra les mâchoires.

– Ce ne sont que des bleus.

Elle se hissa sur la pointe des pieds et l'embrassa délicatement, espérant apaiser sa douleur.

– Je vais bien Lucas, regarde-moi.

Il ouvrit les yeux. Elle sourit.

– Je vais bien.

Il renifla l'air plusieurs fois.

– Est-ce Burnett qui est dehors ?

Elle acquiesça.

– Il n'aurait jamais dû te laisser venir. Il sait que c'est dangereux.

– Il a essayé de m'en empêcher. J'ai insisté. Je savais que tu ne me ferais pas de mal.

– Mais je t'en ai fait, fulmina-t-il en touchant délicatement ses bras.

– Ce n'est rien. Ils auront disparu demain.

Il la regarda droit dans les yeux.

– Je t'aime, Kylie Galen. Te faire du mal est la dernière chose que je souhaite.

Elle sourit.

– Je t'aime aussi.

Le voile de chagrin dans ses yeux changea une seconde. Il colla son front au sien.

– Ai-je bien entendu ?

– Oui, tu as bien entendu. Et même si je désire plus que tout que tu intègres ce Conseil, dans le cas contraire, cela ne changera rien entre nous.

Il poussa un profond soupir de soulagement et l'embrassa tendrement.

– J'aimerais ne pas avoir à te chasser.

– Je sais, dit-elle.

Il la raccompagna jusqu'à la porte, sa main tenant la sienne, et elle constata qu'en effet il ne voulait pas la lâcher.

Dès qu'ils ouvrirent la porte, Burnett lui présenta ses condoléances.

– Merci.

Sa façon de parler, de se tenir devant Burnett, c'était pour cacher sa douleur. Et pourtant, il l'avait laissée la voir. Il ne lui avait rien caché, à elle. Il lui faisait entièrement confiance. Pour une raison idiote, cela le rendait encore plus cher à ses yeux. Des larmes lui serrèrent de nouveau la gorge. Il avait autant besoin d'elle qu'elle de lui. Ce qui signifiait qu'elle ne pouvait pas mourir.

Lucas regarda Kylie.

– Demain, c'est la pleine lune. Ensuite, il y aura des cérémonies. Je ne te verrai probablement pas pendant plusieurs jours.

Elle hocha la tête, cela ne lui plaisait pas. Elle voulait être avec lui en ce moment de chagrin. Mais elle accepta.

Burnett plissa les yeux.

– Quelqu'un arrive.

– Allez-y, dit Lucas.

– Est-ce juste Lucas ou autre chose ? demanda Holiday le lendemain matin.

Kylie contemplait les chutes d'eau. Elle était venue dans le bureau de Holiday aux premières lueurs du jour et lui avait demandé de l'accompagner aux cascades. Comme d'habitude, Burnett attendait plus loin.

– J'ai juste besoin de cela, dit Kylie.

Elle s'était réveillée ce matin, inquiète pour Lucas, et… À cause de ce que le fantôme avait dit. Que si elle se battait et perdait, les gens qu'elle aimait souffriraient.

Elle avait besoin de sentir l'énergie des cascades. Elle ne voulait pas mourir, elle voulait être là pour Lucas, pour tous les hauts et les bas de la vie. Mais surtout, elle ne voulait pas mourir en sachant qu'elle avait laissé tomber ceux qu'elle aimait.

Holiday la regarda.

– Qu'est-ce qui ne va pas ?

Kylie se força à sourire et réprima les larmes qui menaçaient. Elle la sentait ici, la paix, l'acceptation que tout irait bien.

– N'as-tu jamais eu simplement besoin de venir ici ?

– En temps normal, c'est qu'il y a quelque chose qui touche mon équilibre. Alors qu'est-ce qui te dérange ?

– Tout. Je me fais du souci pour Lucas. Il était tellement

bouleversé. Il pleurait. Et je ne crois pas qu'il puisse le faire devant sa famille ou son père. Il a besoin de moi, mais je ne peux pas être là à cause d'une règle débile chez les loups-garous ! Et je suis inquiète pour ma mère. Je ne fais toujours pas confiance à John !

La douce atmosphère des cascades l'apaisa. Et la main de Holiday sur son bras aussi.

– Ça ira, hoqueta celle-ci, et si tu veux, je demanderai à Burnett de faire une nouvelle enquête sur John.

– Non, tu as raison, ça va aller.

Il fallait qu'elle le croie. Il le fallait.

– As-tu expliqué à ta mère ce que tu éprouvais pour lui ? demanda Holiday.

– Oui. Et elle pense que je suis en colère parce qu'elle ne retournera pas avec mon beau-père. Kylie plongea ses orteils dans l'eau fraîche. Je l'ai même appelée avant de venir te voir. Elle passe quelques jours dans sa maison sur la plage, elle liquide ses congés, avant de quitter son boulot pour aller travailler avec lui. On dirait qu'il la phagocyte entièrement. Elle vit pratiquement avec lui. Et maintenant elle va travailler pour lui.

Holiday serra affectueusement le bras de Kylie.

– Parfois les parents sont aussi ingérables que nous quand on faisait notre crise d'opposition à deux ans. Ma mère est carrément sortie avec un stripteaseur après son divorce !

Kylie gloussa.

– Bon… assez parlé des sujets négatifs. Que veux-tu que je mette pour le mariage ? fit-elle d'un ton frivole.

– Tu peux venir en short, ça m'est égal. Tu es ma demoiselle d'honneur, tu portes ce que tu veux.

– J'ai une robe en cachemire pastel, je pense qu'elle devrait aller.

– Parfait. Au fait, t'ai-je dit que j'ai invité Blake au mariage ?

– Tu veux dire Blake-ton-ex ?

– Ça devrait être lui, oui.

Kylie grimaça.

– Est-ce que Burnett est au courant ?

Elle l'imaginait arracher les membres de Blake juste pour le plaisir.

Elle se fendit d'un grand sourire.

– C'est son idée. Il a dit qu'il voulait qu'il y assiste pour qu'il comprenne bien que je n'étais plus sur le marché.

– Ça, c'est bien Burnett, lança Kylie, tout sourire.

– Bien sûr, Blake a refusé. Je crois que Burnett lui fait un peu peur.

– Ça prouve que tu ne craques que pour les petits malins, ajouta Kylie en riant.

Elles s'allongèrent et fixèrent le plafond de la grotte.

– Je sais que tu es jeune, mais Burnett et moi nous sommes dit que ce serait bien que tu sois la marraine du bébé. C'est quand même grâce à toi que nous sommes ensemble !

– Je serais très honorée, fit-elle, touchée par cette proposition.

Après quelques minutes de silence, Holiday reprit la parole :

– J'ai les dossiers d'inscription à la fac que tu m'as demandés. Burnett ou moi pourrons vous aider à les remplir quand vous voudrez.

Après un autre moment de silence paisible, Holiday soupira.

– Le vois-tu ?

– Quoi ?

– Je viens d'avoir un aperçu de ce que sera le futur. Tu termines la fac dans cinq ans environ, puis tu reviens travailler à Shadow Falls.

– Tu m'embaucherais ?

– Sans hésiter.

Kylie lui adressa un grand sourire.

– Comme tu as tout réglé, que vais-je faire à la fac ? Et quel genre de boulot ferais-je ici ?

– Psycho, bien sûr ! Tu ferais une superpsychologue !

– Tu sais, c'est exactement ce que je pensais. Elle marqua une pause. Quand tu regardes l'avenir, peux-tu voir si Miranda, Della et moi entrerons dans la même université ?

– Si c'est ce que vous voulez, les filles, alors oui, c'est ce qui se passera. Mince alors, on vous embauchera peut-être toutes les trois. Miranda ferait une excellente enseignante. Vu son handicap, elle saurait travailler avec les élèves à problèmes ; et Della, bon sang, elle collaborerait avec Burnett sur la sécurité.

– Ton idée de l'avenir me plaît bien, observa Kylie, puis elle demanda : Lucas sera-t-il là ?

– Devine ! Elle soupira. Il travaillerait avec Burnett à l'URF, et ici à mi-temps.

– Je l'aime, avoua Kylie.

– Je sais.

– Waouh ! Je n'ai pas droit au discours « Tu es trop jeune pour être amoureuse » ?

Holiday soupira.

– Tu es jeune, mais zut alors, tu as une vieille âme, et parfois cela te rend plus sage que ton âge.

Elle tapota la main de Kylie.

– Ça va aller, vraiment.

– Oui, approuva Kylie.

La vision que son amie avait de l'avenir lui plaisait beaucoup. Tout ce qu'elle avait à faire, c'était de rester en vie.

Chapitre 41

Cette nuit-là, Kylie, assise sur son lit, faisait tourner autour de son poignet le bracelet à breloques que sa mère lui avait offert. Presque minuit. Lucas allait bientôt se transformer. Elle lui avait parlé deux fois aujourd'hui. La dernière fois qu'il l'avait appelée, c'était juste pour l'entendre le lui répéter. Elle savait de quoi il parlait, alors elle lui fit ce petit plaisir.

Je t'aime.

Il n'avait pas précisé s'il passerait la voir ce soir-là, mais elle l'espérait tout de même.

Le regard de Kylie se posa sur la vive lumière à l'autre bout de la pièce. L'épée n'avait pas cessé de reluire de toute la journée, alors qu'elle ne l'avait même pas touchée. Comme si elle essayait de lui dire quelque chose. Manifestement, Kylie ne parlait pas la languépée.

Ce n'était pas faute d'avoir essayé. Après le dîner, elle s'était assise et avait eu une conversation avec ce truc. Lui avait demandé s'il y avait quelque chose qu'elle avait besoin de savoir. Lui avait confié ses inquiétudes sur le fait de rester en vie.

L'épée ne lui répondit pas. On ne pouvait pas dire qu'elle

s'y attendait, mais sérieusement, elle n'aurait pas été trop choquée si cela avait été le cas. Il fallait bien avouer qu'il se passait tout et n'importe quoi à Shadow Falls.

Constatant qu'il était près de minuit, Kylie se leva. Della sortit de sa chambre en même temps.

– Où vas-tu ? lui demanda-t-elle.

– Je veux juste m'asseoir sur le perron. Seule.

– Tu espères qu'il viendra, n'est-ce pas ?

Kylie hocha la tête.

– Bien, acquiesça Della. Même si demain tu auras une haleine de chien…

Kylie rit bêtement et sortit. Elle contempla la lune en se demandant si la transformation aiderait Lucas à gérer son chagrin. Elle l'espérait.

Le souvenir de lui en loup, quand il avait empêché Fredericka de l'attaquer, la titillait encore, et elle mourait d'envie de le revoir sous cette forme. Il y avait tant de choses qu'elle voulait savoir sur lui. À quoi ressemblait-il quand il se réveillait le matin ? De quel côté du lit dormait-il en temps normal ? Ronflait-il ?

Elle consulta ses e-mails sur son téléphone. Elle n'avait qu'un message. De Derek. Il lui avait fait suivre tous les liens qu'il avait trouvés en rapport avec Lucinda Esparza. Comme l'esprit n'était pas réellement parti, elle se dit qu'il resterait jusqu'à la confrontation avec Mario. Ou peut-être n'était-il simplement pas pressé d'aller en enfer.

Cette idée fit naître un frisson le long de sa colonne vertébrale. Elle allait couper son téléphone, mais appuya accidentellement sur un des liens. Elle le lut, mais sans rien apprendre de nouveau. Puis elle vit le dernier sur la liste, une vieille coupure de presse, qui annonçait le mariage de John Anthony Esparza et de Lucinda Edwards.

Kylie cliqua sur le lien. Elle découvrit une photo de Lucinda en robe de mariée. Elle était jolie, jeune et innocente, toute de blanc vêtue. Sur la photo suivante, le couple coupait le gâteau. Kylie regarda l'image de plus près. Son cœur s'arrêta. Elle cilla, priant pour que ses yeux lui jouent des tours. Mais non, c'était bien lui. Pas étonnant qu'elle ne l'ait jamais aimé. John, le John de sa mère, était John Anthony, le fils de Mario.

Elle passa immédiatement en mode protectrice, son sang pétilla alors que l'adrénaline parcourait tous ses membres. L'épée apparut à son côté et étincela, lui signifiant d'agir. Très clairement, elle se rappela la menace de Mario. *Tu viendras me voir, Kylie Galen, tu viendras me voir pour mourir, pour souffrir entre mes mains, pour mon plaisir, parce que le prix sera trop élevé ! Ta faiblesse te perdra !*

Il avait élaboré ce plan tout du long.

Kylie envisagea d'appeler Della ou d'aller chercher Burnett mais tout au fond d'elle-même, elle savait que c'était *son* combat. Qu'elle devait le gagner. Ou perdre.

Elle n'avait pas l'adresse précise de la maison de plage de John, mais sa mère avait dit qu'elle se trouvait dans la même rue que les vieilles maisons de planteurs qu'elles avaient visitées voilà un moment. L'épée tremblotait et Kylie sentit qu'elle savait peut-être précisément où elles allaient.

S'emparant de l'arme, elle put jurer entendre quelque chose s'agiter dans les bois ; elle regarda derrière elle, ne vit rien, puis se rendit invisible et décolla.

Elle vola par-dessus le portail, sachant que l'alarme se déclencherait, mais sans jamais regarder derrière elle. Burnett serait furieux. Pourtant, tout en elle lui disait que c'était ce qu'il fallait faire. Vivre ou mourir, ce n'était même pas important. Sauver sa mère, si.

Et elle sut exactement ce que Mario entendait par « point faible ». L'amour. Point faible ou pas, l'amour était la seule chose pour laquelle mourir valait le coup.

Elle suivit la côte après Galveston, jusqu'à la petite île suivante. La lune suspendue dans le ciel obscur était ronde et brillante. Elle trouva la rue où devait se situer la maison de plage de John, et plus elle avançait, plus l'épée brillait. Quand elle s'approcha d'une vaste maison jaune sur pilotis, fermée par un grand portail de deux mètres de haut, elle sut instinctivement qu'elle l'avait trouvée. Elle nota que l'habitation longeait la plage, mais qu'il n'y avait qu'un tout petit portail qui donnait sur le sable et l'océan. Qui achetait une demeure sur le rivage pour la barricader ainsi ? Quelqu'un qui avait peur des intrus.

L'épée semblait l'attirer encore plus près. Bon sang, peut-être que l'épée et elle parlaient la même langue, en fin de compte.

Kylie faillit atterrir à l'intérieur de la propriété, mais se douta que John devait avoir un système d'alarme qui valait largement celui de Shadow Falls.

Le cœur battant la chamade, le sang pétillant dans ses veines, elle s'intima de ralentir et de réfléchir avant de faire quelque chose qui pourrait mal tourner pour elle ou sa mère.

Elle inspecta les environs. La végétation était clairsemée, par rapport à Houston et à toute la région de collines. Des palmiers et de grands lauriers roses bordaient la clôture. Elle entendit des gens au loin. Elle fila à toute allure jusqu'à l'ombre noire qui longeait le portail, loin du clair de lune, et suivit la clôture tout autour de la propriété, plus près des voix. Instantanément, la lumière de l'épée disparut pour lui éviter d'être repérée. Mais sa main qui la tenait était encore imprégnée de son pouvoir, de son énergie.

Après un léger virage, elle remarqua une voie privée et un portail en fer. Elle avança calmement jusqu'à un autre gros buisson de laurier-rose. Regardant entre les branches et les feuilles, elle vit deux hommes debout derrière le portail, qui discutaient. Des gardes.

Quel genre ?

Elle devait savoir à quoi elle avait à faire. Plissant les yeux, elle se concentra sur leurs fronts – des caméléons. Mais leurs configurations étaient sombres, presque noires. Celles du mal.

Elle respira profondément, elle savait et acceptait ce qu'elle allait affronter.

Le ronron d'un moteur attira son attention. La Cadillac métallisée à côté de laquelle ils se tenaient avait le moteur qui tournait. Un autre bruit de moteur emplit la nuit éclairée par la lune. Le portail cliqueta et s'ouvrit. Elle guetta, tapie dans l'ombre, alors que l'un des gardes entrait dans la voiture blanche.

C'était sa chance. Peut-être la seule. Elle devait passer ce portail. Elle devait sauver sa mère.

Elle se dit qu'il était peut-être trop tard. Elle chassa cette pensée, incapable de l'accepter.

Se rendant invisible, consciente qu'elle avait affaire à d'autres caméléons, elle se concentra pour savoir s'il y avait quelqu'un d'autre dans le royaume invisible.

On n'entendait que le silence dans ce monde à part, mais comme elle, ils étaient peut-être là, silencieux. Qui écoutaient.

Consciente que l'on pouvait entendre ses pas, elle attendit que le moteur de la porte fasse un peu plus de bruit, lui procurant un infime avantage. Quand il s'ouvrit de quelques centimètres, elle se faufila à l'intérieur.

Elle retint son souffle, tâchant de se rendre la plus légère possible et avança. Elle venait de passer le portail lorsqu'elle entendit un autre bruit. De pas. Elle n'était pas la seule invisible. Un garde apparut à quelques mètres de l'autre. Il balaya les environs du regard.

– Avons-nous de la compagnie ? demanda le premier.

– Peut-être. Ferme ce fichu portail, comme ça je le saurai !

Elle s'enfuit à toute allure. Accroupie derrière un buisson épineux, sachant que les risques d'être vue dans le monde visible étaient peut-être moins importants qu'être entendue dans la sphère invisible, elle réapparut.

L'excitation qu'elle ressentait dans son mode protecteur était toujours à son apogée, et elle se surprit à avoir besoin de plus d'oxygène. Agrippant toujours l'épée, elle ferma les yeux une seconde, et l'entendit alors : un grondement de colère, grave.

Mince. Ils avaient des chiens de garde.

Ouvrant les yeux, elle regarda fixement un museau aux dents pointues et des yeux jaunes brillants. Le collier à piques noires lui indiqua qu'elle avait raison : c'était un chien de garde, mais ses yeux sauvages lui indiquèrent que l'animal était en partie loup.

Kylie ravala sa peur et sentit l'haleine de l'animal. Il releva son museau d'un coup sec, en montrant encore plus les dents. Son grognement devint plus bas, plus intense. Les plaques qui pendillaient de son collier tintèrent ; elles avaient l'air trop lourdes.

Elle regarda l'animal droit dans les yeux et resserra son étreinte sur l'épée. *Ne me force pas à te tuer. Mon combat n'est pas contre toi. D'ailleurs j'aime bien les chiens loups.*

Instantanément, l'animal recula. Ses yeux jaunes ne cillèrent pas une seule fois. Il s'accroupit sur son arrière-train et détourna le regard de Kylie. Celle-ci se souvint du loup sur lequel elle était tombée à Shadow Falls et qui lui avait montré sa soumission.

Elle ne le comprenait pas, mais elle profiterait de tout ce qui se présentait à elle. Parce qu'il fallait bien reconnaître qu'elle en aurait besoin. Elle lança un coup d'œil vers les gardes, près du portail. Il n'en restait plus qu'un. L'autre était reparti dans le royaume invisible. Il pouvait être n'importe où.

Se rendant de nouveau invisible, elle écouta. Entendit les pas qui avançaient devant le buisson. Ils ralentirent. Son cœur battait si fort qu'elle était sûre qu'il pouvait l'entendre.

Le chien-loup surgit d'un coup du fourré.

– Espèce de bâtard ! fit la voix du garde. Je croyais que j'avais trouvé quelque chose !

À travers les feuilles, Kylie vit l'homme apparaître. Il se dirigeait vers l'animal d'un pas lourd et donna un coup de pied dans sa patte arrière. Violemment. Le chien glapit, et le sang de Kylie se déchaîna pour le pauvre animal sans défense. L'homme s'apprêtait à le battre encore, alors Kylie ramassa une pierre et la jeta dans les buissons à sa droite.

Le garde virevolta et alla regarder dans le fourré à côté d'elle. Plus il se rapprochait, plus elle avait du mal à respirer.

– Rien trouvé ? hurla celui du portail.

– Je ne crois pas, marmonna-t-il en s'éloignant. Juste ce sale clébard !

Ce sale clébard vient de me sauver la vie, songea Kylie.

Son besoin de protéger était à son maximum. Comme l'homme restait visible et se remettait à discuter avec l'autre garde, elle décida d'entrer dans la maison.

De nouveau invisible, elle contourna la maison silencieusement, cherchant une entrée. Le chien-loup arriva en boitant vers elle, confirmant ses doutes : il pouvait la voir.

Redevenant visible, elle se baissa et toucha la patte arrière du chien. Elle sentit sa main se réchauffer. *Fais-moi entrer dans la maison, mon ami,* dit-elle à l'animal télépathiquement, sans trop savoir si cela allait marcher ou si elle l'espérait simplement. Mais bon, Derek savait communiquer avec les animaux. Peut-être qu'elle s'était changée en fée.

Le chien se dirigea sous les pilotis qui soutenaient la maison. Elle le suivit. Après avoir contourné de multiples poutres, elle douta de sa décision, mais le chien s'immobilisa devant ce qui ressemblait à une rampe, qui menait à une chatière. Toujours invisible, elle essaya d'avancer au rythme de son copain canin. Pas facile comme prouesse, quand on tenait une épée.

Elle en donna accidentellement un coup sur le bord de la porte. Si quelqu'un se cachait à l'intérieur de cette dimension, il ou elle l'aurait entendue.

À l'intérieur, elle s'arrêta pour écouter. Pas un seul bruit dans l'obscurité. Elle avisa deux sacs de couchage et des écuelles vides. *Je parie qu'ils ne te nourrissent pas régulièrement, hein mon pote ?* Mais si les animaux mangeaient ici, c'était qu'il devait bien y avoir une porte qui menait dans la maison. Qu'elle soit fermée à clé ou pas, c'était une autre histoire.

Passant en revue la pièce sombre, elle trouva la porte. Elle caressa de nouveau l'animal. *Merci.* Elle se leva et ouvrit. Elle inspira, sentant qu'elle avait plutôt bien réussi son coup jusqu'à présent. Mais elle ne se leurrait pas, le plus dur restait à faire : trouver sa mère et la faire sortir d'ici. Vivante.

L'épée sembla vibrer dans sa main, comme pour lui

rappeler que s'échapper ce soir ne serait pas si simple. Ce soir, elle se servirait de l'arme, mais cette fois, pas pour s'entraîner.

Pensant que tout le monde dormait, elle se fraya un chemin à travers une grande cuisine, puis se retrouva dans un vaste séjour où trônait une grosse cheminée en pierre. Cette pièce était apparemment le centre de la maison. Une porte donnait de chaque côté. Elle remarqua une lumière au bout d'un couloir. Elle entendit des voix. Avançant à pas de loup dans le couloir, elle écouta.

Elle reconnut tout de suite la voix de John. Soudain, elle fut parcourue de frissons. L'autre voix appartenait à Mario.

Pas de voix féminine. Elle décida de partir à la recherche de sa mère. À cette heure de la nuit, elle dormait sûrement. Elle prit l'autre couloir, qui devait donner sur les chambres.

La première était une chambre d'amis. Espérant que sa mère s'y trouvait, elle l'ouvrit. Il y régnait un silence sinistre ; elle était vide.

Elle aperçut une autre porte au bout du couloir et sut immédiatement que c'était là que sa mère dormait. Elle couchait avec John. Avec l'ennemi. Mais Kylie était là pour y remédier. Elle se raccrocha à son épée et tourna délicatement le bouton.

Sur le lit était allongée une silhouette familière. Une veilleuse l'éclairait. Kylie se rappela toutes ces nuits où, enfant, elle était entrée dans la chambre de sa mère, à cause de cauchemars ou d'un bruit louche. Pas une seule fois cette dernière ne s'était mise en colère. Elle n'avait peut-être pas été la plus câline du monde, mais elle avait toujours été là. La colère que Kylie avait ressentie à cause de l'histoire des Brighten lui parut brusquement hors de propos. Elle entra et se planta à côté du lit.

– Maman ? murmura-t-elle.

Pas de réaction, et l'espace d'une seconde, Kylie paniqua, puis elle vit ses côtes se soulever quand elle respirait.

Elle regarda la coiffeuse et y vit un verre de vin. La veilleuse l'éclairait et montra de minuscules particules tout au fond. Elle le tint à la lumière et remarqua les pilules écrasées. John avait-il drogué sa mère ?

Elle le reposa et, de nouveau en mode « protectrice », elle empoigna son épée et se baissa :

– Maman !

Sa mère s'agita, mais très peu. Elle secoua légèrement son épaule.

– Maman, réveille-toi !

Ses yeux s'ouvrirent d'un coup.

– Kylie ? Que fais... ?

Elle regarda autour d'elle, comme si elle ne parvenait pas à se concentrer. Était-ce parce qu'elle dormait encore ou à cause des médicaments ?

– Où est...

– John ? finit-elle à sa place.

Respirant profondément, Kylie se rendit compte qu'elle n'avait pas pris le temps de trouver comment elle allait lui expliquer tout ça. Elle décida de dire la vérité. Le moment était-il bien choisi ? Sa mère pourrait-elle la supporter ?

– John ! cria sa mère.

Kylie mit deux doigts sur ses lèvres, priant pour qu'il ne l'ait pas entendue.

– Chuuut...

– Mon Dieu, qu'est-ce que c'est ? s'exclama-t-elle quand elle vit l'épée qui miroitait à présent vivement. Elle grimaça. C'est un rêve, n'est-ce pas ?

– Maman. Kylie tâcha de parler calmement. John n'est

pas celui que tu crois. Ce n'est pas quelqu'un de bien, nous devons partir.

Sa mère détourna les yeux de l'épée et les reposa sur Kylie.

– Tu dois arrêter de penser ce genre de chose. Je sais que cela fait souffrir ton père, mais…

– Maman, il faut vraiment que tu te taises et que tu fasses ce que je dis, d'accord ?

Le front de sa mère se plissa et Kylie fut convaincue qu'elle avait été droguée. Elle secoua légèrement la tête comme si elle essayait de se réveiller. Puis elle rejeta un coup d'œil sur l'épée.

– Comment es-tu arrivée là ? Ça doit être un rêve.

– Viens.

Kylie aida sa mère à se lever.

Celle-ci se mit debout, mais retomba sur le lit. Kylie réessaya et constata au passage qu'elle portait une nuisette sexy. Pas le temps de s'en préoccuper. Elle devait la faire sortir d'ici au plus vite. Elle lui prit la main et l'accompagna vers la porte. Juste avant qu'elles n'y parviennent, celle-ci s'ouvrit à la volée.

John était sur le seuil : il fixait Kylie. Puis, comme surgi d'un mauvais rêve, Mario apparut à son côté. Kylie poussa sa mère derrière elle et tendit son épée.

– Pousse-toi !

Mario lui répondit par un sourire diabolique.

– Je savais que tu viendrais me voir.

– Qui êtes-vous ? demanda sa mère.

Et elle essaya de se planter devant Kylie. Celle-ci l'attrapa par le bras et l'empêcha d'avancer.

– Et elle nous a apporté un petit jouet, comme c'est gentil, ironisa Mario en désignant l'épée.

Chapitre 42

Kylie ne savait pas quoi faire. Mais elle opta pour la première chose qui lui vint à l'esprit. Attrapant la main de sa mère, elle la rendit invisible comme elle. Cette dernière hurla.

Refusant de céder à la panique maternelle, Kylie se rua vers la porte en esquivant les deux hommes. Malheureusement, sa mère lui fut arrachée des mains. Virevoltant sur elle-même, Kylie ne pouvait pas la voir, mais elle l'entendait haleter, et elle comprit que Mario, qui s'était rendu invisible à son tour, la maintenait.

– Lâche-la ! cria Kylie, qui bouillait de rage et redevint visible.

Mario apparut quelques secondes plus tard avec sa mère. Sa main serrait si fort sa gorge que son visage bleuissait peu à peu.

Kylie brandit l'épée.

– *Traite-le de lâche !*

La voix de l'esprit résonnait aux oreilles de la jeune fille, au moment même où le froid descendait le long de sa colonne vertébrale.

– *Insiste pour qu'il se batte comme un homme !*

– Ne sois pas lâche ! Laisse-la et bats-toi comme un homme ! lança Kylie en priant pour que ça marche.

Mario, la main toujours autour du cou de sa mère, regarda fixement Kylie, les yeux plissés.

– Très bien.

Il balança sa mère à John. Celle-ci tomba à ses pieds, à bout de souffle. Il la releva brusquement. Kylie enrageait. Elle avait envie d'attaquer. D'oublier l'épée et de déchiqueter ces hommes à mains nues. La seule chose qui l'en empêchait, c'était l'esprit qui se tenait devant elle et qui répétait les mêmes paroles encore et encore.

– *Le pouvoir que tu as est dans cette épée. Le pouvoir est dans l'épée.*

Soudain sa mère se libéra d'un coup de John et fonça sur Mario. Elle n'était peut-être pas une surnaturelle, mais l'amour maternel était extrêmement puissant. Malheureusement pas autant que la magie de ces deux-là. John la rattrapa par les cheveux.

– Arrête de te battre, pauvre idiote !

Sa mère écarquilla les yeux de stupeur. Pour la première fois, elle voyait qui il était vraiment, quelqu'un de mauvais qui s'était servi d'elle.

Kylie souffrait pour elle, et pria pour que ce ne soient pas les derniers instants de sa vie. On ne devrait pas mourir en pensant à ses erreurs et rongé par le regret.

Mario agita une main et une épée apparut.

– Je te tuerai à petit feu, et ta mère sera obligée de regarder. Ce sera drôle, non ?

– Non ! hurla Kylie.

John coinça les bras de sa mère dans son dos et les maintint avec force : elle ne pouvait plus bouger.

– Pas ici, fit John. Ce tapis m'a coûté cinquante mille livres !

Sa mère hurla encore et John la tira brusquement vers lui.

– La ferme, sinon elle mourra encore plus vite !

Mario regarda son fils.

– Le sang augmentera sa valeur !

Sa mère scruta Kylie, des larmes coulèrent sur ses joues.

La revenante fixa John.

– *Tu pourriras en enfer pour tout ce que tu as fait !*

Kylie ne pouvait que souhaiter qu'elle ait raison, et qu'il parte très vite pour l'enfer.

Mario alla se poster devant John et dirigea la pointe de son épée vers la poitrine de sa mère en regardant Kylie.

– Nous allons sortir d'ici. Si tu décides de ne pas nous suivre ou si tu tentes quelque chose d'idiot, je la tuerai. Et avec grand plaisir.

Sa mère laissa échapper un horrible hurlement de terreur absolue. Quand elle leva les yeux, sa fille vit qu'elle implorait son pardon. Elle croyait qu'elles étaient maudites, et Kylie pensa qu'elle ne se trompait peut-être pas.

– Je vous suivrai, déclara-t-elle.

Et elle s'exécuta. Elle le suivit dans le couloir et dans le séjour.

Mario agita une main, et les meubles se poussèrent, leur laissant toute la place pour se battre. Kylie devina qu'il tirait tous ses pouvoirs du mal.

– Attends une seconde, je veux profiter du spectacle, dit John en entraînant sa mère avec elle. Il ouvrit un tiroir et en sortit un rouleau de ruban adhésif qu'il enveloppa autour de ses poignets. Puis il fit pareil avec ses chevilles. Il la poussa brutalement contre le mur alors qu'elle se débattait et le suppliait d'arrêter. Son rire retentit, cruel. Il en arracha un autre bout, qu'il colla sur sa bouche.

Kylie observa la scène, entre horreur et colère ; elle avait bien du mal à se ne pas sauter sur ce sale type et à ne pas lui arracher son cœur noir.

– *Pas maintenant, pas encore, patience, patience,* murmura l'esprit à l'oreille de Kylie. *Il y a un plan et tu dois le suivre si tu veux échapper à la mort.*

Elle ne comprenait pas ce qu'il voulait dire, mais elle n'avait pas le temps de réfléchir. Le hurlement de l'esprit l'avertit juste à temps de l'attaque de Mario. Elle retint son épée de la sienne. Le cliquetis résonna à ses oreilles, mais elle l'entendit à peine à cause du bruit du sang qui parcourait son corps en bourdonnant.

Il l'attaqua de nouveau, et Kylie répondit coup par coup. Leurs épées cliquetèrent, s'entrechoquèrent bruyamment. Lucas aurait été fier d'elle. Mais aussi bonne fût-elle à bloquer les coups, elle n'eut jamais l'opportunité de passer à l'offensive, trop occupée à se défendre.

Si elle ne s'arrêta jamais pour regarder, elle imaginait bien que sa mère l'observait, horrifiée. Et en dépit de ses efforts pour ne pas écouter, elle entendait les hurlements désespérés étouffés par le ruban adhésif.

– Aidez-nous, cria Kylie aux anges de la mort, à Dieu, à quiconque écoutait. Au loin, le hurlement du chien-loup fendit l'air, comme s'il priait pour elle, lui aussi.

– *Ne perds pas son épée de vue. Regarde-le bien, il va se baisser, cette fois.*

Les ordres de l'esprit arrivaient vite et bien. Kylie s'efforça de les écouter, d'oublier que c'était une question de vie ou de mort. Elle suivit les instructions et écouta le bruit du métal sur le métal.

L'espace d'une brève seconde, Kylie perçut le visage de Mario. Il souriait, comme s'il jouait avec elle. Combien de temps pourrait-elle tenir ? Comment pourrait-elle gagner ?

– *Ne cesse pas de croire en tes dons* ! cria l'esprit.

Puis Kylie vit John apparaître derrière son père, avec sa propre épée. Deux contre un ? Les souvenirs de la vision de Lucinda envahirent sa tête. Pourtant, seule une très légère appréhension entra dans son cœur. Pas le temps d'avoir peur.

Comme Lucinda, la nuit où elle avait perdu la vie, Kylie ne pensa pas à la mort. Elle se battait, tout simplement. Se battait de tout son être, une prière aux lèvres.

Soudain, John prit son élan et enfonça son épée dans le dos de son père, le transperçant de part en part. Le sang assombrit sa chemise. Les yeux de Mario étincelèrent d'un vert flamboyant, juste avant que la vie ne le quitte. Une volute de fumée noire semblable à du brouillard sortit de sa bouche. Son âme. Souillée et mauvaise.

Puis, le bruit le plus affreux que Kylie, eût jamais entendu se répandit dans l'air ; comme des rats qui piaillent et des cafards qui se nourrissent. Plusieurs êtres flous, les sous-fifres du diable, traversèrent la pièce d'un coup et vinrent emporter l'âme noire de Mario.

John ressortit vivement son épée du corps de son père, et du sang gicla de la blessure. L'épée ne soutenant plus son corps, Mario s'écroula. Sa mort n'était pas belle à voir.

Kylie le regarda fixement, tendant sa propre épée devant elle sans bouger. Pourquoi John avait-il fait cela ? S'était-elle trompée à son sujet ? Elle scruta son visage, et le sourire froid qu'il arborait lui indiqua que non, elle ne s'était pas du tout trompée.

– *Comme c'est pratique,* observa l'esprit. *Tu as tué l'homme qui a tué ton fils. Mais pas pour le nôtre.* Elle se rapprocha de lui, le regarda droit dans les yeux. Puis dit à Kylie. *Ne lui fais pas confiance.*

– Pourquoi avez-vous fait ça ? demanda-t-elle à John, son épée toujours levée, prête à se battre.

– J'attendais qu'il meure pour prendre sa place, l'occasion était trop belle.

Kylie sentit le mépris dans sa voix.

– Et maintenant ?

– C'est clair, non ? Il sourit. Tu as le choix. Soit tu acceptes que ta mère et toi vous m'apparteniez. Tu fais ce que je demande, ta mère vit. Sinon elle meurt.

Les yeux de sa mère lui lancèrent des éclairs pleins de haine.

– Je crois que l'on préférerait encore mourir, répondit Kylie. Mais certainement pas tout de suite.

– Tu crois que tu peux me battre ? Tu n'es qu'une gamine, avec des pouvoirs que tu ne sais même pas contrôler !

Il l'attaqua avec une rapidité féroce. Son épée avançait et reculait. Elle avait du mal à tenir le rythme.

– *Va à gauche, à droite maintenant.* L'esprit hurlait ses ordres.

Kylie tâcha de se défendre. Son épée s'abattit, mais la sienne fut plus rapide. Elle sentit la lame tranchante comme un rasoir s'enfoncer dans son avant-bras gauche. La piqûre et le sang suivirent. Elle ne ralentit pas. Ne pouvait pas. Ralentir, quitter l'épée des yeux une seconde, c'était la mort assurée. Pour elle. Pour sa mère. Puis elle sentit le froid familier de son père. Il était là. Mais était-ce pour l'aider ou pour l'emmener avec lui ?

Un grand fracas retentit quelque part, pas loin. Elle se força à ne pas penser et à rester concentrée sur le duel. Puis un affreux grognement sourd vibra dans la pièce. Elle vit le loup la traverser d'un bond. La gueule ouverte, les babines retroussées, les crocs acérés, prêts à mordre la chair. Son ami était venu se battre avec elle.

Soudain, elle comprit. Ce n'était pas le chien-loup. Celui qui s'élançait vers John, c'était Lucas. John pointa son épée vers la nouvelle menace, prêt à transpercer la poitrine du fauve. De toutes ses forces, sentant le besoin de le protéger dans tout son sang, Kylie abattit son épée sur celle de John et la fit tomber de ses mains. L'homme rugit de fureur, esquiva Lucas et essaya de reprendre son arme.

Mais Kylie fut plus rapide que lui. Elle l'attrapa et l'enfonça dans son flanc. Une fois. Deux fois. Il s'écroula. Son corps trembla. Il haleta. Du sang gouttait de l'épée de la jeune fille. Elle regarda Lucas. Les yeux brillants, il montrait toujours les dents.

Puis, comme précédemment, des bruits horribles envahirent la pièce alors que le diable envoyait les siens collecter l'âme obscure s'écoulant de la bouche de John.

Lâchant son épée, Kylie se sentit souillée d'avoir ôté une vie. Puis elle se tourna brusquement vers sa mère qui, étendue, contemplait la scène. Non, elle n'avait pas pris une vie, elle en avait sauvé une.

Elle tomba à genoux et se démena pour décoller le ruban adhésif de sa bouche. Lucas, dans toute sa splendeur de loup, s'approcha d'elle. Sa mère se tortilla comme si elle avait peur de l'animal. Lucas effleura Kylie, croisa brièvement son regard, puis s'en alla. Kylie se souvint de ce que sa grand-mère avait dit : *tu fais partie de sa quête, et lui de la tienne.*

– Ça va aller, maman..

Elle finit d'enlever le ruban adhésif de sa bouche. Le hurlement de sa mère se répercuta sur les murs.

– Ça va, répéta Kylie. Calme-toi, ne bouge pas, je vais te détacher.

Sitôt libérée, elle étreignit sa fille très fort et longuement.

– Quel cauchemar !

Puis elle se recroquevilla en boule, se balançant d'avant en arrière comme si elle attendait de se réveiller. Kylie regarda les deux cadavre. Elle devait appeler la police. Elle se demanda comment sa mère réagirait quand elle lui raconterait tout.

Puis elle se souvint ; elle était peut-être venue toute seule ici, mais elle avait des amis. Elle s'empara de son téléphone et composa le numéro de Burnett. Juste avant que son doigt n'effleure la touche « appel », un autre bruit envahit la pièce. Doux et rassurant. Celui de l'eau qui coule. Celui des cascades. La sensation de chaleur, de légitimité, de justice l'envahit.

Le moment de paix fut brisé lorsque sa mère hurla de nouveau, les yeux rivés sur quelque chose derrière Kylie.

– Il… quoi ? Comment ?

Sa mère recula.

Kylie fit volte-face, attrapa son épée en même temps, et pria pour que le cri de sa mère ne soit qu'un accès de panique à retardement.

Elle avait tort.

Chapitre 43

Daniel, son père, se tenait devant Kylie, se manifestant intégralement. Encore plus clairement qu'auparavant. Le bruit de cascade s'intensifia. Le bourdonnement paisible de l'eau.

– Papa ? chuchota-t-elle.

– *Salut ma belle !*

– Salut !

Il regarda derrière son épaule et se rembrunit.

– *Ta mère s'est évanouie.*

Kylie jeta un coup d'œil sur elle.

– Elle a eu une nuit difficile.

– *Toi aussi.* Il lui montra le sang sur son T-shirt.

– Juste une blessure légère, dit-elle, ou était-ce plus que cela ?

Elle baissa les yeux, se demandant si elle avait seulement imaginé qu'elle était superficielle, et que ça y était, que son père était venu la chercher.

Le sang avait imprégné tout son T-shirt, pas beaucoup, mais suffisamment pour que la sensation de paix s'amoindrisse et que la peur prenne sa place. Étrangement, ce n'était pas de la peur pour elle-même. Mais la crainte que si jamais elle mourait, elle abandonnerait les autres. Ou sa victoire sur John et Mario avait-elle résolu tout cela ? Son heure était-elle simplement arrivée ? Elle leva la tête, la vue légèrement voilée par les larmes.

– Vais-je mourir ? Les autres souffriront-ils à cause de… ?

Il se rua vers elle. Ses mains serrèrent ses épaules. Son froid était un réconfort qu'elle reçut avec plaisir.

– *Non, Kylie. Tu as tant à vivre, mon enfant. Je ne suis pas venu te chercher.*

– Les anges de la mort t'ont-ils donné plus de temps sur terre ?

– *Un peu plus, oui, mais ce qu'ils m'ont offert était mieux encore. Une place chez eux.*

Kylie mit une seconde pour comprendre.

– Tu vas devenir un ange de la mort ?

– *Oui, après t'avoir aidée une dernière fois. Mais la beauté de tout cela, c'est qu'à partir de maintenant, je serai toujours là pour veiller sur toi. La sagesse que tu entendras dans ton cœur, elle viendra de moi, ma fille.*

Des larmes envahirent de nouveau les yeux de Kylie.

– Comment vais-je faire accepter ça à maman ?

– *C'est pour cela que je suis ici. Nous le ferons ensemble.*

Puis Kylie se souvint :

– Elle a pu te voir… avant de s'évanouir ?

– *Oui, elle a toujours senti ma présence, mais l'on m'a donné suffisamment d'énergie pour qu'elle puisse me voir.*

Il regarda autour de lui et fronça les sourcils en voyant les cadavres.

– *Mais pour l'instant, appelle Burnett.*

Kylie recomposa son numéro.

– Elle est presque réveillée.

Le père de Kylie s'avança. Kylie, assise sur une chaise à côté du lit dans la chambre d'amis de John, leva les yeux sur lui.

Sa mère avait perdu connaissance depuis presque quatre heures. Burnett et Holiday étaient arrivés quelques minutes après qu'elle les eut appelés. Le vampire avait aussitôt fait venir du personnel pour tout nettoyer. L'URF ferait passer cela pour un code rouge, un accident de voiture. Comment feraient-ils passer des coups d'épée pour un accident de la route, elle l'ignorait et préférait ne pas le savoir.

Après une bonne crise de larmes sur l'épaule de Holiday, Kylie expliqua ce qui s'était passé. Elle parla également de Daniel. Holiday fut admirative pour ce que son amie connaisse en personne un ange de la mort. Kylie avait failli rétorquer qu'elle aurait préféré avoir son père avec elle dans sa vie, mais elle se rappela qu'elle avait de nombreuses raisons de s'estimer heureuse.

Quand elle leur raconta que Daniel était venu pour expliquer la situation à sa mère, Burnett exprima son inquiétude : celle-ci allait-elle supporter la vérité ? Alors il suggéra que l'on convoque Derek pour lui effacer la mémoire. Mais Daniel avait refusé.

– *Elle doit savoir la vérité*, avait-il insisté sans donner d'explication.

Kylie devait faire confiance à son père.

Holiday fit remarquer que la mère de Kylie n'était pas un humain normal. En tant que descendante d'une tribu amérindienne, elle était consciente des pouvoirs surnaturels.

Ainsi, avec l'aide de Daniel, futur ange de la mort, Kylie pourrait tout lui raconter. Mais elle n'était pas pressée.

Sa mère ouvrit les yeux. Elle se concentra sur sa fille, puis les mots sortirent de ses lèvres.

– J'ai fait un horrible cauchemar.

Elle se redressa dans le lit.

Daniel était parti. Elle supposa qu'il se montrerait quand elle aurait besoin de lui. Sa mère cligna plusieurs fois des yeux en réalisant où elle se trouvait.

– Que fais-tu ici ?

Kylie lui prit la main.

– Tu avais des problèmes.

Sa mère soupira, secoua la tête et retomba contre ses oreillers.

– Je rêve encore.

– Non, maman, ce n'était pas un rêve.

– Si, si. C'était affreux. En tout cas, certaines parties. Tu te battais, et…

– C'était affreux, oui, mais ce n'était pas un rêve.

Kylie ne connaissait qu'une seule façon de le lui prouver. Elle baissa le col de son T-shirt et lui montra l'entaille sur sa peau. Bien sûr, Holiday avait vu le sang sur le vêtement et n'avait pas été contente. Jusqu'à ce qu'elle trouve quelque chose dans la maison pour nettoyer la blessure.

Les yeux de sa mère s'arrondirent comme des billes.

– Est-ce que tu… vas… bien ?

Bien était un terme tellement vague, réalisa Kylie. Il était loin d'exprimer ce qu'elle ressentait. Mais en même temps les mots lui manquaient.

Elle avait vu sa mère à deux doigts de mourir étranglée. Elle avait dû se battre pour sauver sa peau avec une épée lumineuse. Elle avait regardé son ravisseur tuer son propre père. Elle s'était lui-même fait taillader par une épée. Puis elle avait tué un homme.

– Oui, opina-t-elle, ça va.

Elle inspira et tâcha de se souvenir en quels termes elle avait prévu de lui dire la vérité.

– Bien sûr que tu vas bien. Puisque c'est un rêve.

Kylie lui serra affectueusement la main. Daniel avait affirmé qu'il essaierait de s'introduire dans les rêves de sa mère pour arranger tout cela. Avait-il réussi ?

– Maman, te souviens-tu m'avoir dit que tu pensais que Daniel avait quelque chose de magique ?

– Oui, mais…

– Eh bien, tu avais raison. Il l'était. Et cela m'a rendue magique.

Sa mère serra les draps du lit.

– J'ai également rêvé de lui. Oh ! mon Dieu ! Ça n'a pas de sens ! dit-elle en se couvrant les yeux de ses mains.

– Si, mais d'abord tu dois m'écouter, maman.

Elle attendit quelques minutes.

– Tu te souviens quand je pensais que quelqu'un me suivait partout ? Tu sais, quand tu m'as envoyé voir ce psy ?

Sa mère opina, mais faiblement, presque comme si elle allait de nouveau s'évanouir.

– Respire, maman.

Elle prit une grande goulée d'air et Kylie poursuivit :

– Tu te souviens quand je te disais qu'il portait un treillis ?

Sa mère hocha de nouveau la tête.

– Je comprends maintenant que cela a dû te faire flipper… Mon père est mort à l'armée, c'est bien ça ? N'est-ce pas une partie de ce qui te bouleverse ?

– Il a dit que tu me raconterais tout cela. Que se passe-t-il, Kylie ?

– Exactement ce que papa t'a dit, répondit-elle

calmement. Je sais que cela a l'air fou et que ce que tu as vécu… est difficile, mais tu dois essayer de le croire.

Les yeux de sa mère, rivés derrière l'épaule de Kylie, s'écarquillèrent brusquement. Le froid la frappa à l'instant même où sa mère haletait et Kylie comprit que Daniel était apparu. Et vu l'expression de sa mère, elle pouvait le voir elle aussi.

– Respire, maman, répéta Kylie.

Elle eut les larmes aux yeux, quand elle vit le chagrin envahir le visage de sa mère en contemplant l'homme qu'elle avait aimé si fort, il y avait si longtemps.

– Dans mon rêve… tu…

La voix de sa mère tremblait.

– *Je t'ai dit que tu me verrais.* Daniel se rapprocha du bord du lit. *Maintenant, je veux que tu écoutes ta fille. Elle va t'expliquer les choses mieux que moi. Je dois y aller à présent, mais rappelle-toi ce que j'ai dit. Tu trouveras de nouveau l'amour. Ne lutte pas contre lui.*

Daniel se pencha et l'embrassa délicatement sur les lèvres.

– *Tu as été l'amour de ma vie*, déclara-t-il.

Des larmes emplirent de nouveau les yeux de sa mère quand Daniel se retira. Il jeta un coup d'œil à Kylie et déposa un doux baiser sur sa joue. Daniel regarda de nouveau sa mère et désigna Kylie.

– *On l'a plutôt réussie, n'est-ce pas ?*

Elle fit oui de la tête.

– *Je serai toujours là quand tu auras besoin de moi.* Il disparut, et Kylie essuya les larmes sur ses joues.

– J'ai fait un rêve, il m'a dit qu'il veillerait tout le temps sur nous.

– C'est vrai, maman. Je n'ai commencé à le voir que récemment, mais il savait des tas de choses sur ma vie.

Kylie se faufila à côté d'elle dans le lit, la serra très fort, et elles pleurèrent. Elles pleurèrent quelqu'un qui était mort des années auparavant, mais qui leur manquerait toujours. Puis elle lui expliqua que Shadow Falls était destiné aux ados surnaturels, lui parla de Mario et Roberto, et lui raconta que John était en réalité le fils de Mario. D'un ton doux, elle lui avoua qu'ils étaient magiques, mais qu'en fait Mario et John l'avaient été négativement.

Sa mère haleta.

– Je viens de me souvenir que John a tué quelqu'un ! Un homme ? Où sont les flics ?

– C'était Mario. Et Burnett s'en est occupé.

Elle agrippa la main de Kylie.

– Burnett ? De ton école ?

Kylie opina et constata que sa mère avait encore arrêté de respirer.

– Respire, maman.

– Ce Burnett est magique, lui aussi ? s'enquit-elle en reprenant son souffle.

– Oui.

Kylie décida d'attendre pour expliquer cette histoire d'espèces différentes à sa mère. Vampires, loups-garous et les autres… tout cela pourrait bien lui faire peur. Cela avait été le cas pour Kylie, en tout cas jusqu'à ce qu'elle devienne amie avec l'une et tombe amoureuse de l'autre.

Sa mère ferma les yeux comme si elle essayait d'oublier quelque chose… ou peut-être de se souvenir.

– Ensuite, un loup est entré, et tu as tué… John. Oh mon Dieu, ma puce, il fallait que tu le tues ! Que va dire la police ? Elle s'assit un peu plus droite. Nous lui dirons que c'était moi. M'entends-tu ? C'était moi, pas toi !

Le cœur de Kylie se serra face à l'empressement de sa

mère de s'attribuer le meurtre. Comment, se demanda-t-elle, avait-elle pu douter de son amour pour elle ?

– Il n'y aura pas de police. Burnett travaille pour une organisation comme le FBI. Il s'occupe de ça pour nous. Ce qui veut dire que nous ne devrons en parler à personne.

Sa mère acquiesça et se pencha vers elle.

– Mais Kylie, comment Burnett va-t-il expliquer les cadavres ? On saura que je sortais avec John !

– Il se charge aussi de ça.

Elle retomba sur ses oreillers.

– Il me faudra beaucoup de temps pour y croire.

– Je sais, dit Kylie, c'était pareil pour moi.

Le lundi matin suivant, jour de la fête du Travail, Kylie se leva tôt et prépara le petit-déjeuner pour sa mère. Elle était restée avec elle et dut lui rappeler fréquemment de respirer. Elles dormirent dans le même lit. Parlèrent le soir, tard après minuit.

Sa mère la matraqua de questions. Certaines nécessitaient des réponses difficiles. Elle lui parla de toutes ces espèces différentes. Vampires et loups-garous furent les plus difficiles, à cause de la peur instinctive liée à tout le folklore qui les entourait. Kylie lui expliqua qu'elle était un caméléon, et décida d'attendre encore un peu pour ajouter qu'elle avait en réalité un peu de toutes les espèces en elle.

Pendant le week-end, elle avait aussi parlé à Della et Miranda. Della état furieuse que son amie ait encore disparu, alors qu'elle était censée la surveiller.

– Ça va commencer à craindre pour moi, fit Della.

Kylie lui promit de parler à Burnett et d'endosser toute la responsabilité. Miranda lui rappela sa promesse de ne jamais partir, et Kylie lui assura qu'elle reviendrait.

Ce jour était le grand jour : le mariage de Holiday et Burnett. Sa mère et elle arriveraient tôt pour les aider à tout installer.

Lucas avait appelé Kylie trois fois. Il séjournait chez son oncle depuis la pleine lune. L'enterrement était une épreuve de plusieurs jours pour les loups-garous. Et la veille du mariage, il avait son rendez-vous avec le Conseil, comme prévu. Elle lui avait proposé de l'accompagner, mais il lui avait assuré qu'il devait se débrouiller tout seul. Kylie pria pour qu'ils l'acceptent.

Mais cela ne changerait rien entre eux. Comme l'avait affirmé sa grand-mère, chacun faisait partie de la quête de l'autre, des quêtes qui étaient en cours depuis qu'ils s'étaient rencontrés longtemps auparavant. Certaines choses devaient se faire, tout simplement.

Kylie espérait que ce que Daniel avait assuré à sa mère – qu'elle rencontrerait un autre amour – était vrai. C'était triste, mais elle avait le sentiment que ce ne serait pas son beau-père. Elle avait même parlé à Tom Galen, ce matin-là – ils avaient passé vingt minutes à faire des projets pour leurs prochaines vacances d'été. Avant qu'ils ne raccrochent, elle lui dit qu'elle l'aimait, et elle était sincère. Elle avait beau savoir que Daniel resterait tout près d'elle en ange gardien de la mort, son beau-père occupait sa propre place dans son cœur et l'occuperait toujours. Elle savait que Daniel aurait voulu qu'il en soit ainsi.

Kylie alla sortir les œufs du réfrigérateur. De la vapeur s'éleva de la boîte en carton, bizarrement.

– *Devine quoi ?*

Elle reconnut la voix de l'esprit.

– Quoi ?

– *Ils ne m'envoient pas en enfer.*

Kylie regarda l'esprit assis sur le plan de travail, et sourit. Elle portait une jolie robe sans entailles, sans taches de sang, et ne tenait pas d'épée.

– Tu vas au paradis ?

– *Non, enfin pas encore. Ils me donnent une seconde chance. Tu sais, travailler pour eux pour racheter tous mes méfaits. Ensuite, si j'en gagne le droit, je pourrai y aller. Je serai avec mon petit garçon.*

Elle rayonnait. Kylie lui sourit.

– J'aime les secondes chances.

– *Sais-tu pourquoi ils me donnent cette seconde chance ? Parce que j'aimais mon fils.*

Kylie se souvint que Mario avait appelé cela une « faiblesse », et pourtant c'était cette faiblesse même qui l'avait perdu.

– C'est un sentiment puissant, déclara Kylie.

Et elle songea à tout l'amour qu'elle avait connu dans sa vie. Sa famille. Ses amis. Lucas.

– *Il faut que j'y aille,* lança l'esprit.

Son image disparut.

– Ravie de t'avoir connue, lança Kylie.

– *Moi aussi.*

La voix disparut avec les relents de froid. Kylie se remit à la préparation du petit-déjeuner quand sa mère entra dans la cuisine.

– À qui étais-tu en train de parler ?

Kylie se demanda si elle devait lui dire la vérité, et décida que non.

– Le téléphone a sonné toute la matinée.

– Qui t'a appelée ? demanda sa mère en allant se servir une tasse de café.

– Papa, Lucas et Sara.

Les yeux de sa mère s'écarquillèrent.

– Ton père ?

– Tom, clarifia Kylie.

– Je vois mal ton père se servir d'un téléphone pour te contacter.

Kylie se fendit d'un grand sourire.

– Moi aussi.

– Ce Lucas… compte-t-il pour toi ? demanda-t-elle en ajoutant du lait en poudre dans son café.

– Beaucoup. Je l'aime.

Sa mère ouvrit de grands yeux.

– Est-ce que vous avez… tu sais ?

Elle n'arrivait pas dire « couché ensemble ».

– Pas encore, répondit la jeune fille. Mais ça ne saurait tarder.

– Tu devrais voir un médecin pour…

– Qu'il me prescrive la pilule, finit Kylie à sa place.

Elle hocha la tête.

– Je vais le faire, lui assura-t-elle.

Sa mère reprit son souffle, comme si la conversation avait été douloureuse, puis elle demanda :

– Sara passera te voir avant que tu ne repartes ?

– Non, elle est à la Nouvelle-Orléans pour une réunion de famille. C'est pour ça qu'elle a appelé, pour me le dire. Et pour me raconter que ses tantes l'étouffaient avec leurs gros seins.

Sa mère gloussa, puis son expression changea. Elle se contenta de siroter son café, et de le remuer encore et encore. Le cliquetis de la cuillère contre la tasse semblait le seul bruit de la pièce. Elle finit par lever les yeux, le front plissé d'inquiétude.

– Quand j'ai emmené Sara pour venir te voir, elle m'a raconté que tu l'avais soignée. Tu ne l'as pas vraiment fait… si ?

– Si.

Elle s'activa à préparer les tartines et fit comme si ce n'était pas si important.

– Y a-t-il autre chose que tu saches faire ? demanda sa mère en retenant son souffle.

– Et si j'en gardais un peu pour plus tard ? proposa Kylie.

Sa mère poussa un profond soupir, qui ressemblait beaucoup à du soulagement.

– Bonne idée.

chapitre 44

Kylie garda son téléphone à la main en rentrant à Shadow Falls, elle attendait un coup de fil ou un texto de Lucas. Avait-il intégré le Conseil ? Si ce n'était pas le cas, la détestait-il déjà ? Oh, bien sûr, il avait soutenu que cela ne changerait rien entre eux, mais elle avait conscience que cela comptait beaucoup pour lui.

Il était près de trois heures cet après-midi-là quand ils se garèrent devant la pancarte « Lycée de Shadow Falls ». Holiday et Burnett accueillirent Kylie et sa mère au portail. On s'étreignit, on s'enlaça, même sa mère se laissa aller aux embrassades. Mais au moment d'en franchir le seuil, elle s'arrêta.

– Quelque chose ne va pas ? demanda Burnett.

– Juste un peu nerveuse, répondit sa mère. Je ne suis pas sûre d'être prête à rencontrer des vampires ou des loups-garous.

Burnett jeta un coup d'œil à Kylie, qui haussa les épaules, l'air de dire on verra bien.

Il reposa les yeux sur sa mère et sourit.

– Ne vous inquiétez pas, ils sont loin d'être aussi intimidants que vous ne le pensez.

– Y en avait-il lors des journées des parents ? demanda-t-elle, hésitante.

– Quelques-uns.

Kylie roula des yeux en réalisant qu'elle lui ferait vivre un enfer quand elle apprendrait qui était vraiment Burnett.

– Alors, par où commençons-nous ? demanda sa mère à Holiday, comme si elle voulait oublier toute cette histoire de surnaturel. C'est vrai, quoi, nous sommes ici pour aider à mener ce mariage à bien.

Holiday les accompagna jusqu'à l'endroit où devait avoir lieu la cérémonie. Plusieurs élèves installaient déjà les chaises.

Dès que Kylie fut sûre que sa mère ne pouvait pas l'entendre, elle demanda à Holiday :

– As-tu des nouvelles de Lucas ?

– Non, il a appelé pour dire que son rendez-vous avec le Conseil avait été un peu retardé. Il sera là dans une heure, mais il ne peut pas arriver en retard, c'est l'un des témoins de Burnett.

Pour la première fois, les yeux de Holiday se plissèrent d'inquiétude. Elle passa la main derrière son épaule et tressa ses cheveux. Puis elle hoqueta.

– Et ta mère, comment va-t-elle ?

Kylie la vit en train de bavarder avec Chris sans se douter le moins du monde qu'elle parlait à un vampire.

– Mieux que je ne le pense. Bien sûr, quand elle saura qu'elle a déjà discuté avec deux vampires, elle va péter un câble !

Holiday se fendit d'un grand sourire, puis reprit son sérieux.

– Et toi, comment vas-tu ?

– Pas trop mal non plus, dit-elle en souriant. Mais ça ira mieux quand je verrai Lucas.

– Où sont Della et Miranda ?

– Elles sont parties en ville chercher le gâteau et les fleurs pour la réception. Si elles se disputent et font tomber le gâteau, je crois que je vais pleurer. C'est vrai, je n'ai jamais vu deux filles aimer se disputer à ce point !

– Exact, mais elles s'aiment sincèrement. Assez parlé des autres ! Tu ne devrais pas être en train de te détendre dans une baignoire avant le grand événement ?

Holiday sourit.

– Crois-le ou pas, mais cette histoire avec ta mère a été une bénédiction. Je me suis fait plus de souci pour vous deux que pour mon mariage.

L'heure suivante fila à toute allure, alors que Kylie et sa mère finissaient d'installer des chaises et d'aider à décorer la cantine pour la fête. Kylie avait craqué et envoyé un texto à Lucas, mais celui-ci n'avait pas répondu. Elle n'avait pas vu non plus ses deux colocs et le manque commençait à se faire sentir.

D'un seul coup, elle entendit des cris perçants. Familiers. Ceux de Della et Miranda.

Elle prit ses deux meilleures amies dans ses bras et cela se transforma en étreinte de groupe.

– Vous ai-je dit combien je vous aimais ? demanda-t-elle.

– Oui, acquiesça Della. Et la seule raison pour laquelle j'accepte que tu sois cucul, c'est parce que j'ai entendu dire que tu avais assuré comme une bête l'autre nuit !

– Assuré comme un caméléon, oui !

Kylie, sa mère, Della et Miranda allèrent se changer dans leur bungalow. Elle avait adoré partager sa mère avec ses amies. Ou *aurait* adoré si elle n'avait pas pensé qu'à Lucas. Où était-il ? La peur qu'il n'ait pas réussi, et que du coup il ne veuille plus la voir, envahit son cœur. Elle sortit de la salle de bains où les filles se maquillaient pour consulter son portable.

– Tu sais qu'un téléphone que l'on regarde tout le temps ne sonne jamais, l'avertit Della après l'avoir suivie dehors.

Kylie leva les yeux.

– Je suis juste…

– Inquiète, je sais. Mais mon instinct me dit qu'il va bien.

Kylie regarda sa copine vamp.

– Depuis quand es-tu positive ?

– Depuis que l'on m'a obligée à partager mon bungalow avec une fichue optimiste !

Kylie rit et la serra dans ses bras. Quelques minutes plus tard, elles sortirent toutes pimpantes. Elles avaient prévenu Holiday qu'elles arriveraient avec une demi-heure d'avance pour l'aider à tout installer. Kylie avait failli lui envoyer un texto pour lui demander si elle avait eu des nouvelles de Lucas, mais renonça à l'embêter le jour de son mariage.

Toutes les quatre venaient de prendre le dernier virage, lorsque Kylie le vit. Il se dirigeait lentement vers elles. Ses yeux bleus, mystérieux et avides, étaient rivés sur elle. Visiblement habillé pour le mariage, il portait une veste marine et une chemise blanche. Il était craquant. Kylie resta immobile jusqu'à ce que sa mère lui murmure :

– Respire, Kylie. C'est ton Lucas, pas vrai ?

J'espère bien que c'est le mien, oui !

Il s'arrêta devant elle.

– Maman tu te souviens de Lucas, n'est-ce pas ? demanda Kylie sans le quitter des yeux.

– Et si nous les laissions seuls quelques minutes, ces deux-là ? proposa Miranda.

La maman de Kylie eut l'air nerveuse.

– Bien sûr… Du moment que je ne me retrouve pas entourée de vampires ou de loups-garous…

Della toussa pour ne pas rire.

– Ne vous inquiétez pas, dit Lucas, je vais la protéger.

Et il le ferait, oui, songea Kylie. Il l'avait protégée. Il lui avait sauvé la vie.

– En fait, je me faisais du souci pour moi, précisa sa mère. Kylie est amie avec eux. Et je suis sûre que je finirais bien par m'y habituer, mais cette idée me fait tout de même flipper.

– Je comprends, dit Lucas.

Alors que les filles s'éloignaient, Kylie entendit sa mère demander :

– Est-ce qu'ils ne sortent que la nuit ?

Kylie regarda Lucas en roulant des yeux, et se pencha vers lui.

– Je ne sais pas trop comment elle les imagine !

– Ne t'inquiète pas. Elle s'y fera. Sa fille s'y est bien faite.

Kylie eut un sourire jusqu'aux oreilles.

– Pourquoi tu n'as pas répondu à mes textos ? J'étais morte d'inquiétude.

– J'avais dû couper mon téléphone et quand je suis sorti, il était trop tard et je voulais te l'annoncer en personne.

– Tu as intégré le Conseil ?

Ses yeux bleus s'illuminèrent.

– Oui.

Il regarda derrière son épaule, comme pour s'assurer que sa mère ne les voyait pas. Puis il l'attira contre lui. Et l'embrassa. Un doux baiser.

– J'ai quelque chose pour toi, dit-il, ses lèvres soufflant ces mots contre les siennes.

Il passa la main dans la poche de sa veste, d'où il sortit une bague en or sertie d'un gros diamant. Magnifique, en forme de larme, et qui ressemblait à une bague de fiançailles. Kylie en eut le souffle coupé.

– Elle appartenait à ma grand-mère. Dans sa lettre, elle a écrit qu'elle était pour toi. Et avant que tu ne te mettes à paniquer, laisse-moi te préciser que je sais que nous sommes trop jeunes pour nous fiancer. C'est pour cette raison que je t'ai aussi apporté cela. Il sortit une chaîne en or. Je veux que tu la gardes autour du cou. Appelons ça une promesse, une promesse qu'un jour je glisserai à ton doigt.

L'émotion la submergea.

– Tu n'es pas obligé de me donner quoi que ce soit, pour que je te fasse cette promesse.

– Peut-être, dit-il en glissant la bague sur la chaîne, qu'il referma autour de son cou. Mais c'est juste un petit rappel pour tous les Derek du monde : tu es prise.

Elle se hissa sur la pointe des pieds et l'embrassa encore. Cette fois, il l'entraîna dans les fourrés et leur baiser rempli de promesses se fit plus intense. De promesses d'autres baisers… De plus, tout simplement. Elle glissa la main à l'intérieur de sa veste et caressa son torse tiède. Son ronronnement fit vibrer tout son corps et elle brûla d'envie de s'abandonner à la tentation. Elle était à deux doigts de sortir un pan de chemise de son pantalon et de toucher son dos nu.

Il recula, à bout de souffle.

– Je ferais mieux d'aller au mariage. Sinon, on n'y sera jamais à l'heure !

– Si je n'étais pas la demoiselle d'honneur, je te prendrais bien au mot.

Elle haussa un sourcil taquin.

– La semaine prochaine, je vais à Dallas régler la succession de ma grand-mère. Crois-tu que… tu pourrais m'accompagner ? On se trouverait un petit hôtel.

Le cœur de Kylie battit la chamade, sachant ce qu'il lui demandait, et elle n'hésita pas.

– J'adorerais.

Soudain, Burnett apparut. Il avait l'air préoccupé.

– Les Brighten sont ici, annonça-t-il.

– Pour le mariage ? demanda Kylie.

– Non, ils n'étaient pas au courant, ils sont juste passés en espérant te voir. Il se renfrogna. Et histoire de compliquer les choses, ton grand-père et ta grand-tante sont là eux aussi. Je peux les renvoyer chez eux, ou leur demander de rester. À toi de voir.

Kylie regarda sa mère qui discutait avec les autres invités.

– Non, je crois que c'est l'heure.

Une demi-heure plus tard, Kylie, dans l'entrée, attendait l'arrivée de Holiday.

Lucas, de l'autre côté du rang, la caressait du regard. Elle savait qu'il pensait à la semaine suivante. Et comment ne pas y penser ?

À côté de Lucas, Burnett ne tenait pas en place. Elle ne l'avait jamais vu comme ça. On aurait dit un enfant qui avait envie d'aller aux toilettes.

Lorsque Kylie l'avait taquiné un peu plus tôt en lui disant qu'il avait l'air nerveux, il lui avait rétorqué : « Oh ! que oui ! Je suis mort de trouille à l'idée qu'elle se rende compte qu'elle peut trouver mieux que moi ! »

La musique commença. Kylie regarda la foule. Sa mère était assise à côté des Brighten. Elle avait été nerveuse à l'idée de les rencontrer, mais Kylie lui avait assuré qu'ils l'aimeraient bien. Plus loin, il y avait son grand-père et sa grand-tante Francyne. Kylie leur avait également présenté sa mère. Et quelques minutes plus tard, elle présenta les Brighten à Malcolm Summers et à sa grand-tante. Comme elle ne pouvait pas leur préciser qu'ils étaient le vrai père et la vraie tante de Daniel, elle les fit passer pour des amis de la famille. Ce fut bizarre, l'espace d'une seconde, mais ensuite son grand-père serra la main de M. Brighten et leur dit que c'était un grand plaisir de les rencontrer. Kylie devina que son vrai grand-père était reconnaissant envers les Brighten pour l'amour qu'ils avaient donné à son fils.

Tout le monde dans cette rangée regarda Kylie en souriant. Étrangement, on aurait dit une grande famille heureuse. Et ils étaient *sa* famille. Kylie n'avait jamais été aussi fière. Et tout au fond d'elle, elle entendit la voix de son père qui disait : « Parfait. »

Derrière eux, Kylie vit Miranda assise à côté de Perry. Elle aurait mis sa main au feu que ces deux-là planifiaient déjà leur propre mariage. Et Della, à côté de Miranda, fixait la rangée de chaises sur sa gauche. Matait-elle Steve ? Voudrait-elle de lui un jour ? Pendant un temps, Della avait légèrement craqué pour lui, puis s'était remise à l'éconduire.

Hayden, assis à côté de Jenny, sourit à Kylie. À droite de Jenny, il y avait Derek. Elle remarqua bien son épaule collée à la sienne. Il se passait quelque chose d'exceptionnel entre ces deux-là et ils le méritaient bien.

Tout au fond, au dernier rang, Fredericka était en compagnie du nouvel enseignant. Elle n'avait pas entendu

Holiday dire que Fredericka avait demandé la permission de le fréquenter, mais elle avait le sentiment qu'il s'était passé quelque chose et que cela avait été au profit de celle-ci.

Il y avait de l'amour dans l'air. D'un seul coup, Holiday descendit l'allée entre les chaises au rythme de la *Marche nuptiale*. Burnett, hypnotisé, fixait sa future femme. Holiday, dans toute sa splendeur de fée, était magnifique. Ses yeux verts étincelaient. Sa peau brillait.

Sans savoir pourquoi, Kylie se souvint du jour où son beau-père était parti. Elle avait cru que c'était le pire de sa vie, avait senti que tout changeait dans son monde, et que rien ne serait plus jamais pareil.

Et elle avait eu raison sur un point : tout avait changé. Tout.

Certaines choses avaient été difficiles à gérer, mais pour la plupart… *waouh* !

Elle toucha la bague autour de son cou et regarda Lucas qui lui souriait. Il articula silencieusement : « Je t'aime. »

Kylie lui murmura la même chose et ne put s'empêcher de se dire que ce jour était le plus beau de sa vie.

Remerciements

À Rose Hilliard, mon éditrice, qui m'a entraînée dans la littérature pour jeunes adultes et m'a aidée à réaliser ce rêve fantastique et incroyable. Tu es trop forte ! À Kim Lionetti, mon agent, qui a fait emprunter mille chemins et virages extraordinaires à ma carrière ! Ce fut un sacré voyage et j'ai hâte de connaître notre prochaine destination ! À Steve Craig, mon mari chéri, à l'origine de tout lorsqu'il a déclaré : « Si tu veux être auteur, alors vas-y, fonce ! » Et merci à lui de s'occuper de la cuisine et des lessives ! (Au fait, les soutiens-gorge ne passent pas au sèche-linge !) À Kathleen Adey et Shawnna Perigo, pour leur aide dans tout ce qui concerne l'écriture. Vous deux, vous me donnez l'impression d'être très douées, merci !

À mes fans : ces e-mails que vous m'envoyez, ces commentaires que vous postez sur Facebook, et tous ces *tweets*, tout cela met mon âme d'auteur en joie. Vous êtes mon inspiration. Un immense merci à tous les parents qui achètent mes livres pour que leurs ados puissent se perdre dans mon monde fictif et, surtout, aux mamans et papas qui les accompagnent aux séances de dédicaces et prennent le temps de me confier combien leurs enfants aiment mes livres. À tous les adultes qui osent avouer : « Je ne suis pas un jeune adulte, mais j'adore votre série. » Et enfin, je ne voudrais surtout pas oublier ces auteurs à la détermination inébranlable qui veulent se faire une place dans le monde de l'édition : pour avoir essuyé des milliers de refus, croyez-moi quand je vous dis de ne jamais, JAMAIS, abandonner votre rêve.

C.C. Hunter
Renaissance
Nés à Minuit
Tome 1
Métamorphose
Michel Lafon

Imprimé à Barcelone par :

BLACK PRINT

Composition et mise en pages
Nord Compo à Villeneuve-d'Ascq

Dépôt légal : janvier 2015
ISBN : 979-10-224-0108-1
POC 0092